新　世　纪　儿　童　文　学　新　论

主编：朱自强

聂爱萍，文学博士，东北师范大学外国语学院副教授，硕士生导师，全国师范院校儿童文学研究会理事。研究方向为英语儿童文学，主持教育部人文社科青年项目一项、省级项目两项，参与多项国家社科基金项目及省部级项目。在国内外学术期刊发表论文、评论数十篇，参与编写《新编美国文学史及选读》，普通高等教育"十二五"规划教材《英语儿童文学》（副主编）等。

新 世 纪 儿 童 文 学 新 论

聂爱萍 ／ 著

儿童幻想小说叙事研究

少年儿童出版社

总序

朱 自 强

　　2018 年 9 月 12 日，少年儿童出版社副总编辑唐兵和原创儿童文学出版中心主任朱艳琴专程来到青岛，代表出版社，邀请我主编一套中国原创的儿童文学理论丛书，我几乎未经思忖，就一口答应下来。这样做，其实事出有因。

　　上海一直是中国儿童文学的重镇。改革开放以来，中国的儿童文学研究取得了前所未有的发展、进步，上海的少年儿童出版社贡献不菲。

　　在 1980 年代、1990 年代，少年儿童出版社以《儿童文学研究》这份重要杂志，搭建了十分珍贵且无以替代的学术研究平台，为中国儿童文学的观念转型和学术积累做出了十分重要的贡献。1990 年代，是我学术成长的发力期，《儿童文学研究》上发表了我的十几篇论文，其中就有《儿童文学：儿童本位的文学》、《新时期少年小说的误区》（全文）、《新时期儿童文学理论的误区》等建构我的"儿童本位"的儿童文学观的重要论文。1999 年，《儿童文学研究》停刊，其部分学术功能转至《中国儿童文学》杂志，我依然在上面发表了十几篇文章，其中就有《解放儿童的文学——新世纪的儿童文学观》《中国儿童文学的困境和出路》《再论新世纪儿童文学的走势——对中国儿童文学后现代性问题的思考》等为中国儿童文学研究提供新的理论话题的文章。

1997年，少年儿童出版社经过精心策划、深入研讨，出版了"跨世纪儿童文学论丛"，收入《儿童文学的三大母题》（刘绪源）、《人之初文学解析》（黄云生）、《西方现代幻想文学论》（彭懿）、《转型期少儿文学思潮史》（吴其南）、《智慧的觉醒》（竺洪波）、《儿童文学的本质》（朱自强）六部学术著作。《儿童文学的本质》是我的儿童文学理论的奠基之作。我以此书较为系统地建构起了当代的"儿童本位"这一理论形态，此后，我的儿童文学研究，基本是以此书所建构的儿童文学观为理论根底来展开的。"跨世纪儿童文学论丛"对我学术发展所具有的意义不言而喻。

正是因为有上述因缘和情结，我才欣然答应承担这套理论丛书的主编工作。儿童文学学科需要加强理论建设。"跨世纪儿童文学论丛"出版以后，在儿童文学学术界产生了很好的反响，《儿童文学的三大母题》《西方现代幻想文学论》《儿童文学的本质》等著作，至今仍然保持着较大的影响力。我直觉地意识到，时隔22年，由少年儿童出版社再次出版一套儿童文学理论丛书，也许是一件具有特殊意义的事情。

为了与"跨世纪儿童文学论丛"形成对照，我将这套理论丛书命名为"新世纪儿童文学新论"。这两个"新"字，意有所指。

在《"分化期"儿童文学研究》（2013 年）一书中，我指出并研究了进入 21 世纪的中国儿童文学出现的四个"分化"现象：幻想小说从童话中分化出来；图画书（绘本）从幼儿文学中分化出来；通俗（大众）儿童文学与艺术儿童文学分流；分化出语文教育的儿童文学。可以说，新世纪的儿童文学有了新的气象。

学术研究如何应对儿童文学出现的这种新气象？我在《论"分化期"的中国儿童文学及其学科发展》（《南方文坛》2009 年第 4 期）一文中说："分化期既是中国儿童文学发展的最好时期，同时也是儿童文学学科建设的关键时期。在分化期，儿童文学创作和研究中出现了很多纷繁复杂、混沌多元的现象，提出了许多未曾遭逢的新的课题，如何清醒、理性地把握这些现象，研究和解决这些课题，是儿童文学理论研究和学科建设的题中之义……"

收入"新世纪儿童文学新论"丛书的八本著作是作者多年潜心研究的学术成果。它们不是事先规划的命题作文，而是在较短的时间内的自然组稿。本丛书作为一个规模较大的理论丛书，这种自然形成的状态，正反映了儿童文学学术研究在当下的一部分面貌。

本丛书在体例上尽量选用专门的学术著作，如果是文章合集，则必须具有明晰的专题研究性质。作这样的考虑，是为了提高理论性。儿童文学研究迫切地需要理论，儿童文学研究比其他学科更需要理论。

只有理论才能帮助我们看清儿童文学所具有的真理性价值。

理论是什么？乔纳森·卡勒在《文学理论入门》一书中指出："一般说来，要称得上是一种理论，它必须不是一个显而易见的解释。这还不够，它还应该包含一定的错综性……一个理论必须不仅仅是一种推测；它不能一望即知；在诸多因素中，它涉及一种系统的错综关系；而且要证实或推翻它都不是一件容易事。"卡勒针对福柯关于"性"的论述著作《性史》一书说："正因为它给从事其他领域的人以启迪，并且已经被大家借鉴，它才能成为理论。"

按照乔纳森·卡勒所阐释的理论的特征，本丛书的八种著作，都具有一定的理论性，即所研究的问题，以及研究问题的方式，"不是一个显而易见的解释"，"涉及一种系统的错综关系"。

在注重理论性的同时，本丛书收入的著作或在一定程度上，或在某个角度上体现了"新论"的色彩和质地。

我指出的新世纪出现了幻想小说从童话中分化出来，图画书（绘本）从幼儿文学中分化出来这两个重要现象，已经得到学术界的普遍关注，幻想小说、图画书这两种文体的研究受到了应有的重视，取得了一些成果。在幻想小说研究方面，已有《西方现代幻想文学论》（彭懿）和《中国幻想小说论》（朱自强、何卫青）这样的综论性著作，不过，儿童幻想小说如何讲述故事，使用何种叙事手法，采用何种叙事结构，这些叙述学上的问题尚未有学术著作专门来讨论。本丛书中，聂爱萍的《儿童幻想小说叙事研究》聚焦于幻想小说的叙事研究，对论题做了有一定规模和深度的研究。程诺的《后现代儿童图画书研究》、中西文纪子的《图画书中文翻译问题研究》（这部著作为中西文纪子在中国攻读学位所撰写的博士论文）是近年来图画书研究中的较为用力之作。这两部著作，前者侧重于理论建构和深度阐释，后者侧重于英、日文图画书中译案例的详实分析，从不同的层面，为图画书研究做出了明显的贡献。

徐德荣的《儿童文学翻译的文体学研究》是一部应对现实需求，十分及时的著作。在近二十年的时间里，中国可称得上儿童文学的翻译大国。翻译作品的阅读能否保有与原作阅读相近的艺术质量，在很大程度上取决于翻译质量。徐德荣的这部著作，较为娴熟地运用翻译学理论，努力建构儿童文学翻译的文体学价值系统，既具有理论意义，也具有翻译实践的参考价值。

李红叶的《安徒生童话诗学问题》和黄贵珍的《张天翼与中国现代儿童文学》是标准的作家论。这两部专著一个研究世界经典童话作家，一个研究中国儿童文学的代表性作家，其选题本身颇有价值，而对于一直处于低迷状态的作家论这一重要研究领域，也有一定的提振士气的作用。

本丛书的最后两部著作是方卫平的《1978—2018 儿童文学发展史论》和我本人的《中外儿童文学比较论稿》。显而易见，这是两部文章合集的书稿。所以选入，一是因为具有专题研究性质，论题可以拓展丛书的学术研究的广度，二是因为想让读者在丛书里看到从 1980 年代开始成长起来的学者的身影。

在改革开放的四十年里，中国儿童文学取得了前所未有的成就，对这一发展历程进行理性的分析和总结，是中国儿童文学史研究的重要课题。我在《朱自强学术文集》（10 卷）的第二卷《1908—2012 中国儿童文学与现代化进程》一书中，对改革开放三十几年的儿童文学历史，划分为向"文学性"回归（1980 年代）、向"儿童性"回归（1990 年代）、进入史无前例的"分化期"（大约 2000 年以来）这样三个时期，而方卫平的《1978—2018 儿童文学发展史论》对近四十年中国儿童文学创作和艺术发展历程的描述、分析和思考，则为我们提供了另一种学术眼光，呈现出文学史研究的另一种视野的独特价值。如果将我和方卫平的改革开放四十年儿童文学史的研究，两相对照着来阅读，一定是发人思考、耐人寻味且饶有趣味的事情。作为同代学人，阅读方卫平的这部带有亲历者的那种鲜活和温度的史论著作，令我感到愉悦。

我本人的《中外儿童文学比较论稿》是基于我多次出国留学之经验的著述。日本留学，给我提供了朝向西方（包括日本）儿童文学的意识和视野。作为比较文学研究，这本小书值得一提的学术贡献，是从"语言"史料出发，实证出"童话"（儿童文学的代名词）、"儿童本位"、"儿童文学"这些中国儿童文学的顶层概念，均来自日语语汇，从而证明作为观念的"儿童文学"，不是如很多学者所主张的中国"古已有之"，而是在西方的现代性传播过程中，中国的先驱们在清末民初，对其自觉选择和接受的结果。

从"跨世纪儿童文学论丛"，到"新世纪儿童文学新论"，可以看到时代给儿童文学这个学科带来的变化。22 年前，虽然"跨世纪儿童文学论丛"的作者年龄参差不齐，但还是属于同一代学者，然而，"新世纪儿童文学新论"的作者几乎可以说是"三代同堂"，尤其值得一记的是，丛书中的著作，有五部是在博士学位论文基础上形成的，这似乎既标志着学术生产力的代际转移，也显示出儿童文学这个依然积弱的学科在一点一点地长大起来。

儿童文学是社会现代化进程的产物。一个社会的现代化的水准，在极大程度上取决于儿童教育的水准。作为具有多维度儿童教育功能的儿童文学，理应在社会现代化进程中发挥重要作用，也就是说，作为学科的儿童文学的队伍规模，在中国向现代化国家发展的进程中，理应会进一步壮大。

我们期待着……

2019 年 10 月 9 日
于中国海洋大学儿童文学研究所

目录

引言

一、问题的缘起

20 世纪是科学与技术高度发展的理性时代，从地球到外太空，现代科技以无往不胜的征服者姿态主宰傲视世界。无论是个体生物，还是神秘莫测的大自然，科学家们都津津乐道，沾沾自喜于对自然与人类玄机的破译。的确，人类在 20 世纪凭借科学技术的突破创新，实现了前所未有的快速发展。人类将其作为高级动物的智力资源开发到极致，用智慧实现了大脑中的无数想象。然而，人类对于科学理性的张扬，以及随之而来接连不断的科技成就，却让人类的想象力在 20 世纪遭遇质疑和贬抑，人类的想象力从来没有这样贫弱、这般无力。

现代科学用缜密的推理和计算解构了人类、自然、宇宙的运行方式，扫除了萦绕在人类大脑中的大部分原始迷信，与此同时也吞噬了人类对自然和宇宙的敬畏。被科技的创造和发明所惊异的现代人类逐渐按捺不住内心的欲望，开始践踏僭越人类与自然的安全界限，变得肆无忌惮、为所欲为。正当人类凭借现代科技的"威力"开始耀武扬威时，自然的报复接踵而至。各种"自作自受""自食其果"的言论和批评让人们开始反思科学技术本身及其与人类的关系。在褪去疯狂后的理性反思过程中，人们看到"无所不能"的科学技术的确已经将它的触须伸向了人类生活的绝大部分空间。虽然科学已经令人折服地对我们所生活的这个世界进行了许多去惑工作，然而同样令人惊讶的是，科学仍未能对我们生活的每一个方面都了如指掌。冷静的反思暴露出科学技术的局限与不足，在科学为人类不断奉献一个个令人啧啧称赞的奇迹的时候，人们变得更加谨慎，谨慎地思考和使用科技带来的便利，谨慎地对待被科技湮没和扫除的"神秘感"。因此，不断有学者返回到人类诞生之初的源头上，尝试找寻问题的最终答案，荣格、弗雷泽、列维-布留尔等纷纷回到过去，重新审视人类自身，探索追寻人之为人的本质和价值。在人类学家、心理学家、社会学家对人类文化资源的"返顾"中，久已被人类忽视遗忘的原始思维重新回到公众视野。那潜流于人类意识表层之下强大的无意识思维、曾经缔造出无数灿烂文明的巫术思维从人类记忆的废墟中再次复活。其所蕴藉的强大力量向作为绝对权威的科学思维发出直接挑战，其所蕴藏的巨大创造力让趾高气昂的科学思维捉襟见肘。这场"原始思维"的翻身运动对人类渐行渐远的技术理性亮出了警示牌，用简单朴素的逻辑揭示为科技的迅猛发展所掩藏的人类的贫弱与寒碜。

原始思维开始冲破科学对它的偏见与压制，为自身正名。巫术思维与科学思维表面看似不同，实质上，在人类认识世界的活动中有着相似的工作原理，"它们都在人们的头脑中产生了强烈的吸引力，强有力地刺激着人们对于知识的追求。它们用对于未来的无限美好的憧憬，去引诱那疲倦了的探路者、困乏了的追求者，让他穿越对当今现实感到失望的荒野"，[①] 巫术和科学都是推动社会发展的重要力量，二者不分伯仲。只是随着科学日渐兴盛，巫术便不知不觉地遭到贬抑，走向衰落。然而，崇尚巫术的原始思维从未真正消逝。实际上，"原始思维从自身之中分化出科学思维、艺术思维、哲学思维等非日常观念活动之后，并没有彻底绝迹而成为已被埋葬的历史，也不仅仅在至今尚残存的原始部落中流存或在儿童心理发育早期折射，它作为一种原型，已经内化到文明时代人们的日常思维之中"。[②] 它始终是人类意识深处永存的"原型"记忆，是人类精神生命不可或缺的一部分。既然原始思维孕育了科学思维、艺术思维等抽象的理性思维形式，赋予其生命，那么我们相信，它也同样能够在这些思维形式失控"出轨"的时候提供解决的途径和拯救的良方。

在这场对科学技术进行反思的运动中，儿童幻想小说悄

---

① ［英］弗雷泽. 金枝 ［M］. 徐育新、张泽石、汪培基译. 北京：新世界出版社，2006：52.

② 钱淑英. 雅努斯的面孔：魔幻与儿童文学 ［M］. 郑州：海燕出版社，2012：9.

然登场。这个曾经被嘲笑鄙视的文学领域里的"低能儿"①
以崭新的姿态展示自身的魅力，诠释自身的价值，演绎了一
个又一个的奇迹。爱丽丝、阿斯兰、弗罗多、多萝西、哈
利·波特等一个个鲜活可爱的人物形象不断将人们带入神奇
瑰丽的幻想王国，不断制造惊奇，不断掀起高潮。幻想以原
始的狂野奔放为想象松绑，在一个大力鼓吹"祛魅"的时代
里高擎想象的大旗，为幻想文学疾走呐喊，呼喊幻想的"复
魅"。从西方世界到中国，这股幻想风潮迅速蔓延席卷整个
世界。儿童幻想小说这个"反其道而行之"的文学样式的
"大能耐"令人刮目相看。而这"大能耐"背后到底有何
"神力"在起作用应该是一个有趣的问题，对这份特质的探
索与发掘对儿童幻想小说的发展应当具有一定的积极意义。

二、中西方视域下儿童幻想小说的理论探讨

文学创作与文学研究是一对相生相长的双生子，儿童幻
想小说的发展和繁荣与其研究的开展密不可分。儿童幻想小
说自诞生之日起，就吸引了无数评论者的兴趣关注。

（一）中国学界儿童幻想小说研究的演进

中国不仅有着古老悠久的幻想文学资源，对儿童与幻想
的认识和探讨亦由来已久。我国儿童幻想小说研究的发展与

---

① Deborah Thacker & Jean Webb. *Introducing Children's Literature* [M]. London
& NY: Routledge, 2002: 14.

儿童幻想小说创作的境况较为相似，在较为辉煌的发生期后，关键的发展时期都或多或少地遭遇了来自社会政治和文化环境所施加的阻碍与壁垒，而出现一段较长的空窗期，之后又在政策导向的影响下逐步恢复。虽然步履蹒跚，但几代儿童作家和研究学者一直以来的坚持与努力慢慢发酵，形成了一定的规模。

　　周作人是国内较早关注儿童与想象二者关系的学者。他的"儿童本位"儿童观率先打破了"缩小的成人"这一传统僵硬的观点，提出儿童是独特的生命个体，成人应当尊重儿童的天性和心性，在想象中遨游，在游戏里嬉戏，享受属于他们的无忧无虑的快乐，这一理论观点在当时的中国极具前瞻视野。然而，战争的不期而至扰乱而且几乎彻底切断了儿童幻想文学的创作与研究。在抗日战争和解放战争期间，文学的工具性走到了前台，并占据了绝对的统治地位。新中国成立后，50年代出现的百家争鸣给儿童文学吹来了发展的春风。这一时期，科学幻想小说脱颖而出，备受研究学者关注。郑文光和杨宪益①是这一时期对科学幻想小说进行探讨的主要代表。60年代开始的政治运动也让刚刚兴盛繁荣起来的文艺创作再次成为宣传的工具，幻想小说作为"无所为"的文学样式遭到歧视和冷落，再次被打入"冷宫"，直到改革开放之后，幻想小说才又借着改革的东风翻了身，继续自己前进的步伐。

　　从70年代末到80年代，科幻小说的研究依旧是主要潮

---

① 详见郑文光《谈谈科学幻想小说》（载《读书月报》，1956年第3期）和杨宪益《儒勒·凡尔纳的科学幻想小说》（载《世界文学》，1959年第5期）。

流。改革开放打开国门，搞活经济促发展的同时，也带来了异域的文艺与文化。大量的外国事物流入国内市场，进入国人视野，幻想小说的研究也表现出明显的"引进来"风格。这一时期的科学幻想小说研究主要集中在外国科学幻想小说的介绍与简析上，似乎急于向封闭已久的国人展示一幅科幻文学的世界地图。公盾《为儒勒·凡尔纳的科学幻想小说恢复名誉》[①] 与 50 年代末杨宪益的研究相互呼应，为科学幻想小说研究的重启发出了"名正言顺"的时代回音。张寿民、王逢振、童斌、关山等人[②]都对中外科幻文学进行概述与介绍，尤以英国、德国、法国等欧洲国家为重，也有徐汉明、毛赣鸣等在 80 年代末开始对科学幻想小说这一体裁尝试本体论的探索研究。

进入 90 年代，幻想文学研究开枝散叶，80 年代末的星星之火逐成燎原之势，迎来了前所未有的繁荣。这一时期研究幻想小说的论文数量呈井喷式增长，关注焦点和研究视角日益多元化，认识更加全面深刻。总的来看，这一时期的幻想文学研究既承继了传统的研究优势，又敏锐地洞察到幻想文学自身的优势与存在的问题，意识到新时代背景下幻想文

---

① 公盾. 为儒勒·凡尔纳的科学幻想小说恢复名誉 [J]. 出版工作，1979（3）：34—37.

② 张寿民《谈谈外国现代科学幻想小说》（载《复旦学报》，1979 年第 2 期）、王逢振《人文科学与自然科学之间的桥梁——西方科学幻想小说概况》（载《世界文学》，1980 年第 1 期）、童斌《日本科学幻想文学的近况》（载《外国文学研究》，1980 年第 3 期）、关山《科学幻想小说的危机》（载《外国文学研究》，1980 年第 3 期）、施咸荣《漫谈国外科学幻想小说》（载《译林》，1981 年第 1 期）、江小平《法国作家论当代科学幻想小说》（载《外国文学研究》，1981 年第 4 期）、武田雅哉与王国安合撰《东海觉我徐念慈〈新法螺先生谭〉小考——中国科学幻想史杂记》（载《复旦学报》，1986 年第 6 期）、廖加栋《英国幻想小说〈颠倒乾坤〉评介》（载《外国文学研究》，1989 年第 4 期）等文章集中系统介绍了现当代国外科学幻想小说的发展态势与艺术特征。

学面临的机遇与挑战，顺时应势地提出了新问题，进行了新思考。

　　对传统的延续与保持主要表现为科学幻想小说的研究依旧强劲。与80年代的"外来热"不同，这一时期的科幻文学研究中外并举，多条腿走路，呈现出开放多元的研究格局。一方面，国外科幻文学研究的内容日渐丰富、多样。以吴岩、陈许[①]等为代表的国内学者对西方科幻文学的发展进程进行概述总结，科学幻想文学的发展史研究开始兴起。此外，国外科学幻想经典作品研究也相继开展。威尔斯、阿西莫夫、多丽丝·莱辛等作家成为国内研究学者关注的主要对象。科幻小说的主题思想、写作风格、创作背景等多方面得到深度挖掘。再者，科学幻想电影的研究。《侏罗纪公园》《星球大战》《星际迷航》等一系列西方科幻电影在中国院线的上映以及随之而来的轰动效应让电影成为科学幻想传播更加便捷、更为流行的途径，对欧美科幻电影的研究如火如荼地开展起来。《电影文学》《电影评介》《北京电影学院学报》《当代电影》等学术期刊成为科幻电影研究的主阵地，中外科幻影片的发展成因、拍摄手段、表现技法、主题关怀、民族或文化特色等得到关注与探讨。另一方面，中国科学幻想小说研究冉冉升起，各异的视角与见解表达出对本土科幻文学的深切关怀。本土科学幻想小说本体论研究围绕着"民族性""原创性"问题展开，如何在科学幻想小说中注入体现传统文化因素，发出中国声音是其关切的中心。黄仲山、渠

---

① 详见吴岩《西方科幻小说发展的四个阶段》（载《名作欣赏》，1991年第2期，1991年第4期）和陈许《美国科幻文学简论——美国文学类型与流派研究之四》（载《盐城师专学报》，1993年第1期）。

竞帆、王卫英、王瑶等学者撰文探讨中国科幻文学应有的文化价值和审美姿态。然而，这方面的研究似乎更多地流露出对于中国科学幻想文学创作与发展的焦虑与担忧。此外，对本土科学幻想小说作家作品的介绍赏析也形成一定规模，尤其在刘慈欣的小说《三体》获奖之后，科幻研究领域中的"三体流"愈演愈强，从作品的翻译到传播、从创作到价值等方面一一评头论足，研究评论中多透露出蓬勃的斗志与信心。此外，本土科学幻想文学的发展概述研究侧重探讨现当代我国科幻小说的创作情况、发展困境及未来走向，从历史的角度回顾过去、立足当下、放眼未来，对科学幻想文学的发展进行三个维度的时间观照。

其次，幻想小说的"童话化"趋势明显。受制于幻想小说文体认知与界定方面的模糊不清，张天翼、严文井、路易斯·卡洛尔、罗尔德·达尔、E. B. 怀特、林格伦、托尔金等儿童作家的幻想小说作品都被草草地冠以"童话"的名号，同安徒生童话、格林童话、豪夫童话等经典童话故事并置，一起加以审视和研究。这不仅混淆了二者的概念，而且遮盖了彼此的个性，以致许多儿童幻想小说被拘束在童话的权力界域内而"失语"或被"误读"。90年代初朱自强在《小说童话：一种新的文学体裁》和《"童话"词源考——中日儿童文学早年关系侧证》①两篇文章中分别对"小说童话"和"童话"进行了理据考察，对这两种文学体裁的起源与发生以及艺术特色进行了细致的剖析与解读，指出当时国内学

---

① 详见朱自强《小说童话：一种新的文学体裁》（载《东北师大学报》，1992年第4期）以及《"童话"词源考——中日儿童文学早年关系侧证》（载《东北师大学报》，1994年第2期）。

界对"童话"与《爱丽丝漫游奇境记》等"小说童话"的体裁混淆，导致"小说童话"这一新兴文体被湮没甚至曲解，亟须确认。朱自强从文学史、语义和文体学等方面为"小说童话"的确立提供了依据，并对这一文学体裁的本质和艺术魅力进行了详细阐述与解释，基本廓清了"小说童话"的文体特征。在随后的研究中，朱自强不断完善对这一新兴体裁的认识与探讨，提出"幻想小说"的概念，多方位、多层次地阐释幻想小说这一概念和体裁的科学性与包容性，幻想小说开始进入学术视野，有关这个古老的新兴体裁的研究真正发展起来。

这一时期新兴的研究焦点和领域则主要集中在幻想小说的出版传播、文类特征、创作生产和作家作品分析这四个方面。二十一世纪出版社引进的"大幻想文学丛书"和大连出版社"大白鲸"原创幻想儿童文学奖项的设立，内外齐放，幻想文学在童书市场上的份额与分量急剧上升，有关幻想小说出版与传播的研究相应而生。二十一世纪出版社社长、总编辑张秋林在 20 世纪末对幻想文学出版掘进势头的大胆预言[①]引发了学界对于儿童幻想小说出版情况的关注。崔昕平、谈凤霞、聂爱萍、侯颖等撰文[②]从不同角度介绍了国内外儿童幻想小说出版情况，总结其主要潮流与发展特征，对相关

① 详见张秋林《儿童幻想文学：新世纪的世界潮流》（载《中国图书评论》，1999年第 6 期）一文。

② 崔昕平《中国儿童幻想小说的畅销书面貌与本土化思索》（载《甘肃高师学报》，2016 年第 2 期）、李玉与李文惠合撰《展开想象的翅膀——近五年幻想小说市场分析》（载《出版人》，2015 年第 10 期）、聂爱萍与侯颖合著《美国儿童幻想小说出版动态及启示》（载《中国出版》，2014 年第 12 期）、谈凤霞的《新世纪儿童幻想小说的走向》（载《光明日报》，2014 年 11 月 10 日）侧重当下儿童幻想小说的出版，阐述其潮流特征、存在问题以及发展前景。

问题进行讨论与反思，并对发展前景进行展望。王泉根、韩阳等①则对新世纪国内原创儿童幻想文学的出版情况及出版特征进行了总结。

另一方面，幻想小说的蓬勃发展也让其作为文学类型的多样性和复杂性显现出来，亟须理论梳理和重新认识，从而实现在整体和局部两个层面对儿童幻想小说的把握与认知。侯颖的《奇幻动物小说的中国"确认"》②是一篇颇具理论前瞻视野的评论文章，率先对动物小说这支儿童幻想文学中的劲旅进行"指认"。文章纠正了国内学界对于动物故事的若干误解，从奇幻和小说两方面界定阐释这一体裁，清晰展示了奇幻动物小说的文类特征，在当下就"幻想小说"一概而论的"大包干"论调中，呼唤对奇幻动物小说这一类型的个体认识与肯定。王泉根在《幻想儿童文学：四大艺术形式集体登场》③中结合大连出版社的《大白鲸幻想儿童文学读库》，总结了当今幻想儿童文学的四种基本艺术形式及审美特征：一是以科学和未来双重进入现实为特征的科学幻想；二是直接瞄准社会百态与现实情绪的人文幻想；三是以原始/儿童思维为幻想基准的童话幻想等；四是以远古神祇、始祖、文化英雄为叙事的神话幻想。马云在论文《人文幻想小说独立的意义》④中论述了人文幻想小说这一类型的主题与艺术特征，渴望其个性早日被认识和接受。当然，也有学

---

① 王泉根《幻想儿童文学的艺术聚焦于大连的给力》（载《中华读书报》，2015 - 12 - 9）、韩阳《少儿出版再添新亮点原创幻想文学坚守成气候》（载《出版参考》，2012 年第 22 期）着重对儿童幻想小说的出版走向进行阐述。

② 侯颖. 奇幻动物小说的中国"确认"[J]. 社会科学研究，2015（1）：186—192.

③ 王泉根. 幻想儿童文学：四大艺术形式集体登场 [N]. 中华读书报，2015 - 4 - 8.

④ 马云. 人文幻想小说独立的意义 [J]. 燕赵学术，2014（2）：104—111.

者对"幻想文学"的说法提出质疑。吴其南的《"幻想文学"是个伪概念》① 从作为创作手段的幻想和想象谈起，指出"幻想"作为人类的潜意识，在以自觉意识占主导地位的各类文学创作中，可以起到某些辅助作用，但不足以支撑一个文类，由此认为"幻想"无法产生文学创作，所以幻想文学是个伪概念。吴其南在这篇文章中的新鲜视角与创新性论述虽有"反其道而行之"的叛逆，但在推动幻想文学作为独立文类的思考和讨论上做出了重要贡献。

幻想小说研究的第三方面聚焦幻想小说的创作与生产，面对西方幻想小说的冲击与挑战，探讨国内幻想小说创作存在的问题与困境，以及可能的出路与解决办法。国内幻想小说产量与读者数量的与日俱增使其成为儿童文学园地中一颗耀眼璀璨的新星，也因此吸引了众多作家与评论家的视线。面对当下儿童幻想小说的创作情况，许多学者的研究表现出强烈的忧患意识。徐妍、张之路、汤锐等②学者探讨了国内童书市场上幻想小说的"批量化""商业化"生产现状，在针砭当下中国幻想文学创作弊端与问题，表达忧思与担心的同时，积极参与幻想文学的时代话语建构，着手探寻中国幻

① 吴其南."幻想文学"是个伪概念 [J]. 中国儿童文化，2009（5）：146—154.
② 谢迪南、李东华《中国幻想小说还是"无根"文学》（载《中国图书商报》，2007 年 7 月 10 日），徐妍《探索当代幻想小说的中国叙事》（载《文艺报》，2008 年 4 月 19 日），石侠、程诺《构建"第二世界"的儿童幻想文学》（载《社会科学战线》，2011 年第 6 期），张之路《关于幻想文学的几点思考》（载《文艺报》，2012 年 8 月 3 日），何晶、潘海天《寻找东方式幻想文学的道路》（载《文学报》，2012 年 11 月 15 日），方芳《中国现代幻想文学叙述研究之构想》（载《符号与传媒》，2014 年第 1 期），钱晓宇《当下幻想小说的一个创作区间——从"乌托邦"到"敌托邦"》（载《红岩》，2014 年第 1 期），刘羿群《浅议中国当代儿童幻想文学的文化传承》（载《芒种》，2015 年第 5 期），汤锐《幻想儿童文学："国际视野"与"中国经验"如何相融》（载《中华读书报》，2016 年 2 月 3 日）等文在幻想文学生产的商业化浪潮上开始冷静深刻的批判与反思。

想文学创作的出路与解药，努力在国际幻想文学的舞台上挥舞中国旗帜。

　　幻想小说研究的第四个方面是作家作品分析，这方面的研究主要集中于作品的人物形象、叙事特征、主题思想、人文关怀等。外国作家作品多以英国为主，托尔金的《魔戒》、普尔曼的《黄金罗盘》和 J. K. 罗琳的《哈利·波特》占据了较大的比例，日本作家安房直子的幻想小说也受到了一定关注；国内作家作品多集中在彭懿、汤汤等作家，侧重作品的创作主旨、幻想风格等方面的研究。值得一提的是，何卫青有关中国幻想小说研究的一系列文章①在中国语境下进行中国创作的解读，以更加广阔的视角对国内众多儿童幻想小说作品进行了全方位、深层次的文学批评和美学解读，总结揭示了其内在的规律与共同特征。此外，间或也有中外儿童幻想小说作品的对比研究。谈凤霞《论儿童视角观照下〈西游记〉美学——兼与西方幻想小说〈哈利·波特〉比照》②一文将古典幻想文学同现代流行幻想文学进行比较，从儿童视角出发，探讨中西方幻想小说在美学表达上的异同；闫朔鸣③将英国儿童作家尼尔·盖曼的作品与蒲松龄的作品进行

① 何卫青先后撰写发表了《中国幻想小说的叙事模式》（载《中国儿童文学》，2006 年第三辑）、《想象的狂欢——中国幻想小说的浪漫主义精神》（载《江淮论坛》，2008 年第 1 期）、《中国儿童幻想小说中的超越与回归》（载《江汉大学学报》，2008 年第 4 期）、《中国儿童幻想小说的文化品性》（载《昆明学院学报》，2010 年第 5 期）、《中国儿童幻想小说的生态意象》（载《中国文学研究》，2011 年第 2 期）等系列文章对中国幻想小说的叙事模式、主题价值与人文关怀进行了深入系统的探讨。
② 谈凤霞. 论儿童视角观照下《西游记》美学——兼与西方幻想小说《哈利·波特》比照 [J]. 淮海工学院学报，2004（4）：30—33.
③ 闫朔鸣.《坟场之书》与《婴宁》中人物塑造与艺术表现手法的不同点探讨 [J]. 长江丛刊，2016（34）：68—70.

比较，虽然在具体的论述上显得有些仓促，但其比较的视野与角度是值得肯定的。

自 20 世纪末起，我国幻想文学的研究逐渐系统化，专门的理论研究专著开始出现。虽然与西方相比，我们在时间上有些滞后，然而，对于国内幻想文学研究的气候而言，仍不失为福音。彭懿在 1997 年出版的《西方现代幻想小说论》是国内第一本幻想文学研究专著。作为一本幻想文学研究的入门读物，该书主要覆盖了西方幻想文学发展史和经典作品介绍两大部分，旨在使国内读者对西方幻想文学形成初步了解。彭懿作为作家的敏感与细腻为本书注入了更多的个性化感悟与抒情的畅想，因而该书的研究与论述多见情感渲染，长于抒发感情，有关幻想小说价值意义的探讨欠缺系统深入的学理性探究。吴其南《童话的诗学》（2001）是一本专注于童话文体"确立"的专著，全书分六章论述了童话的文体特征及其在文学大系统中的位置、童话世界常见的表现研究、童话假定形式的深层体现、童话世界的生成机制、童话的美学特征、童话演进中的几种主要范型。该书充满了作者对于童话问题的辩证思考与学术推敲，从理论上对童话这一文体进行了规范的界定与阐释。虽然该书集中探讨的是童话问题，但其研究思路与理论框架对幻想小说的文体认识与研究仍具有重要借鉴意义。朱自强与何卫青合著《中国幻想小说论》（2006），将研究对象聚焦国内幻想小说，详细论述了幻想小说作为一种独立自主的文学类型所具有的文学性和审美性，梳理了中国幻想小说的文化资源，对中国幻想小说的叙事模式、人物设置、艺术风格等进行了分析和解读，是地地道道立足中国本土的"幻想风景"，为中国幻想小说研究的系统化、学理化做出了重要贡献，也向世界展现了幻想文学研究的"中国视野"。然而，该书对中国儿童幻想小说的论述更多的是一种"面"的覆盖，一种研究角度上的指引。在人物的刻画、主题阐释、情节结构构建等具体问题"点"的论述方面有待进一步深入。舒伟一直致力于童话研究，潜心童话故事的艺术魅力与价值，《走进童话奇境——中西童话文学新论》（2011）一书是其多年研究的总结性成果。该书从发生论和认识论的维度，以中西、古今对话为语境对童话的发生、发展以及价值功能进行了阐述，并对中、西经典童话作品展开了个性解读。虽然为童话研究，但该书选取的作品大部分都属于幻想小说的范畴，由此凸显出幻想小说文体确认的必要性。钱淑英的《雅努斯的面孔：魔幻与儿童文学》（2012）探讨作为一种叙述方式和艺术精神的"魔幻"与儿童文学之间的历史渊源与关联，对儿童文学艺术场域内的"魔幻"范畴进行了历史梳理，在儿童文学的文本世界中找寻"魔幻"的东西方风景。然而，该书在论述中更偏向于将"魔幻"作为一种创作手法或艺术特征，而不是将其作为一个单独的文体类型来加以探讨，从而使其研究表现出巨大的模糊性和流动性。尽管如此，该书对儿童文学文本表征的"魔幻"特征的分析为儿童幻想小说的叙事研究提供有益的视角和思路。

可以看到，中国儿童幻想小说研究呈现出逐步繁荣的发展态势，既有从西方的经验与现状反窥中国儿童幻想小说的制造，也有专注于中国儿童幻想小说问题与出路的思考，也有比较视野下对中外儿童幻想小说对比研究。这些研究表明中国儿童学界已经注意到，并且开始深入挖掘分析儿童幻想小说这个"舶来品"，然而，从研究的视角、研究的数量以及研究的影响而言，我国的儿童幻想小说研究尚未形成稳定的、成规模的体系。还有许多问题有待进一步探讨确立，例如：儿童幻想小说与成人幻想小说相比到底有何独特特征？儿童幻想小说如何讲述故事？通常使用何种叙事手法？采用何种叙事结构？在多维的时空中如何穿梭自如？这些有关儿童幻想小说创作艺术的问题都值得我们进一步深思。

（二）西方学界的儿童幻想小说讨论

西方的儿童幻想小说研究发展至今已经形成了一定的规模，批评研究无论在视角上还是内容上都相对比较成熟。一方面，研究问题逐渐缩小集中，具有较强的针对性，学术研究日趋走向精细化作业模式；另一方面，研究态度愈加包容开放，思维的多向度跳跃激发灵感的火花，评论日趋多元化，见解更为独到深刻。可以说，西方儿童幻想文学的研究已经形成了百花齐放、百家争鸣的良性学术生态。这一现象从剑桥大学在新世纪出版的《剑桥幻想文学指南》（*The Cambridge Companion to Fantasy Literature*，2012）中便可窥见一二。该书邀请爱德华·詹姆斯和法拉·门德尔松担任主编，无论是论文的选择，还是研究动态的捕捉，都代表和体现着当下国际幻想文学研究的最新动向。这本学术论文集汇集了幻想文学研究领域内世界各国的知名学者以及学术新秀的文章，极富创见地开辟了历史、阅读方式和类型集三大板块，力求在跨文化和跨学科的视域下多维度、全方位地展现幻想文学的多重阐释可能，揭示幻想文学更深层的艺术魅力。

从 20 世纪中期到当下的一派欣欣向荣，西方儿童幻想小说研究筚路蓝缕的发展历程从最初的反抗质疑到如今的多元诠释，经过了蔚为壮观的三个阶段，大致可以概括为：幻想小说的"正名"阶段、儿童文学的"附庸"阶段、儿童幻想小说的"独立"阶段。

说到儿童幻想文学的研究，幻想小说作家托尔金是一位举足轻重、无法绕过的重量级学者。事实上，如果将他视作正宗幻想小说研究的开山始祖，也一点不为过。他在 1966 年发表的《论童话故事》（*On Fairy Stories*）一文不仅全面阐释了他的幻想小说面面观，而且基本预见了幻想小说研究的三大走向。需要澄清的是，虽然此处的汉译为"童话故事"，但按照托尔金在文中对"fairy-story"这一体裁的探讨，它与汉语的"童话"或者"童话故事"并非严格的对应关系。确切地说，托氏所言之"fairy-story"不同于英语中的 fairy-tale，是一种愈加包罗万象的幻想创作，一种在内涵和外延上都远远超逸出童话故事的想象类文学体裁。用托尔金的话来说，"fairy-story"是运用仙法（即 faerie，托尔金指出该词并非单纯指精灵、巫师、巨人等仙灵，而是涵盖这些仙灵及其所处环境背景等一切要素的空间概念，与表示魔法的 magic 一词颇为相近）以实现某种写作目的的文学创作。[①] 在这篇划时代意义的文章中，托尔金从童话故事谈起，在追根溯源的探寻中厘清了童话与儿童的关系，纠正了"包括童话在内的想象类故事都是给儿童阅读"这一盛行观点的理论误区；继而对作为创作手法的幻想（fantasy）进行了界

———————————————

① J. R. R. Tolkien. *The Tolkien Reader* [M]. New York: Ballantine, 1966: 66.

定，指出幻想是集想象（imagination）和次创造（sub-creation）于一体的综合概念；最后对以童话为代表的幻想文学的价值功能进行了阐述，提出了著名的"恢复、逃离和慰藉"三大功能说。托尔金巧妙借用人们对于幻想文学"逃避主义""自我安慰论"等指责批评，重新革新其内涵与意义："恢复"是勇敢摒弃陈腐观点之后，认知视角重获新鲜感和清晰度；"逃离"蕴涵的是人之为人应有的反抗意识，因拒绝安于现状或逆来顺受的现状而流露出的憎恶、愤怒、反感与反抗，所以，逃离不是耻辱的行为，而是英雄之举；"慰藉"不是幼稚的自欺欺人式的自我安慰，一方面，它以原始古老愿望的满足抚慰人类意识和心灵的深处，一方面它又以否极泰来的团圆结局传播快乐的福音，振奋人心的同时洞知真相。托尔金的重新阐释充分展示并释放了幻想文学的多元价值与革命潜能，他的理论奠基于无形中指引着后继学术研究的航向。说是冥冥之中也好，说是先锋独到也罢，托尔金之后，幻想文学研究日益热闹繁荣，并且与托氏的研究焦点遥相呼应。理论研究的学脉在彼此的暗合与互动中不断传承发展。

第一个研究分支从"幻想"起家，立足幻想小说文体本身，沿着托尔金"幻想创作手法"的道路继续纵深开拓掘进，确立了幻想小说艺术本体论研究。法国学者茨维坦·托多洛夫20世纪70年代出版的理论专著《奇想：一个文学样式的结构研究》（*The Fantastic：A Structural Approach to a Literary Genre*，1973）率先对幻想文学这一类型进行了严肃、系统的研究，从结构主义视角对幻想文学进行了文类的确认。出于对文学研究科学性的推崇，托多洛夫的幻想文学研究并不具体地分析作品，旨在对幻想文学进行一种诗学探究，试图建构一个幻想文学的结构主义诗学框架。该书从理论上对幻想文学进行了界定，从而确定了幻想文学区别于其他文类的独特阅读方式，并通过符号学的解读揭示了幻想文学的话语和语义特征。① 虽然托多洛夫对幻想文学的界定相对狭隘局限，论述中态度不够明朗，阐释时而出现前后不一致的矛盾，但这部幻想理论研究的经典著作仍然以作者独有的睿智与机敏完成了一次深刻的幻想文学的结构剖析。托多洛夫所采用的研究方法对后来的幻想文学研究者，如布莱恩·阿特贝里和法拉·门德尔松等产生了深远影响。

托多洛夫的研究是 70 年代幻想文学研究的先头兵，继他之后，一系列有影响力和学术洞见的研究著作陆续出版，掀起了一阵叹为观止的幻想文学研究热潮。英国学者曼洛夫 1975 年出版的《现代幻想小说》（Modern Fantasy）对查尔斯·金斯利、乔治·麦克唐纳德、C. S. 路易斯、J. R. R. 托尔金和马文·匹克五位英国著名幻想作家的经典作品进行分析解读。曼洛夫一反常态地总结指出五位作家的作品都因未能实现他们的创作初衷而令人失望，借此提出并阐释自己的幻想小说研究思想。但是，曼洛夫在该书中对于幻想小说的认识似乎也有着某种矛盾的斗争。他一边肯定并呼吁幻想文学中的超自然因素，一边又认为小说人物或读者需要对这些超自然力量有所涉猎了解，这种对于幻想文学先"扬"后"抑"的做法在一定程度上限制了其视野范围，有

---

① 王腊宝. "结构主义先生"与奇想文学——重读茨维坦·托多洛夫的《奇想：一个文学样式的结构研究》[J]. 苏州大学学报，2012（3）：121.

碍全面客观的评价。埃里克·拉伯金所著《文学中的幻想》（*The Fantastic in Literature*，1976）侧重幻想作为艺术表现手法的颠覆性，认为幻想旨在向现实的规则发起挑战，呈现一个"离经叛道"的世界。W. R. 欧文《不可能的游戏：幻想小说修辞》（*The Game of the Impossible：A Rhetoric of Fantasy*，1976）是这一时期幻想文学研究里出现的第四部重要著作。该书如题所示，将不可能和游戏视为幻想文学的根本特征，充分张扬幻想文学作为文学类型"非同一般"的特殊之处：幻想文学不同于一般意义的文学样式，拥有循序渐进的历史演进与发展，它直接发源于人类自身的"快乐精神"，体现着作者对于现实主义小说书写的价值观和理论假说的不满和质疑。幻想文学的本质在欧文那里得到了与众不同的确认，幻想小说的内涵与范围更具灵活性。相比托多洛夫和曼洛夫的研究，欧文的幻想作品分析取材更广，不仅包括了卡夫卡的《变形记》（*Metamorphosis*）、比尔鲍姆和汉克特的《朱莱卡·多卜森》（*Zuleika Dobson*）、T. H. 怀特的《永恒之王》（*The Once and Future King*）等经典幻想作品，更大胆挖掘了许多鲜为人知的幻想小说，如大卫·加内特的《狐狸太太》（*Lady into Fox*）、唐纳德·弗班克的《脚下之花》（*The Flower beneath the Foot*）、赫伯特·里德的《绿孩儿》（*The Green Child*）等。欧文按主题对幻想作品进行了宽泛松散的归类，虽不乏局限性，然而欧文对幻想文学"快乐"因子的肯定与坚持有着积极意义。

70 年代的高潮之后，幻想文学本体论的研究虽没能再见到如此狂热着迷的"大红大紫"之势，却一直持续不断地薪火相传。研究著作的数量或许无法与之前同日而语，但在研

究的深度与厚度上，较之前有着明显的推进和深化。80 年
代，专注于幻想文学研究的曼洛夫继续发力，《幻想文学的
本质》（*The Impulse of Fantasy Literature*，1983）认为幻
想文学是具有颂扬性质的文学，诉说的是作家对于人类与现
实世界的个性关怀。曼洛夫着重探讨作者在表达关怀时所采
用的写作模式，及其在创作上尚存在的问题。该书以幻想文
学代表作家为切入点，分章对查尔斯·威廉姆斯、厄休拉·
勒奎恩、伊迪斯·内斯比特、乔治·麦克唐纳德、T. H.
怀特、马文·匹克、莫里斯、比格等作家的幻想创作进行分
析，总结提炼出各位作家的创作风格与写作特色，同时指出
仍待解决的问题。该著作可视为曼洛夫对 70 年代出版的专
著《现代幻想小说》的深化与拓展，不仅其研究对象的数量
从五位上升到十位，其研究深度亦有所推进。这一点从曼洛
夫对乔治·麦克唐纳德和马文·匹克这两位早期已经涉足的
作家研究中便可窥见一二。此外，凯瑟琳·休谟的《幻想与
模仿：西方文学对现实的回应》（*Fantasy and Mimesis*：
Response to Reality in Western Literature，1984）以更为严
谨的态度对文学中现实与想象的争论进行梳理和探讨，有力
回应了西方学界自柏拉图以来对于幻想文学的负面批评。休
谟认为，幻想一直与正宗文学密不可分，绝非少数的边缘群
体。在全书的第一部分，她就从历史分析的角度回顾了传统
社会生产的文学经典中的幻想传统，《荷马史诗》《圣经·旧
约》以及其他基督教传说中的幻想传统；第二部分休谟总结
出文学对现实的四种回应模式：假象（illusion）、想象
（vision）、修正（revision）和幻灭（disillusion），在丝丝入
扣的推理逻辑中揭示了幻想这一创作手法无所不在的全知全

能；第三部分介入幻想文学的功能，从形式到内容由浅入深地论证探讨，指出"与现实和物质生活之间存在的创新、紧张、关联、浓缩和超越"[①] 是幻想能够提供的最要紧的事物。休谟研究对于"幻想"在文学创作中无所不在的普遍性的揭示充分彰显了这个被孤立的边缘体裁应有的正宗地位，是对幻想文学的文类权益一次清晰的发声与有力的维护。

承继休谟的学术魄力，90 年代至今本体论研究仍然方兴未艾，硕果累累。布莱恩·阿特贝里的《幻想小说的技巧》（*Strategies of Fantasy*，1992）、克鲁特和格兰特主编的《幻想文学百科全书》（*The Encyclopaedia of Fantasy*，1997）、布莱恩·斯塔布福特的《幻想文学辞典》（*The A to Z of Fantasy Literature*，2005）、露西·阿密特的《奇幻小说》（*Fantasy Fiction：An Introduction*，2005）、法拉·门德尔松的《幻想小说修辞学》（*Rhetorics of Fantasy*，2008）、菲利普·马丁的《幻想文学导论》（*A Guide to Fantasy Literature*，2009）等著作不断挖掘剖析幻想小说的内在构造，幻想文学的"形态学"研究愈加丰盈繁荣。阿特贝里对诸多幻想作品展开了个性解读与分析，展示了幻想文学常用的艺术手法；门德尔松的研究与阿特贝里有着几分相似之处，都将研究焦点直指幻想文学的创作手段，然而门氏所采用的路径是语言和修辞的角度，对各类型的幻想小说进行探讨分析，同时引入读者接受的维度来考察修辞手法的效果。其余几位学者的幻想文学研究并非从某个具体问题着眼，而是在

---

① Kathryn Hume. *Fantasy and Mimesis：Responses to Reality in Western Literature* [M]. New York and London：Methuen，1984：196.

更广阔的视域下对幻想文学进行"面面观"式的介绍或研究，更具综合性。《幻想文学百科全书》和《幻想文学辞典》利用其体例所赋予的特殊便利，以词条的方式对幻想文学的重要作家、作品、历史事件和主要类型等进行了介绍，以详实丰富的信息弥补了其学理性的匮乏。面对如此庞大的工作量，几位学者在信息的收集整理与总结评论方面所展现出的一流学术规范和治学水准亦令人钦佩。马丁的《幻想文学导论》侧重于幻想小说的形式研究，对幻想文学的源头、类型、模式、情节、人物、地点等各方面进行了阐述。马丁以自己的作家视角对幻想文学所涉及的各个方面进行探讨，但在观点的深度和批评的力度上又难免显露出力所不及之处。阿密特的《奇幻小说》是一部"大熔炉"式的著作，研究内容涵盖幻想创作、幻想历史、幻想阅读、经典作品品析、叙事模式解析、幻想的类型特征以及幻想文学批评。这部"雄心勃勃"的学术著作在研究的广度上的确对前辈学者的研究有所超越，然而其在论证阐释上的点到为止让"面"的铺开成为了走马观花式的快餐供应，缺乏内涵的深度，这样的处理不免有些局限。

纵然在各位学者的研究中尚存在这样或那样的不足，然而其重要意义不可小觑。几代学者对幻想小说的艺术研究在广度和深度上都取得了重大突破和巨大进展，不仅充分揭示了这一文学样式所具有的文学性，也客观全面地展现了幻想文学作为文类的自足性，为幻想小说这一颇具争议的新兴文类的建立与确认做出了重要贡献。

第二个研究分支从"价值"起家，立足幻想文学的价值与功能，试图在跨学科视域的灵感下，找寻幻想文学的意义。从 20 世纪 70 年代初期开始，弗洛伊德、荣格等人的心理分析理论与幻想文学的联姻不仅拓宽了评论家的研究视野，也为幻想小说的意义解说带来了一场翻天覆地的革命，幻想小说的价值与意义研究从此摆脱了传统教条的、僵硬的道德说教的窠臼。1973 年，心理学家拉维娜·赫尔森在《人格研究期刊》（*Journal of Personality*）连续刊登的两篇论文，率先探讨了幻想文学与人类心理和个性建构的关系。《英雄式，喜剧式，温柔式：幻想小说的模式及相关作家》（*The Heroic, the Comic, the Tender: Patterns of Literary Fantasy and their Authors*）和《幻想小说与自我发现》（*Fantasy and Self-Discovery*）运用荣格心理学理论，将儿童文学看做心理剧，根据自我与无意识之间的发展运动过程，划分出三大类型：自我让无意识着迷沉醉、自我同无意识冲突斗争、自我与无意识达成和解，由此生成喜剧式、英雄式和温柔式三种幻想模式，揭示幻想文学作为人类基本情感表达媒介的身份。接着，赫尔森在第二篇文章中进一步阐释了幻想文学作为情感表达媒介如何帮助人类走进自我，发现自我。赫尔森的理论实践随即引发了一场幻想文学的心理学研究风暴。罗斯玛丽·杰克逊《幻想小说：颠覆的文学》（*Fantasy: The Literature of Subversion*，1981）在第一部分有关幻想文学理论框架建构的讨论，以及第二部分有关幻想文本的分析中，都引入了心理分析的视角，以破解幻想文学潜在的隐喻意义。虽然该书作为理论专著在打印排版以及措辞表述等方面的错误为学界所诟病，但是杰克逊对于作品细致耐心的分析还是有力证明了幻想文学所具有的"颠覆"力量。

　　在幻想文学的"价值"挖掘方面，需要额外探讨的是几位西方童话研究学者的重要学术成果。虽然其研究对象主要是童话故事，但其对于这个想象类文学体裁所具备的"价值潜力"的开发与创新阐释也为同样是想象类文学体裁的幻想小说的价值研究提供了有益借鉴和启发。心理学家贝特尔海姆在《童话的魅力：童话的心理意义与价值》（*The Uses of Enchantment：Meaning and Importance of Fairy Tales*，1976）一书中运用弗洛伊德精神分析理论对童话的艺术形式进行了较为全面的分析，用心理分析的方法对人物、情节、冲突以及主题做出了全新的解释。虽然其在书中引入弗洛伊德性欲观的论述遭人诟病，然而贝氏提出"童话故事有助于儿童完整人格建立"的观点无疑具有积极意义。瑞士心理学家维蕾娜·卡斯特的《童话的心理分析》（*Märchen als Therapie*，1986）运用荣格心理学，结合《小红帽》《冰雪公主》《勇敢的小裁缝》等经典童话故事以及其他经典童话人物形象，揭示了童话对个体和团体的"疗伤"功效。十多年后的世纪之交，美国学者谢尔登·卡什丹延续童话的心理分析研究传统，专著《女巫一定得死：童话如何塑造性格》（*The Witch Must Die：The Hidden Meaning of Fairy Tales*，2000）将童话故事视为"童年心理剧"，指出童话故事通过演习与试炼帮助儿童解决内心冲突与心理挣扎。卡什丹对佩罗童话、格林童话等经典童话故事的不同版本进行了比较与重读，通过对比各版本对内容的增补与删减，探讨其对于儿童心理和精神成长的不同指向与引领作用。

　　在心理分析对童话价值进行全面围剿的研究趋势下，杰克·齐普斯的童话价值研究颇具个性色彩。齐普斯乐此不疲地探索挖掘童话故事蕴藏的"革命性"能量，在社会历史学的视域内观照审视童话的现实意义。《冲破魔法符咒：民间故事和童话故事的激进理论》（*Breaking the Magic Spell：Radical Theories of Folk and Fairy Tales*，1979）、《童话故事和颠覆的艺术》（*Fairy Tales and the Art of Subversion*，1985）、《作为神话的童话/作为童话的神话》（*Fairy Tale As Myth Myth As Fairy Tale*，1994）、《文学与文学理论：童话故事与颠覆的艺术》（*Literature and Literary Theory：Fairy Tales and the Art of Subversion*，2011）、《难以抗拒的童话故事：一个类型的社会文化历史》（*The Irresistible Fairy Tale：The Cultural and Social History of a Genre*，2012）等一系列学术理论著作对童话故事的起源、发展、创作、主题、风格等进行了详尽的研究，充分肯定了童话故事与现实生活的紧密联系，并在文本细读中犀利揭示童话故事与社会、种族、政治、文化等意识形态领域的深层互动。齐普斯对于童话意义的探询虽然与心理分析派的研究做法相异，却并非此生彼亡的截然对立关系。齐普斯以更为宽阔的学术视野和广阔的学术胸襟，在具体的论述中兼容并蓄地运用了弗洛伊德、皮亚杰以及布洛赫等多派学者的研究，将他们的观点和言论巧妙地同其所致力揭示的社会政治意义和意识形态性的探讨结合在一起，十分高明地解决了"鱼与熊掌"的尴尬问题。

可以说，幻想文学价值论研究一支将这一体裁置身于更加广阔的批评视野之中，打通了文学与人类学、社会学乃至政治学之间的界限，在错综的勾连中萌生跨学科的研究苗头和趋势，研究路径和焦点关注日趋深入多元，将文学的价值探索从道德说教的禁锢中解放出来，转向更具建构气质的人格修炼、更具积极意义的社会参与。在他们的研究中，儿童这一特殊的生命个体以及童年这一特殊的生命阶段开始走进关注的视野。在心理分析学说的映照下，儿童与童年所具有的独特鲜明的个性特征得以突显，儿童与幻想文学之间的深层关联亦得到了强有力的"心理证实"。

伴随着幻想小说文学地位的确立以及幻想小说价值与功能意义的发掘，幻想文学开始被纳入到各种文学领域中加以审视和研究，其中最为活跃的一支当属儿童文学抛来的橄榄枝。需要说明的是，与托尔金在《论童话故事》里所说的"成人不加选择地将想象类故事扔给儿童从而导致这类故事沦为'小儿科'文学"的情形不同，这里所说的儿童文学对幻想小说的"招安"是更加成熟、更加谨慎的逻辑思考结果，也即是说，儿童文学正式从学理意义上接纳幻想小说，将其视作与诗歌、学校故事、家庭故事、历险故事等同样"正宗"的、严肃的儿童文学样式。这就开启了儿童幻想文学研究第三支团的源流发端：夹裹在儿童文学中的幻想小说概述研究。

亨弗利·卡朋特与马里·普理查德合编的《牛津儿童文学指南》（*The Oxford Companion to Children's Literature*，1984），肯尼斯·唐纳森与艾伦·尼尔森合著的《当代少年文学》（*Literature for Young Adults*，1989），塞德里克·卡林福德的《儿童文学及其影响》（*Children's Literature and its Effects*，1998），黛波拉·塞克与珍·韦伯合著的《介绍儿童文学》（*Introducing Children's Literature*，2002），罗德里克·麦克吉利斯主编的《世纪末的儿童文学》（*Children's*

Literature and the Fin de Siecle，2003），皮特·亨特的《儿童文学国际百科全书》（*International Companion Encyclopaedia to Children's Literature*，2004），马修·格伦比的《儿童文学》（*Children's Literature*，2008），塞斯·赖瑞的《儿童文学》（*Children's Literature*，2008），潘姆·科尔的《21世纪少年文学》（*Young Adult Literature in the 21ˢᵗ Century*，2009），大卫·路德主编的《卢德里奇儿童文学指南》（*Routledge Companion to Children's Literature*，2010）等都是20世纪80年代以来儿童文学研究的重要学术著作，在这些书目中能够毫不费劲找到幻想小说的身影。《牛津儿童文学指南》以辞书条目的形式对儿童文学的作家作品、类型、题材等进行解释。该书将fantasy收录其中，并对其定义和历史发展进行了简要介绍。唐纳森和尼尔森、格伦比、赖瑞、科尔在其儿童文学总论研究里，用独立的章节和较大的篇幅介绍作为儿童文学分支的幻想文学，从定义、特征到历史演进，从代表作家作品到具体功能价值，进行提纲挈领概述式的描述与介绍。卡林福德与塞克和韦伯在各自的儿童文学专著中在对幻想作品进行分析的基础上引出有关该文学类型的探讨，以弗兰克·鲍姆、菲利普·普尔曼等重要幻想作家作品为对象，阐释幻想文学这一给予儿童欢乐和希望的"快乐文学"所具有的艺术内涵。麦克吉利斯、亨特、路德三位编者以前卫的学术洞察力和包容的学术姿态，在丛书中专门收录幻想文学的研究文章。麦克吉利斯单独开辟"幻想小说与科幻小说"，探讨当代儿童幻想小说中的主旨元素与伦理价值；亨特从儿童文学类型的整体考量出发，收录童话故事与民间故事、动物故事、高越幻想小说、科学幻想小说

等多篇文章；路德基于创作论的考虑，选取收录了探讨幻想与创作的专题文章。

儿童文学研究对幻想文学的简单涉猎，虽然论述比较粗略，逻辑略微松散，然而这一宝贵的研究发端由此将幻想文学与儿童和儿童文学联系起来，朝着儿童幻想小说研究这一最终目标迈出了一大步。儿童幻想小说研究渐渐迎来了自己的"独立日"。

从 20 世纪 90 年代开始，儿童幻想小说的专门研究开始形成气候。儿童幻想小说的研究逐渐摆脱在儿童文学中的"寄居"生活，开始自立门户，独当一面。大卫·桑德勒《幻想的崇高：19 世纪儿童幻想文学中的浪漫主义与超验思想》（*The Fantastic Sublime：Romanticism and Transcendence in Nineteenth-Century Children's Fantasy Literature*，1996）旨在探讨 19 世纪儿童幻想文学中崇高的浪漫主义精神。桑德勒对乔治·麦克唐纳德、肯尼斯·格雷厄姆、克里斯蒂娜·罗塞蒂等作家的文本进行了新颖生动的细读，揭示了 19 世纪儿童幻想小说中潜在的浪漫主义主题，例如风、精神等。书中对于超验思想与追求的论述亦具有强烈的乌托邦色彩。桑德勒认为，属于纯洁天真的儿童的理想世界是仙境一般的地方，"一个简单、快乐、没有谎言的地方"，① 继而对幻想文本中的乌托邦隐喻进行阐释。虽然有学者认为桑德勒在论述中表现出理论性和历史深度的欠缺，但他所提出的浪漫主义对儿童幻想小说的潜入，以及对幻想文本所蕴含的共同精神

---

① David Sandner. *The Fantastic Sublime：Romanticism and Transcendence in Nineteenth-Century Children's Fantasy Literature* ［M］. Westport，CT：Greenwood，1996：31.

的探索挖掘，在当时的学术研究实践中是标新立异、独树一帜的。凯西·麦克瑞在《介绍少年幻想小说》（*Presenting Young Adult Fantasy*，1998）中显示出了其作为图书管理员的广博、开放以及与读者互动的交流意识。全书共七章，第一章对幻想文学评论家、作家以及少年幻想文学专家（YAFEs）的观点广征博引，多角度、多方面地探讨了幻想文学的定义；之后六章以专题形式介绍了少年幻想小说的六大类型："另外的世界"（Alternate Worlds）、"魔幻现实主义"（Magic Realism）、"神话：心灵历险的梦想"（Myth：Dreams of the Soul's Adventure）、"传说：英雄的养成"（Legends：The Shaping of Heroes）、"魔幻动物寓言"（A Magic Bestiary）和"时间幻想小说：从此时到彼时"（Time Fantasy：From Now to Then）。每章对一位作家进行重点介绍，并附上相当数量的参考书目，供读者选择。麦克瑞无意对少年幻想小说进行理论的梳理与阐释，而是从读者接受和反应的角度对各个类型的代表作家和代表作品进行"读后感"式的分析。她广泛征集引用少年读者专家团的阅读反馈，以期全方位地呈现少年儿童对于幻想小说的认识与感受，更加客观地呈现幻想小说在少年儿童群体中的"待遇"。该书末尾的附录介绍幻想小说的相关奖项，列出大量少年幻想小说的优秀读物，同时对实施读者反应论研究过程中信息和数据的收集方式进行了展示和说明。《介绍少年幻想小说》一书以其广阔的覆盖面实现了对少年幻想小说一次大规模、系统化的介绍，无论对少年儿童读者还是中学教师，致力于文学传播的专家还是研究学者，都是一本不可多得的"信息宝典"。

帕米拉·盖茨、苏珊·司特福与弗朗西斯·默尔森三人合著《儿童与少年幻想文学》（*Fantasy Literature for Children and Young Adults*，2003）是新世纪伊始儿童幻想小说研究的代表著作。三位作者都是教师，有着多年一线的教育经验，因此这本著作是三位多年来从事文学尤其是幻想文学教学的经验结晶。该书将儿童幻想文学宽泛划分为三大类：童话故事、混合型幻想小说（mixed fantasy）和英雄-伦理传统（heroic-ethical tradition），对各个类型进行了摘要式概述和介绍。然而，该书每章各个部分之间缺乏紧密的逻辑关联，论述也略显松散，倒很有几分课程教案对知识点进行列举的风格。作者们从教学者和兴趣爱好者的角度出发，对重要的儿童幻想小说作品进行解析，旨在为幻想文学的教学和阅读提供可资借鉴的参考资源与评价标准。

麦克·莱维与法拉·门德尔松合著的《儿童幻想小说》（*Children's Fantasy Literature*，2016）是儿童幻想小说研究的最新力作。如其在序言中所述，该书旨在将幻想文学和儿童文学两大传统悠久的批评领域结合起来，将儿童幻想文学放置到几百年来人类社会儿童观的演变语境中加以参照思考，以儿童观为基础，探讨幻想文学与儿童的内在关联，幻想文学对儿童的价值意义，及其同阶级、性别和政治的联系等问题。全书从《伊索寓言》和童话故事谈起，厘清了幻想与儿童文学的渊源，对英、美两国的幻想文学进行了历时的追踪探究。然而单从各章的安排和侧重点不难看出这部理论专著透出的浓厚英国气息。该书在从第二章到第八章总共七章的篇幅中，美国儿童幻想文学的探讨仅有一章，其余六章基本都在探讨英国儿童幻想文学及其作家作品。因此，该书虽然在理论的阐释和深度的开凿上令人叹服，其大量而且集中的"英国选材"难免使其对幻想小说的认识与探讨失之偏颇，难逃视野褊狭之嫌。

综观西方学界的幻想小说研究，可谓浩浩荡荡，其间亦不乏大文豪和理论大家的探究。从幻想文学研究到儿童文学研究再到儿童幻想文学研究，一代又一代学者的苦心钻研不断推动幻想文学创作与反思，努力改进完善幻想文学的体质与机制，助其逐步走上正轨，这对于曾备受质疑的儿童幻想文学来说确是一大幸事。放眼望去，浩渺学海，群星璀璨，在感叹其卓越成绩以及恢弘气势之时，不免有些怅然若失：在幻想研究的偌大星空之中，欧洲各国的儿童幻想作品总是占据着当下幻想文本研究的主阵地，其中英国儿童幻想作品尤为突出。西方幻想小说研究所体现出的鲜明的"欧洲中心主义"极大地遮蔽了世界其他地区和国家的优秀幻想文学遗产。中国是有着悠久历史的四大文明古国之一，从《山海经》到志怪传奇、《西游记》，再到《聊斋志异》，从新中国建立至今，数代儿童文学作家在想象这片沃土孜孜不倦地耕耘，其古老又独特的幻想文化资源和幻想文学作品，理应拥有自己的声音和一席之地，赢得世界的关注。若是能够以更广阔的视野将中国和西方的经典儿童幻想小说加以共同观照，打破横亘在东西方幻想话语和研究之间的隔阂，发掘彼此在幻想叙事艺术上的共同特征，应该能够为儿童幻想小说的研究贡献一个新颖的视角。

第一章

 儿 童 幻 想 小 说 的 文 体 界 定

儿童幻想小说所指涉的"儿童"与"幻想"两大规定性要素清晰地揭示出其作为文学样式的双重身份：它既是幻想小说，又是儿童文学，是幻想性与儿童性交融的产物。"儿童"与"幻想"这两重标签的范围限定亦为其文体的阐释工作指明了方向，儿童幻想小说作为幻想文学类型的幻想特征和作为儿童文学的儿童要素成为破译解读其概念内涵的突破口。本章试图在探讨论述其幻想特征的基础上，对其蕴含的儿童要素进行阐述指认。

第一节
作为一种文体的幻想小说

　　幻想既是一种思维方式，也是一种艺术创作形态。幻想逃脱理性的秩序，在想象中释放狂野、无理的非理性，以无序对抗有序。理性虽然强大，但其仍"无法阻止，更无法彻底消灭人类思想中向往追求无序（disorder）的力量，因为这股力量对于思想而言，与那股追求秩序（order）的力量一样重要"。[①] 幻想作为人类探索认知世界的方式和道路之一是人们无法摈弃和否认的，即使是人们努力尝试用理性治理的现实生活也有着奇幻荒诞的一面。在艺术创作领域，幻想的绽放在音乐、绘画、雕刻等领域产出了数不胜数的佳作和杰作，在文学领域亦不逊色。幻想借由文字进行描绘

---

① Elizabeth Sewell. *The Field of Nonsense* ［M］. London：Chatto and Windus，1952：47.

和呈现，二者之间的迅速综合与激烈的化学反应让一个新兴的体裁——幻想小说崭露头角。从其诞生以来，有关幻想小说的微词和争议从未停止过，然而幻想小说却以极其旺盛的生命力，走过了黑暗低谷，赢得了属于自己的光辉荣耀。对于这样一个经历了大起大落的文学体裁，它到底是一种什么样的文学样式？讲述什么奇妙的故事？具有什么与众不同的魅力，能够俘获世界各地众多儿童读者和成人读者的心？

许多幻想小说作家以及评论家开始回到起点，审视幻想文学自身，试图从理论上厘清界定这一文学样式，却又发现其惊人的复杂性和多变性顽强抵制着各种企图对其进行规范与界定的尝试。不同学者面对这一"狡猾多变"的文学类型采取了不同的做法。

一、幻想小说"模糊论"

"幻想小说丰富多样，而且同其他想象类小说（imaginative fiction）有着千丝万缕的联系，因此，若是想要给出一个清晰的定义，这工作就像幻想小说所讲述的故事一般不可能"。① 鉴于此，许多中外学者在幻想小说的界定上表现出一种模糊的倾向。

王泉根借用日本学者的定义，认为幻想小说是"包含超

---

① Cathi D. MacRae. *Presenting Young Adult Fantasy Fiction* [M]. New York: Twayne Publishers, 1998: 1.

自然的要素，以小说的形式展开故事，给读者带来惊异感觉的故事"。① 西方儿童文学研究学者爱德华·詹姆斯、法拉·门德尔松、艾琳·尼尔森、肯尼斯·道尔森、马修·格伦比、皮特·亨特等都在自己的理论专著中指出幻想文学的复杂性和模糊性，以及下定义的难度，因而巧妙绕过这一难关。欧文将幻想文学称为"讲述不可能之事的文学"；② 拉伯金称之为"现实的截然对立物"；③ 曼洛夫称之为讲述超自然和不可能的文学，呈现了另一种供人们生活和认知的现实秩序。④ 露丝·林恩则用一个更加"包容"的视角，简明扼要地对幻想小说的内容、主题以及艺术效果进行了概括，指出幻想小说是"一个广义概念，包含了那些讲述由魔法引起的奇妙的、不可思议的故事……它所热衷的善恶之争、在逆境中努力仍朝着希望和幸福奋斗、接受死亡的必然等主题为人们呈现了一个真实的世界，这个世界甚至比现实主义文学所能描绘的还要真实"。⑤ 布莱恩·阿特贝利从修辞格的角度审视幻想小说，认为幻想小说是使用相同修辞格进行创作的文本的集合。根据文本所使用的修辞格的数量和质量，幻想作品在层级位置上有所差异，靠近中心的最不可思议的故事最具幻想气质，位于边缘的较易令人怀疑的作品则相对逊色一

---

① 王泉根. 儿童文学教程 [M]. 北京：北京师范大学出版社，2009：178.

② W. R. Irwin. *The Game of Impossible* [M]. Urbana：University of Illinois Press，1976：4.

③ E. S. Rabkin. *The Fantastic in Literature* [M]. Princeton：Princeton University Press，1976：14.

④ C. N. Manlove. *Modern Fantasy：Five Studies* [M]. Cambridge：Cambridge University Press，1975：3.

⑤ Ruth Nadelman Lynn. *Fantasy Literature for Children and Young Adults* [M]. New Providence，N. J.：R. R. Bowker，1995：xxiii—iv.

些，但它们都属于幻想文学。① 为了充分涵盖每一部可能的作品，阿特贝利特意引入了一个数学概念"模糊集"（fuzzy set）来描述幻想小说的内涵与外延。他的这一做法和尝试为约翰·克鲁特在编撰《幻想小说百科全书》中对幻想小说进行定义时提供了可资借鉴的思路，建构了类似"幻想小说语法"的概念。特瑞·温德林在《多面幻想小说》（*The Faces of Fantasy*）一书"序论"介绍里干脆跳过定义这一关卡，直接写道："熟知幻想小说的读者在阅读中能够立刻辨别出幻想故事所传递的感觉、所呈现的外观以及所散发的气息。"② 或许，正是这些依凭直觉感知的"感觉"（feel）、"外观"（look）和"气息"（smell）让作家们和理论家们挠头，让无数次试图对幻想小说进行规范和定义的尝试遭到挫败。每一次得出的定义在浩如烟海的幻想作品面前总是不可避免地暴露出自身的狭隘性和局限性，从而丧失权威性和说服力。③

因此，大部分作家和学者在谈论幻想小说的定义时通常选择避免正面的、直接的、僵硬的生搬硬套，转而使用描述性的语言有侧重地归纳概括幻想小说在某一方面或一些方面表现出来的特征。

---

① Brian Attebery. *Strategies of Fantasy* [M]. Bloomington：Indiana University Press，1992：12—15.
② Terri Windling. Introduction to *The Faces of Fantasy* [M]. New York：Tor，1996：24.
③ Edward James & Farah Mendlesohn. *The Cambridge Companion to Fantasy Literature* [C]. New York：Cambridge University Press，2012：1.

二、幻想小说"心理派"

既然以文体自身特征为基础的定义方式存在一定难度，便诞生了一种迂回路线的定义尝试。鉴于这一文学样式与人类心理和潜意识的深层联系，一些学者试图从心理学的角度，在幻想小说的主题、题材和儿童心理世界之间建立联系，从而完成体裁的界定工作。大卫·普林格认为幻想小说"是讲述魔法、另类世界以及不可思议之事的故事……'真正的'幻想小说旨在向我们展示内心的图景，或者说精神的图景"。① 普林格从心理意义的角度出发得出的论断与理论家希拉·依格夫所说的"幻想小说的拓展功能"有着异曲同工之处。依格夫认为，"幻想小说不仅向我们展示感官所能感知接触到的世界，还有那个潜藏在我们大脑和精神世界中的内在世界，在那里具有创造性的想象力不断致力于拓展我们的视野，深化我们的认知"。② 在儿童幻想小说家、评论家厄休拉·勒奎恩那里，幻想小说的这一特征得到更加抽象的总结与概括："幻想小说用不同的方式理解认知现实，为人们理解和应对生活提供了另外一种方式。它不是反理性的，而是超理性的（pararational）；它不是现实主义的，而是超现实主义的……它巧妙地运用荣格所说的原型，描述人类潜意

---

① David Pringle. *Modern Fantasy*：*The Hundred Best Novels* [M]. New York：Peter Bedrick Books，1989：13—18.

② Sheila Egoff. *Worlds Within*：*Children's Fantasy from the Middle Ages to Today* [M]. Chicago：American Library Association，1988：19.

识世界的活动……它会改变你"。① 可以看出，三位学者试图从心理学或精神分析学的角度，通过探讨揭示幻想小说的意义和功能方面，实现对幻想文学的内涵阐释。

无论何种定义和观点，幻想小说作为想象类文学的本质是毋庸置疑的，在如前所述的各种描述中，能够看到诸如"不可思议""另类""魔法"等字眼出现的频率极高，全都直接清晰地表明了幻想小说的想象特质。然而所有文学创作的发生和发展都需要想象的参与。不论是现实主义文学，还是幻想文学，作家的想象至关重要，只是这一想象在产出的具体形态上出现了两种看似截然不同的结果：一个是通过想象以无限接近现实；一个是通过想象以无限逃离现实。于是，这表面的假象将人们带入了一种成见：现实主义文学是入世的，幻想文学是出世的、避世的、逃避现实的，因而忽略了两种体裁书写创作的深层旨归。面对这样的曲解，幻想作家和评论家充分肯定了幻想小说之于人类的心理价值和文化价值，明确了被指认为"逃避现实"的幻想文学的"现实指向"。尼尔森和道尔森巧妙地借用幻想小说的英文对应词 fantasy 的拉丁语词源说明了这一点。Fantasy 来自拉丁语 phantasia，意思是"a making visible"，即：将人们无法看见的东西显露出来，因此，幻想小说拒绝接受世界现在的样子，它将种种经历变得可视、能见，呈现在读者面前，让读者领略到在既定的现实之外可能存在的世界和出现的情况。②

---

① Ursula K. Le Guin. *The Language of the Night*: *Essays on Fantasy and Science Fiction* [M]. New York: Putnam/Perigee, 1979: 84—93.

② A. P. Nilsen & Kenneth Donelson. *Literature for Today's Young Adults* [M]. New York: HarperCollins, 1993: 215.

幻想不是逃避，是一种探寻真相的努力，给生活在现实重压下的人们提供另一种可能、另一条通道、另一种"事实"。如托尔金所说，"幻想是人类的天然活动，它绝不会消灭或贬抑理性，也不会挫伤压制人类对科学真理的追求和认知。相反，一个思维越发敏锐清晰的头脑，越能创造出上乘的幻想。如果人类处于一种不想了解和认知真相的状态，那么在人类被彻底治愈之前，幻想将一直萎靡不振"。① 因此，我们应当正视幻想小说的心理价值，其所具有的心理深度和文化厚度应当被充分发掘认识。

三、幻想小说"艺术论"

也有学者试图从艺术手法或艺术效果上对幻想小说进行定义。国内学者彭懿简单明了地将幻想小说定义为"运用小说的写实手法，创作的一个现实世界所不存在的长篇幻想故事"。② 罗伯特·内森认为，"幻想小说就是将没有发生过的，也不可能发生的事情描写出来，让人觉得这些事情也许真的发生过"。③ 内森眼中的幻想小说是一种叙事方式，一种可以以假乱真的高仿真文学表现手法。李利安·史密斯认为幻想小说来自创造性的想象力，"以隐喻的方式来表达关于宇宙

---

① J. R. R. Tolkien. *The Tolkien Reader* [M]. New York: Ballantine, 1966: 74—75.
② 梅子涵等. 中国儿童文学 5 人谈 [M]. 天津: 新蕾出版社，2008: 94.
③ Robert Nathan. *Two Robert Nathan Pieces* [M]. New York: The Typophiles, 1950: 12.

的真理"，^① 幻想小说成为作家创造性表达真理追求的艺术媒介与具体手段。汤姆林森和林奇-布朗指出，幻想小说是在真实世界里不可能发生的故事。在幻想小说中，动物可以说话，无生命的物体可以活动，鬼神和吸血鬼可以和人类互动。幻想小说既有对世界的想象，也有对未来世界的探索。尽管小说中的事件是虚幻的，它却包含着一些真理，可以帮助读者了解真实的世界。^② 这样的描述性定义虽未能一一细数出幻想小说采用的艺术手法，却也简明扼要地展示了幻想小说的艺术风采。

虽然以上各种观点和定义在具体的措辞与表述上各有不同，各有侧重，但就幻想小说的核心要素，也就是阿特贝利所说的"幻想小说的修辞格"，已经基本达成共识：魔法或超自然能力的存在与使用、另类的超自然世界、"另类"的生物、"英雄"的主人公、奇异的经历、现实的指向。

综合以上要素，我们姑且可以赋予幻想小说一个工作性定义：幻想小说是以小说的形式讲述超自然的、不可思议的故事，在惊奇之中揭示生活的真谛。所以，幻想小说具备了小说的一切要素，执着于那些超然于现实与理性之外的超自然元素的神奇"魔力"，不断颠覆读者的既定认知，在惊奇中制造顿悟。

---

① ［加拿大］李利安・H. 史密斯. 欢欣岁月［M］. 梅思繁译. 长沙：湖南少年儿童出版社，2014：205.

② C. M. Tomlinson & Carol Lynch-Brown. *Essentials of Young Adult Literature* ［M］. Boston：Pearson Education，Inc.，2007：63.

四、幻想的"不可思议"vs. 科幻的"情理之中"

这样一来，同样书写不可思议之事的科幻小说与幻想小说又有着什么区别呢？关键就在"超自然力量"和"不可思议"这两个要素上。塔莫拉·皮尔斯认为，"两者都是对可能性的探讨，科幻小说是思考者们的文学，幻想小说是感知者们的文学"。[①] 黛安娜·帕克森也有类似的表述，认为科幻小说是"思想的文学"，幻想小说是"伦理的文学"。[②] 科幻小说是基于对现有科学知识和技术发明的掌握，进一步发挥对科技发展的想象力，描述未来的社会或世界，其通向未来的道路是科学技术主导的；幻想小说是基于头脑的凭空想象，运用某种不可知的神秘力量讲述一个另类的世界，这个世界可以在过去，可以在未来，也可以是与现实世界平行存在的空间，时空中的穿梭往来依靠的是咒语、魔法等神力。所以，幻想小说讲述的可能性是无法预见的，而基于科技而生的科幻小说描述的可能性是可以预见的。[③] 正如科幻作家罗伯特·海莱茵所说，科幻小说继承了科学的血脉，它根据对过去及现在世界的正确认识，同时在完全理解科学方法的本质和其重要性的基础上，描写的、未来可能的事件。它是指向未来的预言，这个预言是有可能实现的。幻想小说继承

---

① Tamora Pierce. Fantasy：Why Kids Read It，Why Kids Need It［J］. *School Library Journal*. 1993，39（10）：50.

② Diana Paxson. *The Faces of Fantasy*［M］. New York：Tor，1996：204.

③ Walter Wangerin，Jr. By Faith，Fantasy. quoted in John H. Timmerman's *Other Worlds：The Fantasy Genre*［M］. Bowling Green，Ohio：Bowling Green University Popular Press，1983：21.

的"万物有灵"的原始思维，依靠强大的、神奇的魔法创造各种前所未有的奇迹，展现世间万物的奇妙，它可以指向未来，对人类与世界命运发展的种种可能尽情猜测想象，但更多的时候是"悄悄地把读者的思绪引向对过去的泛灵论时代的缅怀"。[①] 因此，传承泛灵原始思维的幻想小说满足的是人类内心的愿望，作为科学后裔的科幻小说寻求的是人类大脑的求知。两者所具有的不同内涵、遵循的不同依据以及瞄准的不同指向使得它们虽同为想象类文学，却具备了各自独特的风貌，并成为当今最为活跃而且最受儿童读者喜爱的两类文学体裁。

五、幻想小说的"丰满"vs. 童话的"单薄"

幻想小说在西方已经发展成为一个十分成熟的文学类型，然而在中国，幻想小说的文体自觉因遭遇童话的钳制而姗姗来迟。朱自强在《中国幻想小说论》中提炼出幻想小说的三大本质规定性要素：超自然的世界、小说式的展开方式和二次元性，[②] 由此将幻想小说（其早年称之为"小说童话"）与童话这两种文学体裁区别开来。彭懿突出强调了幻想小说区别于童话的"小说"特质，"请不要忽略了小说这两个字，小说与童话的不同之处就在于，小说需要把幻想写得像真的一样，让孩子们相信这事就会在眼前发生……童话

① 朱自强，何卫青. 中国幻想小说论 [M]. 上海：少年儿童出版社，2006：36.
② 朱自强，何卫青. 中国幻想小说论 [M]. 上海：少年儿童出版社，2006：23.

就是童话，它不需要让你相信它所讲述的故事是真的"。① 两位学者从不同角度指出幻想小说与童话的本质性区别。虽然朱自强的"三要素"总结相比彭懿的"感觉说"更加客观全面，更具学理性，然而这两种论述无疑都涉及了童话与幻想小说这两种文体对待写实的态度问题。幻想小说对写实的全力以赴同童话故事对待写实的"轻描淡写"形成巨大反差，而二者在同一问题上所表现出的不同态度亦直接生成了彼此在表达效果上的"丰满"与"单薄"。

因为求真，幻想小说致力于呈现起伏跌宕的情节，而不是平板单调的故事。幻想小说尝试在因果关系的链条中制造谜团并解开谜团②，而童话倾向于规规矩矩地按照时间顺序讲述故事。因而，幻想小说精心"开端——高潮——结局"的情节路线设计，小心营造扑朔迷离的氛围；童话故事则在"三段式结构"中以"从今以后"的大团圆结局所蕴藉的确定感和幸福感铺陈故事的走向。因此，《巫师的沉船》里围绕着莲姑、红妹子、鱼鹰还有那艘远古沉船的一个个谜团便昭示了它作为幻想小说的身份，而不再是满足于老实巴交地讲故事的童话。

因为求真，幻想小说倾心刻画个性化的人物，发掘人物的独特性与闪光点，提升人物的辨识度，而不是笼统地呈现一幅模糊的类型化人物群像。幻想小说与童话拥有类似的人物设置，王子、公主、平民、英雄、坏蛋、精灵、巫师等都

---

① 梅子涵等. 中国儿童文学5人谈 [M]. 天津：新蕾出版社，2008：94—95.
② 福斯特在《小说面面观》（北京：中国对外翻译出版公司，2002）中谈到故事和情节时这样说道："故事是关于按时间顺序排列的一个个事件的叙述。情节也是关于一个个事件的叙述，但是它所强调的是其间的因果关系"（第231页）。

是频繁活跃在两种文体中的人物形象，却又被二者赋予了不同的状貌。童话故事里的人物多为功能化的存在，为故事而生，为故事而灭。幻想小说里的人物拥有鲜明的性格轮廓与理想信念，不时地同社会、他人或自我碰撞冲突，推动情节的发展，同时情节的发展也制约着人物的行为与活动。人物与情节之间的相互关联和互相牵制给予彼此适度的空间去追求个性的建构，又在个性的碰撞中生发出灵动与惊奇。因此，在《阁楼精灵》里，当精灵奶奶、精灵爷爷、小精灵小西与阿三、巫婆格里格等人物悉数登场时，他们身上所特具的担当、无私、勇敢、荒谬一一显现的时候，这已经不是童话故事所拥有的人物塑造方式了。这是一部探索人物个性多元建构的幻想力作。

因为求真，幻想小说不惜事无巨细地描述场景设置以营造逼真的氛围，而不是一成不变的"很久以前"的"王国或城堡"。幻想小说建立起一套独特的符号代码来精心经营自己的时空，耐心细致地装点幻想世界，力求让"到此一游"者和"观此一游"者信以为真，流连忘返；童话故事则在模糊虚幻的时空中继续安居乐业。因此，《"下次开船"港》里对这个奇妙港口的详细描绘早已不再是"王国或城堡"的童话故事发生地，而是一个真实可触的奇境。它有自己的居民，有自己的规则秩序，有自己的组织结构，它是一个"真实的"存在。

因为幻想小说不同于童话的那份较真，读者在阅读时才会产生身临其境的真实感，继而全身心地感受情节、人物、背景等要素合力打造的刺激感。这大费周折的背后隐藏着巨大的阅读乐趣，相比阅读童话时的平静与淡定，阅读幻想小说更显出曲折动人的魅力。幻想小说在小说这一文学样式所允许的范围内动用一切方法和手段让魔法合理化，而童话则以它的随意和随性继续着单维度、模式化的魔法讲述。因此，幻想小说和童话是儿童文学里的两种不同类型，是拥有独特艺术选择与个性艺术追求的两种儿童文学样式。

六、幻想小说"分类说"

随着幻想小说的发展和兴盛，这一文体不断得到丰富和完善。相比发端期的有限产量，如今幻想小说已经成为文学领域一支浩荡的大军。得益于一代又一代幻想作家的不竭努力和大胆尝试与突破，儿童幻想小说不仅在量的产出上实现了巨大飞跃，其种类也更加多元。幻想评论家们面对日益多样化的幻想体裁，尝试对幻想小说进行划分，以进一步细化规整繁杂众多的幻想作品。相关的分类学研究兴起，幻想小说的子类型不断被析出，又不断地再补充、再细化，却似乎又无法穷尽。

皮特·亨特曾说："我对业已开展的大规模地对幻想小说进行分类的工作表示适当的同情，这样的做法与幻想创作雄伟壮阔的内涵本质背道而驰，转而去无休止地圈定各种具体的类型"。[①] 在亨特看来，将研究的精力和重点放在类型划分的工作上，不仅没有必要，而且有悖"幻想的肌理"，是

---

① Peter Hunt & Millicent Lenz. *Alternative Worlds in Fantasy Fiction* ［M］. London：Continuum，2001：11.

费力不讨好的事情。亨特的观点未免有些偏狭过激之处，因为适当的分类整理并非一无是处。然而，幻想小说的复杂性的确超越了传统分类法所追寻的明确清晰的分界线，难以周全。帕米拉·盖茨、苏珊·斯特福和弗兰西斯·默尔森三位学者曾对幻想小说分类做过如下描述："分类是描述性的，而不是规定性的，因此它应当是试验性的、灵活的，能够涵盖任何一本新作，不同种类彼此之间也可能相互交叉。"①

学术界对于儿童幻想小说的类型划分确实多种多样，而且争议不断。露丝·林恩根据作品的主题和风格划分出寓言幻想、动物幻想、恐怖幻想、幽默幻想、历险幻想、第二世界幻想、时间穿梭幻想、巫术魔法幻想等 13 个子类型；② 曼洛夫在将幻想小说划分为第二世界幻想、超自然幻想、感性幻想、喜剧幻想、颠覆性幻想和儿童幻想之后，并未再阐述儿童幻想小说的分类；③ 安·斯温芬则分为动物幻想、时间幻想、双重世界幻想、第二世界幻想等；④ 约翰·克鲁特和约翰·格兰特粗略地提及了寓言幻想、浪漫传奇、恐怖幻想、黑暗幻想、怪异小说等若干类型；⑤ 盖茨等的分类更加宽泛，将儿童幻想小说分为童话故事、混合型幻想和英雄-

---

① P. S. Gates, S. B. Steffel & F. J. Molson. *Fantasy Literature for Children and Young Adults* [M]. Lanham & Oxford: The Scarecrow Press, 2003: 5.

② Ruth Nadelman Lynn. *Fantasy for Children: An Annotated Checklist* [M]. New York: R. R. Bowker, 1979: 85.

③ C. N. Manlove. *The Fantasy Literature of England* [M]. London: Macmillan, 1999: 7.

④ Ann Swinfen. *In Defense of Fantasy: A Study of the Genre in English and American Literature since* 1945 [M]. London: Routledge and Kegan Paul, 1984: 5.

⑤ John Clute & John Grant. *The Encyclopedia of Fantasy* [M]. New York: St. Martin's Press, 1997: viii.

伦理幻想三个大类，^① 以期灵活地涵盖多变的幻想小说；作为作家的马丁，从幻想创作的传统出发，得出五大类型：高越幻想、历险幻想、童话幻想、魔幻现实主义和黑暗幻想；^②门德尔松亦选择相对模糊宽泛的划分方法，从修辞格的角度划分五大类别：入口-探索式幻想（portal-quest fantasy）、浸透式幻想（immersive fantasy）、入侵类幻想（intrusion fantasy）、边缘类幻想（liminal fantasy）和特殊类幻想（the irregulars）。^③

不同学者采用的标准和依据不同，分类的结果亦各不相同，而不同的研究思路和研究目标也使得其分类在精细程度上有所不同。从以上分类中可以看出，即使是一位学者对于类型的划分也很难执行一致的标准。鉴于幻想小说的复杂特征，按照盖茨等学者的说法，分类应当具有灵活性、包容性，似乎笼统的划分方式更为恰当有利。因此，本文尝试从幻想小说的题材和空间架构两个方面对儿童幻想小说的主要类型进行简要划分和介绍。

从题材来看，目前儿童幻想小说的主要类型包括探索幻想（quest fantasy）、历险幻想（adventure fantasy）、黑暗幻想（dark fantasy）、历史幻想（historical fantasy）、时空穿梭幻想（time fantasy）和魔幻现实主义（magic realism）。探索幻想与历险幻想都是讲述主人公历险或旅途的经历，探

① P. S. Gates, S. B. Steffel & F. J. Molson. *Fantasy Literature for Children and Young Adults* [M]. Lanham & Oxford: The Scarecrow Press, 2003: 7.
② Philip Martin. *A Guide to Fantasy Literature* [M]. Milwaukee: Crickhollow Books, 2009: 37—66.
③ Farah Mendlesohn. *Rhetorics of Fantasy* [M]. Middletown, CT: Wesleyan University Press, 2008: xix—xxv.

索幻想的历险一般是为了实现某个崇高伟大的目标，历险过程表现为善恶的较量和争斗以及对主人公意志与品德的考验，主人公与他的同伴们在不断升级的危险和冲突中的选择和决定是作品叙述的中心，《魔戒》三部曲便是经典之作；①而历险幻想侧重历险旅程的刺激和有趣，主人公不必经历生死考验，也不必卷入拯救世界的正义邪恶之战，而是尽情享受历险所带来的未知挑战和惊险刺激。鲍姆的《奥兹国的魔法师》便是一例。② 黑暗幻想，顾名思义，便是在幻想故事中注入了恐怖元素。鬼故事、哥特故事、吸血鬼故事等都成为了黑暗幻想的灵感源泉和写作资源，也是黑暗幻想故事的常客，《暮光之城》系列、《吸血鬼日记》、霍利·布莱克的《洋娃娃的骨头》等均属此类。历史幻想是幻想和历史这两个相对独立个体的杂交品，以具体历史事件、历史人物、历史年代等为基础或背景，对故事展开想象。历史的痕迹隐约可见，然而故事情节全由幻想重新演绎。伊丽莎白·汉德的《致命的爱》（*Mortal Love*）、芭芭拉·汉伯莉的《那些夜间逐猎的人》（*Those Who Hunt at Night*）、苏珊娜·克拉克的《英伦魔法师》（*Jonathan Strange & Mr. Norrell*）等都是在历史故事和历史人物的启发熏陶中创作出来的名作。③ 时空穿梭幻想指主人公借助魔法等超自然力量可以穿越时空去

① W. A. Senior. Quest Fantasies. *The Cambridge Companion to Fantasy Literature* [M]. ed. Edward James & Farah Mendlesohn. New York：Cambridge University Press，2012：190.

② Philip Martin. *A Guide to Fantasy Literature* [M]. Milwaukee：Crickhollow Books，2009：41.

③ Veronica Schanoes. Historical fantasy. *The Cambridge Companion to Fantasy Literature* [M]. ed. Edward James & Farah Mendlesohn. New York：Cambridge University Press，2012：236—240.

往过去或者将来。《爱丽丝漫游奇境记》《随风而来的玛丽·波平斯阿姨》便是最好的例子。魔幻现实主义最早在绘画领域使用，马尔克斯的《百年孤独》让魔幻现实主义成为了文学热词。在儿童幻想小说中，魔幻现实主义早就存在，是指潜入日常生活的表层之下，去发现和挖掘生活中的"不可能"、"魔法"或"奇迹"。它将魔幻的思维融入现实，成为现实的一部分，也因此消弭了现实与幻想之间的界限。[①]

从故事发生的空间架构来看，儿童幻想小说主要分为高越幻想（high fantasy）、真实幻想（low fantasy）和城市幻想（urban fantasy）。盖瑞·伍尔夫这样定义"高越幻想"和"真实幻想"：高越幻想发生在一个脱离现实的第二世界里，而在真实幻想中超自然力量常出现在现实的世界中，[②] 精要地概括出了两种类型的核心异同。"城市幻想"将故事背景设在城市，描写的都是当代的社会问题。在这里，基本的道德概念遭到扭曲，传统幻想小说中的大是大非和黑白分明变得有些模糊不清，也可以说是介于现实主义和幻想小说之间的一个类型。[③]

当然，一部幻想作品并非严格地只属于某一种类型，实际情形是一部作品可能同时属于某几种类型，正如学者们指出的那样，幻想小说的分类是存在交叉重叠情况的。例如，汉德《致命的爱》既可以归为历史幻想，其中的黑暗和恐怖

① Sharon Sieber. Magical Realism. *The Cambridge Companion to Fantasy Literature* [M]. ed. Edward James & Farah Mendlesohn. New York: Cambridge University Press, 2012: 175.

② Gary K. Wolfe. *Critical Terms for Science Fiction and Fantasy: A Glossary and Guide to Scholarship* [M]. Westport, CT: Greenwood Press, 1986: 52.

③ P. B. Cole. *Young Adult Literature in the 21st Century* [M]. Boston: McGraw-Hill Higher Education, 2009: 374.

元素也属于黑暗幻想的范畴；《魔戒》三部曲既是讲述弗罗多与索伦斗争，最终拯救世界的探索幻想，其虚构的中土世界也是典型的、标准的高越幻想；时空穿梭幻想中从异时空穿越来到现实世界的作品，例如《随风而来的玛丽·波平斯阿姨》，也是真实幻想的代表作。

因此，在对幻想小说的分类进行探讨之后，最应提防和禁忌的事情应当就是将某一部作品生硬地归为某一种特定的类型，而丧失了对作品内涵和艺术的全面认知。

第二节
幻想小说的儿童体征

　　儿童幻想小说中的"儿童"二字不仅指明了幻想小说的目标读者，还圈定了幻想小说的从属范畴，即作为儿童文学分支的本质存在。这般清晰明确的本质性规定使"儿童"得到突出强调，亦使人不自觉地考察打量儿童幻想小说的独特艺术个性。在这场对其"儿童性"特征的探索发现运动中，其作为儿童文学的本质属性为这里的梳理探讨提供了理论指向，儿童文学之儿童性的探讨在很大程度上为儿童幻想小说之儿童性的揭示提供了有力的理论坐标。同时，由儿童与成人这一二元对立体所构建的价值坐标体系亦为儿童性的探讨提供了有益的参照。从这两方面出发，儿童幻想小说的儿童体征可以简要概括为三点：1）儿童幻想小说是写儿童的；2）儿童幻想小说是为儿童创作的；3）儿童幻想小说是为儿童所接受的。

一、儿童幻想小说是写儿童的

儿童幻想小说的"儿童"有着具体明确的内容指向。它讲述的是儿童主人公的所见所闻、所作所为、所思所想，以儿童主人公为中心，由此蔓延辐射主人公的物质生活、社会生活或精神生活。儿童成长过程中的身体发育、"胡思乱想"以及喜怒哀乐的情感纠结都成为故事关注的焦点。儿童主人公与外部世界或内在自我的矛盾冲突推动着故事的发展，影响着情节的走向。换句话说，儿童主人公以及有关主人公的一切构成整个叙事活动的核心，儿童在幻想叙事中的主体地位不可撼动。因此，有关儿童的问题的捕捉与呈现是其儿童性的重要组成部分，直接关系到作品的读者反响。

"写儿童"的幻想小说对问题的捕捉应当有一种到位的"切身感"。作家能够真正深入实地，走进生活去了解儿童，倾听儿童的心声，[①] 对困扰儿童的问题有切身的体察和领会，并通过幻想小说的艺术表现手法传达给儿童读者，使读者在阅读中能够产生共鸣，对作家所讲述的问题有切身的感受和体会。这样一来，问题的发掘和提炼对"切身感"的实现至关重要。文学是人学，关心和探讨的都是人的问题，而人的

---

① 齐亚敏的《中国当代儿童文学关键词研究》（北京：中央编译出版社，2015）一书在探讨"儿童本位"儿童观时，将"以孩子们的生活为出发点"和"以孩子们的喜爱和欢迎为创作的根本"（第24页）作为"儿童本位"的具体特征加以指认。

问题的发现则需要回到人类自身，回到与人类有着密切联系的事物身上，回到以人为中心建立起的复杂关系网中去。一言以蔽之，问题的发现必须回到现实生活中去，仔细地看，耐心地听，慢慢地领悟其中的真义，洞悉其中存在的问题。所以，儿童幻想小说作家要实现对儿童问题的"切身"探讨，就必须踏踏实实扎根现实社会，凭借自己对儿童日积月累的观察，以及对儿童身心的真切关怀，敏锐地感知捕捉问题。单纯地凭空想象捏造，抑或是鹦鹉学舌、人云亦云，是对幻想小说文学性的抹杀，亦是对儿童的漠视与误读，会使幻想沦落为粗制滥造的"空想"和"胡话"。

虽然大部分儿童幻想小说或多或少、或好或坏地都在讨论某个问题，然而这并不意味着凡是有着一定程度"问题意识"的儿童幻想小说都具有真正意义上的"儿童性"，这取决于对问题捕捉与呈现的第二个层面，即小说讲述的问题是否真实存在，是否确确实实是当下儿童面临的重要问题。我们大致可以从三个维度来考察作家对问题的捕捉是否真实：历史时代、年龄阶段和儿童个性。

像其他的社会现实问题一样，关于儿童的问题或者儿童面临的问题也具有鲜明的时代性。不同时代的儿童有着不同的困境和烦恼，生活在 20 世纪 60 年代的中国儿童与生活在 90 年代的中国儿童，因历史变化所产生的巨大环境差异，拥有完全不同的成长经历。他们的喜好、困惑、理想甚至游戏都被深深烙刻上时代的印记。因此，脱离历史时代背景的"问题"纯粹是作家臆造假想的伪问题。其次，儿童是一个不断发展的生命体，处在不断的变化之中。皮亚杰的发生认识论让我们看到了一个经由科学实验研究发现得出的儿童阶段划分，以及与之相对应的情感和心理特征。这也让许多研究者与创作者意识到儿童并不是一个笼统的群体，而是一个在认知、心理、情感等方面都表现出明显阶段性的集合体。这样一来，作家要探讨的问题是适合所有阶段儿童的普遍性问题，还是适合处于某个成长阶段的特定年龄群体的个性问题，需要仔细全面的思考。再次，无论作家的问题搜集涉及多大的采样范围，回到具体的文学创作时，作家需要将问题通过一位儿童主人公来加以集中体现。从广泛铺开的面的观察到具体入微的刻画描摹的转化需要借助主人公的个性描写来完成。儿童主人公对问题要害的充分展现依赖于具有问题针对性的人物个性的塑造：一方面，儿童主人公的个性能够在许多方面与所论述的问题互相呼应契合；另一方面，儿童主人公的个性能够将他活灵活现地呈现出来，让儿童读者在阅读上感受到一种久违的亲切感与认同感。儿童个性的这个两方面对于聚焦儿童人物，洞晓儿童问题的"写儿童"的儿童幻想小说来说无疑起着十分关键的作用。

二、儿童幻想小说是为儿童创作的

儿童幻想小说的"儿童"有着具体明确的读者指向。这样的幻想小说是作家专门为儿童写作的，也就是说，在作家创作时，儿童就已经作为作者脑海里的隐含读者在起作用了。这不仅仅是儿童幻想小说的独特之处，而是所有儿童文学文本的共性所在。"我们不得不承认，为儿童所写的文本确实倾向于创造它们自己独特的世界，以激起不同于其他文学形式的情绪和感受……这些文本之所以特殊，是因为作者创作时脑海里就有一个儿童读者存在"。[①] 隐含读者一经确立不但会对作家创作产生影响，也会对读者阅读发生作用。文学批评家沃尔夫冈·伊泽尔针对隐含读者对文学创作与文学接受的规约作用进行了精当论述，"隐含读者综合了文本潜在意义的前结构化，和读者在阅读过程中对此潜在意义的实现"。[②]

这里首先探讨隐含读者对创作的内在影响。通常而言，伴随着隐含读者身份的确立，文本会立刻对其作出回应，因为特定的读者群体在阅读口味与兴趣、阅读策略的实施应用以及背景知识的储备积累等方面会表现出鲜明的个性特征。儿童作为隐含读者的独特之处便在于儿童不同于成人的思维方式、阅读口味以及认知习惯。缺乏生活经验和间接知识的儿童更多地接受着内心情绪与本能欲望的驱使，以自我为中心的主体意识较强，而自制力的薄弱和易兴奋的情绪特征使儿童常常难以在主体和客体之间作出区分，脑子里随时上演着大量的联想与想象，表现出一种泛因果论的感知混淆。此外，儿童异常活跃的形象思维以及追求愉悦的心理使他们对世界充满好奇心和探知欲，沉迷于游戏的方式来想象和感受世界，这与注重理性、强调真实的成人思维截然不同。"他们可以将一切在成人看来是虚幻的东西当作真实的存在，并且因为他们的这种心性，这种虔诚、虚幻的美好事物到了他

---

① [加] 佩里·诺德曼，梅维丝·雷默. 儿童文学的乐趣 [M]. 陈中美译. 上海：少年儿童出版社，2008：22.

② Wolfgang Iser. *The Implied Reader：Patterns of Communication in Prose Fiction from Bunyan to Beckett* [M]. Baltimore：John Hopkins University Press，1974：xiii.

们那里的的确确就变成了真实，与真实的美好事物具有了同样的价值和功能"。^① 因此，对待这样一群思维鲜活的天真生命，成人作家在进行儿童文学创作时丝毫马虎不得。儿童鲜明的主体特征需要成人作家对儿童投以真诚与尊重的目光，怀揣一颗童心，俯下身段，设身处地地体会孩子的梦幻与神秘。但是，怀有童心和俯下身段并不意味着作家应当无条件地顺应儿童的需求，单纯地满足于用儿童的眼睛去看，用儿童的耳朵去听，用儿童的心灵去体会，导致幻想创作流于表面，华而不实。成人作家作为经验理性的集合体在"为儿童"的创作中应当加入个人的审美理想与情感经验，对作品的主题和风格适当升华提炼，使之既具有吸引儿童的新奇感，又具有推动儿童进行自主审美欣赏的内在潜力。所以，成人作家既要俯下身来，与儿童平起平坐，又要站在高于儿童的立场，以一定的审美高度饱含真情实感地对儿童生命给予关怀。为此，许多成人作家感叹为儿童的写作十分艰难。^②

然而，不论这样的创作有多么艰难，儿童作家多么步履维艰，有一个事实永不可忽视，那就是为儿童的创作面向的是拥有旺盛生命力的、真正的儿童，而不是印刻在头脑之中的成见与假定想象出来的概念化的儿童，不顾事实，一厢情愿地高谈阔论。这样的幻想文本不是为儿童写的，也不是给

① 薛卫民. 儿童文学与儿童的成就感. 中国儿童文学的走向［C］. 上海：少年儿童出版社，2006：299.
② 汤锐在《现代儿童文学本体论》（济南：明天出版社，2009）一书的开篇便援引了贺敬之、张聂尔等著名作家的例子，阐述成人作家在尝试为儿童创作时面临的困境。

儿童看的，而是以儿童为借口和幌子①的伪儿童幻想小说。"一部儿童文学作品真伪优劣的最重要标准就是看其进入儿童独特的生命空间的深度和广度"，② 作家只有真正深入儿童的个性生命空间，才能为儿童提供他们需要的作品。

与此同时，我们也应当注意到问题的另一面，那就是当作家竭尽全力、全心全意地为儿童读者奉上自己的诚意之作时，儿童是否会就此领情，照单全收？作家所中意的和追求的是否合乎儿童读者的心意呢？这便需要我们将视线从具体的文学样式以及作为创作主体的作家身上移开，汇聚到"儿童体征"这个命题指涉的核心对象，即"儿童"本体的身上，从接受论的视角，基于儿童的回应与态度来挖掘探讨幻想小说的"儿童性"问题。

三、儿童幻想小说是为儿童所接受的

人类对于事物的接受通常有两种渠道：一种是运用眼、耳、鼻、手等身体器官去感知外部世界，在感觉的世界里由情感走向审美；一种是运用逻辑推理、演算论证等理性思维去认识分析外部世界，在思想的世界里由理性通往真理。作

---

① 左哈·夏维特（Zohar Shavit）在专著《儿童文学的诗学》（*Poetics of Children's Literature*. Athens: Unviersity of Georgia Press, 1986）中谈到儿童文学文本读者的双重性，即儿童读者和成人读者，继而探讨这双重隐含读者的真假身份问题。夏维特认为，儿童文学虽然是面向儿童的，却不得不同时取悦成人读者，因此他将儿童描述为儿童文学的官方读者，而成人则是儿童文学的真实读者，由此得出"儿童在儿童文学中是一种借口"（第 71 页）的结论。
② 朱自强. 经典这样告诉我们［M］. 济南：明天出版社，2010：70.

为尚处于人类生命形态早期发展阶段的儿童，虽然这两种能力仍未发育成熟，有着这样或那样的欠缺和不足，却不能掩盖儿童是具备一定认知能力和审美能力的经验个体的事实。儿童凭借自己现有的认知水平和审美判断，对蜂拥而至的各类信息进行自主筛选和审查。事物最终被接受与否一般以客体对象是否能够被纳入经验主体的认知与审美范围为准。因此，儿童幻想小说"儿童性"的接受论探讨便选定认知与审美的切入点，试图揭示幻想小说的"儿童体征"亦表现在其对儿童认知规律与审美需求的遵循与发展。

儿童幻想小说是写儿童的，同时又是真心诚意为儿童创作的，因而，这样的作品应当是最为贴近儿童的思维方式与接受能力的。但是，这并不等于说儿童在阅读幻想小说时能够毫无障碍地读懂文本中的每一个词或每一句话。儿童的阅读与理解多数时候是作家和读者之间心有灵犀的默契所直接通达的心领神会。佩里·诺德曼和梅维丝·雷默在《儿童文学的乐趣》一书中谈到了一个有趣的现象，可以作为这种"心领神会"的佐证。当他们同孩子们讨论诗人爱德华·李尔的名作《猫头鹰和猫咪》时，发现孩子们在碰到诸如"bong-tree"和"runcible"这类即使对成人来说也是绝对生僻的词语时，丝毫没有表现出任何为难与不快。虽然李尔诗歌里的奇怪语言对儿童来说非常陌生，但是许多孩子都非常喜欢读这首诗。这个例子向我们展示了有关儿童认知与审美能力的几条重要信息。一是儿童作为不成熟的发育个体，其对词汇、句式、语法等语言知识的认知能力和知识储备较为局限，无法完全掌握文本所内涵的结构意义、语篇意义等；二是儿童受限的思维认知能力在不断发展不断成熟的过程中表现出惊人的复杂性。他们在阅读中在阅读策略的使用，以及文本"深意"的解读与领悟等方面所表现出的洞见和智慧，是许多成人读者望尘莫及的。也因为儿童在思维发展上所具有的这种复杂性，儿童对作品的赏析和理解跨越了成人"假定"的语言、社会、历史、文化等百科知识的障碍，而展现出一种脱俗的深刻性。因此，符合儿童认知能力的幻想小说的"儿童性"并不是一味地适应和顺从，而是"提高"，① 这不仅是"作家走进儿童生命空间"应该收获的真实发现，也是作家对儿童应当葆有的信任与拥戴。儿童幻想小说应当坚信，儿童总是能够以其独特的方式领略幻想言说的真义。这个独特方式除了前面所说的复杂的思维能力，更多地指向儿童独特的审美方式，即由心灵直抵真相的神奇力量，由此引出儿童接受的第二个维度：儿童的审美能力。

在思维活动中仍固守着物我同一、因果不清的原始意识的儿童的确在经验认识和语言表达上表现出一定的局限性，然而却在情感世界里表现出极大的丰富性。儿童敏感发达的感性神经让他们对生活中的各种事物充满想象，他们喜欢并热衷于这类想象的游戏，去解释探索世界的奥秘，由此解开内心的疑惑。因此，若说儿童审美方式的独特之处，我们可以用"游戏"二字作一简要概括。"孩子是不大理智的，他们总是直觉地感受这个世界，去'认同'世界"。② 儿童的审

---

① 马力在论文《论儿童文学的关键词："儿童"》（收录在朱自强主编《中国儿童文学的走向》，上海：少年儿童出版社，2006）中从生命结构的比较分析出发，指出儿童与成人拥有相同的生理、心理和精神结构，二者的差异不是根本的结构性差异，而是结构功能的差异。所以，马力认为，儿童文学不应当刻意"肤浅"，而应当有升华的精粹。

② 汪曾祺. 汪曾祺全集 [M]：第六卷. 北京：北京师范大学出版社，1998：287.

美从本质上说是一种直觉的游戏。所谓游戏，是指儿童按照自己的思维模式和逻辑建构起来的一套认识世界的规则和语言，一套让自己"感到如鱼得水般的身心愉悦"① 的审美指令。如果说儿童幻想小说对儿童认知能力不是简单的顺应，而应有深度的拓展，那么，其对儿童审美的体现也不只是单纯的贴近，而有着深层次的丰富。

游戏的审美应当是有趣的。儿童文学作品都应当追求一种以纯真为本质的稚拙童趣。用纯真为文本打底，奠定作品的人性基础，表达对美好品性的守望与追求，让儿童文学能够逃离"世俗"的桎梏。这样的童趣有着明朗的幽默，质朴亲切，又积极乐观。然而，儿童幻想小说除了应当坚守这份纯真童趣，还应当尽力展现出幻想的奇趣。幻想小说打破现实的离奇感、悬念迭出的惊奇感以及令人欲罢不能的好奇感，与儿童向往陌生与刺激的猎奇感碰撞咬合所生成的奇特情趣，是其他儿童小说样式所无法比拟的。幻想小说对想象力的加冕让想象在自由的驰骋中不断颠覆想象，创造产生更加新奇的想象，由想象再生出想象，创造一个接一个令人拍案叫绝的故事。

游戏的审美应当是有情调的。曹文轩认为，情调是人类境界追求的表达。儿童文学应当用格调高贵的文字书写情调人生，把儿童带入一种境界，扫除物质世界的苍白与平庸，享受人生的快意。那么，儿童幻想小说的优势便在于运用想象的破坏力和创造力打造一个有情调的"仙境"，用颜色、形体、光影、声音完美地捕捉生活的诗意，运用比喻、象

---

① 王富仁. 把儿童世界还给儿童 ［J］. 中国儿童文学. 2000 (4)：16.

征、拟人、夸张等修辞手法，准确贴切又不失活泼天真地塑造新的形象，用富有韵味和节奏的语言生动传神地营造一种意绪。用清新空灵的语言文字激活儿童的心灵，提升儿童的境界，让儿童因此领略到恬淡、飞扬、优雅、素朴、柔和、高贵、幽默、圣洁等词语所标示的感受。

游戏的审美应当是有情感的。"文学有一个任何意识形态都不具备的特殊功能，这就是对人类情感的作用"。[①] 儿童文学应当尤其关注儿童的情感世界与儿童的情感培养，因为它的读者是用心去感受和理解它所讲述的故事的。心灵的互动更多地依赖于情感的交流与互通，因此，儿童文学追求的不是以理服人，而是以情动人，即打动人心的感动。儿童幻想小说的"感动"力量的独特之处在于以不流于俗的想象书写反映现实的俗世生活，把想象的荒诞与现实的体察相结合，用理性铺垫想象，用想象承载现实，在看似不经意间表达对人类的关怀，为情感焦渴的人类提供庇荫。从某种程度上说，这"感动"的"现实担当"与曹文轩所说的文学的悲悯精神是内在一致的。缺失这种"感动"的幻想小说所剩下的仅有自说自话的粗糙与浮躁。

游戏的审美应当是有道义感的。张扬道义是文学的天生使命，但是张扬道义绝非道德说教。有意为之的道德说教是生硬做作的，道义的张扬是自然而然的渗透和浸润。[②] 这份道义感为"感动"提供了细致深刻的内容注解。儿童幻想小

---

① 曹文轩. 为人类提供良好的人性基础. 中国儿童文学的走向 [C]. 上海：少年儿童出版社，2006：285.
② 曹文轩. 为人类提供良好的人性基础. 中国儿童文学的走向 [C]. 上海：少年儿童出版社，2006：280.

说对儿童读者有着义不容辞的道义，它应当从儿童性出发，着眼人性的善，尽可能地关注并涵盖更广泛的主题，朝着人性的善良与美好迈进。王泉根将"善"提到儿童文学美学特征的理论高度来加以审视和探讨，指出"以善为美"是儿童文学的审美价值取向与基本美学特征。① 以善为美并非空洞泛化的虚无论坛，而是有着自身价值追求和崇高目标的艺术精神。"善的美学意义不仅仅在于伦理道德，还在于功利"。② 这个功利就在于其对自身价值和目标实现的执着，那就是有助儿童健康成长。"儿童纯真的天性具有向善的能动性"，③ 保护守卫儿童的纯真天性是儿童文学与生俱来的使命。儿童幻想小说的向善道义集中体现为幻想对希望的张扬。幻想小说燃点的希望并非对某个儿童问题的实际解决，或是提供某个理想社会的结构雏形，而是一种坚定的乐观态度。在幻想小说对于人类和世界的遥望和想象中，想象的具体内容并不重要，重要的是想象所产生的审美经验对于儿童人性的肯定：儿童内心对美好未来的坚强信仰所蕴藏的强大的乐观主义精神。乐观不仅仅是儿童丰沛童年生命的体现，亦是人类心灵至关重要的给养。从这个意义上来说，儿童幻想小说所表达和追求的恰是全人类共同需要和渴求的。

综合以上对于儿童幻想小说"儿童性"三个维度的讨论，我们大致可以总结出以下几点主要特征：

1. 儿童幻想小说应当具有探讨儿童问题的儿童意识。

① 王泉根. 论儿童文学的基本美学特征［J］. 北京师范大学学报（社会科学版），2006（2）：46.
② 郝月梅. 儿童文学与儿童读者. 中国儿童文学的走向［C］. 上海：少年儿童出版社，2006：253.
③ 朱自强. 经典这样告诉我们［M］. 济南：明天出版社，2010：26.

2. 儿童幻想小说应当尊重并突出儿童人物的主体地位。

3. 儿童幻想小说应当具有"孩子气"的美学氛围。

最后一点提到的美学氛围较前两个方面而言更为笼统概括。广义的"氛围"包罗万象,但狭义的"氛围"主要指向文学作品,指"作家运用多种艺术手法所制造的笼罩或洋溢于某个特定环境中的特殊气氛"。^① 因而,此处试图使用"氛围"一词来概括总结儿童幻想小说在情感、思想以及语言表达上体现出的综合特征。如若要对这个特征加以具体表述,或许我们可以借用保罗·阿扎尔对他所期待的优秀童书的描述,具有"孩子气"美学氛围的幻想小说是能够"唤醒儿童心灵,震撼儿童灵魂,尊重游戏的尊严和价值,追求真理,维护信仰"^② 的用心之作。

虽然我们一直试图对儿童幻想小说的"儿童体征"进行清晰的阐释,然而,我们又不得不注意到来自市场接受现状的反馈。我们在"哈利·波特"迷、"魔戒"痴、"黑暗物质"粉、"饥饿游戏"帮等幻想小说的追捧人群里总是不难发现成人的身影。幻想小说的"跨界"接受,或者说幻想小说读者群体中的"越界"现象,是一个非常有意思,发人深思的问题。这一趋势自进入新世纪以来愈演愈烈,越发明显。有学者在谈到儿童文学与成人读者的关系时,将这一现象描述为创作与接受上的"错位"。^③ 然而,倘若我们继续沿用"错位"一词来描述儿童幻想小说创作与接受的"越界"

---

① 阎景翰编. 写作艺术大辞典 [Z]. 西安:陕西人民出版社,1990:35.

② [法]保罗·阿扎尔. 书,儿童与成人 [M]. 梅思繁译. 长沙:湖南少年儿童出版社,2014:52—54.

③ 方卫平. 论成人读者与儿童文学 [J]. 文艺评论. 1993(3):45.

情况，恐怕有失妥当。应当说，幻想小说所显示出的不受年龄约束的艺术魅力是其本身的独特美学品质，是幻想小说的一种常态化品质。

幻想小说所诉诸的想象创造是潜伏在人类原始意识深处的共同记忆，是人类文明深处共享的文化资源。幻想小说所书写的是超越年龄、性别、种族、意识形态等束缚，关于人类自身的"终极"问题。它的讲述是更具普适意义的价值取向与美学经验，这也喻示着它的接受是独立于理性、政治、文化等客观因素之外的类直觉感受和体悟。因此，所谓的"错位"恰是幻想小说"儿童性"的本质所在。这个"儿童"不再是按照年龄阶段来划分的狭义的儿童，而是一种心理或者心性意义上的儿童，是一个更加宽泛、模糊的范畴。虽然渗透充盈着经验理性的成人心灵难以像儿童清纯的心灵一般毫无障碍地感受体会幻想的纯美，却恰巧让人类能够在长大成人后的漫长岁月里尝试后童年时代的童年"返顾"。"这种'返顾'不是童年生命状态的机械复归和模拟，而是以成人的睿智、通达来重新建构、体味童年的生命状态，是以成人的艺术阅历和审美眼光来重新打量、探询那可能的来自艺术源头的信息和痕迹……主体自然年龄的增长对于其审美经验来说既意味着某种失落和退化，更可能意味着某种丰富和深化"。① 成人在幻想文学的世界里与自身的"童心"重新建立起沟通和默契，重温童年的梦幻，重寻童年的梦想，重回那久已消逝的精神乐土，努力葆有生命之中最纯粹的存在，挽留住意识深处最纯真的记忆。因此，"成人的儿童文学接受

---

① 方卫平. 论成人读者与儿童文学 [J]. 文艺评论. 1993 (3)：46.

是童年阅读经验在新的精神里程上的接续、感应和延伸。对于特定接受主体说来，这是一种极为动人的、深刻的精神联系和交流，它展示着一切优秀儿童文学文本的恒久的、永不衰退的艺术魅力，也展示着人自身的精神空间不断扩展、不断丰富的心灵历程"。①

也可以说，儿童幻想小说指向的儿童包含所有仍保有葆有人类原始意识特征和原初心性的人们，那些仍然相信奇迹和魔法、葆有童真的人们。这与我们所探讨的儿童的纯真天性，以及纯真作为人类所憧憬向往的美好品性的指认是完全一致的。这也彰显了儿童幻想小说的博大胸怀与纯净品质。

---

① 方卫平. 论成人读者与儿童文学 [J]. 文艺评论. 1993（3）：47.

第二章

历史演进的“源”与“流”

　　文学与文化一样，并非无根之物。文学的生成与发展需
要有益的土壤，任何一种文学样式或门类的诞生都需要一定
的社会环境和文化资源。幻想小说亦是如此。这一"土壤"
不仅包括某一文学类型产生的时代语境，从更广泛和更深远
的意义上，更包含了孕育催生这一类型的传统资源。传统如
"根"屹立永固，发展如"枝叶"繁衍生息，是谓历史演进
之"源"与"流"。

第一节
神话传说中的幻想根系

　　神话是原始先民的思维产物，作为人类早期思维过程的记录，"所叙述者，是超乎人类能力以上的神们的行事"。[①]虽然其所述之事在当今看来天马行空、荒诞无稽，但是人类先民却对此深信不疑。因为发生于距今遥远且较为落后的上古时代，神话常常被视为原始人类心理和生活状况的写照。用神话学者潜明兹的话来说，神话思维是一种"将直观经验与带巫术性质的想象混淆不清、不自觉的原始思想"，[②]具有典型的想象色彩和超自然特征。所谓传说，实际多叙述各民族所想象的英雄人物或将相帝王。虽也是人类编造之物，但其与讲述各类神祇之事的神话故事仍有差别，只是因其与神

---

① 茅盾. 神话研究 [M]. 天津：百花文艺出版社，1981：3.
② 潜明兹. 中国神话学 [M]. 银川：宁夏人民出版社，1996：9.

话一样"同是记载超乎人类能力的奇迹的，而又同被原始人认为实有其事的，故通常也把传说并入神话里，混称神话"。① 是以，此处"神话"一词实则包括了神话、传说以及其他名人传奇故事。

一、神话与幻想

神话诞生于生产力水平低下的原始社会，异常恶劣的生活环境，加之原始人类有限的认知能力和知识储备，人类的先祖们无时无刻不生活在对于自然世界的恐惧和敬畏之中。然而"物竞天择，适者生存"的丛林法则告诉我们，屈从臣服从来不会是真正的生存之道，正如弗洛姆所说，"人类历史肇始于一种不从行为……人类因不从的行为得以不断地进化"。② 不从的人类在这场同自然界展开的旷日持久的拉锯战中，一方面希冀可以主宰自己的命运，另一方面又感到了自身力量的贫弱，梦想与现实的对撞冲突在物质世界中无从破解，继而转为精神的探索，尝试在精神世界中实现解放。而囿于所处社会与环境，物质文明不发达，"人们不可能对自然现象做出科学的解释，只能凭借感性的、质朴的思维认知方式，不自觉地将自然与自然力人格化和形象化，并达到对自然奥秘和自然力的说明"。③

---

① 茅盾. 神话研究 [M]. 天津：百花文艺出版社，1981：4.
② ［美］埃利希·弗洛姆. 人的呼唤 [M]. 王泽英等译. 上海：三联书店，1991：1—3.
③ 刘建军. 西方文学的人文景观 [M]. 长春：吉林人民出版社，2003：9.

因此人们随意地进行着各种幻想，渴望拯救人类和全世界的救世主的降临，于是便有了强大的巨人、无所不能的超级大英雄、脱壳的魂灵、类人的兽类等令人生畏的奇异形象。不难看出这些鲜活生动的人物形象纯属想象虚构，这确属于神话传说非理性的一面，但并非全部。神话传说也有其理性或合理的一面，例如截取一段历史事实作为底本（如《伊利亚特》中的特洛伊战争），或选取一个"人物"为骨架（如《奥德赛》中的奥德赛）。神话故事在这底本之上或骨架之内进行大胆、肆意、夸张的想象，故事或悲壮雄奇，或诙谐奇诡。合理与不合理的碰撞融合将故事书写得酣畅淋漓，痛快至极。神话故事这一有趣的两面性也充分体现出原始人类的思维特点，即理性思维与非理性思维兼具的认知特点。原始人类处于人类发展的童年期，其思维方式属于童年时代的思维方式，因此，可以说他们的思维方式代表着人类与生俱来认识世界、看待世界的原初方式。二者既对立制约，又相互依赖。当其中一个出口关闭时，另一出口便自动开启。因此，在理性退隐的地方可以看到幻想的驰骋；在幻想贫瘠的地方可以瞥见理性的光辉。这两股力量通常呈现出此消彼长的态势，梦想幻灭之时便有现实主义的身影，现实沦丧之时便有幻想的栖居。在原始先祖们生活的蒙昧时代，知识的匮乏限制了理性的发挥，人类的非理性却因此得到了极大的解放和满足。在那个时代，我们欣喜地看到了人类天性的自然流淌和想象力的热情奔放，于是便有了对自然万物人格化的描述，"由于自然力被人格化，最初的神产生了"。① 这一"神"的意象不仅代表着原始人类的认知方式，也体现着原始人类的精神需求。

人生而自由，并一生追求自由。"人是自由的精灵，人的精神本质是在人面对不同的历史对象的时候所体现出来的追求自由的精神"。② 因此，"人的唯一限制就是要消除限制，就是要获得自由，人的奋斗目标就是要使自己成为自由人，自己选择自己的命运"。③ 原始人类在他们的神话想象中所表达的心理需求正是在"天人斗争"中所渴望实现的人的自由，即自身的彻底解放。"人的自由体现在神的力量之中的意义的不自觉的破译。世界各国原始神话中所描绘出来的神与神之间、神化了的英雄与大自然的各种力量代表之间的矛盾斗争……无不在其本质上深深蕴藏着人要了解自然，战胜自然力，肯定自我的主体意识"。④ 面对神秘莫测的大自然和严酷的生存挑战，在长期不断的斗争和纠缠中，原始先祖对于现实的不屈从强烈需要一个表达和发泄的途径，而其独特的心理特点和状态又决定了其采用表达的方式必然具有超自然的特征。原始人有着泛灵论的思想，对于魔术的迷信、对于灵魂和鬼魂的笃信以及强烈的好奇心和探知欲，⑤ 这一思维和心理特点作用于认识世界的自然结果便是用种种荒诞怪异的故事来取代合理合情的科学解释。"古代原民做出这些

---

① ［德］马克思，恩格斯. 马克思恩格斯全集［M］. 第四卷. 中共中央马克思恩格斯列宁斯大林著作编译局译. 北京：人民出版社，1972：220.
② 刘建军. 西方文学的人文景观［M］. 长春：吉林人民出版社，2003：5.
③ ［意］加林. 意大利人文主义［M］. 李玉成译. 上海：三联书店，1998：102.
④ 刘建军. 西方文学的人文景观［M］. 长春：吉林人民出版社，2003：10.
⑤ Andrew Lang. *Myth*，*Ritual and Religion*［M］. Whitefish，MT：Kessinger Publishing，2010：48—121.

东西，本不是存心作伪以欺骗民众，实在只是真诚地表现出他们质朴的感想，无论其内容与外形如何奇异，但在表现自己这一点上与现代人的著作并无什么距离"。① 所以，神话并非谰言，而是人类"不从"心理和行为发展的必然结果，"是浩瀚宇宙的不竭生命力潜入人类文化的秘密出口"，② 是原始人类生活思想的有趣反映。这些"有趣的思想"在岁月的洗刷中慢慢沉淀和累积，构成了原始社会文化形态的主要内容，映射了原始人类的价值体系，浓缩着人类社会初期所形成的文化精神。正如神话学家坎贝尔所说，神话的首要功能就是提供某种象征符号，以不断传承人类精神。③

这一文化精神的形成，对于文学和人类的发展具有至关重要的意义。"文化精神，作为人类文化创造过程中整合抽象出来的价值系统的精华，既是一种文化体系的内在品质的感性表征，又是处于特定历史维度之中的人类群体生活意义世界的理性浓缩"。④ 作为人类文化高度提炼的精华浓缩物，文化精神具有较强的恒定性。一旦形成，其品性和特点则较为稳定，在历史的变迁中始终葆有各民族最根本、最本质的气质和性格，始终代表着人之为人的根本精神诉求，隐身于人类思想的潜流之中，规定着人类最原始，亦是最根本的需要。

神话作为民族文化精神的最初起源和重要来源是人类感

① 周作人. 儿童文学小论 [M]. 北京：北京十月文艺出版社，2011：55.
② Joseph Campbell. *The Hero with a Thousand Faces* [M]. New Jersey：Princeton University Press，1968：3.
③ Joseph Campbell. *The Hero with a Thousand Faces* [M]. New Jersey：Princeton University Press，1968：11.
④ 高长江. 论社会主义文化精神 [N]. 光明日报，1998 - 3 - 27.

性世界与理性世界的真实写照：其合乎逻辑的条理折射出人类的理性判断和逻辑思维能力；其异想天开的夸张和迷信显示出人类大脑在现实指向与历史确定性的面前始终保持着一种思辨的张力，放逐自我，激发心灵远游，不受理性缰绳的牵绊与束缚。神话作为人类早期的文学成就，是各民族文化构成中具有奠基意义的传统资源。"对幻想小说而言，其传统资源的富足与否，主要取决于民族的幻想体质是否发达……从神话身上最能看出一个民族的幻想传统。一个民族创造的神话，越是具有发达的系统性，这个民族的想象力就越是发达"。[①] 由此可见神话与幻想文学内在的相生关系。幻想之根深种于此，从此人类不再委琐于现实和理性的纠葛，而是在不断地自我批判和自我超越中升华到更高的生存境界。

二、中国儿童幻想小说的神话资源

关于中国神话资源的发掘和研究有一个十分有趣的现象：西方神话学家在中国学术界引进神话概念之前就早已提出中国神话的问题，并开始了先驱性探索。法国学者伯诺、俄国学者齐奥杰维斯基、德国学者卫礼贤、法国汉学家马伯乐、葛兰言、日本学者松村武雄、白鸟库吉等国外学者对中国神话表现出浓厚兴趣，从 19 世纪 70 年代开始从比较神话

① 朱自强，何卫青. 中国幻想小说论 ［M］. 上海：少年儿童出版社，2006：53—54.

学的视角陆续对中国神话资源、神话主题、神话风格等方面展开研究。然而,欧洲与日本学者在研究中所采用的西方思维和西方框架都是从西方语境中照搬过来的,是以西方成体系的神话学研究为参照的。"这也就注定了其中国神话学研究从发生根源上必然是以西方为尺度和标准的,以西律中或以西释中似乎成了不可逆转的宿命"。① 在西式理论与标准下,中国神话在以希腊神话为标准的西方神话学体系中被认为是不发达也是不标准的:与希腊、日耳曼和凯尔特相比,中国神话较为零散,在时间和空间上不成体系;神话人物彼此独立,没有谱系,不成规模,② 同时人物轮廓在注重"神性"的理想追求下刻画单一;情节较为简单,缺乏故事性,多为断片的、孤立的叙述。③ 日本学者松村武雄将中国神话划为"第三种神话",认为中国神话不同于遵照时间性层序纵向推进的日本神话,亦不同于按照空间性网状横向展开的西欧神话,呈现出一种特异的"C类的分裂性状态",④ 是独立于这两个神话世界之外的第三类神话世界。更有甚者,有

---

① 叶舒宪. 中国神话的特性之新诠释 [J]. 中国社会科学院研究生院学报,2005 (5):74.

② 法国学者马伯乐在《中国民间宗教与儒释道三教》(载《世界宗教文化》,2010 年第 1 期)一文说道:"中国神话由许多原始素材共同构成。这显得比较杂乱:其中除了一些比较古老的土著神灵外,还有一些源自佛教的神灵(有时扮演着一种出乎意料的角色)、被神化了的历史英雄以及道教中的神仙等。"

③ 美国学者浦安迪在《中国叙事学》中谈到中国神话非叙事性的说明性特征与中国的巫史传统有关,中国神话倾向于把阴阳五行和四时更替等仪礼形式作为某种总体原则,摘除叙事的时间性,而且表现出去故事性、空间化的趋势。"与希腊神话相比较,中国神话中完整的故事寥寥无几。如果我们可以肯定神话具有保留'前文字记载时代'的传说的功能,那么,西方神话注意保留的是这些传说中的具体细节,而中国神话注重保留的却只是它的骨架和神韵,而缺乏对于人物个性和事件细节的描绘"。(见浦安迪著《中国叙事学》,陈珏译,北京大学出版社,1996 年,第 41 页)

④ [日]白川静. 中国神话 [M]. 王孝廉译. 台北:长安出版社,1983:2.

学者认为中国没有神话，是神话的不毛之地等观点，把中国神话完全归类于西方的传说故事的范畴中。[①] 在早已响彻西方神话学界的"中国神话贫乏论"之后，这是中国神话在西式研究话语与框架中遭受的最残忍的灭顶之灾。

20世纪初，夏曾佑、王国维、周作人、鲁迅等都对中国神话有所涉猎和研究，基本都是在以西方神话为参照的理论视角下，反观中国神话的"贫乏"特性，或论述总结其形态，或探索揭示其成因，可视为"贫乏论"的中国主张。鲁迅指出，"中国之神话与传说，今尚无集录为专书者，仅散见于古籍"，[②] 道明了中国神话的破碎零散，并探讨了这一现象背后的两个可能原因，"一者华土之民，先居黄河流域，颇乏天惠，其生也勤，故重实际而黜玄想，不更能集古传以成大文。二者孔子出，以修身齐家治国平天下等实用为教，不欲言鬼神，太古荒唐之说，俱为儒者所不道，故其后不特无所光大，而又有散亡"。[③] 茅盾在其研究中也指出，"中国神话不但一向没有集成专书，并且散见于古书的，亦复非常零碎，所以我们若想整理出一部中国神话来，是极难的"。[④] 在鲁迅提出的两点原因之外，他指出神话的历史化也是中国神话散失的重要原因之一，认为古代史官的修改不但混淆历史，而且消灭了神话。可以说，20世纪"中国神话贫乏论"主导着中国神话研究学界对中国神话资源的判断，"中国神话材料散碎的特点，这是只要初涉神话研究领域的人，谁都

① 王孝廉. 岭云关雪——民族神话学论集 [M]. 北京：学苑出版社，2002：8.
② 鲁迅. 鲁迅全集 [M]：第9卷. 北京：人民文学出版社，1981：18.
③ 鲁迅. 鲁迅全集 [M]：第9卷. 北京：人民文学出版社，1981：21.
④ 茅盾. 神话研究 [M]. 天津：百花文艺出版社，1981：65.

知道并且谁都承认的"。①

进入 80 年代，一种试图摆脱这一刻板印象与偏颇的学术论说的理论尝试浩浩荡荡地开展起来，包括少数民族神话在内的 183 万多份民间文学资料得到搜集和整理。② 中国神话资源在中国这样一个多民族文化国家中所具有的艺术形态多样性得到了有力的呈现与证明，过去被压抑而沉默的弱势群体话语的重新发掘与再认识，成为学术变革的契机。汉族的文本与口传神话同少数民族的文本与口传神话的整合与多元共生远远超越了希腊神话、埃及神话、日本神话这些具有内在文化统一性的单一神话系统，彰显了中国神话体系的磅礴与复杂，绝非任何单一的系统所能涵盖。③ 田野调查带来的中国神话再发现运动揭示出中国神话的原生性、丰富性与多样性，质疑冲击着 20 世纪以来对于中国神话零散且不成体系的成见，暴露出西方学界对中国文化解读的片面与狭隘。一种基于中国神话重新整合与认识基础之上的新发现和新洞见开始蕴蓄生成。

伴随着后现代思想潮流的兴起，人们开始冲破以往对于神话狭义孤僻的理解与割裂。马克思提出的"神话是远古先民的文学创造"④ 这一观点开始被撼动质疑，将《山海经》

---

① 袁珂. 中国神话传说词典 [M]. 上海：上海辞书出版社，1985：1.

② 钟敬文. 努力开创社会主义民间文艺事业的新阶段 [J]. 民间文学论坛，1992
（1）：40.

③ 叶舒宪. 中国神话的特性之新诠释 [J]. 中国社会科学院研究生院学报，2005
（5）：75.

④ 马克思在《政治经济学批判·导言》（《马克思恩格斯选集》第四卷，人民出版
社，1972 年）中指出"任何神话都是用想象和借助想象以征服自然力，支配自
然力，把自然力加以形象化"（第 113 页），随着人类对自然力的征服与支配，神
话就消失了。

视作"对神话话语最严厉的清算，它结束了汉族的神话话语生涯，并且开始了漫长的历史话语的时代"①的判断越发显得武断片面。神话开始走出早期民间文学的铁笼圈禁，重新成为人类窥探、解读文明传统本源的文化利器。"神话作为跨文化和跨学科的一种概念工具，它具有贯通文史哲宗教道德法律诸学科的多边际整合性视野。从这种整合性视野看，神话是作为文化基因而存在的，它必然对特定文化的宇宙观、价值观和行为礼仪等发挥基本的建构和编码作用"。②这是一种极具包容性与整合性的新兴的文化人类学意义上的神话观，神话并不拘泥于单个故事或文本，而是一种内在价值观所支配的文化编码逻辑。因此，神话这一隐喻的文化基因编码深植于中国文化之中，无法被硬性或武断地切割。看待中国神话、了解中国神话、走进中国神话，需要打破"唯西方马首是瞻"的价值取向，打通神话概念，不做偏狭的断章取义，转向追本溯源式的全盘理解，实现对神话的整体性把握和认识。这样一来，我们便会对叶舒宪的这段文字产生同感。

所谓"神话中国"，指的是按照天人合一的神话式感知方式与思维方式建构起来的五千年文化传统，它并未像荷马所代表的古希腊神话叙事传统那样，因为遭遇到"轴心时代"的所谓"哲学的突破"，而被逻各斯所代表的哲学和科学的理性传统所取代、所压抑。惟其如

① 朱大可. 逃亡者档案［M］. 上海：学林出版社，1999：106—107.
② 叶舒宪. 中国的神话历史——从"中国神话"到"神话中国"［J］. 百色学院学报，2009（1）：34.

此，神话思维在中国绝不只是文学家们的专利。从屈原到曹雪芹的本土文学家群体固然都是再造神话感知与神话叙事的行家里手，不过，由老子、孔子开启的儒道思想传统同样离不开神话思维的支配。道家理想中的神仙们和儒家推崇备至的圣人和圣王，无不是最具有本土特色的"神话中国"之体现。[①]

在这样的整合性视野下，中国神话的"贫弱"与"零散"顿然冰释，其绵延的生命力与持续的爆发力非《山海经》一书能够终结。作为一种沉淀于文化传统之中的内在基因，历史的发展无法阻止神话前进的脚步，反而为神话提供了可以依附的历史文化思潮，让这个"以神秘性思维方式为内核，叙事性表述为手段的表现艺术"[②] 随着社会历史奔涌向前，在帝王传说、宗教故事、民间故事中不断传承发展，盛衰变化，起伏涨落，却从未消失。中国神话的主旨、人物、内容和意义在时间的流逝中历经巨大改变，又在多次的发展与变革中表现出强大的生命力，也留下了一条闪转腾挪的运动轨迹。

在三皇五帝的时代，中国神话创作出现第一个高潮，上古神话就诞生于此时。这是一个神秘性宗教思维和神权意识极为突显的时代，有着"神怪之渊薮"之称的《山海经》是我国保存上古神话最多的古代典籍。这部先秦书籍是一部富于神话传说的最古老的地理书，记述古代地理、物产、巫

---

① 叶舒宪. 中国的神话历史——从"中国神话"到"神话中国"[J]. 百色学院学报，2009（1）：35.
② 刘毓庆. 中国神话的三次大变迁 [J]. 文艺研究，2014（10）：44.

术、宗教、古史、医药、民俗、民族等方面的内容，以流水账的方式记载了一些神话，这些神话构成了我国上古神话的主干，如精卫填海、夸父追日、大禹治水、黄帝战蚩尤等，以极为简略的语言，三言两语完成一则神话故事的讲述，缺乏前因后果的条贯，叙事多为片段，不成系列。

至魏晋南北朝时期，神话在志怪、传奇小说中得到传承。"神话对小说的影响主要表现在以下两个方面：一是题材的传承与利用。我们发现，后世的许多志怪小说，都直接或间接地借用了有关神话的素材。二是神话之叙事结构对志怪小说所产生的影响。所谓叙事结构，并不是指作品单纯的形式构架，同时也包含了作者的一种创作意象。"① 汉代以来，《五经异义》《淮南子》《三五历纪》等著作对于创世的探讨、人神爱恋等故事的记录和讲述充满了哲学神话的色彩与内涵。东晋干宝的《搜神记》涉及谶纬神学、神仙变幻、精灵物怪以及人神、人鬼之间的爱恋，等等，是一部记录古代民间传说中神奇怪异故事的小说，其中保留了相当一部分西汉传下来的历史神话传说和魏晋时期的民间故事，如关于古时蛮族始祖起源的猜测的"盘瓠神话"，有关蚕丝生产的"蚕马神话"，"干将莫邪"的历史传说，有关吴王小女儿生死爱情的紫玉传说，以及"天仙配""东海孝妇"等民间故事。东晋王嘉的《拾遗记》受到战国后期以来神仙方术神秘性思潮的影响，收录故事多荒诞不经，尤其注重神仙方术的宣传。《搜神记》和《拾遗记》两部小说故事集对神话故事的收录和杂编可以视作对刚刚结束的神话时代的总结。这是一

---

① 王连儒. 志怪小说与人文宗教 [M]. 济南：山东大学出版社，2002：40.

个承上启下的历史时期，有对传统的继承与梳理，也有时代思潮催生的个性创造，是中国神话历史发展进程中的一次重要转折。

元明时代，神话思维再次高扬，其标志是新的造神运动的兴起。[①] 这一时期的小说故事中出现的神祇偶像大部分不见于前人典籍。《三教源流搜神大全》收集儒、释、道三教诸神多达一百八十余种，姓名、字号、爵里、谥号、神异事迹等一并齐全，绝大多数还配有画像。[②]《封神演义》中姜子牙所封的三百六十五位正神，大部分都是先前没有见到过的。明代"四大奇书"之一的《西游记》中也有许多从前未见过的神祇。元明时代庞大的神祇阵容和逼真的神灵刻画若是离开神话的思维是无法想象的。此外，《三宝太监西洋记》《东游记》《南游记》《牛郎织女传》等大批神话小说，《吕洞宾桃柳升仙梦》《太乙仙夜断桃符记》等以神仙为内容的戏剧，以及《水浒传》《三国演义》《金瓶梅》等元明经典小说的神话色彩染指，[③] 无疑说明了神话创作高潮的到来，其中尤以《西游记》为最。

《西游记》的出现是明中叶以后，儒、释、道三教趋向归一的心学思潮的产物，代表着我国神话文化的一次划时代的转型。[④] 三教殊途同归于以"心"为中心的天人合一论，借助自我生命的挖掘体悟天地玄奥真谛是《西游记》神话创

① 刘毓庆. 中国神话的三次大变迁 [J]. 文艺研究，2014（10）：49.
② 刘毓庆. 中国神话的三次大变迁 [J]. 文艺研究，2014（10）：49—50.
③ 刘毓庆在《中国神话的三次大变迁》一文中，通过对《西游记》之外明代"四大奇书"的另外三部作品开首回目的引证，指出这三部"奇书"虽不以写神话著称，却都在开头或铺垫或显示出一定的神话色彩。
④ 杨义. 《西游记》：中国神话文化的大器晚成 [J]. 中国社会科学，1995（1）：171—175.

作的基本思路，亦是其神话思维的精神纽结。全书讲述的西天取经那艰难漫长的历程是对包括人的信仰、意志、情感等"心性"的挑战、应战和升华历程的隐喻书写。在《西游记》"变幻恍惚之事"的叙事世界里，"神魔皆有人情，精魅亦通世故"，^①诸神的个性和生命力得到充分挖掘，在神的个性中融入人间趣味与民间幽默，在凡胎金身、俗世野神、被贬天将、天界尊神等组合交汇而成的众神群生像中发掘其深层的个性精神，又在神变为魔、魔变为神的神魔观念中克服了神祇偶像性格的单一性，增加其个性的丰富性、复杂性以及悖谬感，"使整个神话世界处于充满活力的大流转状态"，^②神话想象的空间和维度因此更加开阔。《西游记》以奇崛的想象，塑造了一个超现实的、充满瑰丽雄奇的"神话"境界，反过来它又以神话的想象和奇恣的艺术效果创造再现了一个充满人间趣味的幻境。从无拘无束的美猴王到接受制约管制的孙悟空，《西游记》暗示着"一个以自我为中心的顽童向受多种关系制约的成人世界移位的审美经验"，^③集中体现出高度的浪漫主义精神。

对于这部诡谲多变、丰富妖娆的明代奇书，学界的指认与评价亦映衬出其错综复杂的内涵与价值。朱自强从幻想小说研究的视角出发，认为《西游记》无论从文体风格上还是思想意蕴上，都可以说是一部比较成熟的幻想小说，其所彰显的"玩世主义"释放了为实用理性所压抑的好奇心与想象

---

① 鲁迅. 鲁迅全集［M］. 第 9 卷. 北京：人民文学出版社，1981：114.
② 杨义. 《西游记》：中国神话文化的大器晚成［J］. 中国社会科学，1995（1）：178.
③ 胡健. 不朽的童心审美的游戏［J］. 甘肃社会科学，2005（4）：163.

力，用游戏的审美打造了一个奇特的神话世界，是中国幻想
小说"游戏"这一文化品性的滥觞。① 杨义从神话研究和神
话文化的角度指出：

> 《西游记》在近古的"三教归心"潮流中，汲取了
> 千年宗教发展的智慧而超越具体宗教的局限，以超宗教
> 的自由心态焕发出宏伟绮丽的神话想象力，代表了我国
> 神话文化的大器晚成。自然，这里的神怪还有一种占山
> 为王、霸洞为怪的习气，还带有《山海经》那种山川地
> 域因缘，以致可以在某种意义上说，这是一部借唐僧取
> 经为由头而写成的史诗式的新《山海经》。但是它在神
> 话文化形态、结构方式和叙事谋略上，已非《山海经》
> 时代所能比拟了。②

在此基础上，杨义进一步总结指出《西游记》是以小说
文体写成的一部广义上的"文化神话"和"个性神话"的典
范之作。③

从上古神话到魏晋志怪再到元明小说，中国神话几千年
来所呈现出的整体态势是一直在发展、更新和自我调整，过
程虽然蜿蜒曲折，却从未间断。中国神话模式从来就不是一
个一贯的独立统一体，其内涵和性质在历史进程中随着时代
思潮的变迁而发生着变化，但从未游离于中国文化体系之

---

① 朱自强，何卫青. 中国幻想小说论 [M]. 上海：少年儿童出版社，2006：71.
② 杨义. 《西游记》：中国神话文化的大器晚成 [J]. 中国社会科学，1995（1）：
174.
③ 杨义. 《西游记》：中国神话文化的大器晚成 [J]. 中国社会科学，1995（1）：
185.

外。它作为文学遗产和思维形态的双重身份，决定了它始终是中国文化不可或缺的重要因子，而神话对中国文化精神的构建，对中国民族文化心理的塑造，对民族性格的行为都起着非常重要的作用。"在'科技创新'作为时代关键词之一的今天，神话的叙述主题已由宗教变为'科幻'，通过对幻想的描述，表达着人类对未来新技术、新生活的期待与恐惧"。① 因此，中国的神话并没有因科学的发展而消亡，反而酝酿出更灿烂的现代想象奇观。

三、西方儿童幻想小说中的神话伏流

远古神话对幻想创作的影响不局限于中国，而是一种广泛而普遍的文学现象。在现当代西方幻想小说里仍能经常窥见远古神话传说的身影，感觉到来自遥远时代神话故事的神秘气息。

在这些至今仍旧十分活跃的"神话-传说"因子中，被视为西方文明肇始的古希腊文明所创造的历史悠久的古希腊神话传说是一股不可小觑的力量，依然滋养着现代文明社会的想象生长。希腊神话在西方人的思维中占据着重要的地位，所谓"言必称希腊"实质上是一种文化意义上的认祖归宗。希腊神话是古希腊的伟大创造，于今而言，它不仅是一笔珍贵的文化遗产，更是数代作家创作的灵感源泉。希腊神话故事中颇多英雄传说故事，英雄的神力、绝技固然让凡人

---

① 刘毓庆. 中国神话的三次大变迁 [J]. 文艺研究，2014（10）：52.

喷喷称奇、崇拜不已，然而真正让其人其事萦绕于心的却是它"丰富多彩的人情味与跌宕起伏的故事性"。① 古希腊哲学家欧赫麦鲁斯曾说，神话是以前活着的王。此言一语中的地总结了希腊神话的叙事方式，即以"活着的王"来刻画神殿中的众神。生性嫉妒的天后赫拉、残暴喜色的主神宙斯、崇尚虚荣的爱神阿芙洛狄忒等神祇所表现出的"人性"似乎有损其神性，然而确是这种"人性"气质爆发出的矛盾与冲突不断推动着故事情节的发展与升华。神明身上的"人性弱点"是故事存在的原因和意义。相比于中国神话的"圣贤"之神、印度神话的"宗教"之神，希腊神话中对于神灵的"去神圣化"的世俗化处理赋予了诸神七情六欲的真情流露，英雄和神明活灵活现，并非高高在上的一块铁板。这种真实贴切的可触感不仅极大增添了故事的感染力，由此生发的故事情节更具合理性和可读性，具有极高的艺术价值和叙事意义。讲述古希腊神祇和英雄的荷马史诗《奥德赛》以其恢弘的叙事、壮观的场面、复杂的人物以及神奇的想象被视作现代幻想小说的先驱。② 幻想小说作家、理论家菲利普·马丁曾说，幻想故事的传统深植于世界各地的古代神话之中，对于后世创作影响最为深远的当属苏美尔人在公元前650年左右在石碑上创作的《吉尔伽美什史诗》和与之差不多同时期出现的伟大的希腊史诗《奥德赛》。③

作为现代欧美文化与文学艺术的源头，希腊神话留给现

① 张启成. 中外神话与文明研究 [M]. 北京：学苑出版社，2004：355.
② Farah Mendlesohn & Edward James. *A Short History of Fantasy* [M]. Faringdon：Libri Publishing，2012：7.
③ Philip Martin. *A Guide to Fantasy Literature* [M]. Milwaukee：Crickhollow Books，2009：11—12.

代幻想小说创作的巨大财富不只是想象这一生理基因的传承，更为幻想创作提供了丰富的人物形象和故事情节。20世纪后期，以史蒂芬妮·斯宾纳为代表的幻想文学作家选择对希腊神话故事进行改写，《颤抖》（*Quiver*）等一批以神话故事为创作原型的幻想小说相继出炉。雷克·莱尔顿、海伦·胡佛、辛西娅·沃伊特、派特丽夏·莱茨森、简·约伦等儿童作家亦纷纷回到古老的神话故事，找寻灵感，汲取养分，打造精彩刺激的幻想故事。

雷克·莱尔顿的《波西·杰克逊》（*Percy Jackson*）系列巧妙地将古希腊神话与波西这位当代少年的生活融合在一起。这个由海神波塞冬与普通人类交合生下的黑发绿眼的男孩是一个不折不扣的"半神人"，也因此不断卷入各种不期而遇的神祇冲突。莱尔顿在故事里沿用了古希腊神话对各神祇的形象刻画以及神祇之间的矛盾纠葛，将波西这个半神人安插其中，不断在众神的利害冲突中周旋，制造一波又一波的叙事浪潮。《神火之盗》中波西去往混血夏令营，知晓自己身世，背负为父亲波塞冬洗清冤屈的使命，与冥神哈迪斯、克洛诺斯的爪牙等邪恶力量顽强战斗；《魔兽之海》中波西踏上险途，寻找传说中的金羊毛以拯救生灵；《巨神之咒》中波西继续与不肯就范改过的克洛诺斯指使的邪恶势力战斗，宙斯的女儿塔利亚复活，主神之一阿尔忒弥斯神秘失踪，神界安危悬在一线；《迷宫之战》里上古魔兽、潘神、泰坦巨神等神明与怪物纷纷卷入冲突，斗争愈加激烈，人物关系更加复杂诡异；《最终之神》里一直伺机报仇的克洛诺斯终于挣脱封印成功复活，奥林匹斯山和海神宫殿的安危全面告急，神界陷入一片混乱与恐慌之中。每部故事都充分运用神话故事对神祇的刻画以及神祇纠葛的讲述，构筑起一个个精彩绝伦的故事框架。在如今这个被网络、电子和信息技术包围轰炸的异化时代，凭借幻想的媒介与力量，将神话传说中经过历史检验与洗礼的"真金"再次打磨锻造，向少年儿童再现古老神话故事的魅力，不失为一种有力尝试。

如果说反映人类原始思维认知的神话故事折射出的是早期人类对于世界运转的解释和探索，那么生于民间、长于民间、壮大于民间的传说故事则倾向于张扬人的力量，宣扬凡人中的英雄，甚至将其神化。作为中世纪传说故事或浪漫传奇流传至今的凯尔特传说，对幻想小说创作而言，亦是一笔宝贵的财富，其中尤以亚瑟王传奇和《马比诺吉昂》（Mabinogion）记载的英雄传说影响最为深远。

一提到亚瑟王传奇，西方世界几乎无人不晓，蒙茅斯的杰弗里编撰的《不列颠列王纪》（Historia Regum Britaniae）与马洛礼撰写的《亚瑟王之死》（La Morte d'Arthur）使亚瑟王的故事在民间迅速广泛传播，同时也产生了"亚瑟王是英格兰国王"的误解。这一普遍性错误认识实质上人为割断了亚瑟王同其所属的悠久的凯尔特传统的联系。亚瑟王是英国人的凯尔特英雄，[①] 亚瑟王传说的真正源头始自古老的威尔士传说故事，或者更确切地说是凯尔特传说。事实上，威尔士的起源在历史上就可以追溯到凯尔特部落。公元前 1000年左右，凯尔特人从欧洲中部向四周扩散，在经历了罗马帝国、日耳曼民族的劫掠与战争后，主要集中在英国的西部和

---

① Cathi D. MacRae. *Presenting Young Adult Fantasy Fiction*［M］. New York: Twayne Publishers，1998：255.

北部、法国和西班牙的少数地区，威尔士人便是凯尔特人的一支后裔。《马比诺吉昂》是中世纪威尔士的散文故事集，主要根据凯尔特人的神话、民间传说和英雄传奇编撰而成。全书共有 11 则故事，除有两则来自威尔士本土外，其他均出自凯尔特人。虽然凯尔特人的传说故事在部落的辗转迁徙中随之流传，遗憾的是，经由文字记录正式保存下来的只有威尔士的民间故事集这一部。这部故事集对于后世创作的重要性不仅在于首次记录呈现了亚瑟王的传说故事，为之后亚瑟王传奇的发扬传承提供了原始给养；更在于其为现代读者展现了古老的凯尔特传说的逼肖形态和多姿风貌。无论从哪一方面来看，《马比诺吉昂》对现代儿童幻想小说的创作都产生了深远的影响。①

凯尔特传说在当代幻想小说创作中不断延续发展，为历史幻想小说、英雄幻想小说等提供了丰富的素材和可资借鉴的故事架构。"凯尔特"幻想小说一直是现当代西方儿童幻想小说的一个重要分支，伊万杰林·沃尔顿、查尔斯·德林特、劳埃德·亚历山大、苏珊·库珀、凯瑟琳·科尔、艾玛·布尔等幻想作家进一步推动了凯尔特传说故事在现代的发展传承。② 劳埃德·亚历山大多次毫无掩饰地谈到他对凯尔特传说的着迷以及后者对他创作的重要影响，"威尔士的古堡、美景以及从中世纪传承至今的威尔士神话，尤以《马

---

① 美国幻想文学评论家沙利文三世（C. W. Sullivan III）曾专门研究古代凯尔特神话对现代幻想小说创作的影响，在专著《现代幻想小说中的威尔士凯尔特神话》（*Welsh Celtic Myth in Modern Fantasy*，Westport，CT：Greenwood Press，1989）中有着细致详细的阐述。

② Farah Mendlesohn & Edward James. *A Short History of Fantasy* [M]. Faringdon：Libri Publishing，2012：9.

比诺吉昂》为突出代表，成为《普莱德恩编年史》创作不竭的灵感源泉"。[①] 他创作的五部曲《普莱德恩编年史》（The Prydain Chronicles）讲述了主人公塔兰和同伴们经历不同的考验，从青涩到成熟的成长故事。艾洛薇公主（Princess Eilonwy）、吟游诗人弗勒德·弗拉姆（Fflewddur Fflam）、葛尔吉（Gurgi）与塔兰一起同邪恶魔王亚伦文（Arawn）展开艰苦卓绝的较量和争斗，最终顺利帮助塔兰完成任务。全书从人物到故事情节完全建立在《马比诺吉昂》的传说故事基础之上。

《马比诺吉昂》有四篇最具神话性的故事，题名为《马比诺吉昂的四个分支》（The Four Branches of the Mabinogi）。各个分支彼此独立，又相互关联，围绕着正义与邪恶的斗争这一主题讲述了各个王国里错综复杂的宫廷、政治和军事斗争，邪恶最终倒在正义之剑的血泊之中。劳埃德的五部曲不仅吸收了《四个分支》既彼此独立又互相关联的结构组织，而且在故事情节上也存在许多相似之处。亚历山大的故事系列围绕着主人公塔兰与魔头亚伦文的正邪之战，皮威尔（Pwyll）、亚伦文（Arawn）、普莱德利（Pryderi）、格韦迪恩（Gwydion）、马斯（Math）等《四个分支》里耳熟能详的人物纷纷在《普莱德恩编年史》中登场，他们的角色以及相互之间的冲突纠葛基本与原作相似。就其作品与凯尔特传说的关系，劳埃德曾毫不避讳地谈到，在创作该系列的第二部作品《黑锅神传奇》时，凯尔特神话

---

① Adam Bernstein. Lloyd Alexander: Fantasy and Adventure Writer [N]. *The Washington Post*. Page B08. 2007 - 05 - 18.

故事里能够将战死沙场的勇士起死回生的神奇大锅构成了该部作品的内核,[①] 主导着情节的发展。

另一位作家苏珊·库珀将自己的幻想创作架构在亚瑟王传奇故事的基础上,同样大放异彩。《黑暗崛起》(*The Dark Is Rising*)五部曲以亚瑟王传奇的故事元素以及人物设置为原型和基础,以英格兰和威尔士作为故事发生地,巧妙运用圣杯的传说以及神秘的传奇人物——魔法师梅林串联起整个系列,打造了一部气势磅礴的正义与邪恶斗争的现代史诗。前传《在海上,在石下》(*Over Sea,Under Stone*)讲述了德鲁家的三个孩子简、西蒙和巴尼暑期在康沃尔郡度假期间无意间卷入圣杯之争的奇异经历,魔法师梅林化身为神秘的梅里曼叔叔(其姓名 Merriman Lyon 便是由梅林 Merlin 变化而来),与三个孩子并肩作战。《黑暗崛起》中巫师梅里曼再次登场,帮助最后仅存的光明使者——少年威尔,与逐渐蔓延强大的邪恶黑暗势力作战,找回遗失的六块光明符牌。此外,圣杯、沉睡者(亚瑟王的骑士们)、潘德拉贡(亚瑟王)以及亚瑟的儿子布兰·戴维斯等亚瑟王传奇中的主要人物陆续登场。库珀基本保留且充分利用了亚瑟王传奇中相关人物的既定性格与形象,创造性地发挥了圣杯的叙事功能,编织了一幅波澜壮阔的现代的中世纪图景。

库珀多次提及她与威尔士的深厚渊源。她的外祖母是威尔士人,身体里流淌着威尔士人血液的库珀也因此与威尔士有着一种难以名状的亲缘关系。《黑暗崛起》系列中处处都

---

① Lloyd Alexander. High Fantasy and Heroic Romance [J]. *The Horn Book Magazine*. 1971 (12): 580.

有着这份"渊源"的影子。该系列的第三部《绿女巫》（*Greenwitch*）发生在春季，以古凯尔特人的五朔节为背景，第四部《灰国王》（*The Grey King*）源自生活在威尔士老家的叔叔讲述的灰国王故事的启发。

除苏珊·库珀外，亚瑟王的故事仍不断吸引着无数作家源源不断地为其"倾倒"。伊丽莎白·维恩以亚瑟王的私生子莫德雷德为原型，在 6 世纪的埃塞俄比亚展开了故事；波西娅·伍利着力重描亚瑟王后，写就"桂妮薇儿三部曲"；帕克·戈德温以史实为框架完成的《火焰之主》（*Firelord*）；玛丽安·齐默·布莱德利从女性视角重新演绎的、具有浓厚女性主义色彩的《阿瓦隆的迷雾》（*The Mists of Avalon*）；南希·斯普林格的《我是莫德雷德》（*I am Mordred*）和《我是仙女摩根》（*I am Morgan le Fay*）从全新的视角，起用亚瑟王传奇中的反面人物为主角来讲述故事；托马斯·巴伦和简·约伦两位作家分别以巫师梅林为中心人物，讲述的《梅林的迷失年代》（*The Lost Years of Merlin*）和《梅林之书》（*Merlin's Booke*）。可以看到，这些古老的传说故事在现代的幻想创作中基本形成了自己的创作谱系，保持着旺盛的生命力和极高的生产力。

除却古老的古希腊神话与凯尔特传说之外，生活在美洲大陆的印第安人创造的神话传说故事也为儿童幻想小说的创作提供了素材和灵感。印第安人拥有自己的创世传说、大洪水传说，若论及对现代幻想小说的影响，一系列被称作"恶作剧者"的传说故事（trickster story）表现尤为突出。"恶作剧者"这一名称并非出自任何一种印第安部族语言，而是研究印第安文化的白人学者们从英语中借用的一个术语。①
这是一个普遍存在于各个部落创世神话和民间传说之中的奇
特形象，千面多变，很难用某一种和几种单纯的品质加以概
括。"恶作剧者是西方叙事作品中最为矛盾的人物……因为
他吸收综合了许多我们经常加以区分对立的特性品质。每次
出现，他的形象都截然不同：小丑、傻瓜、诙谐者、新成员、
文化英雄，甚至可能是妖怪"。② 恶作剧者千人千面，可以随
意变形，可能制造祸端，也可能拯救世界；可能愚弄他人，
也可能为他人所愚弄。在他身上没有绝对的善与恶、对与
错、好与坏、美与丑，他是印第安人神秘和谐宇宙观的自然
产物，"好的和坏的，正面的和负面的……互为补充，同属
一体"。③ 古希腊神话中喜好恶作剧的神祇赫尔墨斯不拘于传
统约束、多变的外形及其矛盾的性格倒是与恶作剧者有着许
多相似之处。④ 也有研究探讨并指出恶作剧者作为具有矛盾
情感和思想的流浪者和社会规范逾越者的特征，及其鲜明的
反社会立场。⑤ 保罗·拉丁认为恶作剧者永不衰竭的魅力源
于其动态的象征寓意，"每代人都能够重新阐释恶作剧者的

① 邹惠玲. 印第安传统文化初探（之二）——印第安恶作剧者多层面形象的再解
　读 [J]. 徐州师范大学学报. 2005 (6)：33.
② Roger Abrahams. Trickster, the Outrageous Hero. *Our Living Traditions*：*An
　Introduction to American Folklore* [C]. Ed. Tristram Potter Coffin. New York：
　Basic Books, 1968：170—171.
③ Joseph E. Brown. *The Spiritual Legacy of the American Indian* [M]. New
　York：Crossroad Publishing Company，1982：23.
④ 李靓. 厄德里克小说中的千面人物研究 [M]. 北京：对外经济贸易大学出版社，
　2014：23.
⑤ Thomas Sanders 和 Walter Peek 两位学者在《美国印第安文学》（*Literature of
　the American Indian*，California：Glenco Press，1973）中对印第安传统故事中的
　恶作剧者形象和欧洲文学中的流浪汉形象进行了细致的分析研究，从人物形象、
　叙事结构、作品主题等方面总结了两者之间的相似之处。

内涵。虽然没有哪代人能够充分了解他，但却离不了他。尽管恶作剧者并不属于后来的任何时代，然而在世世代代的神学、宇宙论中都能看到他的身影……这构成了他持续、广泛的吸引力"。[①]

恶作剧故事的广泛的吸引力自然也包括儿童在内。布莱恩·萨顿-史密斯组织美国学者编撰的《儿童民间故事》（*The Folkstories of Children*，1981），以及《儿童民间故事：一本参考资料》（*Children's Folklore：A Source Book*，1991）从历史发展与传承、研究方法、主题内容以及实际应用等方面进行了细致解剖，尤其研究了恶作剧者多变的身体特征以及小丑般的行为方式在儿童文学以及卡通故事中的延伸与表现。在儿童幻想小说创作方面，美国著名作家、继马克·吐温以来最风趣的幽默大师詹姆斯·瑟伯将恶作剧者的变化无常发挥到了极点。作为"荒唐幻想小说"（nonsense fantasy）的热衷倡导者，瑟伯凭借深厚的语言功底，使用大量的文字游戏、重复句型、双关语、隐喻、韵文营造故事的"荒唐"氛围，塑造"荒唐"的人物形象，以瑟伯式的讽喻智慧书写儿童文学理论家迈克·海曼所说的"荒唐的意义"。《十三座钟》（*The 13 clocks*）里的老者、《奇妙的 O》（*The Wonderful O*）里面的古鲁克斯（Golux）都是千变万化、捉摸不透的人物。以古鲁克斯为例，他具有超凡的变形能力，神秘虚幻：一会儿是一团球；一会儿是人形；一会儿隐遁不见；一会儿变身飞禽翱翔天空。从人物角色性格来看，他亦正亦

[①] Paul Radin. *The Trickster：A Study in American Indian Mythology*［M］. New York：Schocken Books，1972：169.

邪，自相矛盾：他既是邪恶公爵的隐形人耳目"包打听"（Listen），帮助公爵搜集情报、打探消息；又是古灵精怪的古鲁克斯，帮助乔装打扮成吟游诗人的王子完成公爵下达的不可能的任务。他看似无所不知、无所不晓，却又错误百出，闹出许多笑话。可以说，古鲁克斯这"神经质"的性格与恶作剧者的性情如出一辙，他极度个性化的行为、扭曲的逻辑、无端的或不必要的细节、随意性以及不合理的逻辑推论①在其恶作剧式的闹剧中将"荒唐"升级。

古老的恶作剧者以嘻哈的滑稽与多变的诡谲游走于主流文化之外的社会边缘，用荒唐和怪诞诠释着生命的本质，惟妙惟肖地烘托出"荒唐幻想"的艺术魅力。这个古老传说中狂野不羁的"荒唐"人物在新时代的反叛精神下再次激活重生，②续写着"荒唐"的传奇。帕特·墨菲、约瑟夫·布鲁查克、皮尔斯·安东尼等儿童文学作家仍不断地回到美洲大地丰富悠久的神话传说传统里，借助古老的文学精粹，来洗刷调节儿童文学中强加的性别、种族成见以及生硬老套的说教。③

---

① Michael Heyman. The Decline and Rise of Literary Nonsense in the Twentieth Century. *Children's Literature and the Fin de Siecle* [C]. Ed. Roderick McGillis. Westport，Connecticut：Praeger，2003：14.

② Michael Heyman 在 "The Decline and Rise of Literary Nonsense in the Twentieth Century" 一文中指出 "荒唐故事" 体裁本身就是一种反叛，因此其中的故事人物从某种意义上来说也是反叛者。

③ Michael Heyman. The Decline and Rise of Literary Nonsense in the Twentieth Century. *Children's Literature and the Fin de Siecle* [C]. Ed. Roderick McGillis. Westport，Connecticut：Praeger，2003：18.

第二节
儿童幻想小说发展的中西方图景

儿童幻想小说的"想象"体质决定了其与神话传说的惺惺相惜，而其作为儿童文学的身份又注定其发展进程是同儿童文学的发展历史密切相关的。可以说，儿童幻想小说是神话传说等民间故事与儿童文学共同发酵的产物。这一发端于古老想象，经历现代艺术加工创造的艺术样式，随着儿童观与儿童文学的发展，不断探索创新，日臻完善成熟，在儿童文学园地里牢固确立了自己的正宗地位。

一、中国儿童幻想小说的演进历程

中国儿童幻想文学的发生是与中国儿童文学的发生捆绑

在一起的。朱自强在《中国儿童文学与现代化进程》中通过史料的收集和文献的整理，对中国儿童文学"古已有之"的文学史观点提出质疑，认为中国儿童文学的发展是受动性的。"中国儿童文学的发生，不具备西方儿童文学的能动性和常规性。它的发生过程脱逸出了'先有创作，后有理论'这一文学发生、发展的一般规律，而是呈现出先有西方（包括日本）儿童文学的翻译和受西方影响而产生的儿童文学理论，然后才有中国自己的儿童文学创作这样一种特异的文学史面貌"。① 这一论断鉴定了中国儿童文学发生发展的"外源型"特征，充分肯定了西方儿童文学作品、儿童和童年理论以及儿童文学研究的引入对中国儿童文学发展的重要催化作用，廓清了中国儿童文学发展史的重要元素，即外国作品的译介对于中国儿童文学的影响。中国幻想儿童文学作为儿童文学的重要分支和组成部分亦是"舶来"文化催生的产物。

　　西方儿童文学的想象创作传统在成功实现从神话叙事向童话叙事的转型后，经过法国的夏尔·贝洛童话、德国的格林童话和豪夫童话等对民间流传童话故事的收集整理，逐渐显现出系统化、规模化、正规化的发展趋势，并在安徒生童话、德国浪漫派童话和英国童话小说的推动下不断完善升华，确立了独特的艺术表达和美学品性，为 20 世纪初西方现代儿童文学原创幻想作品的创作在题材内容、人物形象、叙事模式、主旨思想等多方面提供了许多可资借鉴的文学资源。② 中国作为世界文明古国之一，虽不乏历史悠久的民族

① 朱自强. 中国儿童文学与现代化进程 [M]. 杭州：浙江少年儿童出版社，2000：182.
② 王泉根. 中国儿童文学概论 [M]. 长沙：湖南少年儿童出版社，2015：187.

神话与传说故事等想象资源，但却未能在后世得到充分的传承与发扬，导致其发展的断裂与脱节。此外，中国"文以载道"的教育传统偏爱写实，压抑想象，亦使得想象类文学创作发展滞后。因此，中国儿童文学与有着厚重悠久古典童话传统的西方儿童文学相比，在幻想小说的创作上表现出明显的"先天不足"。即使如此，中国儿童文学借着西学东渐的契机，通过学习借鉴以西方童话为代表的想象类文学创作传统，逐步开始幻想创作的尝试。换句话说，童话创作是中国儿童幻想小说创作阵营的试金石和排头兵，由此，儿童幻想小说逐渐破茧，渐成气候。

（一）西学译介浪潮下的破土萌芽

19世纪后半叶，国内救亡图存的浪潮将国人的目光转向西方新学，各种西方学说与文学作品一时间大量涌入，出现"翻译多于创作"的译介"盛世"，中西文化交流出现第一波高潮。林纾、孙毓修、徐念慈、包天笑等人翻译了许多儿童文学作品，其中尤以想象类作品居多。《海外轩渠录》（今译为《格列佛游记》）、《列那狐的故事》等林译小说是率先进入国人视野的西方幻想类文学作品，此外，卡罗尔的《爱丽丝漫游奇境记》、金斯利的《水孩子》、格雷厄姆的《杨柳风》、米尔恩的《小熊温尼·菩》等幻想小说，以及格林童话、安徒生童话、《天方夜谭》、凡尔纳科学幻想小说等幻想类儿童读物的汉译，极大推动了中国儿童文学的发展。"中国儿童文学萌蘖于外国童话移入之时"，[①] 域外童话故事和幻

---

① 胡从经. 晚清儿童文学钩沉［M］. 上海：少年儿童出版社，1982：2.

想类读物吹来的清新的"想象"风拓展了国人对儿童文学创作类型和艺术风格的认知视野。在西方儿童文学译介的"童话热""凡尔纳科幻热""幻想热"的启发与带动下,中国儿童文学的幻想幼芽开始破土,迎来了儿童幻想文学的萌芽期。

1909 年《童话》丛书创刊,这是"童话"一词首次进入公众视野。商务印书馆高级编译孙毓修担任丛书主编,致力于编译外国儿童文学读物和改写适合儿童阅读和欣赏情趣的古典作品。该刊刊登的第一篇作品《无猫国》被认为是"中国有史以来第一部童话作品"。① 孙毓修对《童话》作为儿童阅读丛书的准确定位和劳作耕耘突出地展现了该丛书在选材、行文、格式等方面与儿童审美相契合的活泼、生动和新颖,他也因此被誉为"中国童话的开山祖师"。②

可以看出,童话是中国幻想类儿童文学创作的最初形式。虽然在其发端初期的萌芽阶段里,童话创作基本是一种建立在外国童话故事和幻想小说基础之上的文学资源的整合改造活动,缺乏文学创作应有的原创性、新颖性和革新性,然而,在古无童话之名的中国,"童话"一词的出现便已实现了零的突破,同时在孙毓修、包天笑、周瘦鹃等一批热心儿童读物编译与创作的作家的严肃对待与认真努力之下,逐渐在中国儿童文学的场域内确立自己正宗的文学地位。童话的出现为中国儿童幻想小说的诞生奠定了重要基础。

---

① 张永健. 20 世纪中国儿童文学史 [M]. 沈阳:辽宁儿童出版社,2006:26.
② 茅盾. 我走过的道路 [M]. 北京:人民文学出版社,1981:116.

（二）五四时期的建设探索

五四时期是一个思想解放的时代，一个冲破封建桎梏追求人性解放、人格独立，呼唤德先生、赛先生的思想革命时代。这场具有重要划时代意义的新思潮文化运动高擎"人的解放"大旗，重估一切文化的价值。传统封建思想文化土崩瓦解，人的价值与意义得到凸显，儿童问题得到文化各界的普遍重视和广泛关注，儿童作为完全独立的人的身份和地位得到认可。五四新文化运动经由"人的发现"进而完成"儿童的发现"，为现代儿童观的建立以及现代儿童文学的成立奠定了基础。

周作人以人道主义的立场出发，充分尊重儿童的社会地位与独立人格，率先提出"儿童本位"的现代儿童观。儿童文学作家应当注重理解儿童的世界，创造迎合儿童心理的文艺作品，"顺应满足儿童之本能的兴趣与趣味，使各期之儿童得保其自然之本相"。[①] "儿童的文学只是儿童本位的"。[②] 五四时期，传统儿童观误区的纠正，以及"儿童本位"新型儿童观的推出对中国儿童文学的发展具有重要的革新意义。"五四时期既是中国现代儿童文学的草创阶段，也是现代作家在一定的儿童文学观念的指导或影响下开始自觉创作的阶段"。[③]

一批现代儿童文学的拓荒者在"儿童本位"观念的影响

---

① 周作人. 童话的讨论. 童话评论 [C]. 赵景深编. 上海：新文化书社，1924：36.
② 周作人. 儿童的书 [N]. 文学旬刊，1923-6-21.
③ 张永健. 20世纪中国儿童文学史 [M]. 沈阳：辽宁儿童出版社，2006：63.

下开始了新的建设和探索。五四时期中国儿童幻想文学的一大革新是重译西方儿童文学作品，尤其是童话故事。晚清时期，西方儿童文学的译介曾盛极一时，然而，在传统封建思想尚未破除的时代，当时的翻译更多的是以成人的价值取向和文化观念为导向的，背负着"开发民智、警醒同胞"的"载道"功能。这样的编译和改写不仅会削弱外国儿童文学作品的民族特色和艺术特征，还可能有篡改甚至扭曲原作的思想主题与人文关怀的危险，而且其作为儿童文学的"儿童化"色彩也会因此而遮蔽。"儿童本位论"的出现让许多作家、翻译家和理论家们开始从儿童身心的心理需要和审美需求出发来考量儿童文学作品的翻译，以期复原外国儿童文学作品的原貌。赵景深、顾均正等重译了孙毓修等编译改写的格林童话、安徒生童话，林译小说《海外轩渠录》被重译为《格列佛游记》，刘半农改译的安徒生童话《洋迷小影》被周作人重译为《皇帝的新衣》，包天笑改译的《馨儿就学记》被夏丏尊重译为《爱的教育》。外国童话故事以及幻想小说中的"原汁"与"原味"经过重译的"直译"处理，恢复了过去在编译和改写过程中流失的"文学的美"和"儿童的美"，张扬了被掩盖的儿童情趣和游戏精神。五四时期兴起的这场重译风潮基本确定了当今仍为中国儿童读者所熟知的外国经典名著译称，奠定了外国儿童文学作品翻译的基本文学风格与审美格调。茅盾曾对五四时期儿童文学的翻译情况进行了很高的评价，认为这一时期是"我们有真正的翻译的西洋'童话'"①的肇始。

---

① 茅盾. 关于"儿童文学"［J］. 文学，1935，4（2）：12.

　　五四时期中国儿童幻想文学的第二大革新表现为本土想象类儿童文学的原创生产。从晚清开始的编译改写，到五四时期的外国经典重译，中国儿童幻想文学在西方童话故事和幻想小说的启发下，在本土儿童文学理论研究的推动下，大胆尝试，推陈出新，创作上呈现出一派崭新景象。

　　这一时期在儿童幻想文学创作方面最为活跃突出的作家当属叶圣陶。叶圣陶的儿童文学创作以童话成名，在地域风景、人物塑造、风土人情以及叙事方式等方面都表现出鲜明的中国特色，尤以童话故事集《稻草人》影响最为深远。鲁迅曾说："叶绍钧先生的《稻草人》是给中国的童话开了一条自己创作的路的"。① 《稻草人》以 20 年代中国农村破败景象为历史背景，讲述稻草人在夜间田野里的所见所闻，体现了中国农村劳苦大众的辛酸与苦难，也由此奠定了叶圣陶童话创作的现实主义基调。"这些童话甚少涉及神怪精灵、王子仙女，没有善恶果报的陈腐说教，旨在教育儿童塑造优美纯洁的心灵……培养进步的人生观"。② 这是中国原创童话创作初期探索的重要成果和收获。

　　此外，郑振铎和陈衡哲两位作家也对童话创作进行了宝贵的原创实践。郑振铎的童话创作注重向中国民间传说和神话故事取材，习用民间口头白话来讲述，着眼想象的丰富，不倾向于灌输道德寓意和教育意义，《朝露》《七星》等作品深刻体现了郑振铎的"儿童本位观"和"童心"思想。陈衡哲是中国第一位儿童文学女作家，其童话创作多取材于现实

---

① 鲁迅. 鲁迅全集［M］. 第 10 卷. 北京：人民文学出版社，1981：396.
② 杨义. 中国现代小说史［M］. 第 1 卷. 北京：人民文学出版社，1986：336—337.

生活，善于"将自然物拟人化、人格化"，①侧重从童心童趣的儿童视角来观照世界，表现儿童主体独特的心理情感。《小雨点》《西风》等童话作品极具独创性。

五四时期，中国幻想儿童文学仍以童话创作为主要形式和主要潮流。这一时期，中国的童话创作受益于五四新文化运动所催生的崭新儿童观的启发与激励，在内容和形式上都实现了巨大突破：不仅完成了对晚清以来外国儿童文学译介的收拾与整理，而且进行了客观、科学的总结与消化，同时转向本土传统文化资源的开垦和挖掘，由此开启了立足中国本土的自主创作实践，创作的主体性得以显现和发挥。童话创作的原创力量开始发展起来，呈现出了幻想创作探索初期的创新勇气和多元尝试。

（三）动荡岁月中的创作坚守

在中国的历史上，这是一段漫长且痛苦的时期。在五四新文化运动开启民智的新学风潮之后，自 1927 年第一次国内革命战争的失败到 1949 年新中国成立，中国人民一直生活在内外战争交困与时局动荡不安的水深火热之中。1931 年日本关东军在沈阳北大营蓄意策划的"九·一八"事变，1932 年日本侵略者在上海闸北发动的"一·二八"事变，1935 年北平数千学生举行的抗日救国示威游行"一二·九"运动，1937 年"七七卢沟桥事变"爆发，日本全面侵华战争打响，中华民族经历了旷日持久的反抗日本侵略者的抗日战争。1945 年日本帝国主义宣布无条件投降，遭帝国主义列强

---

① 张永健. 20 世纪中国儿童文学史［M］. 沈阳：辽宁儿童出版社，2006：88.

践踏蹂躏十多载的中国人民成功地赶走了外来侵略者,却再次陷入国内战争的泥沼。1945 年 8 月至 1949 年 9 月,国共两党之间为期四年之久的内战最终以中国共产党的全面胜利完满告终。中华人民共和国成立后,人民当家做主,政治、经济、文化等领域开始复苏发展。"十七年"中国文学百花齐放百家争鸣的繁荣也成就了这一阶段中国儿童文学发展"小高潮",幻想类儿童文学作品的创作灵感不断,推陈出新。虽然"文化大革命"的出现对发展前进的步伐有所扰乱,然而老一辈儿童文学理论家、作家的坚守耕耘,以及在五四精神启蒙和洗礼下成长起来的新一代儿童文学作家的宝贵尝试与创造,在战争和革命的夹缝中顽强延续着中国儿童文学的原生生命,儿童文学中的想象血脉得以传承。

这一时期幻想类儿童文学的持续进步首先得益于儿童文学理论研究的大幅发展。20 世纪 30 年代和 50 年代分别出现了两次有关童话的文艺争鸣。1931 年国民党湖南省政府主席何健的《咨请教育部改良学校课程》①一文对童话进行政治声讨,由此引发了有关童话"鸟言兽语"的论争。鲁迅于当年 4 月在《〈勇敢的约翰〉校后记》中言辞犀利地驳斥了"鸟言兽语"论,所谓"禽兽能作人言,尊称加诸兽类,鄙俚怪诞,莫可言张"的昏话纯属"杞人之虑",童话对儿童是"有益无害"的。随后,吴研因、陈鹤琴、魏冰心、张匡等人从不同的方面对童话的"鸟言兽语"指责进行了批驳,充分肯定了童话的价值。这场持续了半年之久的论争以对童

---

① 全文刊载在 1931 年 3 月 5 日《申报》的"教育信息栏"中,写道:近日课本,每每"狗说"、"猪说"、"鸭子说",以及"猫小姐"、"狗大哥"、"牛公公"之词,充溢行间,禽兽能作人言,尊称加诸兽类,鄙俚怪诞,莫可言张。

话的肯定而结束。这次讨论"肯定了童话幻想艺术的价值功能，维护了儿童文学的生存权益，有力地反击了儿童文学领域的复旧倒退现象"，① 巩固了童话在儿童文学中的地位。

如果说"鸟言兽语"的论争为抗战以前中国儿童文学的理论探索做了一次小结，那么，1958 年开始的"新童话"讨论则是一场探讨童话变革与创新的理论交流。新中国之新现实，新时代之新要求意味着文学的形式与内容也应当变一变、改一改。童话是儿童文学的传统体裁，其所拥有的仙女、巫婆、王子、公主等传统题材和人物形象如何适应新时代的呼唤，其在思想内容和表现手法上如何与新时代融合一体等都成为亟须思考和解决的问题。在这场讨论中，陈伯吹、贺宜、严文井等作家的身体力行表现得尤为突出。相比对传统童话创作要么全盘否定要么全盘接受的激进做法，他们的处理方式更加柔和折中。他们注重传统与时代的结合，思考探讨童话这一古老的形式如何在新时代绽放出新鲜的活力，也就是"旧瓶如何装新酒"的问题。他们一方面注意吸收保留童话创作传统中的精华要素，不失生动活泼；另一方面又积极探索童话对社会历史现实的言说与折射方式，即传统的体裁如何承载表达现实关怀和现代思想。这场讨论一直持续到 1961 年，继"鸟言兽语"之争后深化、丰富了国内学界对童话的理论认知，同时也表明"能否参与时代、服务现实已经成为衡量儿童文学价值的主流标准"。②

然而，幻想儿童文学的发展不仅需要理论研究的深化，

---

① 王泉根. 中国儿童文学概论 [M]. 长沙：湖南少年儿童出版社，2015：67.
② 张永健. 20 世纪中国儿童文学史 [M]. 沈阳：辽宁儿童出版社，2006：216.

更需要大胆无畏的新鲜尝试与毫不动摇的坚持和毅力。在革命与斗争轮番登场的四十多年间，幻想类儿童文学创作的星星之火在新一代儿童文学作家的耕耘下顽强延续下来。张天翼、陈伯吹、贺宜、金近、严文井等是这一时期新生代儿童文学作家的杰出代表。他们以不间断的热情坚持创作，更新着童话的外在风貌与内在质素。

张天翼是中国儿童文学史上的一位重要作家，《大林与小林》《秃秃大王》《金鸭帝国》《宝葫芦的秘密》等童话故事都已成为中国儿童读者耳熟能详的经典。《大林与小林》采用幻想与现实交织的手法，讲述因为一次意外而走上不同人生道路的两兄弟，被认为是"继叶圣陶《稻草人》之后，中国现代童话的重大成就，具有第二里程碑的意义"。①《宝葫芦的秘密》通过大量的心理描写，塑造出一个既有普遍意义又有鲜明个性的典型人物形象——王葆，作家的关注焦点也从外部世界的矛盾斗争转向人物内心的冲突与碰撞。这一时期的张天翼开始尝试用小说的手笔写童话，萌生出"小说童话"②的端倪。

陈伯吹的童话故事情节曲折生动，语言充满动感和生活情趣。在《阿丽思小姐》《波罗乔少爷》《一只想飞的猫》等

---

① 陈道林. 童话中的扁形和圆形人物——论张天翼的童话. 中国儿童文学论文选：1949—1989［C］. 杭州：浙江少年儿童出版社，1991：574.

② "小说童话"一词由儿童文学理论家朱自强在《小说童话：一种新的文学体裁》（载《东北师大学报》，1992年第4期）一文中针对当时中国儿童文学理论研究对小说童话的湮没与混淆的现实问题，指出小说童话亟须与童话故事切割区分，并从文学史、语义以及文体学等方面提供依据，探讨小说童话的本质、产生的原因及其艺术魅力，首次将 fantasy 作为一种文学体裁来加以认识和提倡，这是一次针对幻想小说而开展的严肃的文体确认工作。自此，幻想小说开始进入理论视野，接受批评与研究的关注。

童话故事里，作家创作逐渐从揭露讽刺社会现实的揶揄与犀利转向新一代少年儿童教育培养的思考，具有一种特殊的感染力和吸引力。

贺宜则身体力行地用自己的童话创作实践自己的理论主张，运用童话的想象对现实生活进行"象征性概括"，在人物身上倾注真情实感："切齿的憎恨，愤怒的谴责，热烈的爱抚，由衷的赞扬"，让幻想成为"现实生活最浪漫、最大胆、最夸张的概括和集中"。① 因此，贺宜的童话创作表现出鲜明的时代性。他发表于三四十年代的童话作品多以抗战、反侵略为题材，揭露抨击日军在华的罪恶行径、不良的社会风气等，讴歌人民大众的真、善、美，政治倾向明显。50 年代的童话作品侧重展现人物内心的力量和自我成长，个性鲜明独特。

金近的童话创作亦经历了较大转变：从抗战胜利到新中国成立，他的童话大多是讽刺性的，立足现实生活，借助诙谐、讽刺和夸张等创作手法以"假"写"真"，颂善揭恶。新中国成立后，他的童话在艺术形象的塑造以及故事情节的营造上更显活泼生动，笔调昂扬。② 《小猫钓鱼》《骄傲的大公鸡》《小鲤鱼跳龙门》等短小精悍的童话故事处处洋溢着乐观昂扬之气。金近的童话源于现实，经过适当的想象，又归于现实，使趣味性和教育性得到较好的统一。他的童话总是能够让读者在忍俊不禁之余悟到一些应当明白的道理。③

严文井的童话创作在选材和立意上十分考究。他总是用

① 贺宜. 儿童文学讲座 [M]. 上海：少年儿童出版社，1980：53—63.
② 张永健. 20 世纪中国儿童文学史 [M]. 沈阳：辽宁儿童出版社，2006：336.
③ 郭大森，高帆. 中外童话大观 [M]. 长春：东北师范大学出版社，1990：70.

童话的幻想性巧妙地化解抽象的哲理，将深邃的哲理以不凡的新意呈现给儿童，形成了哲理与诗情相结合的独特风格。[①] 严文井意在把童话作为一种献给儿童的特殊诗体，"没有诗，哪怕有一个最奇怪的故事，则一定不会有童话"。[②] 因此，他在早期童话《四季的风》《丁丁的一次奇怪旅行》，以及后来的《小溪流的歌》《唐小西在"下一次开船港"》等作品中，一丝不苟地继续着诗体童话的创作实践，追求作品在审美性、象征性和哲理性上的统一与和谐。

此外，还有新中国成立前巴金的《长生塔》、丁玲的《给孩子们》等一批强烈反映社会现实生活的童话故事，鞭笞控诉黑暗腐朽势力，"革命气息"十分浓厚。洪汛涛的《神笔马良》、包蕾的《猪八戒新传》等童话故事则展现了新中国成立后中国儿童文学作家"巧用旧制生新意"的创造才能，是古老民间故事再创作的成功尝试，用神奇缤纷的色彩、优美深情的格调构筑出一个个奇幻纯美的童话世界。

这是一个幻想儿童文学继续发展的时期，也是一个幻想儿童文学遭遇挫折的时期。新时代的新现实给童话的发展提出了新条件，"一切革命的斗争"需要，为现实服务的号召为这一时期的童话作品蒙上了一层浓厚的现实主义色彩和明显的政治倾向。童话作为教育工具的理性色彩在既定的社会现实中被放大突出，思想性似乎略胜趣味性一筹，幻想文学创作面临一定瓶颈。然而，需要指出的是，这一时期张天翼、严文井等作家对童话创作的坚守使得长篇童话已不同于

---

① 张永健. 20世纪中国儿童文学史 [M]. 沈阳：辽宁儿童出版社，2006：164.
② 严文井. 泛论童话. 中国儿童文学论文选：1949—1989 [C]. 杭州：浙江少年儿童出版社，1991：361—362.

以往短小简洁的童话故事，业已具备幻想小说的要素与规模，只是尚未得到文体的确认与肯定，笼统以"童话"概之。这不仅混淆埋没其个性，亦妨碍其作为独立文学体裁在表现手法、情节构造等方面的进一步探索与发展。幻想小说这一文学类型亟须理论确认。

（四）改革春风下的创作自觉

十一届三中全会的召开，是具有深远意义的伟大历史转折点，新中国开始进入改革开放的新时期，工作重心向社会主义现代化建设转移，全国的政治经济和思想文化形势进入一个全新的开放阶段。在大好形势下，中国儿童文学也进入一个崭新的"新时期"。

1978 年 10 月在江西庐山召开的全国少年儿童读物出版工作座谈会是新时期儿童文学发展的重要转折点，实现了儿童文学领域内的拨乱反正。庐山会议总结了当时中国儿童文学在发展过程中所取得的经验与教训，肯定了成绩，也指出了问题，坚定了大力发展儿童文学的决心，明确培养壮大创作与出版队伍的意识，廓清了若干理论原则问题，提出儿童文学的"儿童性""知识性""趣味性""多样性"等方针。①庐山会议及时对中国儿童文学进行了理论的正本清源，通过

---

① 根据会议的讨论与集思广益，国家出版局等七家单位在庐山会议后联合向国务院提交了《关于加强少年儿童读物出版工作的报告》，针对长期以来受极"左"思潮干扰破坏的儿童文学创作和创作工作提出了相关原则性意见。《报告》强调少年儿童读物应具有少年儿童的特点，从选题、内容到语言表现形式，以及装帧、印刷方面更好地符合孩子的心理特征与理解水平；少年儿童读物应具有一定的知识性，启发儿童的求知欲和探索欲，助长孩子对知识的兴趣与爱好；同时，儿童读物应当有趣味性，能够以生动活泼和幽默的语言吸引孩子的注意力；并在题材和体裁上做到多样化，"百花齐放，百家争鸣"。

重新解读与评价，竭力恢复优秀儿童文学作家与作品的名誉。这一系列工作"初步消除了儿童文学理论中的那些极为荒唐谬误的内容，使儿童文学研究逐渐恢复了最起码的科学精神"。①

思想的解放和政策的放开为这一时期想象类文学的创作提供了生长土壤。从 70 年代末起至整个 80 年代，幻想类儿童文学创作仍然以童话为主导，并呈现出衍变更新、多元并存的繁荣态势。

新的历史时代迎来的不只是崭新的社会气象，更有崭新的一代和崭新的观念。改革开放打开国门，外国的洋事物、洋观点大量涌入，现有的儿童观、教育观和文学观在文化交流与对话中相互冲突、相互交融，童话领域里一股新鲜的生命力量跃跃欲试。"这股童话新潮确乎是对传统童话的纵向反拨。这主要表现在他们摆脱了非文学的政治观念和教育观念的束缚，转向文学自身的美学追求……它是和其他儿童文学样式的探索，甚至整个当代文学思潮互为呼应的。这种横向呼应，一方面表现为观念更新的同步……另一方面表现为各种文学体裁之间的相互渗透和移植"。② 80 年代中国儿童文学的童话创作异彩纷呈，既有孙幼军、宗璞等中年作家的突破创新，又有郑渊洁、班马、冰波等青年作家的锐意改革和大胆试验。

孙幼军、宗璞等中年作家突破传统童话观念的束缚，"力图摒弃'影射'的、'图解'的和训诫的童话观念，改变

---

① 方卫平. 中国儿童文学理论发展史 [M]. 上海：少年儿童出版社，2007：351.
② 黄云生. 童话探索/创作的来龙去脉 [J]. 儿童文学选刊. 1987（1）：28.

居高临下的姿态，在平等的地位上把童话当作真正的艺术品奉献给少年儿童"，① 强调儿童文学的审美力量，竭力追求童话的美感情趣，成为新时期童话创作中的"美学派"。孙幼军被称为新时期成就最高的"童话大家"，② 他尊重儿童、贴近儿童，《小布头奇遇记》《铁头飞侠传》等深受儿童读者的喜爱和追捧。宗璞的童话清雅含蓄，③ 曲调优美。1984 年出版的童话集《风庐童话》集中反映了宗璞的童话艺术与审美追求，宗璞因此获得"风庐"童话作家的雅称。与孙幼军的"儿童美"不同，宗璞所主张和倡导的是童话作品的"意蕴美"：以诗意的笔墨书写人生，以灵动的幻想表达深邃丰富的内涵，使成人和儿童在"美的熏陶"中获得哲理的启迪。

与此同时，改革开放新浪潮下涌现出的一批青年作家亦十分积极活跃，他们在童话创作上表现出的热情和胆量都是空前的，他们不仅注重借鉴相关学科发展的新兴成果，同时强调创作的个性。童话创作的多元化艺术格局由此形成，其中"热闹派"和"抒情派"童话的对立与并存让 80 年代的幻想文学园地精彩异常。

郑渊洁、彭懿、周锐等作家倾向于热闹的、富于喜剧效果的"热闹派"童话。彭懿认为"热闹派童话是变革时代催生的，在现代化传播媒介大量出现的今天，信息如潮，儿童的视野爆炸性地拓宽，他们的思维能力，潜在的审美意识以及阅读情趣也在剧烈地裂变，絮絮叨叨的外婆式的童话已经无法，也不可能满足各层次的儿童读者群的渴求。于是，热

① 蒋风. 中国当代儿童文学史 [M]. 石家庄：河北少年儿童出版社，1991：390.
② 金燕玉. 中国童话史 [M]. 南京：江苏少年儿童出版社，1992：543.
③ 宗璞. 小说和我 [J]. 文学评论，1984（8）：53.

闹派童话应运而生"。[①] 热闹派童话借鉴现代心理学的研究成果，指出由于各种原因受到压抑而进入潜意识的各种欲念愿望必须得到释放和宣泄。他们将五四以来现代童话的热闹因子进一步发挥放大，尽情释放埋藏在心灵深处的生命激情和创造活力。郑渊洁的《皮皮鲁与鲁西西》系列童话、彭懿的《五百个试管喜剧明星》、周锐的《爸爸妈妈吵架俱乐部》等童话在艺术上冲破常规，对人、物、时、空做出各种天马行空的组合与安排，"冲毁了曾在中国儿童文学之中衍生的道学气，带来了久违的游戏精神"。[②] 他们运用夸张怪异的手法，通过快节奏的场景更换追求一种不断运动的流动美感，用简洁明快的语言编织幽默、讽刺的喜剧闹剧，在生动有趣又荒诞怪异的故事情节中，塑造聪颖活泼的个性儿童与僵化保守的扁型成人两种截然不同的人物形象。"热闹派童话表达出成人作家的'反成人化'倾向，是童真崇拜的另类仪文"。[③]

以葛翠琳、冰波、王晓晴等作家为代表的抒情派童话与热闹派童话形成了较为明显的分野。不同于热闹派的奔放与夸张，抒情派童话在情节处理上不追求曲折离奇的新鲜感和变化多端的强刺激感，着意以诗化的语言对童话进行深情描写，将情感表达作为言说的中心，移情入物，融情于景，追求远离热闹喧嚣的纯净与宁静。抒情派童话注重发掘人物的心理和情感空间，用隽逸秀美的语言风格抒写人物的感觉体验和情绪波动，以情感接近接受主体，以期实现心灵的共振同鸣。葛翠琳的《海的童话》《会飞的小鹿》，冰波的《窗下

---

① 彭懿. "火山"爆发之后的思索 [J]. 儿童文学选刊，1986（5）：21.
② 班马. 童话潮一瞥 [J]. 儿童文学选刊，1986（5）：29.
③ 张永健. 20世纪中国儿童文学史 [M]. 沈阳：辽宁儿童出版社，2006：545.

的树皮小屋》，王晓晴的《好猫咪呜》《泥巴爷爷和泥巴奶奶》等作品用清丽典雅的语言描绘了一个个如诗如梦的优美童话世界，用诗意的想象和满腹情感的故事带给儿童温暖甜美的感受。

除此之外，还有如诸志祥的《黑猫警长》、郭明志的《海马医生》等植根现实生活，讥讽时弊，教育儿童，较具传统色彩的现实主义童话。正是得益于各类童话创作的百花齐放与合力推动，80年代的童话创作显示出前所未有的勃勃生机。

虽然这十年间围绕童话创作的讨论异常热烈，童话艺术也因此在创作与表现手法以及语言风格上得到了更加多元的探索与尝试，然而对于业已繁多且日益复杂的童话作品疏于文体的梳理和深层的探讨，导致童话作品多以篇幅规模或创作风格划分，遮蔽了童话本体内部所发生的自觉抑或非自觉的革新，体裁的认知与界定亟须厘清。1989年出版的《世界儿童文学概论》在翻译阐述 fantasy 这一文类的理论章节时将其清晰地译作"幻想小说"，然而在翻译耳熟能详的英语经典幻想作品时却又使用"童话"来指向《水孩子》《爱丽丝漫游奇境记》《纳尼亚王国的故事》等，这样的前后矛盾与认识龃龉充分反映出当时学界对于童话文体认识论上的模糊与不足。

90年代初，朱自强的"fantasy 宣言"[①] 首次提出将 fantasy 作为一种文学体裁来对待和认识，在外国已经发展了

---

① 彭懿在《关于 Fantasy 一词的比较研究》（载《中国儿童文学》，2002年第2期）中对朱自强的《小说童话：一种新的文学体裁》一文大加赞赏，称其为"一篇关于 fantasy 宣言似的论文"（第16页）。

好几十年的 fantasy 正式进入中国学界的视野。90 年代中期，彭懿开始在国内大力提倡并传播幻想小说。在学术专著《西方现代幻想文学论》一书中，彭懿对西方幻想小说进行介绍阐释，展现了其对幻想小说的独特艺术感悟，"对于对幻想小说的认识、了解尚处于蒙昧状态的中国儿童文学界来说，是一部宝贵的启蒙书"。① 理论探索之余，彭懿积极投身幻想小说创作，1996 年出版的《疯狂绿刺猬》被认为是中国幻想小说第一部自觉的作品。②

1997 年，二十一世纪出版社主持召开"跨世纪中国少年小说研讨会"，"'幻想文学'的艺术形态获得了中国少儿文学主力作家群体的浓厚兴趣和广泛响应。许多作家对此都早已蕴积着充沛的创作能量，一致认同这一瑰丽而广阔的艺术空间"。③ 这次会议后，二十一世纪出版社正式启动"大幻想丛书"计划，于 1998 年和 1999 年分两辑出版了 14 位作家的 15 部作品。幻想小说的创作由此开始在中国名正言顺地兴盛起来。紧接着，春风文艺出版社在世纪末又推出了"小布老虎丛书"，出版了陈丹燕的《我的妈妈是精灵》、薛涛的《精灵闪现》、"山海经传说 ABC"（《盘古与透明女孩》《精卫鸟与女娲》《夸父与小菊仙》）、车培晶的《我的同桌是女妖》等备受欢迎的儿童幻想作品。

新时期的幻想儿童文学，一方面因为宽松自由的社会文化环境，一方面受益于五四以来探索创新的精神，在创作实

---

① 朱自强，何卫青. 中国幻想小说论［M］. 上海：少年儿童出版社，2006：96.
② 朱自强，何卫青. 中国幻想小说论［M］. 上海：少年儿童出版社，2006：110.
③ 彭懿，班马. "大幻想文学·中国小说"［M］：第一辑. 南昌：二十一世纪出版社，1998：2.

践上实现了许多重大的突破与变革，"冲破了先前公式化、概念化、工具化的藩篱，经过十余年的锻造，它终于获得了满蕴时代精神的美学素质，并催化为具有思辨特征的观念成果"。① 儿童幻想小说经由理论确认到创作自觉的异军突起真正体现了儿童文学从教育工具向文学性的回归，并将成为"今后中国儿童文学最大和最为重要的艺术生长点之一"。② 伴随着幻想文学的崛起，新时期的儿童文学更加明确自信地肩负起培育国家民族未来一代精神性格的神圣使命，"在走向少儿世界的同时稳健地走向自我价值的实现与艺术个性的自觉"。③

（五）新世纪面临的机遇与挑战

进入 21 世纪，世界全球化、经济一体化加速着世界各国的交流与互动，不同观念、不同文化在国际化的合作与交锋中相互碰撞、相互交织，彼此渗透、彼此借鉴。这是一个姿态愈加开放，联系愈加紧密的世纪。传统的价值体系与文化结构不断遭遇冲击，全球化浪潮以更加包容的胸怀和更加饱满的精神气度继往开来，从丰富多元的文化格局中汲取养分，打造精神文化的饕餮盛宴。

王泉根谈到新世纪中国儿童文学发展外部环境时，总结了三大变化：充分的市场化、传媒手段的多样化以及社会文化生态环境的宽松和自由，强调应当用发展的眼光、与时俱进的姿态来观察和审视新世纪的儿童文学，并进一步指出，

---

① 王泉根. 中国儿童文学概论［M］. 长沙：湖南少年儿童出版社，2015：115.
② 朱自强，何卫青. 中国幻想小说论［M］. 上海：少年儿童出版社，2006：125.
③ 王泉根. 中国儿童文学概论［M］. 长沙：湖南少年儿童出版社，2015：115.

一个多元共生、充满希望的新世纪儿童文学新格局正在形成。① 中国儿童文学在新世纪头十年的发展在这一开放包容的外部生态环境中突飞猛进，不仅敢于正视以往创作中存在的问题，并且以前所未有的掘进势头大刀阔斧地尝试改革与创新，幻想文学创作也不例外。事实上，幻想文学是新世纪中国儿童文学发展最为迅猛，成绩尤为突出的一支生力军。20 世纪末彭懿、朱自强等学者在理论上对幻想文学的"正名"和"恢复"，以及张秋林等儿童文学出版工作者对幻想文学的强力支持，持续稳定地推动了我国幻想儿童文学的创作。与此同时，新世纪伊始，来自域外的"哈利·波特"热潮、"黑暗风"（英国作家普尔曼的《黑暗物质》三部曲）、吸血鬼之恋（美国作家斯蒂芬妮·梅尔的《暮光之城》系列）和"饥饿游戏"浪潮一波又一波地接踵而至，不断刺激着少年儿童的幻想神经，将潜意识深处的幻想演绎得淋漓尽致。幻想小说在儿童文学园地里异军突起。

新世纪中国儿童幻想文学创作在全球性幻想风暴的冲击和互联网发展的支持下，呈现出蓬勃的发展势头。"幻想文学创作方兴未艾，未来的发展势头将有可能扭转中国儿童文学长期形成的现实主义一元独尊的格局"。② 新世纪原创幻想儿童文学的创作和出版较具规模，既有老作家的华丽转身与倾情加盟，也有年轻作家的热情投入与持续发力。老作家阵营中张之路、班马、彭懿等一如既往地挖掘拓展着幻想小说的表达潜力与艺术魅力，不断探索尝试，试图在超越自我风

---

① 王泉根. 中国儿童文学概论［M］. 长沙：湖南少年儿童出版社，2015：140—141.
② 王泉根. 中国儿童文学概论［M］. 长沙：湖南少年儿童出版社，2015：145.

格的过程中创新幻想创作。张之路的《奇怪的纸牌》《极限
幻觉》等，班马的《绿人》、彭懿的"妖湖怪谈"系列（《湖
怪》《九命灵猫》《三条魔龙》）等幻想小说不断试验多题
材、多风格、多元素的百变路线。曹文轩、常新港等是新世
纪儿童幻想文学创作阵营中熟悉的新面孔。他们从现实主义
转向幻想文学的创作，这看似姗姗来迟的创作转向不仅是作
家对于自身创作方向和创作主题严肃思考选择的结果，更重
要的是体现了儿童文学资深作家对于当下幻想儿童文学创作
所面临的棘手问题表现出的担当与责任意识，以及对于当代
儿童幻想生命的精神生态的深切关怀。曹文轩作《大王书》，
意在沥净当今国内幻想风潮背后的寒碜、拙劣、苍白与局
促，用优良的知识和高贵的精神重铸幻想，"让幻想回到文
学"。① 常新港的幻想创作从北大荒少年的痛苦成长转到现代
都市少年的精神生态，在顺应时代变化和社会现实变迁的脚
步中，仍然以其对儿童文学创作所独有的倔强与执着，冷峻
与严厉，书写幻想，将矛头直指儿童心灵和情感深处最隐
秘、最神圣的一隅，探讨现代少年儿童的精神空间与情感体
验，批判现代家庭和学校教育的冷酷无情的一面，努力揭示
少年儿童自我发展与人格建构道路上的挫折与艰辛。《毛玻
璃城》《空气是免费的》《天才街》《树叶兄弟》《迷失的欲望
花瓣》《三臂树的传说》等幻想小说以幻想的大锤反复敲打
凝重窒息的社会现实，以幻想之眼观照现实，以幻想之力警

---

① 曹文轩在《大王书·黄琉璃·代后记》中以此为题，对当下幻想文学创作良莠
不齐、粗制滥造的虚假繁荣表示担忧，并予以批判，一语中的地指出问题的症
结，即幻想文学创作中文学的缺席与放逐，随即发出"让幻想回到文学"的呼
吁！

醒现实，以幻想的顿悟提升现实。现实与幻想在相互交错又相互隔离的时空中彼此对照、互相呼应，辉映成趣，相生相融，形成了常新港与众不同、辨识度极高的幻想风格。

此外，"大白鲸世界杯"原创幻想儿童文学奖的设立也进一步推动了国内儿童幻想文学的创作。该奖项启动至今已经成功举办过四届，共评选出70余部优秀作品。值得一提的是，获奖作品麦子的《大熊的女儿》和王林柏的《拯救天才》双双获得第十届全国优秀儿童文学奖。这充分显示了该奖项对于中国原创幻想儿童文学创作的独到眼光与风向把握，清晰地昭示了未来中国幻想儿童文学发展的向好趋势与凶猛势头。同时，该奖项亦打造集结了一支老中青少结合的强健有力、生命力勃发的幻想创作队伍：老作家的以身示范与经典榜样，中年作家的传承与发展，青少作家的颠覆与革新，营造了一个相互促进、共同发展的良好氛围和创作格局。神话幻想、童话幻想、科学幻想、人文幻想以及生态幻想等幻想小说类型多元共生欣欣向荣，"在想象中重建自然的美丽、童年的自由、人心的光明"。① 从创作队伍建设到作品内容与形式的探索实验，"大白鲸"品牌计划打造了一个更加成熟、完整的幻想文学产业链，也让幻想文学的"原创力量"获得了社会认同与市场支持。

新世纪中国儿童幻想小说的类型化发展开始显露端倪，尤以奇幻动物小说的表现较为突出。幻想小说中有动物的参与，动物小说中也有动物的参与，童话故事中也有动物的身影，动物作为儿童的心灵伴侣基本成为儿童文学情节设置与

---

① 谈凤霞. 新世纪儿童幻想小说的走向 [N]. 光明日报，2014 - 11 - 10.

人物设定的常态存在。然而，幻想创作与现实主义创作在共享动物的同时又吞噬抹杀了动物的独立属性，随意地借用动物，以动物为题材，以动物构建故事，以动物抒发情感，动物的媒介性和工具性得到发挥，主体性却遭到漠视。动物总是夹杂在其他儿童文学类型中以"绿叶"的身份扮演着主角或类主角的角色。在动物小说和幻想小说创作进入热潮的新世纪，将动物作为故事主人公，或是将其作为故事角色成员的儿童小说突飞猛进地增长。

面对鱼龙混杂的创作与出版市场，盘亘在动物、童话、小说、幻想这几者之间的错综复杂关系这一"历史遗留问题"亟须厘清。在欧美国家已经发展成熟的奇幻动物文学，在国内仍是一个尚待开发挖掘的新品种。中国儿童文学理论界在对待奇幻动物小说时，"要么把它归为传统意义上的童话，但其现实主义的笔法，尤其在表现生死、搏杀、暴力、爱情等问题上又有很强的现实感和逼真性，不似传统意义上的童话。要么把这些小说归为动物小说，但它们有不同于西顿、黎达、椋鸠十等动物学家笔下的动物——这些动物自然属性鲜明，不能说人话，亦不能像人类一样思考，要忠实于动物的情感和行为习惯"。① 针对奇幻动物小说在中国儿童文学中的尴尬处境，国内儿童文学研究者侯颖对这一特殊文体进行了"确认"，从主题内涵、艺术品性和审美情趣等方面对奇幻动物小说进行系统化、学理性的论证阐释，指出"奇幻动物小说突破现实生活的束缚，突破动物的生理限制，突破人类对动物世界的认知局限，紧紧抓住奇幻本身所具有的

---

① 侯颖. 奇幻动物小说的中国"确认"[J]. 社会科学研究，2015（1）：187.

特点，夸大物种特征，不仅让动物开口说话，动物还具备复杂精妙的心理感受，动物世界往往与人类社会的生活形态交融在一起，以逸出物种局限的心理感受和高级思维来表达深邃的主题"。① 奇幻动物小说的合法地位首次得到声张与捍卫。

在出版传播上，广西科学技术出版社正式采用"奇幻动物小说"这一概念，推出"了不起的动物伙伴"系列，专注"奇幻动物小说"题材。该系列囊括了冰心儿童图书奖、陈伯吹儿童文学奖、美国学校图书馆杂志最佳图书奖、英国红房子童书奖、德国青少年文学奖等国内外获奖佳作，是国内首套正面宣传这一题材的动物作品集。此外，牧铃的《荒野之王》《艰难的归程》《丛林守护神》三部曲，常新港的《懂艺术的牛》《兔子快跑》《猪，你快乐》《老鼠米来》《小蛇八弟》《一只狗和他的城市》《七叉犄角的公鹿》《土鸡的冒险》等风格各异的奇幻动物小说也不断挖掘呈现这一幻想类型的艺术魅力。

新世纪中国儿童幻想文学创作在 20 世纪末的"独立"起步后，慢慢酝酿发展，曾经幻想体质贫弱的中国儿童文学悄然发生了质变。在《魔戒》《哈利·波特》等西方畅销幻想小说的艺术震撼和市场刺激下，"中国幻想小说创作者既在催化中振奋，也在影响下焦虑，他们力图开辟一片兼具自我个性与文化、美学特色的奇幻天地"，② 其突围之道有曹文轩式的文体艺术性建构探索，有王晋康、张之路、韦伶等作

---

① 沈石溪. 动物小说的新口味 [N]. 四川日报（文艺评论版），2016-5-27.
② 谈凤霞. 新世纪儿童幻想小说的走向 [N]. 光明日报，2014-11-10.

家将本土文明与文化融入幻想创作的民族性与世界性结合的思考，有班马、金波、常新港、黑鹤、殷健灵等无数优秀作家对于幻想创作时代性与传统性的追求。这是一幅极为丰富多元的宽阔版图，有着无穷的潜力与无量的前景。然而，"真正优秀的儿童幻想小说应当基于对童年的深刻理解以及从童年理解出发而抵达的对于人类精神文化的深入发掘之上，这样才会具有真正的深广度和超越性"。① 因此，中国原创儿童幻想创作还有很长的路要走，还需要不断挑战反思自我，博采众长，补足短板，方能创造出更加新颖、更具突破性的幻想力作。

二、西方儿童幻想小说的发展进程

西方儿童幻想小说的发展要比中国早许多，这不仅说明了其源远流长的幻想传统，也在一定程度上彰显了其在幻想文学创作与发展方面的风向标地位。西方儿童幻想小说对幻想小说的艺术建构在其对中国、日本等亚洲国家儿童文学的渗透与影响中可见一斑。近年来不绝于耳的幻想著作《魔戒》《哈利·波特》《暮光之城》《饥饿游戏》等掀起了一股势不可挡的幻想热流，在这个主流队伍中，英国和美国两个英语国家当之无愧地成为现当代儿童幻想文学创作的主阵营。虽然德国的恩德、瑞典的林格伦等优秀作家的经典幻想作品的知名度与流传度早已实现国际化，然而若从幻想文学

---

① 谈凤霞. 新世纪儿童幻想小说的走向 [N]. 光明日报，2014 - 11 - 10.

创作队伍的稳定性和儿童幻想作品产出的规模与持续影响力来看，欧美大陆上的任何国家几乎都无法同英、美两国媲美。也可以说，英美两国儿童幻想文学的发展在很大程度上代表着西方儿童幻想小说的发展历程。

随着人类社会从原始文明进入现代文明，"狂野不羁"的神话传说、民间故事逐渐为幻想小说所取代。英语幻想小说于 18 世纪末出现，在西方世界尤以英国遥遥领先。从原创哥特小说到英译《天方夜谭》、法国贝洛童话、北欧安徒生童话等译作的出版，英国人对于幻想有着特殊的钟爱，因而也有着某种特殊的缘分。维多利亚时期出现了著名作家刘易斯·卡罗尔和他的《爱丽丝漫游奇境记》，之后经历内斯比特、巴里、吉卜林、格雷厄姆等数位幻想作家的发扬，再到托尔金的《魔戒三部曲》问世，幻想小说在英国已经成为一种自然而然的存在。[1] 数代儿童幻想文学作家的传承与发扬也充分显示出英国儿童幻想小说深厚悠久的创作传统与历史积淀。许多学者都对英国幻想小说的悠久历史与传统进行过梳理，在历史的回顾与追溯中揭示幻想文学的文体沿革和历史嬗变，廓清儿童幻想文学的艺术特征与文化品性。英国学者曼洛夫[2]、国内学者舒伟[3]等均对英国儿童幻想文学的发

---

[1] David G. Hartwell. *Masterpieces of Fantasy and Enchantment* [M]. New York: St. Martin's Press，1988：i.

[2] 曼洛夫在《英国幻想文学》（*The Fantasy Literature of England*，1999）和《从爱丽丝到哈利·波特：英国儿童幻想小说》 （*From Alice to Harry Potter: Children's Fantasy in England*，2003）两本专著中对英国幻想文学的发生进行了仔细考证与阐释，从史诗《贝奥武甫》到英国浪漫主义，从维多利亚时代到 20 世纪末，详细追溯论述了幻想文学以及儿童幻想小说在英国各历史时期的发展演变和变革突破。

[3] 舒伟在研究文章与专著中采用"童话小说"一词对英国儿童幻想小说的发生发展进行总结和探讨。他在专著《从工业革命到儿童文学革命——现当（转下页）

展历程开展过丰富详实的研究。相比之下，美国在儿童幻想文学生产领域的积极表现与重大贡献却未见诸多学术的梳理与集成，其历史资源的系统化整合程度远落后于学界对英国儿童幻想文学的研究与整理。法拉·门德尔松与爱德华·詹姆斯的新作《幻想小说简史》（*A Short History of Fantasy*，2009）是目前较完整权威的幻想文学史专著，但仍体现出较强的"英国性"。该书以十年为一阶段，试图通过对主要英语国家的幻想作家作品的历史梳理与归纳，展现一幅世界幻想文学从远古神话传说发展到 21 世纪的壮丽画卷。然而，该书对于英国幻想小说作品的介绍在篇幅与信息的完整度上要远超其他国家，在第四章与第十章两章专门介绍五位幻想文学作家：托尔金、刘易斯、普尔曼、罗琳和普拉切特，均为英国作家。相比之下，美国这个当代儿童幻想文学生产大国的幻想生产史似乎还未获得应有的话语空间和展示舞台。

（接上页）代英国童话小说研究》（北京：中国社会科学出版社，2015）中，经过反复比较、考辨，认为"童话小说"这一文体称谓比之笼统地使用"现代幻想文学"或儿童幻想文学更为准确，更能在历史和文化语境中揭示出这一独特幻想文类的本质特征。在其有关"童话小说"与当代幻想小说主要类型辨析的论述阐释中，其对于两种文体在认知和审美层次的探讨与辨析并未充分识别鉴定出两者之间根本的文体差异，可以说，"童话小说"与"幻想小说"在文学本体论的探讨上表现出一种模糊的趋近等同性，是曼洛夫笔下"幻想文学"和"儿童幻想小说"的中国变体与中国创造。在这本集近现代以来英国童话小说发展史论、概论和具体作家作品及重要创作现象为一体的学术专著中，舒伟总结了英国童话小说创作的四个星云集群：维多利亚时代和爱德华时代（1840—1910）的首个黄金时代，两次世界大战前后的英国童话小说创作（1910—1949），20 世纪五六十年代的重要发展，以及 20 世纪 70 年代以来杂色多彩的态势，并对各个历史阶段所涌现出的童话小说作家作品深入剖析解读，以对个体作家和作品的个性化阐释为基础，形成对每个时期的整体把握和理解。该专著首次从中国儿童文学界的研究视角对现当代英国童话小说现象进行综合考察，以丰富的历史资料与背景介绍、详实的作家作品分析、高度的历史归纳和概括，较为全面地呈现了英国童话小说从发生至 20 世纪末的发展途径与演变轨迹。

鉴于此，本节将简要梳理美国儿童幻想小说的发展历史。

浸染在清教克己禁欲教条之下的美国人在应对生存与发展的过程中形成了一种提倡努力实干与节俭奋斗的务实文化和作风。新大陆的陌生、殖民者的压迫以及生产力的落后向他们的生活发起威胁和挑战，在这种疲于奔命的生活状态里，清教主义是支撑美国人民生活和奋斗的强大精神力量。然而其严厉的苦行教条却严重压抑了生命原初阶段内在的想象力。勤劳务实的美国人任劳任怨地战斗在现实主义的世界里，几乎无暇问津幻想，更无从谈及幻想小说的创作。头脑中所储存蛰伏的神话传说被不断地挤逼和打压，直到20世纪初一本名叫《奥兹国的魔法师》的小说出现在大众面前，美国儿童幻想小说的发展开始初露锋芒。

（一）20世纪前半叶：断裂与飞跃并存

20世纪伊始，美国儿童幻想小说迎来了自己的现代"觉醒"，然而先后两次卷入世界大战的痛苦经历，以及30年代的经济大萧条使美国人民的生活陷入各种动荡之中，幻想文学也因此在"觉醒"之后进入了较长时间的"蛰伏期"。纵观这一时期，儿童幻想小说的发展态势呈马蹄铁状，表现出双轨共轭的发展特点。

马蹄铁状，即U形，两端高中间低。意即在20世纪初和50年代儿童幻想小说势头迅猛，而居中的三四十年代，发展势头锐减，创作数量骤降，市场低迷，导致中间出现断层。这其中虽也有作家创作的主观原因，但美国20年代末纽约股市大崩盘所引发的大萧条经济危机则是导致创作断层出现的重要原因。经济滑坡、纸张限制、印刷困难等种种原因导致 30 年代文学创作和阅读全面大幅缩减，幻想写作完全让位于现实主义，以揭露社会现实，深刻反映迫切的生存形势。双轨共轭是指在体裁上美国儿童幻想小说在这一时期主要有两种类型势头强劲："奇异"（whimsy）幻想和动物幻想同时并存，共同繁荣。所谓"奇异"则是作者多放任想象，任意驰骋，发挥奇思妙想，展现一个另类异样的第二世界以及一段惊险有趣的旅程或探险。动物幻想，顾名思义，即指故事主人公多以动物或者动物玩具为主，重在讲述动物与动物之间，有时也包括动物与人类之间的情谊。这类故事充分抓住并利用了儿童对于动物天生的喜爱与亲近，深受孩子欢迎。两类幻想小说，特色显著，各有优长，在这一阶段的表现十分突出，不相上下，并驾齐驱，主导了这一时期儿童幻想小说的写作。

20 世纪伊始，莱曼·弗兰克·鲍姆的开山之作《奥兹国的魔法师》（*The Wonderful Wizard of Oz*，1900）在美国如一记重炮推开了被现实主义尘封的大门，引领了幻想的"复辟"。这部小说描述了生活在美国中西部大草原上平凡普通的小女孩多萝西因为一场龙卷风，阴差阳错地来到了另类的奥兹国，开始了一段奇幻的旅程。小说从故事背景到故事情节，从故事人物到主题思想，完全就地取材，打造了一个"典型的美国式的幻想小说"，① 顿时引发了一场"奥兹热"，也由此开启了"奇异"的幻想传统。鲍姆在接下来的十多年间，一直笔耕不辍，接连出版了十多部"奥兹国"续集和多

① Maria Nikolajeva. The Development of Children's Fantasy. *The Cambridge Companion to Fantasy Literature*［C］. Ed. Edward James & F. Mendlesohn. Cambridge：Cambridge University Press，2012：189.

部幻想作品。从某种意义上说，鲍姆的创作实践不仅成为了上世纪初美国儿童"奇异"幻想小说的风向标，而且对整个美国儿童幻想小说的发展起到了推波助澜的作用。但是进入20年代以后，鲜少见到其他的"奇异"幻想作品。也可以说，鲍姆凭借一己之力撑起了20世纪的头二十年。一个作家，一个系列独自支撑一个类型二十年，这类情况实属罕见。之后的二十年，"奇异"走向沉寂，直到1950年不拘一格的评论家、作家詹姆斯·瑟伯诙谐幽默的《十三座钟》出版，这一传统才再次回归。随后，爱德华·依格的经典作品《半个魔法》（*Half Magic*，1954）、瑟伯的另一佳作《神奇的 O》等众多优秀作品逐渐涌现，进一步传承发扬着鲍姆开创的传统，在创作手法和情节构思上日益成熟，更显精湛。

另一类型——动物幻想小说——的创作和发展情况与"奇异"幻想小说截然相反。相比鲍姆一开始单枪匹马的孤军奋战而言，动物幻想小说的作家一开始数量较多，经历了二十年的断层期后，到50年代作家创作略显形单影只，未见大规模的恢复好转。动物幻想小说创作的高峰期出现在20世纪20年代，涌现出了一大批著名的作家以及作品，如：玛格利·威廉斯的《绒布小兔子》（*The Velveteen Rabbit*，1922）、沃尔特·布鲁克斯的《小猪弗雷迪》系列（*Freddy the Pig*）、卡尔·H. 格拉博的《祖父家里的猫》（*The Cat in Grandfather's House*，1929）、雷切尔·费尔德的纽伯瑞金奖图书《海蒂的第一个一百年》（*Hitty, Her First Hundred Years*，1929）、伊丽莎白·寇茨沃斯的《上天堂的猫》（*The Cat Who Went to Heaven*，1930）等。这十年是美国动物幻想小说发展的集大成时期，作家的数量、创作的质量都是前所未有的。然而，经历经济危机之后，动物小说创作的老作家阵营中只看到了布鲁克斯的坚守，将《小猪弗雷迪》系列持续到了 1952 年。虽然如此，三位重要新生代作家的加入迅速盘活了动物幻想的既有资源，带来了动物小说的再次升温。E. B. 怀特于 1945 年和 1952 年出版的《小鼠斯图亚特》《夏洛的网》用浓浓的温情修复着度过经济危机"劫后余生"的人们脆弱受伤的心灵。露丝·加内特的三部曲《我爸爸的小飞龙》（*My Father's Dragon*，1948）、《埃尔默和龙》（*Elmer and Dragon*，1950）以及《蓝地之龙》（*The Dragons of Blueland*，1951）继续着人类与动物之间的情感故事；苏斯博士的《戴帽子的猫》（*The Cat in the Hat*，1957）更是用一只穿着绅士、人模人样、淘气可爱的戴高帽子的猫淋漓尽致地展现了动物的魅力，充分展示了动物幻想的潜力，强势延续着动物幻想的血脉。

综观 20 世纪上半叶，美国儿童幻想小说定位明确，在题材的选择以及内容创作上更多倾向于低龄段的儿童读者，因而与成人幻想小说泾渭分明。发展脉络亦十分清晰，两条线索贯穿始终。虽然中间有所断裂，但是两类作品在后期的创作上都更胜从前。创作手法上日臻细腻，如瑟伯对"无厘头式幻想"（nonsense fantasy）[1] 的驾驭和抒写已远远超出了鲍姆"奥兹国"的幻境建构。《十三座钟》自始至终妙语连珠，平淡之中惊喜不断；《神奇的 O》更是天马行空地构思了一个没有 O 的糟糕世界，无处不在的文字游戏、双关和典故

① Philip Martin. *A Guide to Fantasy Literature*［M］. Milwaukee：Crickhollow Books，2009：13.

的穿插创造了一个奇趣的童话世界。而怀特则超越大众狭隘的审美观念，以柔软的笔触刻画了两个"丑陋"的动物身上闪耀的性格魅力，在性善情真中打造了感动人心的"暖小说"。

在主题思想上，这一时期的幻想创作倾向关注现实，以幻写实，以幻喻真。幻想作家以隐喻的方式委婉传达了救世情怀。鲍姆试图通过展现儿童自身的力量来拯救儿童，摆脱附属的地位，逃脱世俗捆绑，于是我们看到了他在作品中对于真心、大脑和勇气的找寻与追问。寇茨沃斯则试图通过信仰拯救儿童，以一只虔诚信佛的猫为主人公，讲述了其谨言慎行、修缮自身，终于功德圆满修成正果，去往极乐永生的故事。故事充分诠释了信仰的力量和作用，为儿童走出现实困境提供了另一种途径。因此，这一时期幻想小说的情节是以适应和指导现实为旨归的，也可以说，是为儿童的现实生活服务的。

"奇异"幻想和动物幻想在各自的世界里发挥着幻想的作用和功能。虽然作品中仍不乏说教和道德色彩，但其手法的力道和现世关怀都喻示着儿童幻想小说创作在量和质上完成了一次飞跃。

（二）20 世纪 60 年代：传统与创新并存

五十年的沉淀和积累夯实了基础，凝练了内力，也提升了自身的元气。终于，英语儿童幻想小说在 20 世纪 60 年代迎来了发展史上的"黄金时期"。[①] 不同于英国，美国儿童幻想创作的"黄金时期"是外源型的，它是在英国幻想小说的

① Farah Mendlesohn & E. James. *A Short History of Fantasy* ［M］. Faringdon：Libri Publishing，2012：120.

影响和带领下迎来了发展的高峰，由此进入快速发展的奋进
时期。这一时期的美国狂热、反叛、不羁，深陷反文化运
动、黑人民权主义运动、女权主义运动、越南战争、美苏冷
战的泥沼，国际形势难以预测，国内局势动荡不安，社会治
安混乱无序，人民生活极不稳定。飘摇不定的政治风向，荒
诞无度的政治谎言，再加上挫败无望的现世生活，使得国内
民怨四起，纷纷将矛头对准美国政府和美国传统文化，各种
批判指责直指美国现实，剖析社会矛盾。在这样的社会政治
环境下，写实理所当然成为了当时美国文坛的主要潮流，儿
童文学也不例外，如 J. D. 塞林格《麦田里的守望者》
（The Catcher in the Rye）、S. E. 辛顿的《世外顽童》（The
Outsiders）、保罗·辛代尔的《猪人》（The Pigman）等。
然而，当大洋彼岸的《魔戒》《纳尼亚传奇》登陆北美市场，
务实反叛的美国人迅速地察觉到了一种与现实主义截然不
同，却更为有效的表现方式：幻想小说。于是，在刘易斯式、
托尔金式幻想的引领下，遭遇现实重压的幻想开始抬头，创
作实践发生"革命性转变"。许多儿童文学作家开始尝试将
现实关怀和幻想精神有机结合，遵循情感的逻辑，通过创造
性想象与典型化去逼近本质的真实，[①] 以优美的格调、奇特
的想象突出文学的诗意与空灵，于审美想象的张力之间书写
人性向善的精神拓展，一场"幻想热浪"席卷而来。

儿童幻想小说类型日渐丰富。上一阶段的两大主流类型
仍然持续发展，诺顿·贾斯特于 1961 年出版的《神奇收费
亭》（The Phantom Tollbooth）继续着鲍姆的传统，主人公

① J. R. R. Tolkien. *The Tolkien Reader* [M]. New York：Ballantine，1966：67.

米洛同多莱丝一样阴差阳错地通过一个"入口",进入了一个"奇异"的世界。乔治·塞尔登的动物幻想《时代广场的蟋蟀》(*The Cricket in Times Square*,1960)、罗素·霍本的动物小说《老鼠父子历险记》(*The Mouse and His Child*,1967)、皮特·S. 比格的《最后的独角兽》(*The Last Unicorn*,1968)等佳作则延续着动物幻想的发展势头。与此同时,新兴的幻想类型也开始崭露头角。厄休拉·勒奎恩的"第二世界"幻想小说《地海巫师》(*The Wizard of Earthsea*,1968)彻底脱离了"入口"幻想的窠臼,直截了当地营造了一个纯虚构的第二世界——地海,一个与世隔绝的,充满魔法、咒语和巫师的神秘世界。劳埃德·亚历山大五卷本的《普莱德恩编年史》取材凯尔特神话,开启了现代作家对于传统神话故事和民间传说的整合与再创造。玛德琳·朗格尔将科学同幻想交织,创作出探讨四维空间的科学奇幻《时间皱褶》(*A Wrinkle in Time*,1962),一举获得纽伯瑞奖章。可见,这一时期的幻想类型在前一阶段的基础上开始求新求变,在创作模式上逐渐打破陈规,吸收多样元素,加以整合规范,探索创新,获得了稳步发展。

作品主题更具批判性。基于这一时期历史背景的特殊性和复杂性,幻想小说大多成为了作家借以喻实的工具和社会讽刺的载体。写作基调多质疑探索,少肯定乐观,故事设计多充满着阴郁压抑的气氛。例如,《地海巫师》中杰德同黑影的追逐搏斗主宰着整个故事的发展,主人公的痛苦折磨,黑影的神出鬼没,使全书浸透着阴森恐怖。即使杰德最终战胜了黑影,完善了自身,这种感觉也丝毫未减。勒奎恩通过这样一场身心俱疲的生死较量充分挖掘了人性的深度,展现了生命的厚度，这种反思在价值观遭到全面颠覆、人心骚动的 60 年代是一次难能可贵的尝试。比格的《最后的独角兽》讲述了一只独角兽因为担心害怕自己是世界上唯一仅存的最后一只而开始了寻找同类的旅程，途中先后遭遇各种危险：巫魔会唯利是图的芳丹娜嬷嬷将其囚禁，供人观赏获利；山林匪徒的绑架劫掠；凶猛邪恶的红色公牛的致命袭击；变形成为人类少女；与邪恶的哈格德国王战斗，解救自己被困海上的可怜同类。独角兽从离开属于她的森林领地进入人类的生活属地开始，就频繁地遭遇各类居心叵测、心怀不轨的人类所施加的各种暴行与虐待，在其类童话故事的结构之下隐含着作者对美国社会的讽刺与批判，以及对现世生活和幻想创作的评论和见解。霍本在《老鼠父子历险记》中也进行了一系列的哲学追问和思考，其对生活之艰辛与竞争之残酷的刻画恰好是对 60 年代的真实写照。值得注意的是，这一时期的幻想作品虽然大多都对社会现实和人类生活给予现世关怀，对于制度弊病、社会腐败、精神缺失、文化顽疾等现象大肆抨击，然而批判之后，作品通常并未给出一个合理可行的建议或出路，没有提供建构的可能性，因此缺乏实际的建设性。虽然有勒奎恩等作家倡导人类自身的反思，但是这一途径未免有些太过理想化。

再次，作品受众的弥漫性。定位的弥漫性是指作品的读者群体呈现出跨年龄的趋势，一部作品通常会受到成人和儿童的共同欢迎，阅读市场开始出现融合的倾向。比如，《时代广场的蟋蟀》一书并非塞尔登为儿童所著，结果却备受儿童喜爱，并且还获得了纽伯瑞奖提名。约翰·贝莱尔的《霜中脸庞》（*The Face in the Frost*）这一定位成人的作品，因其情节的生动和巧妙的机关，反而赢得了儿童读者的青睐。
相反，霍本的经典著作《老鼠父子历险记》一书本是为儿童
而作，却反被儿童冷落，倒是为家长和评论家们所喜爱。市
场的意外反应表明，幻想小说的接受群体在 60 年代已悄然
转变，无论是在作品创作上，还是作品销售上，都颠覆着作
家和出版商的既定设计和预定猜想，也影响着其未来的发展
航向。在 20 世纪最后的三十年，这一趋势形成气候，带来
了整个幻想写作和出版版图的巨大改变。

可以说，60 年代是美国儿童幻想小说发展承上启下的过
渡时期。这里既有对于传统的承袭和发扬，也有对于创作的
突破和创新。幻想作家努力"用生动传神的艺术将想象转化
为文学审美阅读图像与生命体验"，[1] 张扬文学的审美价值和
游戏精神，逐渐从对少年儿童价值取向、人生态度的培养转
向对其精神性格、灵魂真实的构筑。这是一个传统与创新并
存的过渡期，也是一个思考变革试图超越的酝酿期。短短十
年为前半个世纪完美收官，也为后三十年华丽启幕。

（三）20 世纪后三十年：文化交融与品性建构

信息革命的爆发瓦解了传统的地域疆界，拓展了人类交
流和活动的空间范围。世界全球化和经济一体化进程加速，
进一步解放了人类的想象力与创造力，艺术表达的深层潜能
得到释放，引发了一场文艺创造的狂欢。幻想的张力和表现
力得到深入挖掘，想象的诗性品质得到充分彰显。远离 60
年代的愤怒和骚动，20 世纪末美国儿童幻想小说在交流与对

---

① 王泉根. 中国原创儿童文学缺乏什么 [N]. 文艺报，2005 - 5 - 31.

话中开展自我反思，积极探寻着个性的建构，发展空前繁荣。这一时期的发展特征可以简单概括为"三化"，即系列化、多元化和商业化。

首先，作品创作呈现出系列化的发展趋势。这一阶段的许多经典作品都打破了单一本的构思设计，将故事链条拉伸，人物情节铺开，在不同的故事中从不同的角度来展现人物的性格特点，增添叙事的内在张力，实现宏大的布局架构，以期全景式地描写社会历史或人物成长。皮尔斯·安东尼的《赞斯系列》（Xanth series）到世纪末已多达 24 部，且创作势头有增无减，至今已 30 多部。以语言优美、情感细腻著称的塞缪尔·R. 德莱尼颠覆传统性别角色的解构性作品 Neveryon 系列、罗伯特·乔丹倾其毕生心血打造的永恒经典《时光之轮》系列（The Wheel of Time）、特瑞·古德凯德讲述少年主人公同黑暗魔王斗争的小说《真理之剑》（The Sword of Truth）、雷蒙德·E. 费斯特的《裂隙之战》系列（Riftwar Cycle）、乔治·R. R. 马丁的跨世纪长篇巨制《冰与火之歌》（The Song of Ice and Fire）、劳拉·K. 汉密尔顿备受欢迎的吸血鬼恐怖故事《阿妮塔·布莱克》（Anita Blake）以及凯瑟琳·艾普盖特讲述各类奇异人群的《永生世界》系列（Everworld）等都以系列故事的方式来展开叙述，发展结构多呈"糖葫芦"形：故事的主要人物贯穿整个系列始终，作为串联故事的黏合剂和主心骨；同时，各个故事结构完整，在情节上相互独立。然而，不得不指出，这类小说漫长的生命周期对作家的创作才能和写作技巧是一个很大的考验，因此，作家在对故事进行整体构思与设计时需要格外小心。

其次，幻想小说在体裁和题材上体现出多元共生的发展趋势。幻想小说继续丰富拓展自身的体裁样式，继 60 年代以来，"探索幻想"①、"中世纪幻想"②、童话/神话重写（幻想）③、"城市幻想"④、"恐怖幻想"⑤ 等多类新兴幻想体裁相继涌现，佳作不断，幻想小说的类型阵营不断扩大。与此同时，体裁的融合混搭在科幻和幻想之间表现尤为明显。许多科幻小说家在 70 年代开始跨界，尝试幻想小说创作，产出了许多难分彼此的"混搭风"作品：于幻想中夹着科学，于科学中嵌入幻想。C. L. 摩尔、莱斯利·斯通、塞缪尔·德莱尼等都是其中的佼佼者。此外，"探索幻想"同成长小说的结合也十分成功，这类小说少了前者曲折跌宕的变化，多

---

① 这类小说重在讲述主人公对于某个圣物的追寻，或某个神圣任务的执行与完成。代表作家有特里·布鲁克斯、大卫·埃丁斯、史蒂芬·R. 唐纳森等。

② 这类故事多以中世纪传说为原型，从其情节故事、人物谱系、叙事结构等汲取灵感，进行现代加工。代表作家如凯瑟琳·库尔茨、帕特丽夏·麦克利普、罗伯特·乔丹、乔治·R. R. 马丁、罗宾·霍伯等。

③ 现代幻想作家在改写/重写实践中，冲破传统神话传说、民间故事、童话故事的既定框架，或着意雕琢其中的次要人物，或将古代故事与现代社会相融合，或对故事主题重新阐释，或更换视角，放弃原有主人公的叙事视角重新讲述，着力突出故事蕴含的心理现实（Alice Trupe. Old Tales Retold: Fariy Tales, Legends, Myths. *Thematic Guide to Young Adult Literature*. Westport, Connecticut: Greenwood Press, 2006: 155）。如：罗宾·麦金利根据罗宾汉的民间故事改写的《舍伍德的绿林好汉》（*The Outlaws of Sherwood*）和由《美女与野兽》改写而成的《美女》，伊万杰琳·沃尔顿重述凯尔特神话的四部曲代表作（*The Mabinogion Tetralogy*），史蒂芬·R. 莱哈德重述亚瑟王传奇的《潘德拉贡》系列（*Pendragon Cycle*），简·约伦根据《睡美人》童话改写的《野玫瑰》（*Briar Rose*），格里高利·马奎尔基于《奥兹国魔法师》改编的《西方邪恶女巫的生活和时代》（*Wicked: The Life and Times of the Wicked Witch of the West*）。

④ 这类体裁讲述在城市中发生的幻想故事。代表作家有爱伦·库什纳、爱玛·布尔、斯蒂芬妮·梅尔等。

⑤ 恐怖幻想将恐怖元素融入幻想，用想象拓展恐怖的边界，用恐怖填充想象的内核，二者互为补充，增添了情节的张力与刺激。史蒂芬·金的《黑暗之塔》（*The Dark Tower*）、劳拉·K. 汉密尔顿的《阿妮塔·布莱克》系列、塔那那莱芙·杜伊的《守护心灵》（*My Soul to Keep*）等较具代表性。

了几分温馨柔和的色调，成长的主题对于儿童也更具亲和力和吸引力，如默西迪斯·兰凯讲述女王使者塔利亚经受种种磨难考验的曲折成长经历的小说《女王之箭》（*Arrows of the Queen*），塔玛拉·皮尔斯讲述为了实现自己的骑士梦不惜女扮男装独自踏上冒险之旅的《阿莱娜：第一次冒险》（*Alanna：The First Adventure*）以及雷蒙德·E. 费斯特讲述大魔术师奇妙成长经历的《魔术师》（*Magician*）。体裁的杂交融合冲破了横亘其间的樊篱，不仅开拓了幻想小说的发展空间，也释放了幻想文学的内在潜力。这一尝试为幻想小说的发展注入了新的活力。在题材的择取上，幻想小说更广泛地取材生活，书写的辐射面大大拓宽。如乔安娜·罗斯、伊丽莎白·林恩、玛丽恩·齐默·布拉德利等关注女性生存和权利的女权主义幻想，雷蒙德·费斯特、马斯·帝什等讽刺美国社会政治制度的幻想作品，詹姆斯·莫罗、R. A. 麦卡沃伊、吉恩·沃尔夫等关于基督教的宗教题材幻想小说，迪莉亚·谢尔曼有关法国大革命历史的幻想小说。多元化题材进一步扩大了幻想小说的覆盖面和影响力，有力推动着幻想小说的创作。

在美国幻想创作日益蓬勃发展的同时，其浓厚的商业氛围亦为幻想小说笼罩了一层鲜明的商业色彩。相对成熟的市场经济，以及以好莱坞为中心的发达影视产业，使美国总是能够迅速洞察商机，将畅销的幻想小说搬上银幕，打造惊人的价值产业链。巨大的商业利润和市场导向使得世纪末美国儿童幻想小说的产量一直走高，而且极具商业操作性，改编空间非常大。然而，过浓的商业化倾向也在一定程度上损坏了文学创作内在的韧性，作品的文学质感也颇显单薄。虽然这一时期美国儿童幻想小说的产出数量远超大洋彼岸的英国，但却没能产生像《哈利·波特》这样风靡世界的经典。这也不禁让人感慨，文学和商业的联合到底是深层的推广还是低俗的迎合呢？

20世纪末，美国儿童幻想小说在现实主义传统的挤逼下逐渐摆脱边缘化地位，进入主流化创作。一代又一代的幻想小说作家在不断地反思和大胆地实验中消解着传统陈旧的创作观念，不断革新幻想小说这一艺术样式，推动幻想小说创造出了一个又一个的奇迹。

（四）新世纪头十年：多元媒介的狂欢生产

延续着20世纪末的"幻想潮"，儿童幻想小说在21世纪迎来了"开门红"，在各方面因素的作用下开始大踏步前进。

首先，儿童文学奖项的鼓励与推动功不可没。美国儿童文学最高奖纽伯瑞奖章在2000—2014年间获得金奖的幻想小说有五部：尼尔·盖曼的《坟场之书》（*The Graveyard Book*）、丽贝卡·斯戴德的《当你找到我》（*When You Reach Me*）、艾普盖特的《独一无二的伊万》（*The One and Only Ivan*）以及凯特·迪卡米罗的《浪漫的老鼠》（*The Tale of Despereaux*）和《弗洛拉和尤利西斯》（*Flora & Ulysses：The Illuminated Adventures*）。相比1979—1999二十年间仅有三部幻想小说获奖的历史情况，新世纪儿童幻想小说取得的成绩不仅是量的胜利，更是质的超越。

此外，"哈利·波特"的风靡所带来的巨大幻想商机吸引着大量作家投入儿童幻想小说创作，随之而来的创作试验和另类尝试极大延伸了幻想的表现范围，激活了新兴体裁，

增加了产出，也提升了幻想文学的表现业绩。其中，五类幻想小说表现尤为突出。

一是探索幻想小说。塔莫拉·皮尔斯的《小猎狗》（*Terrier*）以及麦克·查邦的《海岸情缘》（*Summerland*）均讲述了年少的男女主人公如何发挥自身的力量，与队友精诚合作，克服各种挑战困难，最终完成"不可能的任务"——拯救国家或人类。而这一时期场面更为恢弘、情节更为曲折的经典之作当属天才少年克里斯托弗·鲍里尼创作的《龙骑士》。故事讲述了农家少年伊拉贡如何经受重重考验磨难，从一个普通少年成长为担当重任的龙骑士，排除万难，守卫国土的艰难历程。可以说，这类幻想作品充分展示了青少年的主观能动性，展现了其内在的优秀品质与巨大潜力，满足了儿童的英雄主义情结。

二是惊悚幻想小说。新世纪之初，两位儿童作家对于"惊悚"独具匠心的诠释，缩短了惊悚与儿童的距离，让世人看到惊悚也是可以适合儿童阅读的。丹尼尔·汉德勒的《雷蒙·斯尼奇的不幸历险》（*Lemony Snicket's Series of Unfortunate Events*，2000）系列以哥特浪漫传奇的手法讲述了伯德莱尔家三个孤儿维奥莱特、克劳斯和桑尼在父母死后接连投奔亲戚的故事，三个亲戚一个比一个古怪，住所一个比一个阴森，遭遇一个比一个惊悚。凯瑟琳·艾普盖特的"永生"（*Everworld*）系列（1999—2001，共 12 本）讲述了一群孩子在"永生世界"里同海盗、古代众神、巫师等神秘人物发生的奇异遭遇。作品中的"黑暗元素"与故事情节的发展巧妙结合，读来悬念丛生、疑点重重，但是这不但没有吓退儿童读者，反而备受追捧。之后霍莉·布莱克的《蒂奇》（*Tithe*，2003）、《洋娃娃的骨头》（*The Doll Bones*，2013）用其对于语言表达和情节书写的特有节奏和控制让作品从始至终散发着令人毛骨悚然的感觉，为阅读注入了许多悬而未决的刺激和悬念，不同于传统的恐怖小说带给读者的惊吓与恐慌。R. L. 斯坦继《鸡皮疙瘩》系列之后的又一发力之作《幽灵猎魔队》（*Mostly Ghostly*，2004—2006）描绘呈现的古怪的生灵、神秘莫测的场景以及险象环生的情节，深深地吸引着少年儿童读者，拓展了他们的想象空间，磨砺了他们的健康心智。与此同时，罗宾·麦金利的《阳光》（*Sunshine*，2003）和史蒂芬妮·梅耶的《暮光之城》系列（*Twilight*，2005—2008）再接再厉，用精致微妙的笔触描写着吸血鬼与人类爱恨情仇的张力，原本冷血无情、嗜血为生的危险物种已然成为了正义斗争和浪漫爱情故事的亮丽主角，使得小说大大超越了惊悚恐怖小说的局限，点燃了儿童对于吸血鬼故事的阅读热情。总之，这一时期惊悚幻想积极寻求转变，突破创作瓶颈，表达潜能大大拓展，实现了自身的全面崛起。

三是经典童话的重写，这也是20世纪末业已兴起的"改写热"的延续和发展。香农·海尔发表于2003年的作品《鹅姑娘》（*The Goose Girl*）依据同名格林童话《牧鹅姑娘》改编而成，想象更为夸张，人物形象更加生动饱满，故事情节较原作更加曲折刺激。此外，爱伦·达特罗和特瑞·温德林二人致力于搜集整理优秀的童话改写作品，结集出版了《绿人：神秘森林的故事》（*The Green Man：Tales of the Mythic Forest*），许多被埋没尘封的优质作品终于得见读者。

四是原创类幻想（original fantasy）。这类小说多在情节和创作手法上打破传统模式，大胆进行实验和创新。例如，舍伍德·史密斯的《公主兵团》（*A Posse of Princesses*，2008）一书巧妙地颠覆了传统"英雄救美"的浪漫爱情故事模式，安排了一群公主去找寻营救被绑架的最漂亮、最完美的公主伊阿狄丝。南希·法默的《巨魔之海》（*The Sea of Trolls*，2005）发生在遥远的盎格鲁-撒克逊时代，讲述了主人公杰克和五岁的妹妹露西阴差阳错被抓走当做奴隶贩卖等一系列不可思议的经历。少年文学作家罗德里克·汤立则充分挖掘幻想小说叙事的因果性，创作出了《大好之事》（*The Great Good Thing*，2001）。出于对此类作品的青睐和重视，维京出版社编辑莎伦·诺温博分别于 2003 年和 2006 年推出了《火鸟》（*Firebirds*）和《火鸟崛起》（*Firebirds Rising*）两部原创幻想作品选集，收录了许多被主流所忽略的优秀原创之作。

五是幻想与媒体的联姻。继《吸血鬼猎人巴菲》（*Buffy the Vampire Slayer*）播出成功之后，幻想作品的横向跨界发展备受关注。媒体自由权的放宽也为幻想作品提供了更多的表现渠道。电视、电影、互动游戏等推出了众多幻想作品，丰富并激活了幻想资源。系列剧成为电视营销的主要形式，这类剧本多属编剧自主原创，讲述吸血鬼故事的侦探剧作《天使》（*Angel*）、讲述意外坠毁神秘小岛生还者故事的美剧《迷失》（*Lost*）等都收获了不俗的市场反响。与电视剧的自制自销不同的是，电影多选择改编经典幻想小说，且投入大制作，重心多在虚幻故事背景的还原和怪异人物形象的设计上。性格刻画上为求一目了然过目不忘，多采用夸张性的描述手法，即集中突出主要矛盾，着力深入展现故事人物某一方面的特征以取代小说中全方位的叙述描写。如《龙骑士》《史莱克》等影片中光怪陆离的世界和人物形象彻底颠覆了人们的刻板印象，温柔善良又骁勇善战的蓝色小飞龙、丑陋邋遢又可爱幽默的绿色大怪物都已成为标志性的"品牌"人物，轮廓清晰，指认度极高。如果说电视电影仅仅只是让观众欣赏种种奇思异想的话，那么互动游戏通过设置幻想场景与挑战任务，则充分调动了玩家的主观能动性，积极参与其中，"真实"地体验着幻想。大型网络虚拟游戏《第二人生》（*Second Life*，2003）让玩家在游戏中做许多现实生活中的事情，比如吃饭、跳舞、购物以及旅游，等等。《魔兽世界》（*World of Warcraft*，2004）依托《魔兽争霸》的历史事件和英雄人物，让玩家在不断的冒险和探索中完成任务。值得一提的是，网络游戏的盛行也促进了幻想作品的创作。借助游戏的故事情节和时间线索，许多幻想小说得以问世，网游幻想小说开始流行。例如，根据游戏"龙与地下城"（*Dungeons and Dragons*）创作的"龙矛系列"（*Dragonlance*），作品数量迄今为止达到了 190 本之多。①

除去幻想小说类型的丰富与完善，信息化进程的加快亦为幻想小说的发展创造了良机。网络平台和虚拟空间的持续扩展促使美国童书出版机构转变经营理念，改变经营模式，寻求新的商业机会，迎合新生代的阅读需要。各类电子产品成为了出版商新兴的营销阵地，各大出版社纷纷试水，尝试图书软件开发，"将自己的畅销童书开发出软件产品，来吸

---

① Farah Mendlesohn & Edward James. *A Short History of Fantasy* [M]. Faringdon：Libri Publishing，2012：205.

引那些对电脑和数字产品趋之若鹜的青少年爱好者"。[①] 他们结合市场热点，遴选精品图书，开发互动类软件以丰富儿童的阅读体验，增加阅读乐趣。学乐出版社（Scholastic）的"金牌间谍之幽灵公寓"（I Spy Spooky Mansion）、哈珀·柯林斯的电子品牌"好奇的小狗"（Curious Puppy）、霍顿·米夫林-哈考特（Houghton Mifflin Harcourt）开发的《好奇的乔治》（Curious George）等不断更新着儿童阅读的个人体验，多元化、多渠道、多点式地挖掘小说文本和儿童读者的内在潜力，幻想在这场图书业的电子革命中更是展现出主流作品的风范。

21世纪初，美国儿童幻想小说进入了一个多类型、多媒介、多创新的繁荣时代。其勤于钻研，敢于创新，不断营建新阵地的版图扩张尝试不断深入挖掘幻想的艺术魅力，颠覆了大众对幻想的认知。其因地制宜，回归传统，对传统优势资源整合开发，在传承中创新，让经典"现代"，让现代"厚重"，将经典与现代相得益彰地融于幻想之中。其顺应科技新潮，在文本、影视、网络等诸多媒介之间开展多轨并行的深层互动，拓展了幻想的生存空间，丰富了幻想的表现形式，构建了一个想象话语的狂欢时代。作为英语儿童幻想文学的又一生力军，美国儿童幻想小说将同具有深厚传统积淀的英国儿童幻想小说一道，开辟西方儿童幻想文学的下一个"春天"。

---

① 李婧. 美国童书出版商试水图书软件开发 [N]. 中国图书商报，2011 - 5 - 10.

第三章

 刚 柔 并 济 的 成 长 叙 事

　　文学作品的诞生是无数偶然和必然综合作用的结果，包含作家自身以及社会、历史、政治、文化等外力在内的多重因素。这也意味着一部作品的产生总是夹带或渗透着某种意义或目的，抒发作者对自身、社会乃至全人类的思考和忧虑。这些思考和忧虑便构成了作品主题的内核。"主题是作品的主旨或中心观点……起着主导、统一全书的作用……主题只存在于那些试图严肃且忠实地描写现实生活或者旨在揭示生活真相的小说之中"。①

幻想小说天马行空的想象和无厘头的情节设计在许多人看来与"严肃""写实""真相"等字眼相去甚远，曾一度被指为"颓废文学""逃避文学""小儿科文学"，谴责其思想浅薄，毫无价值。这样的舆论批评不但抑制了幻想小说的发展，也抹杀了这一文学类型的内在价值。虽然幻想作品队伍中不乏一些滥竽充数的残次品，但是真正优秀的作品绝非大多数人认为的"荒诞之言"，而是经得起捶打考验的深沉之作。幻想文学作家选择用想象幻化现实，巧妙地借用"幻想"的外壳包裹对社会及人类的严肃思考，在想象的国度中走进真实，于不知不觉中逼近真相。

"幻想小说不仅表达了一种个人需求，而且也展现了全人类对于深层现实和永恒真理的探寻。幻想小说是想象力丰富的小说，它让人类可以尽情地探索生命的奥秘，而不受时间、空间和大小的限制"。② 儿童幻想小说致力于表达儿童的需求，讲述儿童在探索世界与探寻真理的过程中遭遇的困惑与难题。谈论儿童，书写儿童，"'成长'的话题在孩子们的世界中，将永远是一个首要的无法逾越的话题"。③ 也即是说，有关儿童的叙事基本都有着"成长"的内核。儿童幻想小说并非"小儿科"的滑稽编造，而是作家煞费苦心精心雕琢的"成长寓言"。相比直面现实、态度决绝的写实小说，

---

① Shao Jindi & Bai Jinpeng. *An Introduction to Literature* [M]. Shanghai: Shanghai Foreign Language Education Press, 2008: 25—26.

② Pamela Gates et al. *Fantasy Literature for Children and Young Adults* [M]. Lanham & Oxford: The Scarecrow Press, 2003: 2.

③ 齐亚敏. 中国当代儿童文学关键词研究 [M]. 北京: 中央编译出版社, 2015: 101—102.

幻想小说在诉说理想和发表批评时更加委婉柔和。然而，当我们小心地剥开想象的外衣时，又会惊讶地发现现实的困惑、人类的困境、人性的拷问都表露无遗。儿童幻想小说带着几分悲壮和几分暖意走进儿童的生命，为我们解释善恶的真义、自我的刚毅与人性的温暖。

第一节
"善——恶" 之 辨

"幻想文学的诞生源自于人类的需求，即如何认识善恶之争……这便是幻想和神话故事的动力源，因为这个斗争永远不会结束"。[①] 儿童主人公在善恶分明的二元对立世界中，寻找终极的理想状态——至真或至善。在这个儿童津津乐道的世界里，善与恶的界限非常清晰，阵营划分明确，双方多正面交锋，对抗较量激烈，结局则永远是邪不胜正。善良战胜邪恶已然成为幻想小说情节设置亘古不变的规律。可以说，邪恶的存在是一种陪衬，其与正义的纠缠冲突不仅构成了故事发展的原动力，也突显了正义之美的完美理想。这一对矛盾体如一股潜流暗涌在幻想文学之中，支撑起故事的架

---

① Pamela Gates et al. *Fantasy Literature for Children and Young Adults* ［M］. Lanham & Oxford：The Scarecrow Press，2003：2.

构，同时又在时代变迁中丰富彼此的内涵。因此，"善"与"恶"的具体内容具有鲜明的时代性。

文学作品所钟情书写的世界大抵有两类：外在的客观物质世界和内在的主观心理世界，内在与外在紧密相连。外部世界影响作用于人类的内心世界，内在心理世界是对外部世界的折射与回应。主观与客观彼此之间相互作用，文学的世界也因此展现出与时俱进的动态美。产生于19世纪初期的格林童话在解读是非对错以及刻画人物性格方面有着十分清晰的棱角，立场态度亦非常鲜明。《白雪公主》《小红帽》等故事中歹毒的王后、残忍的大灰狼等"恶棍"形象与善良的白雪公主、天真的小红帽等"好人"形象形成鲜明对比，人物的性格轮廓一目了然，人物身上的善性或恶性都发挥到极致，不是大善即是大恶。在善恶主题的书写上，起源于德国民间传说故事的格林童话也保留了人类祖先朴素的二元论，美或丑、高或矮、大或小、好或坏的简单划分有力渲染烘托出作品的主旨关怀。"善人终得善果，恶人皆有恶报"的因果报应论是先民朴素的世界观和价值观的集中体现。

工业革命兴起后，传统的农业社会分崩离析，机械文明颠覆了人们的生活方式，冲击着现有的价值体系与审美观念。高度理性化和飞速发展的现代科学技术不断推进人类改造自然的活动，加速着对世界的"去昧"进程，同时也摧毁了人们对"上帝"的崇拜。"上帝死了"粉碎了宗教对人类思想的禁锢，世界中心、终极意义不复存在。人生漫无目的，生存是碎片化的记忆，恐惧、焦虑、痛苦乃至绝望席卷而来。"20世纪的精神病比19世纪更为严重，尽管20世纪资本主义出现了物质的兴盛"。① 处于精神废墟中的人类在混乱与恍惚中开始质疑世界的中心，拷问追寻生命的价值与意义，善恶的矛头开始由外部冲突转向内心的挣扎。与此同时，20 世纪人类的"病态"精神世界和文化语境打造了一种与传统的逻各斯中心主义截然相反的世界观和方法论，二元对立开始瓦解消融，"去中心"主义浪潮愈演愈烈，一个民主开放的多元时代得以开启，"善""恶"这对传统的二元对立体也因而获得多重表达和诠释。

E. B. 怀特笔下的落脚猪威尔伯、哑巴天鹅路易斯和老鼠男孩斯图亚特不甘命运安排，拒绝顺从屈服，通过顽强抗争摆脱命定的厄运，在质疑的眼光中重申自我的价值和尊严。勒奎恩的《地海传奇》中那位同黑影追逐搏斗的巫师，以及凯瑟琳·艾普盖特的《独一无二的伊凡》里决然挑战命运的大猩猩伊凡都在反复询问与探索中追寻自我价值。这些人物并不像童话故事中的白雪公主、睡美人那么完美，反而有着各种缺点甚至生理缺陷（威尔伯生下来就发育不全；路易斯天生不能发声；人类男孩斯图亚特长得跟老鼠一样）。他们虽然不具备拯救世界的超能力，却努力在力所能及的范围内不懈奋斗，改变生活，追求梦想。

在 20 世纪儿童幻想作家的笔下，善与恶的概念摆脱了以往绝对与纯粹的表达，呈现出更多细腻、多元、开放的诠释。"善"可以是怀特笔下动物的纯真与坚韧，可以是勒奎恩书写的人性完善与救赎，也可以是艾普盖特言说的自我解

---

① ［美］埃利希·弗洛姆. 健全的社会［M］. 孙凯详译. 贵阳: 贵州人民出版社，1994: 101.

放与超越。"善"已不再局限于单纯的道德范畴，而是一个多维延伸多面辐射的正能量网状系统。它竭力挖掘人类潜意识领域，力图涵盖生命和人性当中一切积极正面的要素。"恶"亦变得更为柔和多变，多视角、全方位地展现着世界与人性中消极负面的能量。它可以是别人的讥讽与嘲笑，可以是人性的弱点或缺陷，也可以是一种无形的捆绑与枷锁。

再者，善恶内涵的更新与时代对儿童的理解，即特定历史时期的儿童观有关。儿童文学是关于儿童的文学，儿童文学的产生和发展，与经济的发展和生活水平的提高密切相关。按照朱自强的说法，"儿童文学是社会现代化进程中的产物……其根本原因是此前所有形态的社会都没有'发现'儿童"。[①] 人类社会早期，自然灾害、疾病、猛禽异兽是人类的最大敌人，生存是头号大事，儿童是竞争中的弱势群体和受害者，是受到鄙视和摒弃的对象，自然不可能有儿童文学。在自给自足的封建社会，儿童是成人的"附属品"，是私有财产，是"缩小的成人"，儿童独立的个性与身份仍未得到认同。清教徒们严格审视自己的内心，接受着禁欲主义的宗教教育，渴望道德的完善，将家庭视为传教的圣堂，对儿童灌输训诫主义的道德说教。儿童不仅应具备辨别判断善恶的能力，还需要效仿善行，惩恶扬善，具有英勇卫道的殉教精神。这样的教育呼唤的是是非分明、善恶对立、奖惩严厉的道德故事。在浪漫主义产生的资本主义时代，儿童所具有的人性根本价值真正被认识，弗洛伊德的精神分析学说发

① 朱自强. 中国儿童文学与现代化进程［M］. 杭州：浙江少年儿童出版社，2000：6.

现儿童心灵具有最佳的、难以消除的精神构造，儿童是有着独自发展法则的个体成为共识。越来越多的作家开始注意到儿童独特的认知力、感受力以及审美力，尊重儿童的认知特点和规律，力求作品更加贴近儿童的精神生命和审美需求。可以说，从苦涩无味的教义问答和训诫故事到细腻精彩的幻想小说，从枯燥单调的二元对立到丰富多元的探索诠释是一路走来"发现"儿童、尊重儿童的新兴儿童观发展形成的直接结果和必然趋势。

因此，在社会现实与儿童观的双重作用下，儿童幻想小说所指涉的"善""恶"内涵由外至内不断拓展延伸，与时俱进，焕发出无穷的生命力。

第二节
自 我 的 拷 问

人的问题一直是文学关注的首要问题。自古希腊时代起就一直渗透着人文理性与现世关怀的西方文学从未停止过探寻人类生存的处境与意义。无数伟大的思想家与创作先贤们都曾苦苦探问质询，然而悖谬的世界总是让答案遥不可及。人类社会不断发展和前进的历程亦是人类欲望急速膨胀的过程，人类开始为所欲为地改造世界，企图将一切握于股掌之间。强烈的控制欲激发了人的创造力，主观能动性的大肆张扬加强了人类的破坏力。德国社会学家埃利亚斯说："人类社会的文明进程是朝着一定的方向改变人类行为和感觉的过程"。[①] 现代文明本质上是物质主义的，对于"物"的追求与

---

① 谢莹莹. 权力的内化与人的社会化问题——读卡夫卡的《审判》[J]. 外国文学评论. 2003（3）：23.

创造让人类变得无所不用其极，在享受践踏蹂躏大自然而获得的物质财富时，人类的生存环境正遭遇前所未有的威胁；在享受科学技术征服自然的快感与成就时，人类正遭受着"物"的异化与吞噬，主体性的沦陷带来的无力与恐惧让人类在人与物的对峙之中愈加痛苦，甚至绝望。舍勒曾对现代西方世界人类的生存境遇做了很好的说明："我们乃是第一个这样的时代，在其中人对于他自己来说已经完全彻底变成有问题的；他已不复知晓他实质上为何物，然而同时他又知道自己不知"。① 虚无主义彻底地主宰着人的精神世界，人类在惶惑不安中重新找寻人生的方向。

现代作家开始把个人的痛苦、迷惑、绝望、毁灭等作为一代人的内心体验表现出来，通过内心世界对外部事物的感受与反映来显现真实。文学的"向内转"成为文学发展的主潮，人的主观情感，尤其是人的潜意识，得到了深度挖掘，写作成为了面向内心隐秘世界的个体生命欲望的倾诉。幻想文学在这场"向内转"的写作革命中用完全迥异于现实主义文学的创作手法，从不同的审美之维以"异度空间"和"异度群体"展现着人的内在心理世界，质询生存于人的意义与价值，试图在人性复归、善战胜恶的信念中找到生存的勇气与力量。

罗曼·罗兰曾这样质疑自我的存在："我从哪里来？我现在又被关在哪里？"② 这种对于生命的迷茫与囚禁感充分表达了现代人面临的生存困境。文学这一人类精神需求的产物

---

① ［德］马丁·布伯. 人与人 ［M］. 张健等译. 北京：作家出版社，1992：249.
② ［法］罗曼·罗兰. 罗曼·罗兰自传 ［M］. 钱林森编译. 南京：江苏文艺出版社，2001：1.

为自我的探索提供了绝佳的试验场。"任何时代的所有小说都关注自我之谜。您一旦创造出一个想象的人,一个小说人物,您就自然而然要面对这样一个问题:自我是什么?通过什么可以把握自我?这是小说建立其上的基本问题之一"。①

既然文学对自我之谜有着永恒的关注,那么儿童幻想小说关注的自我更多的是儿童的自我。虽然儿童与成人属于生命发展进程中的两种不同形态,究其本质而言,其作为人的本质属性是不容置疑的。他们对于自我的追寻与确立大抵都经历着相同或类似的过程。面对来势汹汹的现代文明,他们都曾陷入迷茫的深渊,无助纠结,又在无助中痛苦地挣扎抗争,并在抗争中走向自我的涅槃。"迷茫—抗争—涅槃"的自我崛起之路不仅标示出现代社会里儿童的精神成长轨迹,也诠释了整个人类自我世界的精神生态。

一、自我的失重与迷失

自我的迷失是现代小说书写的重要话题。在成人文学的世界里,尤金·奥尼尔、卡夫卡、米兰·昆德拉等文学大师不断地书写着人类的窘迫与困境。但是,这一反思却不限于成人文学,儿童文学也有着对自我的关注。童年期儿童自我的确立对于个体的成长至关重要,它直接关系到个体成年之后的精神风貌。因此,儿童文学对自我的探讨与挖掘不仅是

---

① [捷克] 米兰·昆德拉. 小说的艺术 [M]. 董强译. 上海:上海译文出版社, 2011:29.

文学作为艺术对现实的反映与写照，更是文学作为艺术对现实的拯救。

当我们探讨自我的迷失问题时，我们应当弄清楚这里所说的迷失的主体指涉的具体内涵。也就是说关于"自我"的根本问题：什么是自我？如何确立自我？人之为人的本质是什么？

萨特曾说，人的存在是在时间化的过程中实现的，而时间由过去、现在和将来这三维组成，因而人是拥有过去的存在。过去作为构成人类存在的重要时间之维，规定着人的本质，"是我不能经历的而我所是的东西"。[①] 我过去成为的，就是我的本性，我自身中的"自在"。[②] 既然现在"不能经历"，过去主要封存在记忆里，"记忆很珍贵。它帮助我们了解我们到底谁"。[③] 如雷蒙·阿隆所说，人的历史中保留着他的本性。那些被保留的过去（历史）以及对过去的感知帮助确定人类的意义。"自在"的过去和我现在的自身"显现"相关联，当过去已无从记忆或开始淡忘，"我所是的东西"出现残缺，就造成了主体对自身的"失明"。

现当代中外儿童幻想小说都不乏对记忆链条缺失的书写，规定着"我所是的"东西总是无奈而遗憾地在童年生命中缺席，生命的图景因为记忆的残缺变得支离破碎。常新港的《一只叫玉米黄的老鼠》和艾普盖特的《独一无二的伊凡》都巧妙地借动物之口讲述了这份"空缺"。老鼠玉米黄

---

① ［法］萨特. 存在与虚无［M］. 陈宣良译. 北京：三联书店，2009：157.
② 杜小真. 萨特引论［M］. 北京：商务印书馆，2009：95.
③ Katherine Applegate. *The One and Only Ivan*［M］. New York：HarperCollins，2012：53.

和大猩猩伊凡的生命轨迹是一条只有起点和终点的虚线，中间是无数的省略号。玉米黄在生命的起点处是一只人人喊打的老鼠，之后阴差阳错地变成了一个人类男孩。神秘乞丐空手儿顷刻之间完成了玉米黄从老鼠到人类的形态转变，这一"华丽"变身让玉米黄摆脱了被猫追、被人打的悲惨命运，然而鼠性与人性也能如此简单直接地转换对接吗？从鼠到人的物种转变从玉米黄身上夺走了什么？又消灭了什么？这不是刚刚"转世"为人的玉米黄能够厘清的，毕竟他所有的只是作为老鼠的过去，对于人类他一无所知。玉米黄作为"崭新"人类的身份昭示了他精神与意识空间的"白板"状态，作为人类的玉米黄对于"人类"的记忆缺失直接导致其无法正确认识自我，指认自我，无法泰然自在地掌控自我。大猩猩伊凡虽然没有因神奇变身而造成的自我认知的烦恼，却同样遭遇着自我记忆缺失的痛苦。从热带雨林里一家其乐融融的幸福生活到现代社会中孤立无助的囚禁关押，"幸福"与"囚禁"是伊凡对于自己生活仅存的两点印象，其间发生的重大变故只有轻描淡写的一句话："那一天，万物寂静，空气闷热无比，人类来了"。[①] 伊凡那句"为了生存，不得不让过去的生活彻底死去"[②] 所包含的沉重与悲痛是遭遇生活变故的心灵发出的绝望哀叹，也是童年生命迷失惘然的深刻写照。

　　无论是玉米黄还是伊凡，他们在自己的婴儿期都因为某

---

① Katherine Applegate. *The One and Only Ivan* [M]. New York：HarperCollins，2012：128.

② Katherine Applegate. *The One and Only Ivan* [M]. New York：HarperCollins，2012：129.

种突如其来的灾难亲历了家族的灭顶之灾，被强行割断与父母的脐带关系。处于"镜像时期"的他们试图在自我与外界之间建立联系的努力与经验活动戛然而止，导致自我统一感与整体感的缺失，主体的经验与认知是分解的、破碎的。记忆链条的碎片化与生命片段的缺席中断了玉米黄和伊凡认识自我、确认自我的进程，扰乱了意象与意义生成的想象秩序，自我因此置身于永恒地找寻与想象之中。

另一方面，突变的生活环境将他们抛入一个完全陌生的空间之中，猝不及防的他们面对全新的环境需要作出回应。然而，作为家族里唯一的幸存者让这些同类中的"幸运儿"成为了陌生世界里的"独行者"。玉米黄是人类世界里唯一的"老鼠"，伊凡是"唯一的伊凡"。[①] 他们身上独一无二的"鼠性"与"猩性"在人类社会里不得不接受人类文明的注视与规约。当他们被中断的自我认知开始重新接续的时候，自我认知的参照坐标已经悄然转变。这个失明的、不完整的个体在作为他者的人类的注视下，在众人"目光之镜"的折射中，日益扭曲异化。人类成为他们自我想象的参照对象。许茨的"生平情境"说认为，父母亲和其他成年人的引导将成为我们最初的经验，[②] 指引我们的成长。在生命初期就遭遇丧亲之痛的玉米黄和伊凡只能接受人类父母的引导。原有的生活秩序与生命想象被打破，他人出现在我的世界，注视着我，两个世界相混交错，我本身开始发生变化。"我被固

① Katherine Applegate. *The One and Only Ivan* [M]. New York：HarperCollins，2012：2.
② ［奥］许茨. 社会实在问题 [M]. 霍桂恒，索昕译. 北京：华夏出版社，2001：4.

定了。在他人的注视下，我变成了为他的诸如物一类的东西"。①他人的注视是我混乱的根源，所以"我最原始的堕落就是他人的存在"，②得自他人的知识与信息逐渐内化于自我意识之中，"这些反映一旦在生活中固定下来，它们就会变成前进的止点、阻力，有时还会浓缩化，以至于在我们生命的黑夜里生出我们的另一个人格"。③

所以，玉米黄和伊凡需要按照人类的规定成为"人类之友"，成为他者想要他们成为的样子。这是他们从他者的注视中所看到的，而这种他人之镜投射的虚假之象被拉康定义为"暴力性侵凌"。一群具有崭新形象的人在个人主体面前树立起一种全新的存在榜样，全权代表你为你建构着生活的现实结构。④这群人规定着你的形象与想象，"你必须和应该是！这就是你的理想。理想总是在他处的。理想总是侵凌性的！"⑤因为，"众人面容之我，其实质都是以某种形象出现的小他者倒错式的意象"。⑥"倒错"导致了自我与世界的隔离，"在一个突然被剥夺了幻觉和光明的宇宙中，人就感到自己是个局外人。这种放逐无可救药，因为人被剥夺了对故乡的回忆和对乐土的希望"。⑦灵魂深处的孤独与混乱总是会

① 杜小真. 萨特引论 [M]. 北京：商务印书馆，2009：117.
② ［法］萨特. 存在与虚无 [M]. 陈宣良译. 北京：三联书店，2009：309.
③ ［俄］巴赫金. 巴赫金文论选 [M]. 佟景韩译. 北京：中国社会科学出版社，1996：356.
④ ［法］拉康. 拉康选集 [M]. 褚孝泉译. 上海：三联书店，2001：189.
⑤ 张一兵. 不可能的存在之真——拉康哲学映像 [M]. 北京：商务印书馆，2006：145.
⑥ 张一兵. 不可能的存在之真——拉康哲学映像 [M]. 北京：商务印书馆，2006：126.
⑦ ［法］阿尔贝·加缪. 加缪文集 [M]. 郭宏安等译. 上海：译林出版社，1999：626.

让自我"忘记了我自己应该是什么？我是人吗？我是猩猩吗？"①。

圈禁在他者注视下的幼小自我在迎合人类审美观念与心理想象的尝试中渐行渐远，生命体验的断层与他者注视的改造让他们深陷迷惘与徘徊，不间断地经历着自我的"流失"和异化。他们进入人类社会的那一刻就是否定与自欺的开始。与过去的了断和对自我的否定彻底"扼杀"了真实的自我，自我错位的放置让他们沦为了"物"的存在。与过去的决裂，与现实的格格不入生成了深邃厚重的异化感，为孤独漂泊的身体平添了心灵的孤独，自我深陷在认知的迷宫之中。

二、自我的反抗与突围

生命是偶然的、荒谬的，是不可言状的。人的实在并非是要消灭存在，而是改变他与存在的关系。然而，一个变形、受挫、荒诞的世界所能带给生活其中的人们的仅仅是禁锢和绝望。"在以前，世界的空间总是提供着逃遁的可能性……在我们这个世纪，突然间，世界在我们周围关上了门……我们越来越受到外界的制约，受到任何人都无法逃避的处境的制约"。② 世界的合围已将人类囚禁到精神的牢笼

---

① Katherine Applegate. *The One and Only Ivan* [M]. New York：HarperCollins，2012：143.
② ［捷克］米兰·昆德拉. 小说的艺术 [M]. 董强译. 上海：译文出版社，2011：34.

里，猛烈攻击压制个体主体性，企图通过篡改人类的精神编码对人类进行各种改造。

米歇尔·福柯认为，现代文明对于个体的改造主要有三种方式：区分、规训和主体化。现代社会是一个"规训社会"，"规训机制逐渐扩展，遍布了整个社会机体"，① 由此，个体的社会化实质是个性的剥夺过程。玉米黄和伊凡首先遭遇同自己同类群体分离的"区分"，成为形单影只的孤独个体；在他者的注视中接受着文明社会的"规训"，逐渐吸收内化社会的标准，从而实现"主体化"改造。然而，自我的迷失并不意味着自我意志的彻底丧失和主体性的屈从。事实上，个体总是试图摆脱泯灭个性的规训权力，重新找回自己的主体性。无论是福柯所说的"局部斗争"的概念，还是萨特提出的"行动的介入"，都清晰地揭示了个体对"主体性的屈从"的抵制：个体在遭遇某种权力形式的规训改造时会选择攻击和反抗的行动。

存在主义认为，人命定是自由的，自由先于人的本质。行动、责任、处境是萨特绝对自由论思想体系的三个重要概念。首先，自由本质上就是选择行动的自由，这构成了萨特"行动的学说"的核心。"行动就是改变世界的面貌，就是为着某种目的而使用这些手段，就是造成一个工具性的、有机的复合"。② 行动带有明显的意向性，向着改变而行。人的行动主要表现为自我选择，人的自为存在就是在不断的自我选择中显现出来的，人的实在是要介入到一个基本的自由的计

---

① ［法］米歇尔·福柯. 规训与惩罚［M］. 刘北成，杨远婴译. 上海：三联书店，2003：235.
② ［法］萨特. 存在与虚无［M］. 陈宣良译. 北京：三联书店，2009：527.

划中，通过选择的行动来获得自由。其次，选择的自由是永恒的，但是自由并非为所欲为，需要责任的担当与支撑。"从他被投进这个世界的那一刻起，就要对自己的一切行为负责"。^① 人的一生就是在不断的自由选择中更新创造着自己，向着未来造就自己。自己自由选择自己成为什么样的人，"人就是他自己所要求的那样的人。他不是什么别的，只不过就是他自己所造就的"。^② 我必须对结果负责。最后，萨特还为这种承担责任的选择行动的自由施加了一个条件：处境，即自由通常是指人在处境中的自由。处境以五种方式显现：我的位置、我的过去、我的周围、我的邻人、我的死亡。个体的自由只有从自己的处境出发才能获得意义，处境在目的的指引下，鼓励个体介入行动，实现超越和虚无，"自为是在造就处境的过程中自我造就的"。^③ 自为的个体拥有绝对的自由，在一切处境中都是自由的，所以，处境并不能阻止个体的自由选择，相反，自由赋予处境意义。

玉米黄和伊凡尴尬的"两难"处境为他们的抗争行动提供了直接的动力和理由，指引着他们介入具体的行动。无论是在动物世界还是在人类世界，他们都拥有行动的自由。正如萨特所说，处境并不会限制个体的自由，反而会鼓励个体采取行动。玉米黄和伊凡在人类社会中的迷惘茫然成为他们"揭竿而起"的重要处境，而这一处境也诠释了他们行动的意义。玉米黄面对毕生爷爷家"一日八餐"的身体奴役、新

① ［法］萨特. 萨特文学论文集［M］. 施康强等译. 合肥：安徽文艺出版社，1998：117.
② ［法］萨特. 存在主义是一种人道主义［M］. 周煦良，汤永宽译. 上海：译文出版社，2005：25.
③ 杜小真. 萨特引论［M］. 北京：商务印书馆，2009：152.

邻居骄傲冷漠的精神"暴力"，进行着自己的反抗。他毫不掩饰的呕吐向毕生爷爷宣示着他对这一生活规则的拒绝与厌恶，他见义勇为的出手相助让骄傲刻薄的女主人自惭形秽。他用自己的方式在规则与暴力的围剿中突围，用实际的行动宣示着自己的主权。对于猩猩伊凡而言，他的行动是通过"唤醒"过去来完成的。小象鲁比在聊天中对伊凡身世故事的再三"催促"与"提示"，唤醒了那段他不愿记起、主动放弃的回忆，也唤醒了生命本真的冲动与欲望。鲁比对伊凡身世的聆听是对伊凡过去的不断"侵入"，因而不断逼迫伊凡对自我的本质和属性进行指认。伊凡在回忆过去和重拾身世的过程中不断回归到生命最初阶段的镜像记忆里寻找自我，藏匿在内心中的"小他者"——自我最亲近的人制造并为我所认同的意象——在这场找寻中开始恢复还原，父亲所传递的散发着原始丛林气息的雄性力量与气质在伊凡心中积聚，他要成为一名真正的"守护者"。责任的担当扫去了曾经的被动与懦弱、迎合与取悦，突破禁闭的反抗悄然开始。从不愤怒的伊凡终于在沉默中爆发了他被压抑的本我，他终于愤怒了。伊凡说："我从来不愤怒。愤怒是非常珍贵的……当我的父亲愤怒地拍打前胸时，他是在说：'注意了，听我说。我是这里的头领，我愤怒是因为我要保护你们，这是我与生俱来的职责。'在我的生活圈里，没有人需要我保护。"[1] 伊凡的愤怒随着他对鲁比的保护欲和责任感的增加彻底释放出来，他的怒吼是对生活的反抗与不满。脑海中不断

---

[1] Katherine Applegate. *The One and Only Ivan* [M]. New York: HarperCollins, 2012: 9-10.

复现的"父亲"意象昭示着心中的理想"自我",向着理想的追求寻求个体的突破与发展。

玉米黄和伊凡在陌生的人类世界里东跑西转,虽然彷徨无助,徘徊惆怅,遍体鳞伤,却从未逃避退缩,丧失斗争的勇气和决心。如果说他们所面临的自我危机是现代人精神世界的真实写照,那么他们的挣扎与反抗亦可解读为一部现代人类的精神突围史。

三、自我的实现与超越

固然,个体面对文明的规训与管制所爆发出的破坏力是惊人的。然而,我们并不能忽略这一次惊人的爆发所包含的痛苦的自我调整。"自我一方面要设法满足本我对快乐的追求,另一方面又必须使行为符合超我的要求"。① 它往返于本我与超我之间,使三者融为一体。"超我"要求行为个体在不触犯道德原则的前提下,通过思想和理性来制定计划,理性地控制自我的能量释放。然而,本我的需求又是原始的、无道德的、无约束的欲望。弗洛伊德认为一切用于人格的能量支持都来自本能,其中起着重要作用的能量就是"力比多"(libido)。力比多给人的本能和欲望提供能量,是人的全部行为和心理活动的内在动力。力比多以焦虑形式发泄出来

---

① 孟昭勤,王一多. 弗洛伊德人格理论在伦理学上的意义 [J]. 西南民族学院学报(哲学社会科学版),1995(4):43.

是受到压抑的力比多的直接命运。① 人的内心存在着一种"强迫重复",这一欲望强力支配着人的心理活动,要求重复以前的状态,回到过去。② 自我为本我服务,"自我习惯于把本我的欲望转变为行动,好像这种欲望是它自己的欲望似的",③ 本我的冲量自然会借助自我发泄出来。然而,这一力量的倾泻并非毫无节制的泛滥,超我的约束为这份原力增添了几分"高尚"的意味。本能中强大的力比多能量为自我的调整源源不断补给动力,超我的道德规范又使自我的选择和行动超越了"快乐原则",在至善原则的指导下,用良心和理想祛除本我的"兽性"与野性,将自我人格提升到道德的高度。

当玉米黄对人类的荒唐和高傲感到厌恶痛恨时,他的反抗并不是简单意义上的唾弃、指责与非难,而是对人类的不离不弃,对人类不计前嫌的道义拯救。源自内心的本我力量经由理性和善良的洗礼,疏浚为对生命的尊重与敬畏。怀着这份敬畏,他看到了毕生爷爷伤心的眼泪,看到了爷爷饥饿恐惧症的源头,用"人不是只为了吃而活在世上的"④ 信念,用漂亮的"老鼠舞"拯救了因患病而心灰意冷的毕生爷爷。也因为这份尊重,他看到邻居女主人傲慢背后的恐惧与胆怯,看到了她冷漠背后的无助与懦弱,因而用自己对生命的敬畏解救了被困的孪生姐妹,诠释了生命的平等与高贵,收

---

① [奥] 弗洛伊德. 精神分析引论 [M]. 彭舜译. 西安:陕西人民出版社,2002:426.
② [奥] 弗洛伊德. 自我与本我 [M]. 林尘等译. 上海:译文出版社,2012:35.
③ [奥] 弗洛伊德. 弗洛伊德后期著作选 [M]. 林尘等译. 上海:译文出版社,1986:77.
④ 常新港. 一只叫玉米黄的老鼠 [M]. 成都:四川文艺出版社,2015:125.

获了难能可贵的人类友谊和信任。也因为这份尊重，他看到了大雨带来的臭水危机中人类的脆弱与不安、惶恐与无奈，用真诚与善良感动了老鼠，动员它们为人类解困。在玉米黄的身上，我们看到的是对生命本身的崇敬与仰慕，这样的生命没有等级、没有阶级、没有善恶，它是一种天然的、纯粹的至真，它是超越人性和兽性的永恒存在。玉米黄用儿童的稚真性情让自我不断调和本我的兽性与超我的人性，最终走向自我的和谐。

对于伊凡来说，他本是一只狂野凶猛的大猩猩，丛林是他应当生活的世界，然而他却意外地成为了人类文明的调教对象。文明旨在把人们集中到统一体之中，其发展是以对本能的压抑为代价的。当本能中的进攻性倾向成为最大隐患和障碍，"文明不得不尽最大努力限制人类进攻性的本能，并利用心理反作用构成来控制它的显露"。[1] 受教于人类的伊凡，他的身份的一切属性都是人类赋予的。也即是说，有关他的性别、社会经济地位等，其实都是由外界强加的。[2] 伊凡体内无处发泄的力比多不断地转变为一种明显的现实性焦虑。焦虑是选择意识前的体验，是迈向自由的第一步。焦虑作用于伊凡，引导他与命运抗争，释放本能冲动，追求欲望的满足，向自由逼近。然而，对故友斯黛拉的承诺以及对鲁比的责任担当赋予了伊凡的反抗行动沉重的道义感，自己承诺的"安全之地"在何处？这不是一次对"利己主义"的屈从，而是经过升华净化的具有利他主义色彩的仗义拯救。沉

---

① 孙名之. 论文明 [M]. 北京：国际文化出版公司，1999：126.
② ［美］A. C. 丹图. 萨特 [M]. 安延明译. 北京：工人出版社，1987：128.

闷的商场、乏味的表演场犹如一个接一个的牢笼，禁锢着身体与心灵，消磨着时间与生命。生活不能这样毫无希望地朝着死亡一直走下去。麦克斯对鲁比长时间严苛的强化"训练"残忍地肆虐着她的身体；失去亲人与朋友的痛苦与悲伤撕裂拷打着鲁比的内心。鲁比幼小而脆弱的生命在现代文明的压迫下一点点消磨萎缩，伊凡兑现诺言的行动在残酷现实的压迫下变得尤为紧迫。远隔重洋的原始丛林只能是遥不可及的梦想，在自我的现实原则引导下，伊凡选择了他们在人类世界能够安身立命的"安全之地"——野生动物园。伊凡在动物园的"猩猩家庭"里迅速建立权威，成为当之无愧的领导者，而族群的认同与接受使伊凡的自我得以重新建立。重生的自我祛除了人类社会所强加的社会性，于返璞归真中实现超越，重获原初的自然性，身心再次融合生成完整的个体生命。个体介入的行动完成自我的超越。伊凡的突围最终成功收官，他的成功不仅是对诺言的履行与交代，在更大程度上，是自我价值与存在意义的实现。

　　常新港和艾普盖特在他们的儿童幻想小说里用简单朴素的语言讲述了动物小人物的"重生"故事。他们奉献的"心灵自传"所描写的迷茫、挣扎、彷徨、痛苦是一部绝佳探索自我与存在之谜的现代寓言故事。

第三节
爱 的 救 赎

在文学作品中，人类的普遍处境通常借由个体生命得以展现，因此个体生命的生存经历以及生命境遇成为作家着力挖掘与书写的主要对象，凝结在人类个体身上的那些或挣扎、或痛苦、或纠结、或快乐、或欢喜的丰盈的人性形态直观地折射并反映着人类共同遭受的人性困境。何谓"人性"？柏拉图认为，"人类本性是一篇困难的文章，其意义只有靠哲学来译解"。① 江恒源也曾说："我们哲学史上发生最早而争辩最激烈的，就是'人性'问题"。② 从字面来理解，人性，即人的属性，也就是所有人都具有的共同性与普遍性。至于这一属性的存在形态，查尔斯·埃尔伍德精要地总结了

---

① ［德］恩斯特·卡西尔. 人论 [M]. 甘阳译. 上海：上海译文出版社，2009：89.
② 江恒源. 中国先哲人性论 [M]. 北京：商务印书馆，1922：4.

西方思想家的人性论争成果："我们所说的人性，乃是个人生而赋有的性质，而不是生后通过环境影响而获得的性质"。① 也就是说，人性是人类与生俱来的一种相对稳定的属性。这一本性包含两个部分：一部分是基本的、自然的属性，主要体现为一种生理需要，如衣、食、住、行、性等；另一部分是比较高级的、特别的，是人不同于动物的独特属性，在特定的社会、历史、经济和文化背景下呈现出的一种具体表现形态，主要体现为心理活动和行为，是人类内在心理需要的外在表现，如同情心、理解、尊重、善良以及爱心等。

以人为表现对象的文学，其人性描写并非仅限于生理需求的简单表达，在社会变革、现实人生遭际，抑或是个体生命体验的诉说背后穿透着其独特的艺术表达和人文关怀，即文学旨在探悉和摹写个体生命的心理活动和行动需要。活跃在作品之中的丰富的文学形象能够充分激发并调动人的心理感受和情感活动。可以说，文学世界中更多展现的是人之为人，不同于动物的"人的特性"，也就是冯友兰所说的"人之性"。但这并不意味着对人的动物性的排斥和忽视，因为人的生理需要和欲望是一切行为的最终动因，"人的动机活动组织的主要原理，是各种基本需要依其力量强弱或有限性的等级排列"。② 如此一来，对于"人之性"的描摹不过是基于人之本能基础之上的社会性表达的展现。文学凭借其感性化与形象化的气质，运用极具主观色彩和个性化的表达方式

---

① Charles A. Ellwood. *An Introduction to Social Psychology* [M]. New York: D. Appleton and Company, 1920: 51.
② Abraham H. Maslow. *Motivation and Personality* [M]. New York: Harper & Row, 1954: 59.

探索着多样且复杂的人性，观照人性的矛盾与变异，从而成
为人性的绝佳试验场。

在儿童幻想小说的世界对人性的矛盾与变异的观照中，
总是闪耀着一束温暖的光。这光不仅源于儿童作家对儿童生
命与心灵的关怀，也是儿童纯真天性的天然召唤。面对成人
文学中的丑陋、愚蠢、罪恶、欺骗，面向儿童的幻想小说总
是在挫折与绝望的背后真诚地拥抱希望，颂扬美好。流淌自
儿童善良心性的强大的"爱的能量"在浑浊的世界里力挽狂
澜，为现代文明中岌岌可危的人性提供安全的庇护与守望。

一、人性的湮没

20 世纪是一个风云诡谲、复杂多变的世纪，人类在面对
自我的发展时从未表现得如此矛盾：我们既为业已取得的各
项突破极限的成绩振臂欢呼，同时也为突破极限反弹带来的
困难和危机眉头紧锁。战争的暴虐则越发加深了业已存在的
不稳定感和危机感，数千年的文明成果乃至人性的存在在这
个血与火的世纪遭到了怀疑和质问。在这个纪元里，人类对
付心理的天性和对付人类灵魂的无能，已经变得比以前任何
时候更令人震惊和更明显了。[①] 一大批思想家、哲学家、文
学家和艺术家试图在这个人类欲望空前膨胀的时代探索建立
新的文化价值体系，派别林立的各种现代主义以及后现代主

---

① ［德］埃利希·诺依曼. 深度心理学与新道德［M］. 高宪田，黄水乞译. 北京：
　　东方出版社，1998：1—2.

义思潮冲击着西方文学，继"上帝死了"之后，"世界是荒诞的"最为准确精悍地浓缩总结了人类生存的普遍体验。

什么是荒诞？尤奈斯库说："荒诞是指缺乏意义……和宗教的、形而上学的、先验论的根源隔绝之后，人就不知所措，他的一切行为就变得没有意义，荒诞而无用"。[①] 20世纪的西方文豪们深刻认识到隐藏在表面生活面纱之下的陈腐与痛苦，选择赤裸裸地描写极致性状况：人物直面时间与真理，直面孤独与死亡，以期在生死拷问的全程直击中揭示社会生活以及人类生存的荒诞性。

然而，人类对于"哈姆雷特问题"的讨论和探索并没有随着20世纪的结束而画上休止符。在物质文明与科学技术异常高度发达的21世纪，这一问题得到了续写。21世纪创造的优越物质条件与人类精神世界的极度匮乏昭示着有关人的研究与探索日益迫切，且更加复杂，人类的生存状况连同本质属性（人性）来到了风口浪尖的位置。可见，对于人类和人性的思考一直是文学首要关注的问题。儿童文学作家们也在思考探寻着人类的出路与未来。

儿童幻想小说《饥饿游戏》在一个"未来版"的现实世界——帕纳姆王国中展开了对于人性的追寻和探究，集中展现探讨了极权统治下的人性生态。汉娜·阿伦特曾说："摧毁个人的道德人格，取消个人的法律人格，人的个体性就被摧毁了。极权制度只有在个体性缺失的条件下才能形成"。[②] 极权制度既以取消人的个体性为目标，又以人的个体性的取

---

① 黄晋凯. 荒诞派戏剧［M］. 北京：中国人民大学出版社，1996：7—8.
② ［德］汉娜·阿伦特. 极权主义的起源［M］. 林骧华译. 上海：三联书店，2008：523—525.

消为基础。个体性是极权统治的首要攻击目标，同时，极权统治又试图通过对个体的极致规训来达到目的。福柯将规训的主要方式概括总结为层级监视、规范化裁决和检查。① 这三种手段的充分应用能够有力保证权力的运作。因此，掌权者的贯彻执行非常关键。马基雅维利认为，掌权者需要具备控制多种运动的力量综合体的能力。② 具备操控多种力量的能力为掌权者的统治提供了基本的保障，即他可以充分调动一切可以调动的力量，为个人化、极权化扫清障碍，创设有利条件。

作为帕纳姆王国统治中心的凯匹特对权力极度渴望。凯匹特已经拥有至高无上的权力，与此同时又越发疯狂、肆无忌惮地巩固其权力。王国里实施的层层递加的言行监视，自上而下的独裁判决以及密不透风的检查督训构成其冷厉极权主义体制的核心。凯匹特霸道贪婪地将权力渗透到社会生活的各个角落，将一切权力收入囊中，将每个个体置于剥离的孤独状态，要求每个人完全地、无条件地忠诚极权统治。它的法律和规则是对个体赤裸裸的权力剥削，人变成被收押监管的对象。统治者不仅对人的自然欲望与生理本能方面进行严控，限量供给食物与生活必需品，而且对人的社会触须也进行着残酷的裁剪清理。臭名昭著的"饥饿游戏"便是其权力欲望恣意膨胀的邪恶产物，这个游戏集中体现了王国掌权者的统治理念与政治主张。这个旨在警戒人民安分守己的惩

---

① [法] 米歇尔·福柯. 规训与惩罚 [M]. 刘北成，杨远婴译. 上海：三联书店，2003：193—194.
② [英] 凯斯·安塞尔-皮尔逊. 尼采反卢梭 [M]. 宗成河译. 北京：华夏出版社，2005：43.

罚游戏被凯匹特指定为王国一年一度最盛大的赛事来加以庆祝。

毫无原则和底线可言的饥饿游戏对选手生理和心理的考验远远超出了人性的界限，无情地剥夺了人的一切权利，是对人性最大的扭曲与蔑视。游戏全无规则可言的规则体系不仅设计了身体的饥饿，更有着惨无人道的精神饥饿，即基于对死亡的强烈生命感受而迸发出的对生的渴望。这样的渴望在游戏中是残酷而血腥的，充满阴谋、背叛、自私与邪恶。它所渴求的是在极致的生存境况中人性丑陋部分的揭示，是祛除人之为人的社会性、道德观、价值观的奴性驯化，是对个体生命各种属性的抹杀与毁灭。

皮亚杰指出，"人从一出生就沉没在社会环境中，社会环境也像身体状况一样影响着他"。① 社会环境对人的约束与管理从一出生就开始了，越早开始规训，成功概率越大。因此，凯匹特每年都会在各区 12 岁至 18 岁的少男少女中各选一名"贡品"参赛。参赛选手的年龄限制充分突显了游戏的规训意图，即在日常的身体饥饿的规训之外，王国的儿童必须接受游戏的精神规训，将自己的人性交由掌权者打磨干净。

凯匹特的极权对人性的打磨与祛除是包含人的自然属性以及更为重要的社会属性在内连根拔起的一网打尽。它的"饥饿"统治不单是对人的生理需求的压抑，更是对人之心理和道德性的剥夺。马克思认为，人的本质是一切社会关系

---

① Jean Piaget. *The Origin of Intelligence in the Child* [M]. Beijing：China Social Science Publishing House，1999：5.

的总和。社会性是区别人与动物的重要属性，即人性，主要
包含反映人类心理活动和伦理选择的道德情感。亚当·斯密
在描述"道德人"雏形时指出，每个人都是有道德的，具体
表现为人人都有同情心和正义感，人的行为具有利他主义倾
向。① 然而，在凯匹特权欲角逐的"竞技场"上，斯密所说
的"同情心"和"正义感"恰是权力戏法的牺牲品，政治理
性盘压的对象。竞技场上没有真正的朋友，只有永远的敌
人。想要成为赢家，选手就必须摈弃一切美德，把自己变成
冷酷嗜血的野兽，一切正义与同情全被清空，人性的扭曲在
快速上演的血腥暴力中不断放大，权力的淫威贪婪地吞噬着
人的道德生命。可以说，"饥饿游戏"是一个不折不扣的政
治意志的附属物，一个极度残忍冷酷的权力欲望试验场。冷
血游戏的背后是统治者不加掩饰的权欲，试图对人性极度碾
压虐待的道德变异阴谋。

坎普兰曾说，19 世纪的问题是上帝死了，20 世纪的问
题是人死了，人类无论如何都肯定处在危机的转折点上。当
具体的权力剥夺形成一种威胁性挫折，人们会感觉自己的无
能、屈辱以及弱小，人性在挫折的体验中不断遭遇欺凌与侵
犯。当他突然间获得可以威胁别人的可能性时，已经受损的
人性便会用同样的方式去获得补偿。于是，人性在这样的过
程中不断受损，邪恶的一面不断被诱引而出，人事实上已经
处于一种病态之中了。

---

① ［英］亚当·斯密. 道德情操论［M］. 李伟霞译. 哈尔滨：哈尔滨出版社，
2012：51—53.

二、人性的觉醒

　　然而，凯匹特无所不用其极的极权主义规训却充满着难以消弭的矛盾与冲突。掌权者透过"饥饿游戏"所传达的统治意图是以压抑控制个体性为最终旨归，是以惩罚和惩戒为特征的规训。然而，规训的严格纪律并不是惩罚，"是为了更好地挑选和征用而训练。它不是为了减弱各种力量而把它们联系起来。它用这种方式把它们结合起来是为了增强和使用它们……规训'造就'个人"。① 因此，具有讽刺意义的是，凯匹特极力推行的意在强化巩固统治的极权规训反而造就了极具个人化的孵化机制。

　　凯特尼斯与皮塔两人同时胜出的意外结果颠覆了掌权者的所有设计，一种个人化的力量正在觉醒，挑战着极权的权威。这是一种温暖的力量、包容的力量，相比凯匹特冷厉残酷的极权，更具创造力，更能打动人心。这就是爱的力量。也可以说，两人超乎规则之外的始料未及的胜利完全是"爱"的胜利。赛珍珠曾说："只有爱才能唤醒爱"。② 这一点在弗洛姆《爱的艺术》一书中形象地表达为"爱是一种能够创造爱的力量"，爱是一种能力，也是一门艺术，爱是从对方的立场出发，了解对方，尊重对方，关心对方的生命、成

---

① ［法］米歇尔·福柯. 规训与惩罚［M］. 刘北成，杨远婴译. 上海：三联书店，2003：193.
② Pearl S. Buck. *Christmas Day in the Morning*［M］. New York：Harper Collins，2002：36.

长与精神需要。① 人类在彼此的接触与交流中频繁进行着各种情感交互，爱是一种既广泛又特殊的积极情感。人若要避免邪恶，就必须压抑和排斥兽性的一面，"爱"是一条绝佳的途径。

隐藏在皮塔和凯特尼斯之间的爱的火苗其实在游戏中就已经点燃了，只是凯特尼斯一直没能看清自己的心意。但是全国观众看到了，掌权者也看到了。这也是凯匹特安排两人以情侣身份进行胜利巡演的原因。皮塔通过爱的"给予"，实践着他对凯特尼斯的关心、责任、尊重和了解，凯特尼斯在爱的"感受"中已不知不觉地开启了她封闭的心门。当她不顾危险决定只身赴宴挽救皮塔生命的时候，改变已经发生。在奉献自己的过程中，在不顾一切解救皮塔的过程中，凯特尼斯已经作出了爱的回应，她找到了自己，发现了自己。然而，她倔强而强大的理性压制着来自内心最深处的呼喊，习惯地躲避自己害怕的话题。不论凯特尼斯自己承认与否，她与皮塔之间若隐若现的"爱情"已经颠覆了凯匹特钢铁般的规定，打破了饥饿游戏有史以来亘古不变的法则。"爱情"成为了两位不驯少年反抗制胜的关键。"爱情"承载着反叛之灵，唤醒激发人的内在之善，朝着人道主义的方向不断发展。一言以蔽之，"爱情"成为了向善而生、通向独立自由的"创造性力量"。②

---

① [美] 埃利希·弗洛姆. 爱的艺术 [M]. 赵正国译. 北京：国际文化出版公司，2008：26，27—29.
② 弗洛姆语。他认为在现代资本主义社会对人类精神极尽压抑与摧残下，唯有创造性活动能够帮助人类解读孤独，重获自由与安全感。这一活动主要表现为爱和工作，其中爱是最主要的成分。

这份爱的呼应不仅带领凯特尼斯踏上了认识生命秘密的旅途，同时也为各区人民带去善的力量和希望，人们开始思索改造、进取和发展。皮塔和凯特尼斯这对"燃烧"① 的情侣在竞技场上的爱情小火逐渐燃烧成为帕纳姆王国之中的革命大火。"杰出人物创造了被集体认为是最高价值而试图在实践中去实现的人类理想"。② 凯特尼斯和皮塔作为帕纳姆王国的"杰出人物"，在胜利巡演中大力地宣讲传播他们的理想与信念，身体力行地宣扬"爱"的宣言。处在痛苦和绝望之中的十二区人民原本麻木枯竭的心灵在爱的甘霖中开始苏醒，"人民心中的熊熊怒火一触即发"。③

人虽然被恐惧、烦恼、悲伤及希望等种种情感所规定，但希望是为人所特有的。人的本质就是希望，人是某种走向超越他本身的东西，当下的任何状况都不是人想成为的样子。④ 因此，人是一群怀有积极憧憬走向希望的动物。凯特尼斯和皮塔这对情侣赢家用真爱打破了规则，取得了胜利，让人们看到了希望，也向人们宣扬着希望。他们的胜利巡演不再是矫揉造作的忸怩作态，而是传播真爱真善的希望之旅。王国人民在长期的精神窒息和人性压抑下所积郁的巨大

---

① 各区选手汇聚凯匹特，穿上具有地区特点的礼服盛装亮相游戏开幕式。选手们的首次亮相直接影响到选手在游戏中能够获得的赞助和支持。十二区是产煤区，设计师西纳为凯特尼斯和皮塔设计的服装是燃烧的火焰装，两人身着黑色紧身衣，衣服表面洒上特殊的化学试剂，用火引燃立即产生燃烧的效果。此举一鸣惊人，之后凯特尼斯被冠以"燃烧的女孩"称号。

② ［德］埃利希·诺依曼. 深度心理学与新道德［M］. 高宪田，黄水乞译. 北京：东方出版社，1998：46.

③ ［美］苏珊·柯林斯. 饥饿游戏 II——燃烧的女孩［M］. 耿芳译. 北京：作家出版社，2012：61.

④ Ernst Bloch. *The Principle of Hope*［M］. Cambridge：The MIT Press，1986：121—123.

心理能量在爱的巡演中得到宣泄释放，斗争与反抗的革命火
种向着希望开始撒播燎原。

三、人性的崛起

　　凯匹特在这场空前的危机面前再次选择了决不妥协的强
硬措施：以暴制暴。当暴力的规训再次加诸愤怒的灵魂之上，
个体内心被爱唤醒的潜在能量不断积聚喷涌。"人类的共性
在于生命中的自由本能可以被压制但不可能被毁灭，人的自
由本能从来没有停止过表达自己的努力，人性的诉求在生命
进程中默默地坚持着自己的位置。当人的自由本能不能健康
发展的时候，就会表现出十足的破坏性"。① 强迫人们为一个
虚无缥缈的排他性的目标而牺牲自己的利益，强迫一部分人
为另一部分人的利益做出不公义的牺牲，一切违反正义原则的
强制性的公共政策，都是邪恶的。凯匹特的冷漠与暴力不断刺
激着人类渴望自由的本能，面对已经开始觉醒的人民，规训权
力选择了最愚蠢、最危险的方式。因为"我们现在假定人就是
人，而人跟世界的关系是一种合乎人的本性的关系，那么，你
就只能用爱来交换爱，只能用信任交换信任"。②

　　最理想、最完美的解决方法"在于人与人之间的结合，
在于人同他人的融合，在于爱"。③ 用尽所有力量，不惜牺牲

① 陈忠武. 人性的烛光 [M]. 昆明：云南人民出版社，2004：110.
② [德] 马克思. 1844 年经济学哲学手稿 [M]. 中共中央马克思恩格斯列宁斯大
　林著作编译局译. 北京：人民出版社，2002：93.
③ [美] 埃利希·弗洛姆. 爱的艺术 [M]. 赵正国译. 北京：国际文化出版公司，
　2008：74.

生命去爱，用爱不断生产着爱，努力使被爱的人得到成长和幸福，这种行动源于他们的爱的能力，即弗洛姆称为"自爱"或"真正的爱"的东西。"人决不会停止对生产和创造的努力，因为生产性是力量、自由和幸福的源泉"。① 爱是生产性的重要表现。凯特尼斯和皮塔筑起的"人类之爱"的榜样在帕纳姆王国产生着积极的向善力量，在断壁残垣中为人类精神提供了安放栖身之所，在失序和迷乱的世界里搭建起了爱的伊甸园。这场"爱的革命"迅速在帕纳姆王国蔓延开来，觉醒的人性意识坚决反抗抵制对人性的畸形管制与驯服。王国上下全体起义，众志成城，誓要推翻奴役的暴力，重树人类的尊严。

在经历厮杀、背叛、欺骗、分离以及无家可归东躲西藏的痛苦后，凯特尼斯犹豫再三，毅然决定为起义代言。凯特尼斯饱经沧桑的身心早已满目疮痍，生命的凌虐混凝成人生中无数的噩梦，内心的恐惧与焦虑促使人最终选择愤怒与反抗作为宣泄的出口。一桩桩创伤性事件足以动摇她对于生活的信念与设想，"创伤可以影响整个人，包括身体、智力、情绪和行为的改变"。② 马斯洛曾说："经历过一桩极其严重事变的人可能会得出一个结论：它不是自己命运的主人，死亡一直等在他的门外。面对着这样一个无比强大、极富威胁性的世界，一些人似乎丧失了对自己能力的信心，哪怕是最微不足道的能力"。③ 庆幸的是，凯特尼斯面对这个混乱危险

① ［美］埃利希•弗洛姆. 为自己的人［M］. 孙依依译. 北京：三联书店，1988：144.
② ［美］罗森布鲁姆. 精神创伤之后的生活［M］. 田成华译. 北京：中国轻工业出版社，1991：20.
③ ［美］马斯洛. 动机与人格［M］. 许金声等译. 北京：华夏出版社，1987：128.

的世界并没有丧失行动的能力。残酷的生活加诸凯特尼斯身心之上的创伤体验使她内心的不满与愤怒不断升级,仇恨完全占据了她的意识。山雨欲来风满楼,一场重大的改变正在酝酿之中。"创造与破坏、爱和恨,从来都不是两种独立存在的本能,他们都是人类超越的需要的答案,当创造的愿望不能得到满足时,破坏的欲望就会升起"。^① 这个"燃烧的女孩"好比盗取天火的普罗米修斯,誓要把自由与希望的"火种"洒满人间。

然而,革命的使者、起义的领袖、光明的引领者传播的"火种"不应是汹涌的仇恨,而应是一种精神、一种信念、一种蓬勃向上的生机。像普罗米修斯带给人类的"文明之火"一样,它不着眼于摧毁与破坏,不执拗于通过自我牺牲和奉献去获得生命的价值与意义的非人道逻辑。人性的道德奠基于最大限度地满足所有人的需要的可能性之上,满足自身的需要并不以牺牲他人的满足机会为代价。它应当更关注人性的发展与建设,给予人类信仰、关怀和期许。

人的真实本性无法承受永久的歪曲,"有些倾向是人的本性不可分割的部分;如果这些倾向改变了,本性便不再成其为本性了"。^② 凯特尼斯的愤怒和仇恨终究在皮塔浓烈深情的爱意中融化消解,她深深地意识到"活下去所需要的不是盖尔裹挟着愤怒和仇恨的火焰,自己已经拥有了太多的火焰。我真正需要的是春天里的蒲公英,那鲜艳的黄色意味着

---

① [美]埃利希·弗洛姆. 健全的社会 [M]. 蒋重跃等译. 北京:国际文化出版公司,2007:306.
② [美]约翰·杜威. 人的问题 [M]. 傅统先译. 上海:上海人民出版社,1986:150.

重生而不是毁灭，无论我们失去了多少宝贵的东西，它确保
生活能够继续下去，并告诉我们生活会好起来的。而只有皮
塔能够给予我这一切"。① 凯特尼斯在战火的洗礼和生命的痛
楚中深刻明白，她需要的不是愤怒与仇恨，而是皮塔对她无
条件的爱。只有皮塔才能给她重生，她不能一直燃烧。

　　赫舍尔曾感叹："在我们的时代，离开了羞耻、焦虑和
厌倦，便不可能对人类的处境进行思考。在我们这个时代，
离开了忧伤和无止境的心灵痛苦，便不可能体会到喜悦；离
开了窘态，便看不到人类的成功"。② 《饥饿游戏》中呼之欲
出的便是对于"我们这个时代"的忧虑与思考，其中的焦虑
与痛苦正是赫舍尔所说的通向真理的道路必然经历的体验。
一路走来，皮塔如影随形的爱救赎了凯特尼斯，融化了内心
的仇恨和愤怒。爱不仅让人们在诀别专制的传统中获得个体
人生设计的自主权利，也让人类个体的价值得以确认。爱是
通往幸福的唯一路径，爱正是凯特尼斯应该撒播的"火种"。
人性在爱的映照下生发出熠熠光辉。爱满人间方是人类重
生、人性崛起之时。

---

① ［美］苏珊·柯林斯. 饥饿游戏 III——嘲笑鸟［M］. 耿芳译. 北京：作家出版
　　社，2012：352.
② ［美］赫舍尔. 人是谁［M］. 隗仁莲译. 贵阳：贵州人民出版社，1994：13.

第四章

千姿百态的人物世界

　　人物自文学诞生之时起就一直是叙事文学不可或缺的重要元素之一，也是古往今来的文学研究与评论无法绕开或回避的重要问题。故事情节的展开必须依托人物，人物之间的对战交手推动情节向前发展；作家的理想主张和精神寄托在人物身上得以凝聚体现；人物的性别、籍贯、年龄、身份、性格等制约着作品的语言风格与创作特色。毫不夸张地说，人物是文学作品的灵魂，是作家通达创作目标与理想的重要媒介和途径。

　　不同历史时期对于人物在叙事结构与叙事过程中的角色
与作用有着不同看法。亚里士多德的"情节优先论"认为
"悲剧不是对人的描述，而是对人的行为、生活、快乐和烦
恼的描述……没有行为，就不能成为悲剧"。① 人物行为的产
物——情节，成为了悲剧的首要元素。作为亚式悲剧六要素
的组成要素之一的人物性格则从属于情节。数个世纪之后，
亚式的观点得到了俄国形式主义以及法国结构主义理论家的
响应，"他们也认为人物是情节的产物，人物的地位是'功
能性'的"。② 与之相反，许多理论家和作家大力强调、重视
叙事作品中的人物刻画。欧洲现实主义大文豪巴尔扎克将人
物塑造放到至高无上的地位，认为人物应当是发自作家灵魂
深处的一个人格化的人物，"这样的人物……使作家摹拟的
真实性格的真实性更加突出地表现出来，更提高了这些性格
的普遍性。不采取这一切小心谨慎的措施，就不会有什么艺
术，也不会有什么文学"。③ 巴尔扎克的人物观得到了西方马
克思主义文艺理论家卢卡契的赞赏，后者大力赞扬巴尔扎克
和托尔斯泰等伟大现实主义作家的小说，认为小说创作应该
以刻画个性鲜明的人物为中心来真实地再现生活，以充分实
现其写作目的。而与他同时期的西马学者布莱希特却主张把
事件过程置于艺术表现的中心，人物只是一种帮助展示现实

---

① ［希腊］亚里士多德. 诗学 ［M］. 罗念生译. 北京：人民文学出版社，1982：21.
② ［美］查特曼. 故事与话语 ［M］. 徐强译. 北京：中国人民大学出版社，2013：
189.
③ ［法］巴尔扎克. 巴尔扎克论文艺 ［M］. 袁树仁译. 北京：人民文学出版社，
2003：368.

发展过程与趋势的符号，并不一定要个性鲜明。^① 以弗兰克·克莫德为代表的评论家则认为人物和情节并无高低轻重之分，而是相互促进、相互推动。各类学说，林林总总，不论是行为还是性格，都是人物这个硬币的两面，缺一不可。如亨利·詹姆斯所说，"除了决定情节以外，性格又是什么呢？除了说明性格以外，情节又是什么呢?"^② 人们谈论小说，就会谈到情节，而探讨情节，就绕不开人物性格。两者密切相关，紧密相连，无法完全割裂开来。行动抑或性格，本质言说的大抵都是人物在作品中不容置疑的重要性。这同时也暗示着人物分析不应仅停留在人物性格刻画的层面上，满足于人物个性特征与道德性情的"静态"揭示，应当更加开阔宏伟，将人物的行动纳入分析研究的范围，考量人物行为背后的动机以及可能的、深层的精神-心理因素，分析人物是如何行动的，其行动的方式与过程等，完成对人物在情节发展和叙事结构中所扮角色的"动态"分析。

米克·巴尔曾说："人物类似于人。文学是由人而写，为人所写与写人的"。^③ 小说鲜活生动地讲述有关人物的各种故事，在这个世界里活跃着形形色色的人物，这些虚构出来的人物由于身份地位、性格气质、情感状态等方面相似与差异衍生出不同的个体或群体形态，继而绘织世间百态。幻想小说的世界包罗万象、千奇百怪，人物众生相更加复杂多

① 朱立元. 当代西方文艺理论 [M]. 上海：华东师范大学出版社，2005：204.
② [美] 亨利·詹姆斯. 小说的艺术 [M]. 朱雯等译. 上海：上海译文出版社，2001：17.
③ [荷] 米克·巴尔. 叙述学：叙事理论导论 [M]. 谭君强译. 北京：中国社会科学出版社，2003：135.

元。多重世界的并置与穿梭必须依赖更加特别多样的新奇人物，以充分延展现实和幻想的宽度和深度。在现实与幻想的对立之中，如何让幻想之维超然于现实之外，让读者身临其境，打造出如假包换毋庸置疑的真实感，是幻想作家的当务之急。而人物的设计与塑造于幻境的存在至关重要，从人物的外貌身材到生活习俗再到语言文化，作家必须仔细考量每一个细节，尽可能精细地打磨出一套完备逼真的奇幻符号，使人物自身迸发出天然的生命力，跃然纸上，演绎美轮美奂的奇幻大剧。

关于人物的分类，目前各家评述不一。俄国著名学者普洛普的集大成著作《民间故事形态学》（*Morphology of the Folktale*，1968）调查收集了诸多民间故事与童话故事，将"功能性"人物观贯彻整个研究，根据人物的行动功能分出了七类特色鲜明的人物族谱：主人公、假主人公、对头、赠与者、相助者、派遣者、公主以及父王。福斯特在《小说面面观》（*Aspects of the Novel*，2005）中依据人物性格的多面性，采用两分法将人物分为"圆形人物"和"扁平人物"。法国学者格雷马斯在其著名的人物结构分类模式中归纳了六种行动元：主体和客体，发送者与帮助者，接受者与反对者，六者围绕着客体即主体欲望的对象而组织起来，并发生作用。[①] 詹姆斯·费伦在《阅读人物，阅读情节》（*Reading People*，*Reading Plots*，1989）中将人物划分为三大类：虚构性、模仿性和主题性。在广泛吸收借鉴前人研究成果的基础上，结合儿童幻想小说文本，本章拟从人物形态上将儿童

---

① ［法］格雷马斯. 结构语义学［M］. 吴泓缈译. 上海：三联书店，1999：256.

幻想小说的人物设置分为人类形象、动物形象和鬼怪形象三大类，进而对各类人物形象的具体内涵与特征进行更加细致的剖析。

第一节
人 类 形 象 ： 儿 童

儿童作为儿童幻想小说的主人公是整个故事的焦点人物，儿童人物的刻画与塑造对于整部作品的成功至关重要。总体而言，幻想小说对儿童主人公的性质定位多为积极正面型。虽然这些儿童主人公身上不乏一些小问题和小瑕疵，然而他们在重大时刻或危急关头做出的抉择总是张扬着一种自豪的正义感，迸射出伟大的人格力量，产生或撼人心魄，或动人心弦的情感力量。而具备这性质与能力的儿童在儿童幻想小说中抑或是惊天动地的英雄，抑或是平凡无奇的常人。

一、英雄：超人型儿童

人类自古便有着深深的英雄情结，"英雄式"的思维与价值判断在远古人类的起源时期早已深种，自然世界里"成者为王败者寇"的丛林法则培养了动物与人类与生俱来的"强者为王"的英雄意识。每个民族在不同历史时期都有着许多的杰出人物或英雄。从图腾时代的天神崇拜，到古希腊时代的史诗巨作，到文艺复兴时期的人文主义使者，再到近现代的平民英雄、草根传奇等，处处活跃着英雄的身影。时代语境的变化不断丰富充实英雄的内涵，从过去的典型化到如今的普遍化，"英雄"被赋予了浓厚又新鲜的历史寓意。

幻想小说作为脱胎于民间传说和神话故事的文学样式与类型，在英雄人物的取材与塑造方面，更多地受到了这类古老文学样式的影响，因此，故事中所表达和宣扬的英雄观与英雄主义具有鲜明的典型性，英雄人物多拥有"非其不可""非他莫属"的"特殊"气质。从某种程度上讲，儿童幻想小说中的英雄更贴近卡莱尔所说"神明英雄"[①] 的性情特征，通过英雄的出身、修行和壮举来刻画烘托英雄的"气质"。

（一）常人之身，非"常"之力

中国有句古话："英雄自古出少年"。意思是说，大多数英雄人物都是在年幼的少年时期就展现出了非凡的技艺，或者取得了卓越的成绩。处于少年期的儿童，浪漫幻想和青春叛逆交汇碰撞在他们身上产生巨大的潜能，如一股澎湃的潜

---

① 托马斯·卡莱尔在《英雄与英雄崇拜》（何欣译. 沈阳：辽宁教育出版社，1998）一书中将英雄分为六类：神明英雄、先知英雄、诗人英雄、教士英雄、文人英雄、帝国英雄。卡莱尔以北欧异教神话爱瑟神族主神欧丁（Odin）为例，详细阐述了神明英雄的特征与作用，分析鞭辟入里，力透纸背，将北欧神话中的"英雄主义"概括为"勇敢之奉献"（consecration of valor）的"宗教"。人类对勇敢之奉献的古老信仰在幻想小说的英雄身上亦得到了充分体现。

流暗中涌动，极具可塑性，存在着无数可能。"英雄"则是这"无数可能"之中的一个。

儿童幻想小说中的英雄主人公基本都是处在少年时期的儿童，他们往往和普通人一样，有着平凡的出身以及常人的相貌。曹文轩《大王书》的主人公放羊倌茫约莫十四五岁，八岁起父亲把他带到舅舅身边开始与舅舅相依为伴，跟舅舅放羊、识字，然而魔王熄的军队先后扫荡了茫父母的村庄和舅舅的草原村落，亲人不在，四处游牧的茫必须独自面对这个世界；《地海巫师》中的杰德母亲早逝，从小跟着铁匠父亲生活在地海一座名叫贡特岛的小岛上。这些儿童在出身和外貌上与凡人无异，事实上，在揭晓天机的"神谕"尚未到来之前，他们不过是世界众生之中的普通一员。这样普通的安排和存在，一方面如烟幕弹一般在故事的发展和阅读过程中预置一道屏障，让情节在小心的铺垫中积聚能量，待真相大白之时爆发出突然的惊异与转折，带给读者酣畅痛快的阅读享受；另一方面，常人般的存在，相比仙人的虚幻飘渺，更加具象，对于读者受众更具辨识度，更易唤起读者同理心，产生共情效应。

虽然英雄的外貌凡如常人，而且作家在故事伊始也试图极力掩盖英雄的"非凡"，但仍会有一些暗示或伏笔巧妙地混插其中。最为显著的当属英雄另类的出场方式。他的诞生通常都伴之以对他命运的预言。① 命运的预言通常以两种方式显现：显性和隐性。显性预言一般经由神灵或知晓神谕的"先知型"人物直接道出，此为天命不可违，主人公生命和

① ［俄］普洛普. 故事形态学［M］. 贾放译. 北京：中华书局，2006：79.

存在的意义就是勇挑重担，完成任务；隐性预言多透过细节显现，例如主人公某种异于常人的超能力表现，或者某种障碍缺陷，借此预示着其非同寻常之处。《大王书》里的少年王茫是"书中之书"的大王书"天谕"的王，大王书与茫之间的"神交"是灵性智慧的大王书的决意选择，茫之为王是"天命"所在。《地海巫师》里，杰德在巫术和施咒方面从小就显示出了超凡的悟性和能力，并在危急关头成功击退敌人，挽救了全村人的生命和财产。这一内隐的潜在力量让杰德这个默默无闻的普通乡村男孩一时间名声大噪，突然变得那么的不平凡。

不论是茫的神圣"天命"，还是杰德的超凡悟性，都是人物所特有的角色标记，也是作者埋下的伏笔和线索。这些"非常"的标记通常伴随着主人公的出场，即诞生，一起"捆绑"出现，以共生依附的关系铸就天生的"非凡"模子，命运的DNA注定他们是拥有凡人外貌和出身的"非凡"能力者。虽然少年茫的父母以及父母眼中德高望重的舅舅只是普通平凡的村民，但孑然一身游走于天地之间的茫所具有的纯净，和他那群洁白如雪、灵性聪慧的羊群一样，在浑浊黑暗的熄王朝统治下，看起来是那样的不起眼，却又非常的不平凡。杰德的父母和亲人亦是贡特小岛上的普通村民，然而杰德在与自习巫术的姨妈学习简单的施咒术时，似乎又半隐半现地透露出几分与众不同的敏慧。

不论何种标记、何种出场方式，伴随着主人公降临的都是在其选择之外不可控且不可逃避的存在形态：他们是"普通"与"非凡"兼具的对立统一体。

（二）"德"与"格"

英雄的非凡之力固然生来独具，却并非可以随心所欲，胡作非为。此力若泛滥横流，或误入歧途，将对整个世界乃至自身产生毁灭性影响，唯得正义善良指引方能修成正果。因此，主人公需要在成长的过程中逐渐习得掌控"非凡之力"的窍门和能力，这与身体的成熟并无太大关系，而在很大程度上仰仗于人物自身"德"与"格"的养成。"德"即"品德"，"格"为"人格"，指涉的是人物身上所体现的道德综合指数以及品格操守。在小说世界里可以具体表现为多种形式，多以美德为主，如正直、善良、包容、宽厚、仁爱、谦虚、坚韧等。积极的正能量的获得是主人公领悟和熟谙自身"超能力"的重要途径，也是成为世人称颂的伟大英雄的必经之路。主人公对于"超能力"的认识以及操控在德行和人格的成长发展中日渐完善深化，逐渐运用自如。

少年大王茫与魔王熄的斗争是一场敌我悬殊的艰苦卓绝的战斗。茫的民间队伍与熄的黑色军团无论在数量、装备还是规模上都远远不及，频频落入险境。在攻克食金兽、公石之城、金山、橡树湾、银山等千钧一发的危急时刻，虽然大王书每每都有显灵，其晓谕总是令茫深陷迷惘和茫然之中。在百转千回的尝试与考验之后，善良单纯的茫总是能够凭借内心的纯净与天真抵达真相，识破"神谕"的天机，指引茫军走出重围、化险为夷。"公石之城"中，固若金汤的石头城令茫军死伤惨重，大王书显灵，茫却仍然一头雾水，烦恼异常。一群孩童的游戏点醒了茫，石头分"公""母"——这一孩童口中的"戏言"唤醒了茫内心深处的"稚真"，由

此解开石头城的"秘密"，识破天机，转败为胜。

天赋异禀的杰德自幼要强好胜，自尊心强，最不能忍受别人的嘲笑和挑衅。巫师学校里贾斯珀的傲慢嚣张与冷嘲热讽令杰德厌恶恼火，誓要为尊严而战，不计后果铤而走险施展最高深、最危险的死者幽灵召唤巫术。轻率与鲁莽终究需要付出代价，超级大男巫为救杰德耗尽功力，不幸牺牲，重伤的杰德康复后时时为自己释放出的"黑影"纠缠折磨。这一切起源于杰德的骄傲，这份骄傲驱使他心中的"魔鬼"绝望而疯狂地抓住一切机会，彰显自己的独特与强大，不惜滥用自己的力量去满足自私虚荣的内心，以致害人害己，酿成大祸。那团无比丑陋的黑乎乎的阴影是邪恶意念的产物，是杰德"傲慢的阴影，无知的阴影"。[1] 然而，惨痛的教训与代价让死里逃生的杰德意外经历了一次重生。他卸下骄傲与仇恨、无知与傲慢，一如他的初师伟大的巫师沉默者奥金一样沉默安静，"他已经转变态度，以前曾强烈地渴望出名，渴望出人头地，现在却同样强烈地厌恶这些东西了"。[2] 这时的杰德内心祥和安宁，不再贪图名望和冒险。孤独平静的生活让杰德不断反省自身，从容淡然地看待世界与人生，这份淡然让他变得更加超脱随和，内在的力量亦不断聚攒累积。一直被"黑影"追赶纠缠的他最终决定主动面对他一手造成的"罪孽"，去追逐那个先前的追逐者，结束这场折磨。

有趣的是，许多幻想小说在描写正义英雄和邪毒恶魔的

① ［美］厄休拉·勒奎恩. 地海巫师［M］. 马爱农译. 北京：人民文学出版社，2004：51.
② ［美］厄休拉·勒奎恩. 地海巫师［M］. 马爱农译. 北京：人民文学出版社，2004：59.

时候通常会使用一种"光晕效应"的手法，使英雄身上总是闪耀着一种闪亮耀眼的光环，而邪恶总是一种黑乎乎的、不成形的烟雾或影子。这"光晕"所晕染的正是二者品德修行的悬殊。英雄的正义之气所爆发出的光环是实实在在的"德行之光"，自身的修行让他成为了"活的光源……这光照亮，也曾经照亮，世界的黑暗；它不仅是一盏点亮的灯，它是上帝赐予的自然的发光体发射的光；它是天生的、独创的洞察力的流动光源，是刚勇和英勇的高贵的流动光源——在它的普照之下，所有的人都觉得同它们在一起是很好的"。① 刚勇的正义之光足以照亮每个黑暗的角落。大王书显灵的白光，以及杰德的灵气手杖发出的灼人白光，相比怪物冰冷阴森的绿光、空洞怵人的黑暗，无疑昭示着希望与正义。这道光芒不仅守护、指引英雄在迷雾中辨清方向，也将帮助英雄赢得胜利。

（三）英雄的"宗教"

所谓英雄的"宗教"不是指个人公开表白的宗教信条，而是其实际信仰的东西，是一个人实际上放置心底的东西，通常不向自己或者他人表明的一种抽象存在。② 神话学者坎贝尔在《神话的力量》（*The Power of Myth*）中说凡英雄之事都是值得大书特书之事，英雄的成就与经验往往超越正常

---

① ［英］托马斯·卡莱尔. 英雄与英雄崇拜［M］. 何欣译. 沈阳：辽宁教育出版社，1998：2.
② ［英］托马斯·卡莱尔. 英雄与英雄崇拜［M］. 何欣译. 沈阳：辽宁教育出版社，1998：2.

的范围。英雄就是把自己的生命奉献给比他伟大事物的人。[①]
卡莱尔在阐释其英雄观时也把"奉献"放在了突出首要的位
置,进一步指出英雄所为之忠诚奋斗和奉献的"伟大事物"
是一种宗教。两位学者不约而同地道出了英雄存在的意义与
价值:追寻或捍卫某种伟大事物——"宗教"。"自然才能"
(非凡之力)与后天修为("德"与"格")兼具的主人公怀
着教徒般的忠诚,矢志不渝地追求内心的信仰——永恒的
真理。

真理的获得需要付出努力和代价,"奉献"二字隐射出
的更多的是牺牲。必须指出的是,在儿童幻想小说中,牺牲
不等于死亡,英雄最后还是会荣归故里。从儿童读者的心理
接受来看,让一个超能力的英雄人物在历经艰险完成神圣使
命之后命丧黄泉无异于剥夺了一切趣味和意义。而从情节模
式来看,英雄出发——经历磨难考验——做出牺牲——克服
困难——战胜敌人——凯旋[②]的"循环模式"又是对神话传
说与民间故事的叙事传统的坚守。在这里,牺牲多指个性遭
受的某种侵害,如对身体的挑战与考验、对精神的折磨与打
击等,主人公因此伤痕累累,却在伤痛中迅速成长,愈发坚
韧不屈,勇往直前,所向披靡。忍受痛苦并在痛苦中重生是
英雄经验的超越之处,其心系的并非个人的利害得失,而是
永恒的真理与正义。他的信仰凌驾于个人的追求之上,锻造
出其超然的思想与行为:为着真理和正义,英雄必须踏上征

---

① [美]约瑟夫·坎贝尔,比尔·莫耶斯. 神话的力量 [M]. 朱侃如译. 沈阳:万
  卷出版公司,2011:181.
② [美]约瑟夫·坎贝尔,比尔·莫耶斯. 神话的力量 [M]. 朱侃如译. 沈阳:万
  卷出版公司,2011:181.

程，去追寻信仰，去拯救脆弱的生命和受伤的心灵，因此生成英雄的两大行为：身体行为和精神层面的行为，[①] 或凭借神力救世，或传播"福音"拯救心灵。英雄即是具有奉献精神、笃信真理的救世者，不畏艰险，不怕牺牲，实现救赎。

幻想小说虽为想象的产物，却非不着边际的胡思乱想，想象是通过从现实世界吸取灵感和养分，对现实世界进行象征性阐释的二次造物实践，[②] 幻想辉映现实，现实透进幻想，当现实的负重加诸幻想之上，英雄和他的"宗教"亦随之被赋予历史意义。遥看史前期人类祖先的神明崇拜，英雄是呼风唤雨、无所不能的"神力者"，他们救苦救难，救人民于水火，英雄如神，神即英雄。当文明的车轮开进 20 世纪，现代社会在技术文明和工具理性撕扯中被"祛神""祛魅"，然而这是"一个在多方面支离破碎的世纪，是一个打着个性的旗帜却缺乏个性的世纪"，[③] 救赎在这个精神失落的时代仍然是那些沉浸其中无法自拔的现代人急需的解药。人类从食物匮乏生命遭受威胁的时代进化发展到了一个丰衣足食却心灵失格的年代，精神危机成为最致命的威胁。英雄犹如一位播撒福音的传教者，为人类贫瘠的心灵世界注入一剂仙方灵药。英雄所昭示的是伟大的精神和崇高的信仰。英雄或以己之德感化众生，或以己之身身先示范，向世人揭示"天助自助者，人人皆英雄"的普世真理。前一种英雄多现于宗教中德高望重的先知人物；后一种英雄则经常出现在儿童幻想小

---

① [美] 约瑟夫·坎贝尔，比尔·莫耶斯. 神话的力量 [M]. 朱侃如译. 沈阳：万卷出版公司，2011：181.
② J. R. R. Tolkien. *The Tolkien Reader* [M]. New York：Ballantine, 1966：45.
③ 朱自强，何卫青. 中国幻想小说论 [M]. 上海：少年儿童出版社，2006：4.

说之中。这不仅符合儿童的年龄与性格特点，也响应了儿童文学的"成长"主旋律。

曹文轩笔下的少年大王茫为了推翻熄王朝的邪恶统治，从一个无忧无虑、四海为家的放羊倌成长为需要运筹帷幄、拯救众生的大王，自我乃至自我以外的其他人和事在大局利益的权衡中必须让位于苍生万物，这是茫的成长所必须经历的，也是军师柯对于茫潜移默化的引导和影响。金山战黄狗，茫失去了视为己妹、可爱清纯的瑶；荒漠中陷入敌军圈套，饮入迷药的茫军心智尽失，孤立无援的茫在烈日炙烤下经受着极度干渴的身体极限与全体士兵奄奄一息的精神打击的双重折磨，最后在大王书的指引下凭借顽强的意志和信念找到解药；桐壶之战，与熄军大将独几番较量，茫失去了与他相依为命、情同手足的羊群；银山战白狗，茫目睹了视如己弟的大耳朵男孩葵的牺牲和深爱的大音女孩璇声带断裂。茫从孑然一身的放羊倌到众人簇拥的少年王，觅得心爱之物，寻得真心朋友，却又在孤独的心灵有所依靠和托付之时，接二连三地目睹珍爱之物一样一样消失离去，再次回到最初的孑然，这一路的心酸和痛苦撕心裂肺，悲痛至极可想而知。然而，命运之轮从未停止对英雄身心的磨砺与碾压。身为大王，茫所肩负的责任与道义注定他必须斩断软弱犹豫，决然前行，用自我的牺牲成全救赎大众的"宗教"。

勒奎恩笔下的杰德也是这样一位身先示范的"标兵"。当杰德决定直面黑影，当决一生死的最终对决到来之时，杰德抓住向他扑来的黑影，"用自己的名字称呼他的死亡的影子，而使自己变得完整"。① 原来，那个黑影就是他的黑色自我，这是一场没有输赢的战斗，杰德在决绝的战斗中找回了自我缺失的那一半，变得完整而真实。杰德的挣扎与追寻放置到现代社会的历史语境中足以成为一部醒世寓言，这场惊心动魄、旷日持久的自我救赎撼动着每一位见证者，于心灵深处唤醒升华出一股刚毅与坚韧，刺探自我，超越自我。

现代幻想小说对于英雄的图解和书写祛除了远古神话对英雄神祇异貌与异能的强调，他们没有盘古的通天高大，女娲造物和补天的神奇，刑天、蚩尤、夸父等远古上神的神力，而是一群外貌普通的平常人。然而天命难违，他们注定要担负伟大使命，经受普通人所不能的磨难与考验，在炼狱中抗争，在挫折中奋起，向着真理和信仰坚决迈进。不为己悲、不计己失，用自己的重生晓谕众生英雄的含义。正如奥托·兰克所说，每个人在出生时都是个英雄。② 忠诚你的信仰，实践你的宗教，这便是英雄的最高境界。

二、常人：普通型儿童

常人即凡人，普通人。现实世界的普通人作为主人公有别于其在以弘扬英雄为主的幻想小说中作为"陪衬"的普通人。相比英雄身边平凡无奇、脆弱无力的凡人，作为主人公

---

① ［美］厄休拉·勒奎恩. 地海巫师［M］. 马爱农译. 北京：人民文学出版社，2004：51.

② Otto Rank. *The Myth of the Birth of the Hero*［M］. Baltimore：Johns Hopkins University Press, 2010：9.

的常人形象更加丰盈饱满，更具辨识度。在新鲜怪奇的探险中，"普通型"主人公通常作为读者的"另一个自我"（alter ego)，去见证或经历一场轰轰烈烈的冒险，挖掘释放那个一直被压抑的自我。

（一）中产阶级气质

阅读现当代儿童幻想小说，不难发现一个非常有趣的现象：当故事的叙述焦点落在现实世界的普通人身上时，主人公通常来自一个中产阶级或者是中上层阶级的家庭，那些生活在底层的下层阶级儿童的生活与命运则更多地为现实主义小说所关注。中外儿童幻想小说对主人公的"阶级身份"设置大抵相同。《树叶兄弟》里的糖和森，《三臂树的传说》里的万礴礴、《天才街》中的徐伟，《空气是免费的》里的方第，陈丹燕的《我的妈妈是精灵》里的陈淼淼，王君心的《秘语森林》中的林衍，《记忆花园》中的念橘，娜塔莉·巴比特的《不老泉》（*Tuck Everlasting*）中的温妮，诺顿·贾思特的《神奇收费亭》（*The Phantom Tollbooth*）中的米洛，《奇幻精灵事件簿》（*The Spiderwick Chronicles*）中的贾瑞德等，这些出现在中外儿童幻想小说现实世界里的主人公几乎都来自中产阶级家庭。

"中产阶级"一词对应的英文表达是 middle class，在中国儿童学界的使用极为谨慎，甚至可以说是有一些陌生的。究其原因，大抵与近代中国社会历史重"资产阶级"和"无产阶级"的提法相关，"中产阶级"这一概念大概由于其在语言所指上所表现出的模糊性而不讨好。在英语国家，middle class 直接对应特定的人口，不会产生过多歧义，但在中国，因为长期以来对 middle class 的习惯译法都是"中产阶级"，它自然会强化人们对"财产"多寡的过度重视，而忽视现代中产阶级的职业特征，[①] 导致对这一称谓出现文化误读。然而，改革开放以来，中国经济突飞猛进的发展，中国社会阶层的分布与划分亦不同于新中国成立初期百废待兴、举步维艰的创业阶段。《中国中产阶层调查》报告显示，如今中国的中产阶层无疑已经发展成为一个十分庞大的群体。[②] 因此，传统的工、农、兵、学、商的社会身份系统已无法准确地描述和概括现有的社会阶层情况，社会"阶级意识"亟须更新。于是，我们在现当代中国儿童幻想小说里经常看到一种模糊的折中做法。父母毫无疑问是儿童主人公在现实生活最为亲密的联系人，有关儿童的故事自然躲不开父母的问题，因此，故事通常会对主人公父母所从事的工作与生活状态做一简单交代。然而，这完全是轻描淡写地一带而过，不会过多提及父母的身份地位或具体的经济收入，只是为了完成叙事所必需的相关家庭背景和生活条件的介绍。

在西方世界，人们对于"中产阶级"一词既不陌生，也不质疑闪躲。"中产阶级"最早出现在近代欧洲，指的是处于社会上层阶级和下层民众之间的那些社会集团，也就是说，"它是'中间'的，介于贵族与下层之间，既分有上层阶级的部分，又分有下层阶级的部分人格"。[③] 当代社会学家

---

① 周晓虹.《白领》、中产阶级与中国的误读 [J]. 读书，2007（5）：27.

② 该报告调查访问了北京、上海、广州、南京和武汉的三千余户家庭，从经济条件、职业分类、教育层次以及自我认同等主要指标综合考察，例如：月收入五千元人民币以上、白领职业、接受过正规的大学教育等，得出中产阶级所占比重的保守估计为 11.9％。

③ 程巍. 中产阶级的孩子们：60 年代与文化领导权 [M]. 北京：三联书店，2006：8.

米尔斯对以美国为代表的当代西方社会的组织结构进行调查分析，从历史的角度提出中产阶级的新旧之说。根据其诞生的时代背景来看，旧中产阶级是 19 世纪美国中产阶级的主体，而新中产阶级是 20 世纪都市化和公司化的产物，他们是受过一定教育甚至高等教育的"白领"，多为脑力劳动者，有固定的工作和收入，大多为美国白人。他们不用为生活发愁，有一定的空闲。① 这两大要素在中产阶级的文化崛起中起着至关重要的作用。固定的收入让他们不愁生计，有多余的金钱去追求娱乐，满足各种消费欲望和需求；一定的闲暇让中产阶级享有可自由支配的消遣时间，可以任意选择自己钟爱的娱乐方式，因此，对消费和享乐的热衷是他们的一大特征。米尔斯充分肯定了中产阶级的文化影响力，他把中产阶级称作一群"新型的表演者"，认为"由于其生活方式的大众化，他们已改变了美国人的生活气息及其感受……传递和体验着许多具有我们这个时代特征的心理问题"。② 现代社会的整体形象和具象特征透过这个多样化的白领世界展现在世人面前，因此，从本质上讲，中产阶级对文化环境的培养和塑造至关重要，而中产阶级趣味或中产阶级文化亦深刻地体现和代表着当代文化中的主流价值取向与审美倾向。③ 关于此，伊恩·瓦特曾在专著《小说的兴起》（*The Rise of the Novel*）中突出强调了中产阶级之于新兴文学体裁——小说文体兴起与流行的重要意义。他认为，中产阶级有一定的收

---

① 肖华锋. 19 世纪后半叶美国中产阶级的兴起 [J]. 文史哲，2001 (5)：31.
② ［美］C. W. 米尔斯. 白领：美国的中产阶级 [M]. 杨晓东等译. 杭州：浙江人民出版社，1987：1—2.
③ 朱世达. 关于美国中产阶级的演变与思考 [J]. 美国研究，1994 (4)：17.

入，且生活较为宽裕，因此有财力购买小说，是其一；其二，中产阶级相比下层农民和工人阶级拥有较多的空闲，这使得他们有相对充裕的时间阅读和欣赏小说。① 瓦特的论证结合详实丰富的历史材料，充分揭示了中产阶级与文学发展的辩证关系。可以说，"中产阶级"这个特定的社会群体对西方社会过去、现在，甚至未来的历史与文化发展都产生过，而且将继续产生重要影响。

正如瓦特所说，小说的阅读群体主要是中产阶级，幻想小说也不例外。幻想小说作家选择为人物设定中产阶级的家庭背景可谓是应景而生。虽然想象是人类与生俱来的能力，但阅读幻想创作，领略其独特的美学趣味却不是仅靠想象所能及的，除去一定的物力和财力提供阅读所需的物质条件外，还需要一定的教育以及充裕的空闲时间去慢慢地体悟其中奥妙。中产阶级对娱乐的热衷充分流露出他们对自由的热爱和渴求，他们尽情享受和利用工作之余的闲暇时光沉溺于幻想，徜徉于种种光怪陆离之中，体味刺激，无休止地去追求心灵与精神的自我满足，"日常生活"开始走进"审美"范畴，想象的图像进入审美的视域，"非审美的东西变成、或理解成为美"。② 作为娱乐和消费主体的中产阶级在消费主义和大众文化兴起发达的时期形成了对日常生活体验和品味的更好要求，"日常生活审美化"成为了"中产阶层的文化消费方式和日常生活方式，是中产阶层大众文化的话语表

---

① Ian Watt. *The Rise of the Novel* [M]. London: Pimlico, 2000: 41—43.
② [德] 沃尔夫冈·韦尔施. 重构美学 [M]. 陆扬，张岩冰译. 上海：上海译文出版社，2006: 7.

述"。① 幻想作为其日常审美方式之一，变得自然而然，幻想的文化地位和合法性亦得以确立。

因此，中产阶级的人物设置不仅成全了读者，更进一步支撑张扬着幻想。儿童幻想小说将中产阶级作为主要人物，客观呈现其物质生活与精神世界，探寻其内心的欲望，在某种程度上，能够把对中产阶级人物的叙事还原成关于人类存在的普遍叙事，从而将文学的阶级性提升到精神探索的高度，体现出一种现实主义的批判精神和人文关怀。

（二）"被剥夺"的"缺失"

毋庸置疑，中产阶级儿童在经济上享受着无忧无虑的生活，然而在精神上却频频遭遇"缺失"，一种不可名状的"沉闷"无形中剥夺蚕食着他们的精神生命。这一现状在儿童幻想小说中多数通过对百无聊赖的现实生活厌倦透顶的主人公反映出来，主人公的"厌倦"与"不满"使其冥冥之中成为了幻境的"选民"，获得通往幻境的通行证。可以说，现实存在的"缺失感"成为普通型主人公所具有的共同特征。这一形象的设置并非空穴来风，而有其深刻的社会历史根源。

中产阶级家庭宽裕的经济和充足的闲暇使得父母确有能力和精力考虑儿童发展不同阶段的特殊需求，并予以满足。根据社会学者史蒂文·明兹的调查，中产阶级家庭拥有独立的育婴室；在服装的选择上，摒弃了过去笨重的、限制孩子

---

① 张贞. 日常生活审美化：中产阶级大众文化意识形态表述［J］. 黑龙江社会科学，2006（5）：23.

活动的服装，更倾向宽松合体的衣服；出现了专门为儿童设计的、动物朋友图案的彩色家具，还有专门为幼儿进餐设计的高脚椅子。^① 中产阶级对儿童的关心和重视大大超过了以往的时代，他们竭尽所能地为孩子提供良好的生活环境。他们关注儿童福利，倡导保护儿童，宣扬童年就是用来玩耍和接受教育的思想，切实地保护孩子的童年幸福。然而，成人世界"保护儿童"的初衷发展到 20 世纪中期却开始扭曲变化，成为童年危机的导火索和始作俑者。儿童发展心理学家和教育家大卫·艾尔金德对现代社会的童年危机现象进行了深入细致的观察和研究，深刻阐述了"超级儿童"观念对于现代少年儿童的摧毁性打击。所谓"超级儿童"是指在成人看来儿童仿佛"超人"一样，具有超过他们年龄的能力，不仅可以被催长，而且还不会因此受到任何伤害。^② 艾尔金德指出，"超级儿童"观念的影响下，儿童从幼儿阶段开始就被成人以各种形式催长，以期在各个方面成为"小超人"。"学习"开始占领童年生活的各个领域，休闲娱乐活动逐渐被各种"实用性"的技能学习活动所取代。在各种社会势力中，父母、学校和社会是对儿童实行拔苗助长的主力军。^③家庭和学校的合谋极尽所能地剥夺儿童本应享受的悠闲与轻松，艾尔金德认为这并非父母本意所为，而是生活压力所致。社会的变迁与动荡让父母在"尊重儿童"与"开发儿

① Steven Mintz. *Huck's Raft*：*A History of American Childhood* ［M］. Cambridge：Harvard University Press，2004：80.

② David Elkind. *The Hurried Child*：*Growing Up too Fast too Soon* ［M］. New York：Addison-Wesley Publishing Company，Inc. ，1990：181.

③ David Elkind. *The Hurried Child*：*Growing Up too Fast too Soon* ［M］. New York：Addison-Wesley Publishing Company，Inc. ，1990：185.

童"之间摇摆不定，最终现实的窘迫与生活的压力让父母将自身的价值观念和需要置于儿童自身的需要之前，把学业成绩作为衡量孩子优劣的主要标准，做出各种拔苗助长的行为。学校为了迎合家长以及社会对于儿童的价值定位进一步加剧了儿童成长的催促，以"基本技能"和"成绩测验"为焦点，制定各种考试，不断往低年级延伸，给儿童带来了沉重的负担。

幻想小说对家庭和学校对儿童的挤逼与"摧残"有着淋漓尽致的阐述。儿童的天性与成人的实用主义思想相互抵牾，无法像成人那样觉出这"重压"背后的希望与未来，反而深陷失落与沮丧的泥沼，渴望改变，幻想逃脱。《树叶兄弟》中的糖、《三臂树的传说》中的万礓礓、《空气是免费的》里的方第等少年儿童在现行教育体制的评判下都是"劣质"的问题儿童。他们挑战学校、老师以及父母的权威，对班主任、校长和父母的道德说教与人格评价厌恶透顶，一方面为自己敢为局外者的桀骜不驯而骄傲，一方面又因身为局外者而遭受的质疑与孤立而苦恼。现实的"重压"迫使他们急于维护保持住内心深处的孤傲，常常借机释放发泄内心的苦闷与困惑。糖在森去世后不屑于成人的理性说教，依然笃信灵魂的相惜，盼来了木（森的化身）；万礓礓不满同学的虚伪、争斗与背叛，以及班主任"愚蠢"的成见与裁决，选择暴力的冲突进行宣泄；方第不堪忍受现实的欺骗与窒息，大声尖叫得以发泄，这些深陷囹圄之中的少年儿童以不同的身体和精神行为传达出对现实的抵触与愤怒。

巴比特的《不老泉》里的温妮·福斯特出生在一个富裕的家庭，从不为生活所累，却在无聊沉闷的生活的逼迫下向一只蟾蜍诉说自己的不满与烦躁，"成天被这么管着，我烦透了。要是能一个人待着就好啦……我会走的，你等着瞧吧，也许就是明儿一早……我想我再也受不了啦"。① 家长的管制与束缚将温妮"禁足"在他们的监视与保护范围内，而温妮对他们"爱的圈禁"深恶痛绝，这样的童年生活丝毫没有自由，没有选择，彻底吞噬了儿童的自我。《神奇收费亭》中男孩米洛的生活则被学校教育压榨得无聊至极。米洛认为，"所有的一切在我看来纯属浪费时间……学习如何解决无用的问题、无聊的加减运算……我认为这些事情都毫无意义"。② 学校的教条式教育完全扼杀了米洛求知欲和好奇心，陈旧老套的观念和方法甚至彻底摧毁了米洛对生活的热情和兴致，抹杀了童年应有的快乐与烂漫。现实生活对于米洛而言不仅是巨大的煎熬，也隐藏着自我缺失的无奈。

这些儿童都是一群"一无所有"（nothing-to-lose）的人。现实世界对于他们而言充满烦恼与苦闷，无所留恋。现实生活顿失目的和意义，沉重的"缺失感"与破碎的"存在感"急需一场及时雨来浇灌拯救。

（三）"返璞归真"的真性情

在幻想小说中，儿童在现实生活中经历的"绝望"和"缺失"为幻境的出场提供了充分的理由。从现实到幻境的穿梭往返，主人公经历的不仅是冒险，更有自身的变化与成长。一来一去之间，曾经的懵懂与稚气渐渐褪去，取而代之

---

① ［美］娜塔莉·巴比特. 不老泉［M］. 吕明译. 南昌：二十一世纪出版社，2008：18.

② Norton Juster. *The Phantom Tollbooth*［M］. New York：Yearling, 1996：9.

的是心境的臻熟与圆满。短暂的幻境漫游，各种"不可能"的尝试，给予儿童一份独特的领悟与体会，重新走进自我，再次发现自我，以成熟的心智构筑起一套崭新的入世哲学。之所以说幻境的冒险是一次返璞归真的入世之旅，是因为这场旅途与其说是一次体力挑战，不如说是一次精神改造。在匆匆的"历险"中，心灵总是不经意间流露出至真至纯的一面，一点一点地剔除人物固有的刻板意识与成见、蒙昧与拙笨，去窥探发掘被遮蔽的真相，发现真我，回归生活。

《三臂树的传说》里万礫礫一心要找到巷子口的黑伞怪人，搞明白传说中双臂树的真相。家中继父与学校老师的粗暴待遇，以及好友李克克的突然"疏远"，远远超出了一个孩子的心理承受范围。痛苦不堪的万礫礫孤独地承受着现实世界里的各种背叛与嘲笑，他在公共场合搞过破坏，也在家中试图开煤气自杀，然而最终黑伞怪人的出现将现实与梦想再次连接起来，几近破碎的梦想与充满痛苦的现实因为苦苦寻觅的怪人的出现瞬间接通，突发扭转的人生带领他时光穿梭，倒流回到继父、校长和班主任的童年，颠覆离奇的经历所带来的异样视角让所有淤积的矛盾怨恨彻底冰释，万礫礫重获友情与亲情，现实生活亦顿时充满新鲜与神奇，传说中的双臂树终于出现在万礫礫眼前，变成了一棵摇曳多姿的三臂树。而三臂树这个独特事物在故事末尾的出现也可以看作是家庭、学校和万礫礫之间达成和解的象征，是现实、梦想与男孩万礫礫的有机结合。这是幻想的力量在现实世界中创作的奇迹。

《不老泉》中温妮最终成功出走，偶遇塔克一家，亲闻林中不老泉的秘密，对杰西·塔克的迷恋让她对杰西发出的

"十七岁"约定①心向往之。然而老塔克讲述的永生之苦让温妮幡然醒悟，万事万物，忠于自然，回归真实最重要。选择忠于自我的温妮面对那个长生不老的爱情约定，坚定地选择忠于真实，做回自己，将那瓶神水倒在了蟾蜍身上。找回自己的温妮虽然被家人无限期禁足，但村里的孩子开始隔着栅栏跟她说话，她俨然成了他们心中的英雄，因为过去的那个温妮"太清高了，太正经了，干净得无法交到一个真正的朋友"。②《神奇收费亭》里被学习折磨得痛苦不堪的男孩米洛在"遥远的国度"（The Lands Beyond）经历一番天方夜谭式的"学习"奇遇再度归来时，发现现实世界如此绚烂多姿，"有那么多的事物等待人们去欣赏、聆听和触摸……那么多美妙的声音和交谈让人神往……他看着屋子里的这一切，仿佛崭新的事物一样，脑中闪现无数想法，变得渴望而急切"。③ 曾经索然无味的生活重新焕发生机。

这些平凡生活中的普通儿童用对梦想的坚持守卫着自己内心那份宝贵的纯真。他们找回心灵纯真与自我本真的勇气是他们在现实重压下的不羁反抗与叛逆，也是面对生活困境主动出击的积极姿态。这种拒绝低头，不甘罢休的决心与冲劲或许也能为遭受现实困扰的儿童读者提供有益启示与些许安慰。

---

① 杰克十七岁时偶然饮下不老泉水，童颜不老，永远十七岁。他邀请温妮到十七岁时也饮下泉水，成全两人的缘分。
② ［美］娜塔莉・巴比特. 不老泉 ［M］. 吕明译. 南昌：二十一世纪出版社，2008：127.
③ Norton Juster. *The Phantom Tollbooth* ［M］. New York：Yearling，1996：255—256.

第二节

人 类 形 象 : 成 人

　　相比儿童在儿童文学中的主角地位，成人多为从属的配角。幻想小说中的成年人物亦遵循着这样的角色设定。然而若对幻想小说里成年人物对儿童的态度加以考察，我们能够清晰地看到三种不同的成人形象：一是对儿童百般阻挠、恶意伤害的作恶者；二是对儿童主动施以援手的引导者；三是一个形同虚设毫不作为的袖手旁观者。这三种成人形象又分别以两种不同的身份介入儿童生活，与儿童发生联系，产生各种矛盾和冲突，进而将故事情节推上不同的发展轨道。

一、加害型成人

　　在故事的叙述与设计中，反面人物并非不可或缺。谈到这一被普洛普称为"对头"的角色，玛丽亚·尼古拉耶娃认为，反面人物在诸如幻想、冒险和犯罪小说等体裁中很容易定义。虽然许多涉及时空穿梭的幻想小说以及一些历险幻想小说里并没有反面人物，然而，大多数情况下幻想小说都会有反面人物的存在。[①] 反面人物的存在不仅能够更好地映衬主人公的英雄气概，同时此消彼长的对峙相持亦为情节增添了许多惊悚与刺激。在儿童幻想小说中，或许是为了烘托儿童的强大潜力与顽强斗志，或许是间接隐射儿童与成人相对立的现实关系，反面人物基本都由成人形象担任。

（一）遭诅咒的"禁足者"

儿童幻想小说里的反面人物通常是一群遭邪恶吞噬的气场强大、能力非凡的作恶者。虽其多在故事开始前就已被镇压制服，却仍蠢蠢欲动，欲卷土重来。这群被镇压者神秘而危险，因而常将其隔绝于世，圈禁封印在地势险要之处，以防其轻易逃脱，危害世人。

常新港在《毛玻璃城》中塑造的修迪老师的远方叔叔是一位非常神秘的人物，全书自始至终未对其进行任何仔细的介绍和描述。即使他那耸立在毛玻璃城中心广场上的玻璃雕像也只有外部轮廓，没有细致的五官雕刻。他飘忽不定的模糊存在，一如其钟爱的毛玻璃一样，混沌不清。从没有人见过他，他的玻璃汽车是一辆遥控的空车，"他所说的话都是通过无线电波传播的"。[②] 与其他遭受诅咒被迫圈禁的反面人

---

① ［瑞典］玛丽亚·尼古拉耶娃. 儿童文学中的人物修辞［M］. 刘俏波，杨春丽译. 合肥：安徽少年儿童出版社，2010：127.
② 常新港. 毛玻璃城［M］. 武汉：湖北少年儿童出版社，2010：188.

物不同，这位远房叔叔主动隔离圈禁自己，将自己在众人的打探和窥视中隐藏起来，不见天日，酝酿自己的邪恶计划。西方幻想小说对于邪恶对头的描写倾向于被"压制"的异端。《指环王》里被困魔多山的索伦早已辉煌不再，却死性不改；《波西·杰克逊》系列中的作恶者克洛诺斯被镇压在一个黑暗幽深的峡谷之中；《普莱德恩编年史》中的死亡之神亚伦文被囚禁在偏僻悠远的高山之间。

被圈禁的恶灵不肯善罢甘休，在被封印的漫长岁月里暗中聚攒能量，壮大势力，伺机报复世界。恶灵身体被圈禁封印的"不自由"与内心强烈渴望复出和复辟的"自由"构成了故事情节的张力。事实上，正是其难以遏制的"复出"欲望构成了故事冲突与矛盾的根源。简言之，恶之欲成为了情节发展的源动力。一心想要冲破封印的"紧箍咒"，重获自由征服世界的强烈欲望与巨大野心不断怂恿那颗黑暗阴冷的心无所不用其极，不惜一切代价，实现自己的"复辟"大业。

（二）"万能"的加害者

所谓"万能"，实则无所不用其极。恶灵通常熟谙人类欲望与人性弱点，进而对其百般引诱，或设法操控他人为己卖命，或自己绕过符咒各种变形。《毛玻璃城》中远房叔叔巧用"百年之痒"折磨操控修迪老师，让村民喝下洒有遗忘剂的河水而失去记忆。随后，他悄悄引走梅河水，注入盲目水，让毛玻璃城安全"隐身"。当发现违规逾矩的"危险分子"时，他残酷地实施注射凝固剂的死刑，将活生生的人凝固成僵硬的毛玻璃。《波西·杰克逊》系列里被封印山谷却誓要复仇的克洛诺斯使用各种手段蛊惑人心，大肆收买人心，扩张势力。"混血营"中的卢克便是其安插的爪牙。卢克受其摆布，混淆是非，黑白不明，潜伏在"混血营"搜集情报，制造麻烦。《指环王》中索伦利用魔戒操控人心，不达目的誓不罢休。《沙拉那之剑》中布罗纳牢牢地掌控支配着骷髅军团，让他们誓死效忠，随时待命。《黑暗崛起》中被魔法封印的恶灵卡尔·艾德瑞斯拥有一群狡猾邪恶、机警灵敏的忠诚走狗。《至尊之王》的亚伦文双管齐下，一边收买操控爪牙为其卖命，一边绞尽脑汁与封印符咒抗争，尝试各种变形，制造各种冲突祸端，誓要获得黑暗之剑。可以看到，这些遭受诅咒的万恶生灵虽然遭受黑暗与痛苦的惩罚，仍不改本性，一如既往地效忠邪恶，挖空心思、处心积虑地策划复仇，同对手明争暗斗，费尽心机地实施各种加害行为。

邪恶势力不达目的死不罢休的"偏执"是其加害行为的发生根源与深层动力，也因此造就了千变万化的加害伎俩与方式。俄国学者普洛普广泛搜集整理民间故事，分析总结出十九种加害行为，如劫掠、强占宝物、毁坏庄稼、偷梁换柱、杀害等，[①] 并结合具体故事情节结构，详细阐述了各类加害行为的具体内涵。发端于民间故事的幻想文学，对于反面人物的设计在很大程度上延续了同时又发展了其传统的塑造模式：幻想小说一方面保留了反面人物实施加害的功能和目的，另一方面又做出了更具综合性的尝试，即围绕着幻想小说善恶冲突的叙事主线，在情节发展的系列连环中巧妙糅

---

① ［俄］普洛普. 故事形态学 ［M］. 贾放译. 北京：中华书局，2006：8—31.

合掺杂多种加害行为，使正义与邪恶之间呈现出一种曲折迂回、此消彼长的对立态势，故事情节的发展走向因而愈加扑朔迷离。因此，幻想小说中邪恶势力多变的加害手段的不断升级使整个故事呈现出极大的艺术张力和戏剧性。具体而言，其加害行动主要表现出以下路数：

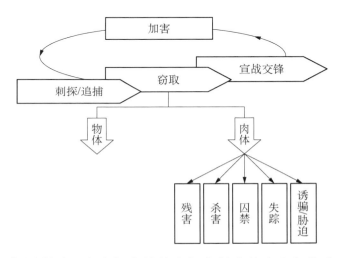

如图所示，窃取行为是整个加害行为的中心与焦点，整个计划都围绕着"窃取"展开。邪恶之灵通过爪牙或信使到处刺探搜罗主人公或宝物的下落，一旦锁定目标，便策划实施"窃取"行动。他们或偷走、强占宝物（如《毛玻璃城》中的梅河水、《指环王》里的魔戒、《至尊之王》中的黑暗之剑）；或对主人公或对主人公的亲信施加肉体伤害，扰乱对方的行动计划与节奏。邪恶人物们在肉体加害方面亦不惜代价穷尽所有，欲置对手于死地。他们敏锐狡猾，伺机而动，当发现对强大的主人公无能为力时，迅速将目标转移到主人公的身边人群寻找突破口。一是巧妙诱骗对手阵营中意志脆弱、立场摇摆之人，通过身体与意识的操控，使其对主人公实施加害。如《波西·杰克逊》系列中克洛诺斯诱骗控制混血营中的卢克，屡次危及波西性命。二是运用魔法或咒语致其消失或失踪，如《奥兹玛公主》中矮子精国王用魔法将多萝西的朋友奥兹玛公主、滴答人等变成各种怪异的翡翠摆饰。三是直接实施囚禁，严加看押，如《最后的独角兽》中邪恶国王哈格德令其爪牙红色公牛抓捕所有独角兽，藏于大海之上；《至尊之王》中邪恶爪牙马格将格威迪恩王子一行以及斯莫特国王囚入大牢。更有甚者，则直接实施人身伤害，或酷刑致残，或结果性命。亚伦文的黑暗军团在卡尔·达瑟尔将德高望重的老国王残忍杀害，并从其尸体上踏过，杀戮的血腥与残忍令人不寒而栗。

邪恶势力各式各样的加害行为均透露出其冷血残忍的本质。他们频频使用各种卑鄙手段，有时甚至多招并用地推进计划。虽然其邪恶意图与做法令人发指，然而其频繁的加害行为也因此加快了故事的对抗冲突，使双方矛盾进一步激化，故事节奏更加明快紧凑。从某种意义上说，邪恶的加害构成了情节发展的主要动力，而加害行为的频繁更换与升级则不断推动着情节发展中一个接一个的小浪潮。因此，反面人物作为幻想世界里的一个庞大群体对故事发展与情节张力而言是不可或缺的。

（三）执念的"牺牲品"

这群背负古老诅咒、不安现状的"行动主义者"固守着最纯粹的人生追求与目标，千方百计地欲重振雄风，统治世界。他们对权力或地位的渴望与由来已久的积怨与仇恨让他们甘心对贪婪的欲望俯首帖耳，倾尽全力，孤注一掷，如飞蛾扑火般义无反顾。这是一种一往直前永不回头的固念与执着，也是一条道走到黑的执拗与冥顽不化。这群"心无旁骛"的复仇者终其一生与光明和正义为敌。修迪的远房叔叔从未停止过毛玻璃城的修建，在抽干整条梅河水之后，继续抽取地下水。即使这意味着他精心建造的毛玻璃城未来会因地下水的过度抽取而变成废墟，仍在所不惜。其疯狂利己的自我中心主义完全灼蚀侵吞了理性的思考，驱使他不顾一切既毁灭他人也毁灭自我，成为一个彻头彻尾的亡命之徒。当记忆之水的储备库大门打开，毛玻璃城即将化为乌有时，他仍固执地爬到十字路口自己的毛玻璃雕像上不肯屈服接受现实，在"唯我独尊"的站姿中延续虚荣的幻想，终结自己的生命。"十几分钟之后，他的肉体和面具一起变成了一摊散发着怪味的有颜色的水"。① 《至尊之王》里，亚伦文拼命地摆脱圈禁，试图独霸整个王国；《波西·杰克逊》里被封印的克洛诺斯从未停止复仇的脚步，誓要推翻宙斯等一众奥林匹斯山神祇的统治；《指环王》里索伦不肯罢休，誓要让黑暗力量重掌天下。

坚强的信念支撑着邪恶灵魂强烈的复仇欲望，并赋予其顽强的生命力与不息的战斗力，从头至尾"恶"性十足。然而，邪恶最终总是在"邪不胜正""正义必胜"的终极真理的重压下崩塌瓦解，邪恶终究为自己贪婪卑鄙的执念付出生命的代价。反面人物从出场到退场都保持着相对稳定的性格与气质，形象刻画呈现出平面化、类型化的特征。然而其在情节发展中所扮演功能作用却不可小觑。作为主要人物和故

---

① 常新港. 毛玻璃城 [M]. 武汉：湖北少年儿童出版社，2010：191.

事主题的最佳陪衬，加害型成人所扮演的角色大致可以归纳为五个字：矮、背、挑、逃、让。

矮，即指反面人物总是要比正面主人公矮一头。这个"矮"并非身高个头的差距，而是矮在道德是非的选择上。反面人物选择的黑暗、暴力、血腥与邪恶让他们成为了"道德上的矮子"。他们是一群丧心病狂的暴徒，人性泯灭道德沦丧的怪物。他们残虐迫害生灵，践踏破坏土地。对权力的渴望吞噬了他们的良知，欲望和野心恣意膨胀，极度的自私与贪婪让他们向主人公实施各种加害行为，彻底与真理和正义背道而驰。在双方的较量中，这利欲熏心的卑鄙与狡诈彰显了英雄的高大，而反面人物则相形见绌，矮人一等。这样的道德裁决亦预示了他们最后的败落。

背，指背离读者的审美取向。幻想小说中的反面人物在外貌上通常表现出有别于常人的怪异与丑陋，是一群另类独特的形体丑角。他们或是一团变化无形的黑色物质，如烟如雾，无处不在，却又难以触及；或是黑色外衣包裹的一张张模糊扭曲、怪异丑陋的面孔。修迪老师的远房叔叔在毛玻璃的面具后永远是一张无形模糊的脸；《哈利·波特》里诡谲多变的伏地魔来无影去无踪，人们总是无法看清他的轮廓和脸庞；《地海传奇》中杰德拼命追逐的黑影毫无形状可言，如烟雾般与杰德如影随形；《至尊之王》中亚伦文神秘阴险，难觅踪迹，时而变身人类，时而黑衣裹身；《多伦王国的秘密》中的斯巴魔是一头巨型怪兽，皮肤黝黑，浑身布满尖刺，长长的黑外套掩藏的是一个长相怪异，头长尖角，耳后有着紫色鱼鳍的恶魔巫师。他们在外貌形体上的异常丑陋处处挑战着人们的日常审美标准。

挑，指寻衅滋事，挑起事端，向正义宣战。反面人物在故事一开始通常遭受诅咒，人身自由与黑暗魔法均被控制。他们胸怀"抱负"，不甘示弱，不断挣扎斗争，挑战命运的安排，试图卷土重来，重兴大业。虽然处于劣势，反面人物总是能够悄悄地培养力量，摆弄操纵亲信爪牙，制造矛盾冲突，进行各种破坏活动，试图搅乱对手阵营，不断制造各种麻烦。他们的挑战和挑衅不断将人物与线索集合到一起，构成推动情节发展的合力。

逃，即逃跑、落逃。反面人物不断发起挑战与斗争，然而并非每次都随心所愿。当遭遇对方反击，锐气大挫，胜算渺茫之时，他们毫不犹豫地选择逃跑撤退，以养精蓄锐，来日再战。这样一来，故事的起伏跌宕更富戏剧性。倘若正义势力一次便击溃邪恶力量，故事进展太过迅速，缺乏必要的悬念与刺激；若一战不成，撤离逃跑等待重整再战，双方力量的角逐与强弱变化让故事险象环生，结果扑朔迷离。错综复杂的局面增加了战事的不可预测性，也增添了故事的趣味与艺术美感。同时，这一"逃"也成为了整个战局的转机，是"挑——逃——追"结构的关键一环。当邪恶势力挑衅不成，落荒而逃，正义阵营通常群起而追，"逃"带来的是正义力量一步一步的逼近与邪恶的最终溃败。《毛玻璃城》里，当梅水打开记忆之水大门，摧毁毛玻璃城时，远房叔叔逃到市中心的毛玻璃雕像上，同整座城市一起化为一摊臭水。亚伦文在《至尊之王》里的复仇计划瞒天过海，屡屡得逞，威风一时。然而当正义的民众群起而攻时，黑锅武士的逃跑注定了最终的溃败。

让，让地位。即反面人物最终总是悲剧收尾，最高权力与地位永远属于正义一方。在地位与权力的争夺战中，反面人物彻底退出舞台，中心地位全权让给正义与真理。反面人物从上场到挑衅到斗争再到逃跑，一路从胜到败、从优势到劣势，所有的争抢到头来都是竹篮打水一场空。"道德的矮子"终究无法登上权力的高位，失败是注定的结局。索伦、伏地魔、亚伦文、斯巴魔、克洛诺斯这些残暴的恶魔最终都将走向万劫不复的深渊，接受终极审判与最极致的惩罚。

这群被邪恶与暴力所吞噬的"道德矮子"对世间万物展开丧心病狂的报复与迫害，疯狂地追求"失落的辉煌"，无怨无悔地致力于"黑暗的复兴"。即便遭受挫折与失败，即使不断遭遇逼退与落跑，他们仍不轻易言败。反面人物的一意孤行总是将故事情节牢牢锁在难以名状的紧张氛围之中，当故事结局最终揭晓，反面人物彻底落败或遭遇毁灭时，这紧张感又为情节增添了几多酣畅快意。

反面人物是一群固执倔强的垂死挣扎者。他们不满命运的不公，公然抗争却又再次陷入水深火热的境遇之中，其执迷不悟虽让人唏嘘，但邪恶的本性必定再次遭受诅咒与毁灭的悲惨结局。

二、监护型成人

虽然儿童小说里的反面人物基本都是成人，并非所有的成人角色都是心存邪恶加害儿童的反面人物，也有善良可靠、关爱理解儿童的保护型成年人物，或是陷入困境难以抽身的问题型成年人物，或是追求自我、忠于自我的自我沉醉型成年人物等等。与反面人物同儿童主人公水火不容的势不两立相比，这些成人形象与儿童人物的关系更为亲密。在道德立场上，他们与儿童并不截然为敌，甚至是同一价值阵营的盟友；在空间距离上，他们通常以长者或长辈等父母或类父母型的身份与儿童近距离接触，甚至频繁地深度介入儿童的日常生活。鉴于这类成年人物的身份特征及其同儿童在身体距离上亲密关系，故以"监护型成人"一语概而论之。换句话说，这类成人经常扮演的是父母或类似父母的角色。

由于类别和体裁不同，父母角色在范畴和功能上会有所差异。① 罗伯特·特里茨根据少年文学作品中父母所扮演的功能角色，总结出三种类型：拥有父母、替代父母与语言中的父母。② 拥有父母指向血缘意义上的父母，替代父母指涉的是缺乏血缘联系却有着抚养关系事实的父母，语言中的父母即指言语称谓所指代的关系。相比前两者，语言中的父母是语言学上能指/所指的功能性、虚构性存在。儿童幻想小说在父母角色的塑造刻画上颇为别出心裁。在很大程度上，幻想小说里的成人对待儿童的想象的态度与行为基本确立了其角色定位和性格轮廓。幻想故事多夸张、奇异、怪诞的特质，于成人的经验世界是不切实际的白日梦。成人的经验与理性在这个格格不入的二元对立格局中成为了儿童奔放的想象力和鲜活生命力的阻碍，这样的成人是儿童想象世界的绊脚石和拦路虎。他们对儿童有意或无意的忽视，以及在对待

① ［瑞典］玛丽亚·尼古拉耶娃. 儿童文学中的人物修辞［M］. 刘侗波，杨春丽译. 合肥：安徽少年儿童出版社，2010：120.
② Roberta S. Trites. *Disturbing the Universe：Power and Repression in Adolescent Literature*［M］. Iowa City：University of Iowa Press，2000：54—69.

儿童的幻想或者想象时表现出的不以为然甚至敌对的态度，将使他们彻底成为幻想世界的局外人。然而，不可否认的是，仍有一些成人是心存童真，理解儿童、信任儿童并赞赏儿童的，他们甚至与儿童一样朝圣幻想。显然，这样的成人是儿童生命的灵魂支持，是儿童成长的助力者，而他们与儿童的联手将奉献一个异彩纷呈的动人故事。

因此，相比类型化、平面化的加害型反面成人形象，儿童幻想小说里扮演监护角色的成人形象是一个更为复杂、更加有趣的人物群体。

（一）真实的缺席

幻想的世界需要一群乐在其中的追随者，成人对想象的迟钝与冷漠，让其成为了幻想作家构思创作的累赘与负担。因此，在幻想创作中，直接摆脱或者说遮蔽掉他们是最为简便的处理方式。这一传统从英国幻想作家伊迪丝·内斯比特开始，一直延续至今。内斯比特作品中的成人父母基本完全独立于孩子的幻想历险之外，魔法和奇迹是只属于儿童的奇妙时空，儿童因而拥有了一个独立自由的专属空间。成人父母对幻想奇遇毫不知情，更无法参与或加以干涉，因而成为一种缺席的存在。

父母的缺席或不在场在民间故事以及童话故事中已广泛存在。相比童话故事中父母大多以死亡而缺席儿童的生命与成长世界（如《灰姑娘》《白雪公主》等），幻想小说赋予了父母人物实在的生命，然而他们模糊的身份与个性轮廓又决定了他们的功能性存在。一方面，父母的存在满足了儿童对家庭与爱的渴望；另一方面，父母缺席幻想历险迎合了孩子保护隐私的需求。儿童的想象源发于内心深层的欲望，这些欲望是儿童自我的真实展现，是心理最为柔弱和敏感的部分，在儿童没有对之形成确定感或者安全感之前，不会轻易允许任何人进入，包括父母在内。如果从情节发展与人物功能的角度去看，不在场的父母经常扮演派遣者的角色，他们的缺席和置身事外的不参与让孩子能够自由自在地游走玩耍，却也将儿童置于不可预知的危险之中，让孩子自己在冒险中独立完成任务，解决内心冲突，获得精神成长。

虽然父母经常缺席儿童的历险，不同作品中父母的存在方式与实际功能亦有所差别。概括而言，父母的缺席大致分为三种形式：背景的存在、日常的摆设和自我娱乐型。

作为背景的存在的父母通常没有具体的实形。故事从头至尾没有对其身体或外形的任何描述，他们也没有与儿童主人公发生直接接触或正面冲突，只是出于功能需要的一种虚拟存在。作为儿童的监护人，他们对孩子进行保护与控制的本能在此处得到突显放大。因此，他们被便利地缩减成为发号施令的声音源，以代替身体的出场。薛涛的"山海经新传说ABC"系列《精卫鸟与女娃》里小学生小瓦和小当的父母成为提醒儿童遵守时间、完成作业等"正经事情"的规则象征；《不老泉》中只是零星地提到温妮的父母与奶奶从大宅子里向温妮发出的召唤和命令；《多伦王国》中埃里克的母亲只是一个不断发布打扫厨房、修理下水管道、整理地下储藏室等家务任务的声音源。

父母身体的缺席削弱了父母对儿童及其生活的影响与控制，孩子能够轻松顺利地进入幻想"禁区"，踏上奇妙旅程。小瓦和小当发现了矮墙外奇妙的远古时空，开始帮助女娃精卫完成她巨大的填海复仇工程；温妮成功逃离监牢一般的大宅，进入神秘森林，发现不老泉的秘密；埃里克父母在清扫地下室这个工程上的缺席，意外将埃里克和他的朋友们推向了多伦王国的入口，经历各种新奇刺激的历险。

第二种缺席形式是将父母人物作为日常的摆设。这类父母通常有着身体的出场，多扮演日常生活中的"保姆"角色，即照顾儿童生活起居，与儿童精神和心灵世界较为遥远，对周遭的危险或者魔法毫无察觉。他们的存在不仅保全家庭的完整，亦映衬出儿童的不凡之处。苏珊·库珀的《黑暗崛起》中主人公威廉的父母尽职尽责地维持着家庭的正常运转，然而在诸多重要时刻，他们表现出的平凡"无知"与威廉的智慧果敢形成鲜明对比。当威廉深夜惊醒，穿梭时光，被委以重任时，当暴风雪来临，全家命悬一线时，当黑暗使者乔装打扮进入家门时，他们全都一无所知，只威廉一人独自面对。爱德华·依格的《半个魔法》设置了一位单亲妈妈外加一位年老的保姆毕太太出现在珍、马克、凯瑟琳和玛莎四个孩子的生活里。父亲逝世造成的缺席由妈妈承担，保姆毕太太则担负着妈妈主内的传统角色，一如内斯比特传统，仆人的作用只是为孩子提供基本需求。[①] 即使亲历魔法，妈妈和保姆全然不知，她们表现出的迟钝与不屑，相比孩子们对神奇硬币魔法的探寻与破解，顿显其愚昧与荒谬。

第三类缺席类型属于自我娱乐型。这类父母同样拥有身体的在场，因其执着于对自我或事业的追求，主动远离缺席

---

① ［瑞典］玛丽亚·尼古拉耶娃. 儿童文学中的人物修辞［M］. 刘俐波，杨春丽译. 合肥：安徽少年儿童出版社，2010：125.

儿童的生活，因而不自觉地将儿童抛向危险之中。《在海上，在石下》里简、西蒙和巴尼三个孩子的父母便属于此种类型。他们收到叔父迈瑞的邀请，带着全家来到海滨小镇度假。他们彻底卸下照顾孩子的责任，全权交由陌生女仆珀克夫人负责。父亲痛快地享受休闲，潇洒地访亲会友；母亲沉浸绘画创作，全身心投入其中，不但没有察觉或提防女仆、邻居等潜伏的危险因子，甚至将孩子赤裸裸地暴露在危险面前。《魔法灰姑娘》（*Ella Enchanted*）是经典童话《灰姑娘》的现代翻版，女主人公艾拉的生母早逝，父亲是一位地地道道的生意人，只谈利益不讲感情。对金钱和利益的渴望和追求使他不顾女儿的感受迎娶富有的寡妇为妻，对财富的贪婪与欲望使他常年四处奔波，缺席对艾拉的监管和保护，将艾拉暴露在继母的虐待与同伴的嘲讽中。

因此，监护型成人的缺席将儿童抛向了未知的世界与旅途，让儿童独自面对困难、问题和挫折。虽然表面上看起来有些不负责任，却意外地给予了儿童渴望的自由，成就了儿童的历练和成长。

（二）问题型父母

如果说父母的缺席和退出意味着孩子的独立与自由，为奇异的历险创造了可能，那么幻想小说中还有这样一类父母：他们并不缺席孩子的生活，也履行着父母应承担的抚养和监护义务，但却未能充分尽责，不仅无法为孩子提供良好的榜样与保护，而且自己麻烦不断。这类"问题型"父母虽然在场，却因为自身的问题或"无能"无法给予儿童充分的保护，因而，儿童必须从心理上和生活上彻底摆脱对父母的依赖，独自面对各种问题与挑战，担负起责任与义务。因此，这类问题型父母，与不在场的派遣者成人一样，都是儿童幻想历险的"意外"催化剂。

一类催化属于"诱因型"催化，是一种长期潜伏、慢慢发酵的催化作用。父母的"无能"对于孩子的刺激和影响逐渐显现，而非一触即发。"无能"主要表现为沟通能力的缺陷，即父母不了解孩子的内心世界和真实想法，无法与孩子沟通亲近，因而在孩子的成长过程中不能正确引导或帮助孩子。父母和孩子之间长期疏于交流沟通，导致频繁的误解，产生隔阂与异己感，两者之间日益扩大的距离感让家庭关系愈加疏远冷淡。松散垮塌的家庭纽带让孩子感到厌烦与不安，迫切需要通过其他途径寻求关爱、理解和帮助，从而不顾一切地踏上冒险之旅。

常新港讲述现代都市少年儿童成长的幻想小说中经常设置这样的问题父母形象，并借以展现问题儿童的问题根源所在。《树叶兄弟》中糖的父母一直是自己儿子思想和情感世界的局外者，"一个热爱自己童年时光的男孩子，却被大人误以为是白痴。从此，这个男孩子童年天真烂漫的幻想小屋里，就飘进了凉凉的雪"。① 率先犯下这个严重错误的便是糖的父母。糖从小说话就晚，而且发音不清晰，看见爸爸就叫"鸡蛋"，糖的称呼冒犯了爸爸的自尊心，爸爸从此不愿与糖"撕扯纠缠"，剩下妈妈整天担惊受怕。家中父母尚且如此，糖在学校的处境可想而知。家人的不理解也无法理解的异样眼光，以及学校老师和同学的冷落排挤，将幼小的糖一点一

---

① 常新港. 树叶兄弟［M］. 青岛：青岛出版社，2016：1.

点地推进孤独寂寞的深谷，主动切断一切交流，封闭自己。如果说糖的父母是儿童心理和精神世界的"门外汉"，那么《空气是免费的》中方第的父母则是主动实施伤害的"作乱者"，一步一步地将孩子逼迫到不可收拾的地步。在被学校告知方第成为"障碍儿童"的诊断后，方第的父母毫不犹豫地将方第送到封闭管理的"太阳学校"，强加监管，对方第在学校的心理、情感与思想等问题漠不关心。父母如此干脆彻底的"遗弃"以及太阳学校一系列荒诞滑稽、惨无人道的做法，让方第痛苦不已，忍无可忍，下定决心要去往向往已久的空气街。作为连接儿童与外在世界的纽带桥梁，父母或"不作为"，或"有意的"伤害，将儿童暴露在各种侮辱和伤害之下，这是儿童精神生命逐渐枯萎，走向绝境挣扎的重要原始诱因。

霍利·布莱克和托尼·迪特利兹合著的畅销小说《奇幻精灵事件簿》（*The Spiderwick Chronicles*）中刚刚离异的单身妈妈带着三个孩子马洛莉、杰瑞德和西蒙搬迁到乡下的祖屋——斯派德威克庄园。处于调整适应期的母亲无暇顾及安抚孩子，遭遇家庭变故的孩子们只能自己应对这突如其来的家庭"灾难"。当孩子们在阁楼意外发现伯祖父留下的《精灵探索指南》时，他们立刻全身心地投入到追寻长辈足迹，解开未解之谜的历险之中。三个孩子在时空穿越中重新建立起自己与家族的联系，再现家族的辉煌，重新燃起对家的敬意、热爱、向往与渴望，找到自我的归属感。凯特·迪卡米罗的《浪漫的老鼠》（*The Tale of Despereaux*）中小老鼠德佩罗另类的个性与特殊的才能不仅未能得到父母的理解与支持，反而为父母所不齿。德佩罗被自己父母告上法庭，并接受族群的严厉惩罚——打入地牢自生自灭。父母的不解与无知牺牲了儿子的自由，然而，讽刺的是，他们的"出卖"与背弃却成就了德佩罗之后的英勇：地牢之囚让德佩罗得以知晓恶棍老鼠罗斯库洛与邪恶女仆米格瑞的阴谋，成功地解救了心爱的豌豆公主，挽救了整个王国。

可以看到，父母与孩子的不和与矛盾通常不会直接引发孩子的"出走"和冒险，而是作为深层的诱因或潜在的危险因素，逐渐发酵，直到导火索事件的出现，局面便急转直下，一发不可收拾。当双方的矛盾进一步激化，达到不可调和、不可忍受的地步，父母与孩子之间开始解体，孩子独自踏上旅途，探索问题的解决途径。

另一类催化属于"动因型"催化，它是故事情节发生发展的持续动力源，是主人公一切行为的主要目的与根本动机，是故事冲突的深层根源。在这里，父母的"无能"或问题表现为无法逃脱的困境或无力解决的麻烦。父母的被动与软弱将重任转移到孩子身上，这种"问题型"父母的问题或是因自身心力所不及，而留下未完成之遗憾；或是无法解决生活中的棘手问题或者无法应对突如其来的问题和挑战。特别值得一提的是，这类监护型成人所具有的问题通常是指向自身某种能力的缺陷，与孩子之间不存在冲突。他们与孩子的相处融合和睦，照顾孩子细心周到，虽然深陷困境、麻烦无数，却极力对孩子隐瞒真相，尽力让孩子置身事外。孩子的担当通常是孩子的自发选择，是孩子对父母爱的回报、捍卫家庭的卓绝努力。从父母的问题被抛出的那刻起，孩子的整个生活与历险都围绕着这个问题展开：他的困惑、他的挣扎、他的犹豫、他的毅力、他的决心都与父母的困境息息相

关，父母的问题构成孩子奋斗行动的不竭动力。

韦伶在《山鬼之谜》中所刻画的红发女孩叶林的爸爸便是一例。叶林的爸爸是一名登山专家，攀登过世界上无数的险峰，收获了无数荣誉，然而却一直对自己身世耿耿于怀。成就和荣誉始终无法掩盖世人对其奇异体征的惊异：红色的毛发、长满浓密长毛的身体、超快的速度、超强的力量等，都指向父亲的"异人"特征。临终之际，父亲嘱托女儿叶林去往自己的出生地巫山，破解自己的身份之谜，认祖归宗。于是，一头红发的叶林出现在了三峡宁河古镇，开始了一场有关"鬼娃"的解密冒险。《波西·杰克逊与神火之盗》中波西在混血夏令营得知亲生父亲海神波塞冬遭人陷害，与宙斯结怨的事情后，不畏艰难险阻，决心为父亲洗清冤名，让真相水落石出。父亲的蒙冤让波西承受巨大精神痛苦的同时，也赋予了他更大决心和勇气，为家人翻案、还父亲清白、恢复家族荣誉的崇高使命让波西在战斗中爆发出超强的意志和力量，完胜劲敌。《月夜仙踪》（*Where the Mountain Meets the Moon*）里善良孝顺的乡村女孩敏莉不忍看到父母为生活所累，一心要改变家庭贫困，让父母安享晚年。在一条神奇金鱼的指引下，敏莉踏上一条漫长崎岖的奇幻"脱贫"旅程。

问题型父母可能是不够称职的无能父母，也可能是无力回天的受害者或蒙冤者。前者将孩子直接推开，转向他处寻求关爱和慰藉，寻求与现实的和解；后者多让孩子深感内疚与歉意，挺身而出，积极寻求出路和办法。不论何种问题，监护型成人在这里都是儿童展开行动的主要动因。

（三）替代的在场

前面探讨的监护型成人不论是缺席还是受问题所困，都与儿童有着天然的血缘关系。也即是说，他们大多都是儿童主人公的亲生父母。然而，如果亲生父母离世，彻底退出儿童的生活，故事这时会安排一位成年人物来替代孩子的亲生父母，即替代父母。替代父母可能祖父母、养父母、叔叔婶婶、老师等。在幻想小说独特的二次元世界构造里，这个人可能是现实世界中的替代父母，常见的替代者多为亲戚或者继父母；也可能是幻想世界中的替代父母，这个角色通常由男巫或者女巫来担任。当然，他们在情节发展中扮演的角色与功能也大相径庭。

幻想小说的书写重在想象世界，也就是托尔金所说的第二世界。作者通过想象和语言打造一个与现实的第一世界平行的虚拟的"真实"世界，少年儿童主人公在幻境中的历险经历是作品的重头戏，因为儿童经历的磨难、挫折、考验以及最终的成长都是在幻境里发生和完成的。所以，现实世界中的替代型人物多做背景的铺设，或者是促使儿童主人公踏上历险的一种"刺激因素"。在幻想小说中来自现实生活的刺激多痛苦和折磨，负面因子较强，因而主人公难以忍受，做出选择，获得幻境历练。相反，在幻境中出现的替代人物，因为同主人公一道经历冒险，担负起照顾保护儿童，引导儿童成长的重任，多展现出正面能量。

现实生活中的替代型父母对儿童的照顾抚养，只能基本保证儿童物质生命的延续，不至于遭遇生存威胁。然而，对儿童的身体或心灵，他们却极度忽视，甚至剥削摧残，由此构成了以下两种类型：冷漠型与加害型。

替代父母的冷漠并非源自他们对孩子的厌恶或者怨恨，他们本身就是艰难生活碾压下的牺牲品。常年的困苦让他们早已对生活丧失热情与信心，生活就是按部就班地顺其自然，不抗争、不冒险、不争取，为了活着而活着。他们对生活的"冷漠"自然而然蔓延到孩子身上。《奥兹国的魔法师》里生活在恶劣的大草原上亨利叔叔与埃姆婶婶一年到头都疲于应付生计，根本无暇与多萝西交流玩耍，多萝西只能与小狗托托为伴。她的生活同那灰秃秃的大草原一样亟须灌溉滋养。因此，龙卷风吹来的奥兹国之行是一次偶然之中的必然，一次潜意识的自我追寻之旅，以重新建立亲情的纽带。①

另一类加害型监护者一反冷漠型替代父母的不作为，心怀不轨地对儿童的身心百般伤害。这类加害型监护者与加害型反面人物有所不同，加害型监护者虽对儿童实施伤害，其加害行为并不构成故事主要冲突，多作为有关儿童出身的背景信息介绍。监护者的加害目的十分明确：满足一己私欲，获取最大利益。《奥兹国仙境》里的老女巫老姆比便是一例。男孩蒂普从小与老姆比生活在一起，作为实际意义上的监护人，老姆比尖酸刻薄、狡猾吝啬，对蒂普各种刁难折磨，企图完全驯服控制他。老姆比的所作所为并非"恨铁不成钢"的磨练，而隐藏着巨大的阴谋：男孩蒂普其实是奥兹国老国王失踪多年的独生女——奥兹国公主奥兹玛，奥兹国唯一的

---

① David Gooderham 在 "Children's Fantasy Literature: Toward an Anatomy"（*Children's Literature in Education*，1995，vol. 26）一文中谈到心理学对龙卷风这一自然现象所具有的隐喻意义的研究，认为龙卷风的形状与女性的子宫有着某种天然的相近，如此一来，多萝西的奥兹国冒险具有"重生"的意义，即一场回归母亲怀抱的重生之旅。

合法继承人。老女巫私用魔法"绑架"公主，各种非人待遇旨在击垮摧毁公主的意志与斗志，使王国陷入混乱，自己坐收渔翁之利。

现实世界里的监护者无论冷漠还是加害，都在不同程度上刺激着儿童主人公。如果说母亲或者父母的冷漠与情感的冷淡正是孩子走向成熟的前提条件，[①] 他们不近人情的"冷血"和迫害让孩子心灰意冷的同时，又带给儿童不期而至的迅速成长。

当儿童进入幻境，现实世界里的监护者被完全屏蔽。险象环生的旅程将儿童置于前所未有的危险之中，这时儿童主人公迫切需要成人在旁指点迷津。因此，幻境中出现的替代父母多担当精神导师的角色，属于"智者型"父母，引导启迪儿童积极应对困难。这类角色多由巫师担当。他们不是作恶多端的邪恶巫师，而是勇气与智慧相结合的完美典范，是荣格称之为"老智者"的人物。他们年老却不迂腐、智慧却不自恃、冷静沉着又不失幽默风趣，可以说是儿童内心中完美的父母形象。他们毫不吝惜地给予儿童需要的一切，尊重儿童的想法，鼓励儿童在困难与挫折中肯定自我、发现自我、表现自我，帮助儿童发现自我、重塑自我。他们是儿童的同盟者，设身处地为儿童着想，与儿童一道齐心协力，攻坚克难。

《多伦王国的秘密》系列中多伦巫师盖伦充满正义的气场使他一出现就被孩子们充分信任，他体贴入微的关怀、详细周密的安保、耐心细致的指引、超群的智慧与法力帮助埃里克、朱莉、尼尔以及多伦公主吉雅一次次逃脱险境。《黑

---

① Torborg Lundell. *Fairy Tale Mothers* [M]. New York: Peter Lang, 1990: 90.

暗崛起》中的元老之一梅里曼凭借强大的法力，穿梭于过去和现在之间，用自己的知识、经验与力量为年少的威尔提供帮助：在威尔迷茫时给予指引，在威尔遇险时及时相助，在威尔受骗时耐心开导。同《指环王》中的巫师甘道夫一样，梅里曼智慧沉稳、慷慨大度，宽恕包容威尔的过错，耐心守护在威尔身边，助其完成大业。《龙骑士》中巫师布罗姆曾经也是一名龙骑士，在与少年主人公伊拉贡追踪仇人的路途中，运用自己的经验和技能训练年少的伊拉贡，不断锤炼他的意志，使其早日完成重任。

幻境之中的监护者通常会一直陪伴在儿童身边，有时也会在大业尚未完成之前失踪或离世，时机大抵选择少年主人公身体和心智基本成熟，可以独立应对困局的时候。这样，监护者的"缺席"成为激发儿童潜力的强力催化剂，促使其迅速进入角色。同时，监护者的智慧和精神品质也将内化为主人公自我的一部分，以取代监护者身体缺席的遗憾空白。从这个意义上说，幻境中的替代父母更多的是儿童所渴求的精神或品质的象征。

幻想世界中的巫师们严肃认真地履行着替代父母的角色和义务，相比那些不能满足孩子情感的父母、加害孩子的父母以及缺席的父母将孩子无情暴露在未知风险面前的粗暴行为，他们是儿童的保护者和施予者。巫师们不遗余力地坚守着自身职责，甘做儿童主人公的坚强后盾，无私奉献。他们向初来乍到的孩子们伸出友好的橄榄枝，想其所想，急其所急，以无微不至的关怀和发自内心的尊重与信任，与儿童并肩作战，共同进退。他们的存在让儿童的人生经历更加圆满，让幻想的世界更温暖、更有趣、更安全。

第三节
动 物 形 象

在儿童幻想小说的缤纷世界里，非人类生物的类人化倾向是幻想人物塑造的典型特征。现实生活中异于人类的生物或事物在想象的国度里获得了旺盛的生命力，被赋予人类具有的生理、心理、情感、行为等特征，以不断贴近儿童心理。在这类类人化形象书写中，以动物居多，间或伴有玩偶或植物。动物在文学创作圈的一直"在场"有力地说明人类与动物从物质到精神、从情感到审美的天然联系，这一联系在动物与儿童身上表现尤为明显。皮亚杰将人类思维认知的发展归纳为感知运动、前运算、具体运算以及形式运算四个阶段，并指出儿童早期思维的发展具有泛灵性的特点，将无生命物体赋予生命或者生命特质，^① 即认为世上的一切事物都是具有生命的有灵性的个体。从这个意义上来讲，儿童比成人更接近大自然。"他们把自己融入到大自然之中，动物是他们的兄弟姐妹，树木是另一种形态的兄弟姐妹……儿童与动物间的情感维系则完全是天性使然"。^② 俄国教育家、文学家马卡连柯也曾指出，儿童处在长知识、长身体的时期，他们求知欲望强，特别爱"动"，小动物正是他们最好的小伙伴。因缘于这份天然的心性纽带，在机器和技术占据主导、人类与环境频繁遭受挫折的工业时代，儿童文学中的动物幻想小说更是异军突起。

动物小说，顾名思义，自然是讲述动物主人公的经历与故事。作者或运用现实主义的创作手法，真实描写动物的本性，还原动物的生存境遇；或运用浪漫主义的笔调，以动物为原型，用想象对之加以"人性化"的装饰和改造。动物幻想小说当属后者，"动物幻想小说里的动物会有人类般的行为，他们经历感情、会说话、有推理的能力，也仍然保持他们大部分的动物特性。动物幻想小说通常有着简单的结构。动物幻想小说延续了象征主义文学的形式，动物主人公象征与之相似的人类，并且这类幻想小说通常成为探索人类情感、价值和人类关系的媒介"。^③

按照动物幻想小说的定义，拟人性是幻想世界动物具备的共同特质，也是故事发展的重要基础。因此，本部分在拟

---

① ［美］大卫·夏弗，凯瑟琳·基普. 发展心理学［M］. 邹泓等译. 北京：中国轻工业出版社，2013：241.
② 朱自强. 经典这样告诉我们［M］. 济南：明天出版社，2010：64—65.
③ David L. Russell. *Literature for Children：A Short Introduction*［M］. Boston，MA：Allyn & Baeon，2009：223.

人性书写的基础上，以幻想小说中动物形象在性格与秉性方面与人类的"距离"为参照，将其分为人格型、本真型以及拟神型三类。

一、"人格型"动物

"人格型"动物着重突出动物的类人性格与个性特征，弱化其外貌形体的描写，以呈现出在思想与情感上无限逼近人类的完全"人格化"特征。除却不可逆的兽类外形，这类动物拥有人类的意识、思想与情感，着人装、说人话、做人事，完全可以作为"人类的镜像"。这类动物形象与人类形象共生于同一平台，相处和睦，在故事中与人类平起平坐，处于同等地位。它们能够与人类交流对话，在日常生活中往来频繁，于人类而言是近似同类的存在。

常新港的奇幻动物小说有着生动形象的"人格型"动物，它们"往往以家庭作为一个单元组合形成人物关系"。[①]《猪，你快乐》中的猪奶奶乐观坚强，而且一反人类对于猪的恶臭肮脏的刻板印象，对于穿着打扮十分讲究，有着自己一套独特的审美观。每次出门，猪奶奶一定精心打扮。无论盛夏寒冬，总是耐心仔细地把她那些色彩艳丽的衣服一层一层地穿在身上，凡事以"美"为先。寥寥几笔便把猪奶奶性格之中的童真童趣演绎得恰到好处。沃尔特·布鲁克斯的

---

① 侯颖. 在动物的灵魂中飞翔：常新港儿童文学创作的新突破 [J]. 文艺评论，
2015（11）：121.

《小猪弗莱迪》刻画一头多才多艺的全能型小猪。弗莱迪十分注重穿着打扮，身兼多重身份：银行家、侦探、诗人、发明家、飞行员、政治家、编辑，等等，滑稽幽默，足智多谋，帮助人类解决了许多难题。布鲁克斯惟妙惟肖的描写将猪这个现实世界中平凡无奇的普通牲畜升格成为才能出众、勇气可嘉、品格高尚、正直可信的人类之友。然而，小猪并不是幻想世界中颠覆人类传统认知的唯一动物，其他"不起眼"的"弱小"动物都在"人格化"的升腾中书写着自己的传奇。乔治·塞尔登的蟋蟀柴斯特、怀特的小老鼠斯图尔特、凯特·迪卡米罗的浪漫老鼠德佩罗都表现出了超越自己渺小身躯的勇气与魄力，闪耀着智慧与道德的光芒。

　　这类动物形象诞生于作家的创作努力，即努力找寻儿童的审美心理期待与儿童对现实世界的认知的契合点，以创作出既符合儿童情趣，又符合儿童认知规律的幻想作品。因此，作家通常选择日常生活中较为常见，却并不起眼的动物，如老鼠、猪、兔子、蟋蟀等。这些动物的境况与生活在成人世界之中的儿童的处境十分相似，在阅读中更易产生认同与期待。幻想世界里，动物的一举一动、一言一行充满诗意和童趣，身心在愉悦的阅读享受中释放积压的负面情绪与能量，让心灵再次感受自由与欢乐。从小猪到蟋蟀再到老鼠，这些在现实世界中名不见经传甚至有些臭名昭著的动物，在想象的串联下，让读者深深地浸染在动物们闪耀的人格魅力之中。外形的渺小或不堪不但无法遮挡人格的光辉，反而为其魅力增加了几分惊叹。小身躯与大气魄之间的反差让动物的性格更具张力与辨识度，迸射出更旺盛的生命力。

　　它们与人类有着广泛的交集，能够自如顺畅地同人类交流沟通，与大千世界中形形色色的人物有着接触或冲突，发明家、表演家、音乐家、校长、老师、学生、国王、公主，等等，都是它们生命的参与者与见证者。在与人类"过从甚密"的交往中，它们用自身的人格力量获得了人类"待之为友"的平等接纳。

然而，除却人类之友的角色，"人格型"动物更是人类赖以信任的勇敢智慧的解围者。在与各类人物的周旋较量之中，动物总是凭借本身的"善"与"智"揭穿人类的虚伪与狡诈。换句话说，人类的自以为是与凶狠贪婪愈加彰显出动物的机灵睿智与美好纯真。《小猪弗莱迪》里本大叔迂腐的学究气、布默施密特先生可爱又滑稽的愚钝、康迪门特与安德森的阴险都映衬出小猪弗莱迪天真纯净、机智活泼的灵气与勇气；《时代广场的蟋蟀》中玛利欧母亲喋喋不休的抱怨、音乐教师史麦德利先生的惊异与赞赏衬托出蟋蟀柴斯特善解人意的宽阔胸襟与过人才气；《浪漫的老鼠》里米洁瑞迷失心智的疯狂、豌豆公主深陷地牢的无助烘托出德佩罗重压之下的优雅与担当。看似弱小的动物们以与生俱来的善良本性在困境中始终坚持正确的选择，以天性之中的智慧灵动一次一次地化解困境，解救人类，帮助人类完成身体的解放和心灵的救赎。可以说，它们的解围给予人类的是一种心灵的震撼、一种精神的力量。

"人格型"动物在故事中基本发展成为无限逼近人类的兽型人物，与其说作者将人类的性格特征赋予动物，不如说作者内心真正刻画的就是人类，是作者生命平等价值观的自然流露与体现。在亲近儿童读者的过程中，作家为其罩上了兽形的外衣，以贴近儿童的认知与审美心理，并将作者的希望与理想寄托其中。因此，动物人物所体现的人格特征以及散发出的人格魅力是作者极力主张和宣扬的审美价值，兽类的外形通常作为这一价值思想的掩体包装，为表达提供一个简单容易的出口，同时也为读者的接受创造了一个直接生动的入口。作者凭借想象，塑造丰满逼真的动物形象，生动地描摹现实生活的酸甜苦辣、嬉笑怒骂，以轻松的笔调触碰深刻的人生话题，展现动物为人处世的各种姿态，借以窥视人类内心，完成对人格建构的思考与尝试。一个个鲜活的动物形象用动物本性的纯美生动地传达着"以善为美"的坚定信念，与人为善，惩恶扬善，爱真爱美。作家用这些天真可爱的动物形象走进儿童的精神生命，观照行为的发展与人格的建构，由内自外生成审美感动，在情感的共鸣中完成对生命的理解与感悟：善良的童真是智慧与力量的源泉，是永恒的处世之道。

二、"本真型"动物

"本真型"动物形象更加贴近生物学意义上的动物，极大程度地保留了动物作为动物的基本身体特征、生理需求以及生活习性。在幻想世界里，动物形象普遍拟人化，具有思想，情感丰富，能够开口说"人"话，进行语言交流。在这一前提下，"本真型"动物更倾向于在遵从动物生命的本真状态与天然习性的基础上，描摹动物内心的情感。即使是"话语"交流，也仅限在动物之间，而在动物与人类之间，这样的"话语"几乎完全缺席。

　　虽然"本真型"动物亦具有诸多人类特征,但其与"人格型"动物仍存在许多不同。"人格型"动物形象通常重性格塑造轻本能需求,以活泼有趣、淘气可爱的鲜活形象,着力渲染动物人格的纯洁高尚,鲜少提及甚至直接忽略动物自然的生理状态,致力祛除动物人物的"兽性",彰显其可贵的"人性"。所以,小猪、蟋蟀、老鼠等生动的形象留给读者的并不是其日常令人憎恶的丑陋外表或恼人的习性。猪的肮脏不堪、蟋蟀的丑陋嘈杂以及老鼠的可憎嘴脸全都被可爱、淘气、机灵等人性化特征所替代,外形与本性中的粗鄙不足以阻碍人格的可爱与闪光。相比于这种人格化的处理方式,"本真型"动物形象二者并重,既不过度拔高也不过分贬低地将"兽性"与"人性"加以糅合,侧重展现动物在真实生活环境中的本真生存状态,将读者带进动物的世界,用动物与动物之间的故事或动物在人类世界中的遭遇唤起读者的审美感动,进而促使读者进行反思,透过动物来反观人类的物质与精神世界,审视人性,思考探索动物与人类的关系。

　　E. B. 怀特笔下的小猪威尔伯、蜘蛛夏洛特、老鼠特普尔顿等都是一群拟实型外貌与拟人化能力完美结合的动物形象。每个动物都拥有鲜明独特的个性,它们或聪明智慧,或感性细腻,或贪婪刻薄,或高傲冷漠。而且像人类一样,它们能够自如地用言语向彼此表达和交流自己的思想与情感。然而作者选择还原动物真实的生理形态与生活场景,为这些拟人化的"人性内涵"罩上一层真实的"兽衣"。这些动物不再是"拟人型"书写中穿着讲究、衣衫整洁、举止大方的彬彬绅士或浪漫英雄,而是遵循着动物世界的生活与法则,在相对封闭独立的空间里体味世事变化，感悟生命真谛。

这类"本真"的书写亦不同于现实主义文学对动物的真实刻画。现实主义"以真为美"的价值取向注重主观认识与客观事物的一致性，注重以丰富具体的细节真实地呈现人物与事件，在本体意义上对动物进行审视与观照。因此，现实主义作品中的动物是人类中心主义思想主宰下的底层生物与劣等公民，是纯粹异于人类的野兽与牲畜，不能开口说话，更不能与人进行言语交流。动物形象在现实主义作品中主要作为作家思考人类行为模式和动物生存境遇，以及反思人类文化在人与动物的关系上长期沉积下来的偏差与谬误的媒介与工具。[①] 因此，现实主义作品多致力刻画弱肉强食的"丛林世界"中的动物众生相，细腻讲述或重现动物的生命过程，展现动物身体深处所潜伏的原始生命力，书写"动物性"中纯天然的自然属性，其中不乏暴力血腥，在对动物的遭遇和危机投以人道主义怜悯或反思的同时，拷问人性，向人类文化发起挑战和质疑。作家的笔调多辛辣讽刺，以客观冷静的写实直逼现实世界中最残忍、最冷酷的一角，以凛冽的批判反观人性中最阴暗丑陋的一隅。杰克·伦敦、西顿、托尔斯泰等作家笔下所呈现的具有原始生命力的动物形象及其所在的血腥残酷的自然世界，从动物的视角，依照动物的标准，复观人类生活世界与人性世界，折射出强烈的现实主义观照。现实主义对于动物形象的这般刻画和塑造无论从出发点还是落脚点都迥异于幻想世界的"本真型"动物。幻想文学对动物的本真书写不等于现实主义对动物在本体意义上

---

① 朱宝荣. 20 世纪欧美小说动物形象新变 [J]. 外国文学评论，2003（4）：26.

的观照，并不刻意严格追求主客观一致的纯写实，只能算"半写实"的创作，即"本真型"动物如实地保留了动物的外貌与形体特征以及与日常生活相关的基本生理特征。另一方面，依儿童的思维认知与情感想象，对潜藏于动物身体之中的本能冲动进行审美筛选与过滤，对动物行为与情感进行拟人化的艺术处理与加工，以求在相对真实的时空或生活场景之中，讲述动物们真实的生活遭遇与心路历程，虽不乏对人类狭隘与肤浅的憎恶与贬斥，但现实的辛酸与嘲弄终让位于动物之间或动物与人类之间的深厚情谊，融化在浓香醇厚的兄弟友爱之中。作品试图用爱与尊重抵消社会对动物人生的轻蔑与践踏，用善良与真诚修补"撕破"的人性，用理解与包容还原生命本身的美丽，用艺术的形象化的审美途径传递人与动物相处的"真道理"，启迪人类对生命存在的内在观照与外在安置。

本真型动物遵循生物学的规定，展现动物生命的真实状态及其习性。然而，这里的动物不单纯是自然界里的普通动物，而是富有思想与感情、渴望交流与沟通的灵性动物。虽然它们拥有相对独立的生存空间，但与人类又有着千丝万缕的联系与交集。相比与"人格型"动物广泛游走人类世界、频繁与人类发生关系的"人类之友"角色与姿态，"本真型"动物更多地退回到动物形态与动物世界中，作为物种进化过程里低级、简单的生命形态与高级形态的人类发生关系。动物作为物的根本属性能够满足人类的私有观念与物质欲望。因此，人类对于动物的接受与认可源于动物生命所蕴含的物质价值与经济价值，换句话说，动物的存在是因为它能够满足人类的某种欲望或贪恋。动物与人的关系被圈定在功利主义的价值框架内，动物生命完全听从于人类欲望与价值选择的安置，表现为一种复杂且矛盾的"家养"模式。动物生命的存在与终结全在人类一手掌握，生死这对矛盾体被自然而然地融入了家养动物的命运，即人类的养育与照顾都是向死而置，所有为生的努力最终都指向"更具价值"的死亡，这与所有生物从降生起就被抛向死亡的自然进程是截然不同的。家养动物的死亡是人为选择与操控的，死亡的过程甚至方式都是毫无悬念的命里定数，这与置身神秘彪悍的大自然中，与生命的偶然无常以及冥冥天意的抗争相比，是更加赤裸裸的压榨与奴役。家养动物从出生那刻起就注定面对惨淡的结局，人类对动物的命运裁决完全是一种实用主义的价值考量。幻想小说在"本真型"动物形象的刻画中，不仅保留了动物生命的本真形态，也保留了动物生命的原始价值及其与人类矛盾对立的现实关系，将动物置于"可预见的命运"面前，让其在有限的生命中倔强抗争，努力展现其超越物质价值的自我内在。

《夏洛的网》中弗恩的父亲决定杀掉小猪威尔伯，因为它是一只瘦弱的落脚猪，没有养殖前途。之后，查克曼叔叔同意弗恩把威尔伯放在他的谷仓也仅仅是因为瘦弱的威尔伯可以作为圣诞餐桌上一道不错的美味佳肴。威尔伯在人类眼中是毫无个性与尊严的物的存在。事实上，威尔伯无论是强壮还是瘦弱，最终都难逃被人类宰杀的命运。这是它作为家养动物的身份可以预见的命运。然而，蜘蛛夏洛特的陪伴与帮助让威尔伯看到了生命的另一种可能，在"向死而生"的生命里发现了一股潜在的、强大的求生本能。它不断挑战反抗人类的价值判断，大胆昭示猪之为猪的尊严，由此开始了一段悲壮的、撼人心魄的小人物命运抗争史。

幻想小说里的本真动物们竭力在人类对自身存在的外在安置中找寻生命本来的位置，用不甘命定的勇气对抗人类的操纵与掌控，用发自内心的真诚与善良祛除人类的愚昧与虚假，传递灵魂深处应有的自尊与自重，于平淡的坚守之中缔造伟大的传奇与奇迹。"本真型"动物用动物本真的生存状态与生活情境不断敲打人类的理智与灵魂，质问人类恪守的"陈腐"的中心主义思想，逼问生命的价值与意义，以启迪人类破除狭隘封闭的自我中心，开启对自然万物、世间生命的全新认知。

三、"拟神型"动物

动物作为自然界里与人类最为亲近的生物在某种程度上是人类洞察自身的一面镜子，也为文学对人类物质和精神生命的关注提供了一种独特的向度。动物能够为儿童昭示更多有关苦难与磨砺、意志与精神的原始力量，为成长中的少年儿童提供源源不断的精神给养。对于儿童文学而言，致力为少年儿童呈现"生命力奔放与灵魂提升的艺术载体，重在自然人格、生命人格、原始人格的启悟与烛照，使儿童在走向'社会人'生命的同时葆有'自然人'生命的基因与力度，其审美的关键指向是执着于动物性——探索动物世界，艺术地再现动物世界的生命原色，以及由描绘动物世界带来的对博大自然界的由衷礼赞"。① 其所蕴含的深刻的精神内核植根于作品丰厚的土壤之中便生成"拟神型"动物的原初意象。

"拟神型"动物是远离动物物性自然的动物，这些动物外表看上去与真实的动物别无二致，然而在本质内容或者"质地"上却有着天壤之别：它们作为动物的鲜活物性和旺盛的生命力在作者的道德追求与审智美学的框架中慢慢消减枯萎，以让位于一个更加虚空、立意高远的抽象概念。动物作为人物参与故事发展的同时，更多地充当着作者思想与情感的媒介。作者对于动物生命人为的抽空以及精神价值的刻意负载直指动物可能指涉的象征意义，充分挖掘其生命存在与成长蕴含的道德属性与精神寓意。相比"本真型"动物的自然与本真，"拟神型"动物更倾向进一步拔高动物的人格塑造，以娓娓道来的讲述勾勒动物品格高尚伟岸的轮廓，展现动物超越物种进化等级乃至尘世凡人的崇高追求与道德自律，刻画雕琢一尊完美伟大的道德神像。这份伟大在幻想的世界里较现实主义的写实平添了几分神秘的艺术美感，将生命的伟力与不凡置于起伏跌宕的想象之中，波澜不惊地书写可歌可泣的光辉人生。

这"神性"或许是生而注定的预定命理。动物从出生那刻起，甚至尚未出生前，其地位和力量就早已让人折服敬畏，其存在的意义与价值便是履行预先注定的任务与使命，不畏艰险，惩恶扬善，驱除阴霾，恢复荣耀。然而，"神性"不单指向动物的身体维度，即其生而具有的神力，也指向动物的精神国度，即其在生命的历练与挫折中百折不回、永不

---

① 王泉根. 动物文学的精神担当与多维建构［J］. 贵州社会科学，2011（12）：6.

言弃的高贵品性。克里斯托弗·鲍里尼的代表作《龙骑士》中的蓝色飞龙"蓝宝石"、皮特·比格的《最后一只独角兽》中的那只孤独忧郁的独角兽都是身心高贵的神兽。它们都有着与生俱来的高贵血统和命定的神力，它们的智慧与灵性亦是世间万物所不及的。天生的超凡脱俗的骨格与气质注定其应承担的重担，而在历险过程中，它们不惜牺牲生命捍卫希望与美好的英勇行为也让我们看到了它们的高贵品格：对责任的恪守，对使命的忠诚，对荣耀的追求。

伊丽莎白·寇茨沃斯《上了天堂的猫》中的白猫吉祥则与飞龙蓝宝石和脱俗的独角兽有着截然不同的"神性"面孔。吉祥是一只从市场上买回来的普通白猫，它非但没有飞龙和独角兽那样的高贵出身和令人叫绝的神力，反而是遭到宗教诅咒的生灵。然而，这个遭诅咒的生灵一心想修成正果，去往天堂极乐世界。在追求理想的过程中，白猫吉祥表现出了极其罕见、令人称奇的高贵神性：它克制自律，不觊觎美食也不贪吃；它谨守分寸，心怀感恩；它善良正直，充满怜悯；它忠贞虔诚，面佛冥思。高贵、勇气、忍耐、牺牲、智慧、温柔、无私、博爱，这些佛陀的德行与慧根亦是吉祥自我品行修炼所达到的境界。当我们最终看到佛祖"圣洁的手掌下跪着一只小小的猫，它充满崇敬地低着白色的美丽的头"① 的动人画面时，不得不感叹吉祥的坚持与信念。这是它不甘命理、顽强抗争的胜利，更是崇高追求对高尚行为的馈赠。

---

① Elizabeth Coatsworth. *The Cat Who Went to Heaven* [M]. New York：Aladdin paperbacks，2008：88.

　　白猫吉祥已然被作者抽空升华成为了一个精神符号和象
征。物性的痕迹几乎消失殆尽，德行的修为走到前台。吉祥
对生活毫无抱怨的隐忍与顺从是典型的禁欲主义的苦行态
度。它身负诅咒，却不甘堕落；主仆之间，尊卑有度；心怀
崇敬，虔心向佛。它的恪守与坚持、谦卑与虔诚，用精神与
行动的高贵冲破命运的藩篱与世俗的陈腐，让生命迸射出圣
洁的光芒，驱散出身的卑微与鄙陋，实现自我的救赎。以己
之努力逆天命而为，小猫吉祥用饱满的精神与昂扬的斗志谱
写了一曲悲壮的生命赞歌。

　　在中国幻想小说的世界里，动物的"拟神性"着眼于普
通动物身上的神性品质，即动物人物本身所体现出的高贵品
格和道德光辉来展现的。常新港的动物奇幻小说《兔子快
跑》中的兔奶奶智慧勇敢，善良温和。面对被猎人用铁丝套
住腿的野兔灰灰，兔奶奶又怜又气：看着泪流满面、哭哑嗓
子的灰灰心里顿生怜悯；看着人类对动物的造孽作恶，她气
愤至极。最后，她不惜咬碎了自己的一颗牙齿，救出了灰
灰，把它一路背回养兔场。此时映入读者眼帘的是一个慈祥
和蔼的祖母，用自己无私温暖的怜爱呵护着孩童受伤的身体
和心灵。当野兔灰灰与养兔场里的家兔们发生冲突时，即使
众多家兔前来告状、指责，兔奶奶并未因此对灰灰无端教训
惩罚，反而对灰灰身上那股子难得的"野性"充满赏识，感
到欣慰。这时的兔奶奶是一位明察秋毫、严明公正的智者，
用睿智的眼光细心地体察着孩童内心的丝丝珍贵。兔奶奶不
仅对无家可归的野兔灰灰悉心照料，更是时刻挂念着养兔场
里270多只兔子的快乐和安危。她对养兔场偌大的兔子家族
未来命运的忧患意识使她无时无刻不在思考着兔子们将来的

出路。为了不让兔子们沦为人类餐桌享用的美味，她召集兔子们集体掏挖地道，即使被农场主发现后封堵起来，她仍一如既往地进行暗道的挖掘工作。积劳成疾的兔奶奶临死前对野兔灰灰千叮万嘱，一定要帮助养兔场的家兔们安全逃离。兔奶奶为了兔子家族的生存安危贡献出自己生命的最后力量，耗尽了所有气力。她用无限的宽容和慈爱给予兔子家族成员无私的体贴和关怀，"是颇具感染力的地母形象……是带有领袖范的神性动物"。①

　　无论是天生的神力，还是后天的神性，"拟神型"动物向读者展示的既有作为高级动物的人类所无法破解的神秘的动物基因编码，也有将动物视作人类化身与倒影的"动物-人类"学的隐喻解读。无论是"神力"还是"神性"，动物都是人类认识自己、洞察自己的一面道德棱镜。

---

① 侯颖. 在动物的灵魂中飞翔：常新港儿童文学创作的新突破［J］. 文艺评论，2015（11）：121.

第四节

鬼魅形象

　　鬼魅形象大抵属于俗称的灵异类人物，他们是现实生活中莫须有的存在，诞生于人类对来世的想象。这些想象里有恐惧，也有憧憬，五味杂陈，生成了一幅波澜壮阔的鬼魅众生相。他们不仅活跃在中国儿童幻想小说的版图里，亦在西方儿童幻想小说的人物阵营里频繁亮相。

　　中国的鬼文化可谓是历史悠久，从原始社会到封建社会，古人对宇宙自然之中神秘力量的迷信让其对鬼魅这一自然之中的神秘"形象"又敬又畏。儒家"不语怪力乱神"敬鬼神而远之的主张充分表明了古人对于鬼魅的态度，即鬼神是存在的，但是应当敬而远之。在开耕务农的漫长岁月里，鬼怪故事大量流传于民间，诉说着人类对因果报应、生命轮回、自然玄妙以及宇宙奥秘的原始理解。佛道两教文化对中国民间鬼文化的发展亦起到了推动作用。道教的阴间世界，佛教的冥间地府不仅为鬼魅妖怪提供了确凿的住所，而且从宗教神秘主义的角度阐明了鬼怪之物的前世今生以及后世轮回。这些神秘的形象在宗教的阐释中认祖归宗，与现实生活中的人类发生各种密切联系。中国民间的中元节、清明节、农历三月三日等"鬼节"不仅体现了现世的活人对于已故之人的祭拜和思念，亦展现了鬼神在人世与阴间双重空间中的来往相通，生与死，活人与鬼魂之间的界限似乎逐渐消融，人类与鬼怪之间因而形成了一种既相亲相近，同时又相畏相惧的诡异"常态"。《搜神记》所讲的"发明神道之不诬，转变为徘谐逗才"道明了中国古人与鬼文化的亲近，《聊斋志异》以丰富多样的鬼怪形象，进一步拉近了鬼怪与人类的距离，在越发亲近的层面上关联人类与鬼怪的交往活动。鬼妖能够晓理，人鬼、人妖之间可以通情，鬼怪形象日益平民化、亲民化，而且更加频繁地参与到人类的日常生活之中。鬼魅精怪或丑陋狰狞，唤起毛骨悚然的恐怖审美体验；或娇美俊俏，将人带入轻松怡人的快乐审美体验之中。鬼怪作为中国文化的传统积淀进入文学的想象和虚构，形成了独特的审美个性，在文化的传承中继续活跃在现代文学的审美视域里，在不同的时代背景与话语体系里实现着自身的承续与超越。

西方的鬼文化从最早的凯尔特"鬼节"到如今的"万圣节"，一两千年前祭悼亡魂的节日发展至今已成为儿童淘气狂欢的节日，其祭拜与敬畏的传统和内涵被现代的游戏性所取代，鬼怪形象与装扮所蕴含的宗教意义为商业娱乐所代替，从前各家各户的祭祀变成当今全民的狂欢盛宴，世俗化进程所带来的发展变革极具颠覆性和解构力。然而，在鬼文化遭受游戏化、娱乐化和商业化等流行趋势改写与变革的今天，仍有一类独特的鬼怪形象一直活跃在西方社会的文化场域之中，独具特色。近年来，这类形象在流行文化的煽动和鼓励下越发盛行风靡，这就是西方历史悠久的吸血鬼形象。有关吸血鬼的民间传说和宗教故事起源于欧洲大陆，在中世纪时十分盛行。18 世纪到 19 世纪末，英国浪漫主义思潮带来了吸血鬼创作的复兴，小说、戏剧作品大批涌现。20 世纪开始，美国成为吸血鬼文学创作的重镇。在两位女作家切尔西·雅伯和安妮·赖斯的推动下，吸血鬼小说在 70 年代重新流行起来，并在 21 世纪初达到白热化。近年来流行的吸血鬼作品多以青少年为主人公，大大增加了这类作品对儿童读者的亲和力与感召力。吸血鬼题材的儿童幻想小说也因此大放异彩。

一、不死之身的另类美感

中国民间故事里的鬼大多凶神恶煞，残暴嗜血，令人不寒而栗，也有一些善良可爱的鬼魅，如蒲松龄笔下重情重义、深知礼仪的漂亮女鬼，但中国鬼文化中的妖鬼形象总是以外形丑陋、本性凶残、变幻莫测的恐怖和神秘让人惧怕。然而，当今儿童幻想小说里的鬼怪形象却风格独具，汤汤的"鬼精灵系列"无疑是这一"鬼怪潮流"的领跑者。

汤汤专情于妖和鬼的故事，在人类和妖鬼之间自由穿梭，讲述人所不知、闻所未闻的人鬼幻想故事。《到你心里躲一躲》《来自鬼庄园的九九》《睡尘湖》《流萤谷》等鬼故事构筑了汤汤鬼怪幻想小说的基本美学特征。

汤汤"鬼精灵"幻想小说有着自制的防恐秘方。作为异类，汤汤的鬼魅们的确有着与人类迥异的外形和习性，然而她诗意浪漫的笔触却赋予了他们独特的美学韵味。怪异荒诞的外表一改传统的狰狞恐怖，投射出超乎寻常的滑稽与可爱，这也构成了汤汤笔下鬼怪形象的美学风格。《鬼牙齿》里脸上蒙着红布、脑袋上咝咝地抽出柳枝一样绿色头发的女鬼第四，长相虽然异常奇怪，却丝毫没有恐怖感。这个"瘦而高、模样滑稽的女人"[1] 令作为人类女孩的"我"深深着迷，第四与"我"的亲密交谈以及她那敏感的第二个丫杈的"痒痒肉"赋予了这个女鬼儿童般的可爱活泼，而她冒冒失失的性格在鬼世界里总是不经意违反规则的性格又像极了人类儿童的顽皮与幽默。《到你心里躲一躲》中的傻路路长得和人差不多，"穿着长长的灰袍子，那袍子看起来塞着满满的棉花，整个人鼓鼓囊囊的，显出几分滑稽"。[2] 还有一袭瘦瘦的绿色风衣，风衣上开满白色的茉莉花，一直戴着白色面具的穿茉莉花风衣的鬼；那个胡子老长老长，长得经常把自己绊倒，绊倒了还不让别人笑的鬼王，等等，这些如妖、如人、如仙般的外貌描述都是指向鬼怪的。这些鬼怪褪去了恐怖的外壳，以明亮向善的人性指向为基础，割断了鬼与恶的联系，在儿童般的单纯与顽皮之中，呈现出滑稽的美感。这是由善良和纯真所堆积的人性美烘托打造出

---

① 汤汤. 到你心里躲一躲 [M]. 北京：中国少年儿童出版社，2016：4.
② 汤汤. 到你心里躲一躲 [M]. 北京：中国少年儿童出版社，2016：63.

的独特形象美感，继而给鬼怪们的奇异外貌笼罩了一层可爱诙谐的面纱。

在西方，吸血鬼本是一群长相丑陋凶残、性情暴躁乖戾的邪恶生灵，他们吸食人血为生，惧怕阳光，常年生活在阴冷潮湿的黑暗之中，皮肤惨白，身体瘦削，牙尖爪利，狰狞恐怖。从浪漫主义作家柯勒律治、济慈到爱尔兰作家布拉姆·斯托克，人文主义的血液逐渐渗透进入吸血鬼形象，这类曾经令人毛骨悚然的恐怖形象开始不断贴近人类的情感和精神世界，更富人性。

当代大众流行小说对吸血鬼形象的改造与重塑可用"美化"二字概括。外貌形态上"去丑增美"的美容化处理，祛除了笼罩在吸血鬼身上阴森鬼魅的氛围，创造出符合人类形体审美观念的超完美形象。令人不寒而栗的惨白皮肤与精致的五官恰如其分地映衬出无与伦比的美。《吸血鬼日记》（*The Vampire Diaries*）中的斯特凡与达蒙、《暮光之城》中的吸血鬼家族卡伦一家都有着如时尚杂志封面人物一般的俊美。斯特凡迷人帅气的脸庞、健美挺拔的身材、深邃迷离的眼神，以及达蒙精致的五官与略带跋扈的气质令众多女生神魂颠倒；卡伦家族成员个个美丽绝伦：优美性感的罗莎莉、精灵乖巧的爱丽丝、帅气优雅的卡莱尔，以及拥有超完美容貌的爱德华，所到之处总是众人瞩目的焦点。更为惊艳的是，吸血鬼那精致迷人的美是岁月流逝中永不衰竭、毫不折损的美，是超越时空的永恒之美。"永恒"是不死之身（the undead）的魅力内核。

二、欲望之中的克己挣扎

汤汤"鬼精灵"幻想故事所指涉的欲望基本以人类社会为指向，克己所指涉的对象是外表奇特另类的鬼怪精灵们，他们面对充满欲望的人类表现出宽容、仁慈、奉献与大爱。汤汤在她的儿童幻想小说里打破了中国文学作品多借鬼魅精怪传达善恶报应的因果循环，及其所承载的道德警戒作用。她的鬼魅妖怪冲破丑陋恐怖的文化偏见，成为"善"的化身，"恶"的意念和形象则移植给了成人世界里的大人们。善恶指涉对象的偏移在经典的二元对立结构中悄然制造了反转，将人类与鬼魅的对立转化为"鬼"性人身的人与"人"性鬼身的鬼的对抗，这样的设置给予汤汤的鬼魅更多温情、善良、单纯与真诚。

《到你心里躲一躲》里的傻路路们，憨厚老实，真诚可爱，他们不喜欢任何一个大人，却对孩子无私地敞开怀抱。任何一个小孩在他们面前说"我很冷，我可以到你心里躲一躲吗"都会得到傻路路们的慷慨应允，浑然不觉心里的珠子被偷走，爱心被人类利用。甘为孩子提供温暖保护的傻路路们无欲无求，从不索取任何酬谢与回报，对于人类的自私和欲求给予包容与原谅，这不仅仅是克己，而是舍己的奉献与牺牲，无私而忘我的救赎。《鬼牙齿》里的寻鬼者大黑和小黑是人类贪婪残暴、私欲膨胀的代表，整天游走在城市的各个角落寻找藏匿人间的鬼魅们，敲下他们的鬼牙齿，实现自己的发财梦。当"我"无意中暴露女鬼第四后，第四知晓他们的意图，同意他们敲走牙齿，只求他们能够适可而止，为自己留下一些牙齿，因为无牙的鬼在鬼世界里如同遭遇诅咒一样无法获得幸福。然而，狡猾邪恶的寻鬼者看到第四那一口价值连城的鬼牙齿，便忘乎所以，全然不顾第四的苦苦哀求，残忍贪婪地敲下了第四所有的牙齿。《木疙瘩山的岩》同样讲述了一个鬼对人类热情体贴，人类却利用鬼来谋取钱财的感人故事。

这些鬼魅拥有饱满鲜活的生命。他们有情有义，是一群拥有温情、具备人性的善良化身，是从心灵、情感和人性的三重美感中诞生的纯净的、极富浪漫气质的"精灵"。汤汤在她那奇谲诡异的想象与意象世界里尽情地播撒着真诚与善良的种子，以润物细无声的境界传达温煦的爱意。

相比之下，西方儿童幻想小说中的吸血鬼更多地对抗自我内心的欲望，在自我的生理欲望与情感欲望之间辗转徘徊，不断斗争挣扎。吸血鬼有吸食人血的生理需要，然而当代幻想小说大幅弱化了这一血腥恐怖的生理需求，情节的冲突更多转向人物的情感欲望层面。善良高贵的吸血鬼放弃对人类的复仇与暴力，代之而起的是另一种愈加强烈又纠缠不清的欲望。外形气质完美的冷血生物与人类交集碰撞，陷入爱恨情仇的泥沼漩涡，人性的挣扎与道德的纠结成为叙事的焦点。

当代的吸血鬼褪去恐怖龌龊的外壳，敏感多情的人性特征使他们身上散发出淡淡的忧郁。他们拥有同人类一样的强烈情感，与人类从善恶的二元对立发展为难以分割的爱情共同体，冷血的复仇让位于浪漫的爱情。如果说过去的吸血鬼小说着重展现的是吸血鬼如何残虐人类吸食鲜血的行为丑态，那么当代儿童幻想小说对吸血鬼的描写更侧重于吸血鬼在人格冲突以及人性挣扎中的心灵丑态。这样的丑与外在的美一样具有戏剧张力，"人性有个普遍现象，就是难过、可怕甚至恐怖的事物，对我们有难以抵挡的吸引力；痛苦和恐怖的场面，我们觉得既憎恶，又受吸引"。① 在这场危机重重却干净纯粹的人鬼恋情里，吸血鬼时刻以高度的自制力与责任感管控内心强烈汹涌的爱欲，以严格的道德约束与自我节制恪守爱情的承诺。

《吸血鬼日记》中的斯特凡为了接近艾琳娜不顾危险，重新回到神秘瀑布小镇。他一边暗地里小心守护爱人，一边严格控制自己嗜血的生理欲望，小心地与人类保持距离。他对艾琳娜的爱不是强烈的占有，而是甘心情愿的牺牲与守候，是祛除了色情、性欲与贪婪的最朴素真挚的情感。《暮光之城》中的爱德华也是一位理想完美的吸血鬼恋人，与人类女孩贝拉的恋情对爱德华而言是一场与自我进行的极限较量。贝拉独特的体味勾起了已经成为"素食"吸血鬼的爱德华嗜血的欲望冲动，然而这气味又让爱德华难以自拔地爱上了贝拉。每一次与贝拉的亲近都是一种考验，在这场"困难"的恋爱里，爱德华始终恪守自己的原则，用体贴入微的关怀与无条件的牺牲小心呵护着这份"脆弱"的感情。

面对人鬼殊途的爱情，经受身体欲望和情感欲望双重拷问的吸血鬼所表现出的耐心与坚持、容忍与克制是一般人类所不及的。这些灵异生命灵魂中的犹疑与挣扎是欲望时代的人性书写，亦是人类精神世界的真实写照。

---

① ［意］翁贝托·艾可. 丑的历史［C］. 彭淮栋译. 台北：联经出版社，2008：
220.

三、大众文化的时代隐喻

无论是汤汤笔下的鬼魅精怪还是西方的吸血鬼，这些异类人物的身体与灵魂中流淌的不再是异族的"冷血"，而是现代作家对现代社会与人类生存的深层探索与文化拷问。在儿童文学面临商业化、娱乐化、类型化、快餐化巨大危机的时代，这些不同于人类的异类生灵从"异样"的角度给徘徊在流行与世俗潮流中的人类提供了一些感悟和思考。

汤汤的"鬼精灵"幻想系列通过人鬼形象的全新设置颠覆了传统意义上的善恶隐喻，在原有框架体系内，以反转的视角反思审视现代社会与现代人类生活，这是幻想小说对时代精神的吸收融合，亦是对时代脉搏的回应与反馈。在当今中国儿童文学的繁荣表象下，存在的问题依然不少。"创作队伍相对偏小，少儿出版社编辑和报章杂志在等着有限的几十位作家写出像样的东西"。[1] 每年浩浩荡荡的童书出版规模，却很难找到真正优秀的作家作品。图书市场上"商业童书"的风靡和崛起虽然将儿童作为直接消费者的重要地位和事实得到突显和推广，然而其商业化的本质很容易因受到功利心的驱使而演变成对儿童的献媚，沦为对"儿童生活笑料巨细靡遗的搜集以及对于童年恶作剧的无所选择的呈现"。[2] 在这样的背景下，汤汤的幻想小说创作因其对商业化的远离

---

[1] 谭旭东. 童年再现与儿童文学重构——电子媒介时代的童年与儿童文学［M］. 哈尔滨：黑龙江少年儿童出版社，2009：90.

[2] 方卫平，赵霞. 商业文化深处的"杨红樱现象"——当代儿童小说的童年美学及其反思［J］. 当代作家评论，2012（5）：145.

和对文学的敬畏而呈现出极为独特、可贵的意义。她的鬼魅精怪的故事紧紧包裹在日常生活的场景与人类的情感内涵世界里，萦绕在她的鬼故事里的那股"烟火气"包含了她对生活和人性的体味和领悟，展现了她鬼魅幻想的现实厚度，以及力量与深度兼具的美学品格。

汤汤的"鬼故事"对于受金钱腐蚀的义利之争给予了大量描写。《睡尘湖》《住着叹息的青瓷花瓶》《妖精的丰厚酬谢》《最后一个魔鬼的雕花木床下》等作品里书写的人心的贪婪和败坏、人情的冷漠，以及人类在物质诱惑面前的见利忘义、薄情寡恩，隐喻了现代都市文明的荒诞性以及人类精神世界的荒芜。成人们为满足自己私欲而无所不用的狡诈诡计，与单纯天真的傻路路、第四等鬼怪形象形成强烈的反差对比，人类的欺骗和伪善的丑陋嘴脸暴露无遗。在人类的自私贪婪之外，汤汤鬼怪幻想故事的另一主题是一种绵延不断的孤独感。孤独是现代人类面对的情感困境，日益加快的生活节奏、越来越大的社会压力、强大的电子传播媒介、发达的网络信息公路将儿童的活动空间圈禁到愈加狭窄逼仄的范围内。"童年的消逝""童年之死"[①] 的言论不断涌现，童年的寂寞与忧伤让人们意识到繁荣的都市文明背后充斥着人类前所未有的隔绝感和孤独感。人与人之间的交流变得脆弱无

---

① 美国学者尼尔·波兹曼（Neil Postman）在《童年的消逝》（吴燕莛译. 南宁：广西师范大学出版社，2011）中阐述了"童年"的产生、发展以及日益走向消逝的过程，并指出伴随着人类传播方式的变迁，信息与媒介同"童年"的起止密切相关，"童年"在文字、印刷、电视等多种媒介的冲击下走向消逝。另一位美国学者大卫·帕金翰（David Buckingham）出版《童年之死：在电子媒体时代成长的儿童》（张建忠译. 北京：华夏出版社，2005），探讨揭示了电视、电影、广播、电脑、网络等电子媒体对"童年"的影响，着重阐释了信息媒体的高速发展所带来的潜在危险与恐吓对"童年"的残害与扼杀。

力，内心的隔阂日益加重，一颗颗孤独的灵魂飘荡在社会的各个角落。汤汤幻想故事里的儿童与鬼怪几乎都是寂寞孤独的，《鬼牙齿》里的"我"被大家称作傻子，女鬼第四因为违反鬼世界的规则孤独地在柳林中接受惩罚，《烟·囱》里的小鬼阿睡和"烟""囱"的孤独相守，《给枣子打麻花辫》里的孩子小墨和女鬼枣子等，都是一个个孤独的个体，被深沉厚重的孤独所笼罩。

当两个孤独的个体碰撞到一起，走进彼此的生活，汤汤开始尝试用爱与善的温情和美感来刺穿世间的隔膜，化解那沉重的孤独。汤汤执着于用爱的良方来治愈"孤独"这一现代顽疾。然而汤汤的幻想故事中所言说和追求的爱是一种"有难度的爱"，其中有如《绿藤红藤》张扬的不惜自我牺牲的"舍己的爱"，有《来自鬼庄园的九九》宣扬的追求恒忍的"奉献的爱"，有《睡尘湖》讲述的努力忏悔挽救的"救赎的爱"，还有《老树精婆婆的七彩头发》《美人树》等故事里彰显的不计得失、坚持良知与真理的"正义的爱"。① 这样的爱并不容易，不仅伴随着冲突与考验，更有挣扎与牺牲。"只写人类的爱，回避人性的丑陋；只给儿童一个善的世界印象，回避诸如《白比姆黑耳朵》中恶行更盛的局面，对儿童的未来生存能力却反有伤害"。② 汤汤鬼故事里讲述的爱的厚度与难度精当地映射出现实生活的艰难与人性选择的两难境地，也突显了爱的纯洁与崇高。"在单纯中寄寓着无限，

① 黄江苏. 有难度的爱——论汤汤童话兼及儿童文学与成人文学的交流［J］. 学术月刊，2015（12）：138—140.
② 班马. 中国儿童文学理论批评与构想［M］. 武汉：湖北少年儿童出版社，1990：160.

于稚拙里透露出深刻，在质朴平易中就带出了真理，传递了那份深重、永恒的情感"，① 汤汤的"鬼精灵"幻想故事就是以这样一种另辟蹊径的方式在当今中国儿童幻想文学的创作中获取自己独特的深度魅力的。

汤汤的鬼怪故事以人类的伪善和孤独为指涉，展现当下社会面临的"现代病""城市病"等各种病症，在人类与鬼怪的对立中挖掘叙事的张力，拓展文本的深度。她在其鬼怪幻想小说中对人、鬼隐喻象征的倒置呈现，对游走在人类世界边缘地带的鬼怪生活圈田园牧歌式的描绘，对儿童与鬼怪之间新奇刺激、趣味十足的游戏创设，是对现代社会文明与人性所经历的丑陋邪恶的扭曲与变异的另类反思。她的幻想作品针砭时弊，却不见其对现代社会种种陋习和病态偏执猛烈的抨击，而常常流露出一种心平气和、意蕴深厚的关怀和询唤。

至于吸血鬼，现代文明的"人性"加工业已使其成为一个旗帜鲜明的文化符号，一个不断变化发展的时代隐喻。在当代西方社会繁荣发达的背后，各种社会与体制问题盘根错节，金钱、暴力、性、毒品等犯罪现象赤裸裸地表露出人性的自私与丑陋。在技术理性与社会文明高度发展的今天，吸血鬼这个纯粹虚构的异类形象摇身成为幻想文学作家书写揭示现代社会与人类的生存危机，探寻出路与突破口的有效手段，是有着合情合理的深层原因的。处在身体与精神双重压迫之下的现代人类遭遇科技与工具理性的极度异化，精神世界日渐扭曲变形，心灵极其孤独，生活漫无目的，这与遭遇

---

① 方卫平. 思想的边界 [M]. 济南：明天出版社，2006：57.

人类排挤猎杀，却异常渴求社会接受的"异类"边缘人群吸
血鬼的处境十分相近。事实上，作家欲通过吸血鬼表达自己
的救世主张早在对吸血鬼的人文主义想象中已有所折射，然
而对于救世的具体途径，不同时代、不同作者有着不同的
解答。

安妮·赖斯在两部吸血鬼小说《夜访吸血鬼》
（*Interview with the Vampire*）和《吸血鬼莱斯塔特》（*The
Vampire Lestat*）中突破西方文化对吸血鬼的限定，通过对
吸血鬼情感和人性的细腻展示，对人类的丑恶与狭隘进行揭
示，巧妙转换人鬼的善恶指涉，展示了人类妖魔化的一面。
"吸血鬼们没有制造恐怖……人类反而能做出比吸血鬼更邪
恶的事"①，赖斯作品的"叛逆"让叛逆不再是空洞的口号，
而是认真的思考与追寻，鼓励人们转变视角来看待现实世
界。②赖斯借吸血鬼之口，对人类社会与主流文化进行嘲弄
与抨击，道出了那个时代年轻一代对社会主流秩序的质疑与
反叛。

当代"吸血鬼女巫团的当朝女王"③斯蒂芬妮·梅尔在
《暮光之城》里将矛头直指心灵世界，转而探讨现代人类的
自我救赎。这部浪漫唯美的吸血鬼小说充满着对身体美的描
述，然而这又是一部没有身体的小说。《纽约时报》高度评
价爱德华在身体诱惑面前的高度道德自律，梅尔的爱情故事
里没有吸烟，没有酗酒，只有亲吻而已。在身体和性欲甚嚣

① Anne Rice. *Interview with the Vampire* [M]. New York：Ballantine，1976：230.
② 苏耕欣. 吸血鬼小说——另类自我化的挑战 [J]. 外国文学评论，2003（2）：72.
③ 戴锦华，高秀芹. 无影之影：吸血鬼流行文化的分析 [J]. 文艺争鸣，2010（5）：38.

尘上的当代社会，一个纯净的、禁欲的、没有身体的爱情达成了一个女性白日梦当中永远难以企及的梦想。^① 这场没有身体和性的爱情构建了优雅轻逸的叙事，宣扬着一种超越弗洛伊德的、类柏拉图式的纯洁爱情。此外，以卡莱尔为核心的吸血鬼家族亦打造了完美的家庭神话。家族首领一呼百应的号召力与人格魅力，家族成员之间的关爱与默契，是传统美国和谐幸福家庭的美好再现。面对爱德华与贝拉的人鬼恋情，家人真诚的祝福，以及在困难和危机面前无条件的牺牲奉献，实践着他们"贝拉是家人"^② 的承诺。在离婚率攀升、未婚先孕、家庭暴力、少女堕胎等社会问题不断的现代美国社会，吸血鬼卡莱尔一家无疑是对业已分崩离析的美国家庭观念的痛斥与嘲讽。从这个意义上说，梅尔呈现的"吸血鬼神话"宣扬着一种新的保守主义的道德价值观，于浑浊的社会现实中张扬对纯净和谐的理想追求。

当代吸血鬼小说以其不容于世的另类异质特色成为许多作家偏好的现实隐喻，其神秘多变的特质成为探索现代人类道德伦理困境出路的绝佳手段。这固然是吸血鬼小说作为文学样式应有的责任担当，然而作为流行文化的重要组成部分，商业和娱乐价值对吸血鬼小说的影响亦不容忽视。为了实现利润最大化，过分强调突出吸血鬼的外形与超能力，以及恋爱过程中的极端体验与行为都可能对当今少年儿童的人生观、价值观以及爱情观产生一定的负面影响。

① 戴锦华，高秀芹. 无影之影：吸血鬼流行文化的分析 [J]. 文艺争鸣，2010（5）：39.
② ［美］斯蒂芬妮·梅尔. 暮光之城·暮色 [M]. 孙郁根，覃学岚，李寅译. 南宁：接力出版社，2012：257.

不可否认的是，不论是中国的鬼魅还是西方的吸血鬼，这些"灵异"生灵如今已成为现代文化一个独特的审美符号，其异质的人性魅力与另类的艺术美感极具可塑性和表现力，其狂野不羁与离经叛道亦蕴藏着巨大的革命力量。

第五章

 叙事结构的奇幻变奏

　　叙事结构是作品的内部形式结构、作品的组织和表现的方式，因此，它关注的是"如何讲故事"这个问题。文学作品大抵都在讲述不同的故事或经历，讲述的方式因人而异，同时也受制于历史时代、社会政治、文化、作品主题等多方面因素，可以说文学作品的叙述与语言一样千变万化，有着各种不同的排列组合。俄国形式主义、新批评派、斯特劳斯等人的结构主义理论，都在试图解开语言以及文学叙事中的结构谜团，探索建构一种普适的表层或深层结构"语法"，以揭示内在的普遍规律与基本定式。

正如张寅德所说，叙事学研究要尽可能排除与社会历史和作者意图等客观或主观因素紧密相关的文学的概念，把研究的范围缩减到作品的文本。① 叙事学研究是作品的内部研究，叙事结构研究针对的不仅仅是个别的、零散的作品，作为对作品的结构形式的客观剖析与阐释，旨在从众多的文学作品中归纳概括出抽象的叙事结构。

在这方面身体力行的杰出代表是俄罗斯著名学者普洛普。他在仔细研读一百多则俄国民间故事的基础上，打破传统的叙事母题研究方法，引入"功能"的概念，提出功能是民间故事和童话故事中的最稳定的基本要素，把民间故事的叙事结构或情节看作 31 种功能，充分展示了童话故事的结构要素和组合规律。普洛普的研究不仅显示出了从结构角度揭示作品叙事内在规律的可行性，也展现了作品叙事结构所蕴含的深层动力与魅力。

幻想小说是发端于传统民间神话故事的现代产物，是"民间童话—文学童话—幻想小说"文体发展的最终结果。② 在文学创作发展演进的历史进程中，幻想小说如初生的婴孩不断吮吸着民间神话故事的精华，同时运用更加"正统""艺术"的文学方式改造完善自身，不断成长发展，形成了独具一格的叙事风格。

可以说，在数代幻想作家创作奉献的众多经典幻想作品

---

① 张寅德. 叙述学研究 [C]. 北京：中国社会科学出版社，1989：5.
② 朱自强. 中国儿童文学与现代化进程 [M]. 杭州：浙江少年儿童出版社，2000：46.

中，幻想小说在讲述故事方面已经建立较为完整的规范，渐成规模。具体可以概括为：

1. 故事完整，从头到尾组成一个自成一体且相对封闭的结构。

2. 故事注重营造悬念。

3. 悬念之后的惊奇是通用的设置，故事常在惊奇中走向结束。

这样的创作框架看似束缚了作家的创造性，实则兼顾了幻想小说创作具有的开放与闭合的特征。相对封闭的结构实现了较为独立的创作空间，作家因而可以凭借想象将人物、时间、地点等任意配置、调换和组合，充满奇思妙想的作品由此源源不断地诞生。

幻想创作是想象的结晶，应当是自由惬意的；作为成熟而且流行的文学样式，幻想创作亦是有规可循的。自由与规律的碰撞与融合赋予了幻想小说多元化生存形态，在规范的体制下，各类要素的拼贴组合让幻想小说的结构模式焕发出无限形态美。

本章将运用叙事学的理论对儿童幻想小说的叙事结构进行研究，简要归纳总结幻想作品的基本叙事结构，揭示其基本特征以及对故事铺陈、读者接受的作用与影响。在此基础上，深入情节内部，从故事的冲突、形态以及事件的排列组合等方面，细致研究分析幻想小说的情节发展，概括总结儿童幻想小说常见的情节结构模式。

第一节
线 性 叙 事 的 基 本 结 构

　　故事是否精彩，能否吸引儿童，不止于内容的有趣、主题的深刻、人物的鲜活，故事讲述的方式也至关重要。精彩的讲述反过来会突显故事的内容、主题、人物等。如何将一连串的事件巧妙串联到一起，成为具有内在逻辑、密不可分的整体，是所有创作者必须思考的问题。儿童幻想小说是想象力的试验场，必定要在现实世界之外创造一个想象的空间或世界，从而体验和感悟一次全新的经历。尽管各类儿童幻想小说在结构上表现出多种不同形式，但其情节的发展几乎都表现出显著的线性特征[①]。具体观之，四类结构尤为突出：链条式结构、环形结构、套叠式结构和并轨式结构。

[①] 俄国学者普洛普在《神奇故事的结构研究与历史研究》（2002）一文中指出事件按照时间和因果关系两种方式组合构成序列，由此推动故事发展。如果事件严格遵循时间顺序和因果关系进行组合就呈线性，反之就呈非线性。

一、链条式结构

链条式结构通常选择将事件按照时间、空间以及因果关系进行组合。一项重要的使命或任务、一个梦想、一个心愿作为整个故事的中心，凝合并决定着故事的发展走向。所有事件围绕着一个中心或主题，于散乱中形成合力，有序推进，逐渐展开。彼此之间紧密相连，如同锁链一样环环相扣，串联成为一个有机整体。

事件1　事件2　事件3　事件4　事件5　　时间(和/或)因果

如图所示，不同事件由一根主线串联，每个事件沿着时间、空间和因果这三种关系轴相继发生，故事按照一定的轨迹逐渐展开，从发生、发展到高潮再到结尾，线索清晰明了，"零散"的故事在主旨明确的叙事脉络中得到有效整合。情节十分紧凑，节奏感较强。

在"高越幻想"或者第二世界幻想叙事中，这类叙事结构通常选择在一个完全超越现实世界，却又无比真实的第二世界，讲述主人公为完成重任，跋山涉水、长途艰险，最终成功的苦难经历。故事结构一目了然，主人公因"重担"而常年跋涉，在时间的流转中途经各种陌生的地区或国度，频繁遇险，麻烦事件接连不断，直到危机化解，目标达成，故事就此结束。各类矛盾冲突中偶有零散枝节，皆为主要矛盾所吸纳，故事结构完整紧凑。

殷健灵四卷本的"风中之樱"系列（《丢梦纪》《古莲

花》《真幻源》《大道书》）呈现了主人公神秘少女樱和男孩毛拉，与孤儿海豚和清道夫葵科的历险经历。故事发生在一个纯粹虚构的第二世界，每部作品里少女樱和毛拉面对的危机与挑战各不相同：《丢梦纪》里找寻姓名和记忆的艰难旅程，《古莲花》中保护守卫古莲花种子的神圣使命，《真幻源》里寻找彼邦世界真幻源的惨烈厮杀，《大道书》中善恶争斗的终极对决和命运真相的揭示。然而，在四部作品所讲述的纷繁复杂、异常激烈的冲突斗争之下，不变的是以少女樱为代表的正义力量同以巫先生为代表的邪恶势力之间一波未平一波又起的较量比拼，变化的是巫先生不肯善罢甘休、无所不用其极的诡诈与善变。在最后一部中，一直在幕后操控指挥的巫先生终于现身，樱与巫先生之间的斗争得到最终清算，从敌人的"隐形"到敌人的"现形"，四卷本的"风中之樱"始终以善恶对立与斗争为核心，构建了一条起伏跌宕的故事链。《指环王》中作为冲突焦点的魔戒，以及它曾经的拥有者索伦和现在的持有者弗罗多之间的矛盾斗争一直是三部曲系列故事的叙事主线，凡人、巫师、尸妖、精灵族等各类人物的出现均依赖于主要矛盾的发展走向。《哈利·波特》系列里哈利和伏地魔之间的善恶斗争贯穿着整个系列故事的设计，然而，每部故事里冲突的具体形式与解决途径有所不同，赋予每集故事独特的新鲜感和刺激感。伏地魔的狡黠多变和邪恶本性与哈利的善良正义和坚定信念之间此起彼伏、此消彼长的对峙争斗，幻化出无穷无尽的新奇变化。然而，万变不离其宗，故事发展的主线牢牢锁定着自身演化出的所有衍生物，叙事线条清晰明朗，又不失趣味绮丽。

与前面提到的系列作品不同，《最后的独角兽》是单卷本小说，故事发生在一个生活着独角兽、骑士与魔法的世界。一只独角兽因为偶然听到自己是世界上仅剩的最后一只独角兽，毅然踏上冒险旅程，探知真相。围绕着找寻真相的历险，邪恶的巫师嬷嬷、残暴的山林土匪、凶猛的红色公牛、乖戾的哈格德国王、深情的李尔王子悉数登场，在各种冲突斗争中将故事推向高潮。

诸如此类的儿童幻想作品还有很多，不胜枚举。这类故事都以虚拟的世界为背景，讲述主人公为实现执意追求的愿景而踏上征途。故事完全按照时间顺序以及事件的前后因果关系展开，随着时间的流逝，主人公不断转换地点和位置。主人公在不同地点所停驻的时间长短间接地反映出任务的难度以及危险的等级。通常，在故事一开始，地点更换比较频繁，任务的难度较低，时间节奏较快，读者阅读轻松愉快。随着情节进一步发展，冲突频发，矛盾升级，主人公逐渐逼近陷阱或"祸源"，身体的空间移动频率降低，甚至可能因为危险与苦难的升级而久久停滞不前。时间节奏开始放缓，故事叙述进入主人公的心理纠结与挣扎，以及与敌对力量艰苦卓绝地抗争之中。在相对静止的时空中，读者结束一路小跑的畅快，驻足洞悉主人公的性格轮廓与心理结构，潜入故事的深层阅读。最后，矛盾化解、柳暗花明，时间的再次流动与空间的转换将读者拉离沉重的节奏，再次回到明朗轻快的基调上，在悬念的结束中舒缓紧绷的神经，释放心里的积郁，整个阅读过程高低起伏，酣畅淋漓。

链条式结构也会出现在充满魔法的第一世界幻想或真实幻想作品中。在这类作品中，主人公通常作为"另类"出现，他们常常被现实世界中的同类视为古怪的异类。整个故事围绕着这个"怪异""特殊"的特征，按照因果关系逐渐展开。主人公的"不足"让其自身或者身边的人或物开始遭遇种种困难，之后转入主人公在困境之中的内心挣扎与折磨、无助与自责、茫然与彷徨，最后在自我力量的爆发与拯救中结束。E. B. 怀特的幻想三部曲均采用了此类结构。无论是小猪威尔伯、小鼠斯图亚特还是吹号天鹅路易斯，它们一出生就是异类。小猪威尔伯出生发育不良，险些被弗恩的父亲杀掉；斯图亚特是利特尔先生与太太的孩子，却天生一副老鼠的模样与身材；吹号天鹅路易斯的天生要害是无法像同类一样发出引以为傲的叫声。在它们明显的外在缺陷之下，作者开始悄然编织故事的冲突与人物的内在品格，让人物在屡次的困难与危机中由内而外散发出非同一般的气质，用内心的光环祛除外表的怪异。威尔伯拙劣的先天条件让它一直生活在死亡的恐惧中，沦为熏肉、火腿、烤肠是它挥之不去的梦魇；斯图亚特的瘦小让它总是遭遇家中黑猫的捉弄与欺负，以及周遭人类的鄙视和不解；路易斯天生哑巴，不能与同类交流，无法被他人理解，更无法向心爱的天鹅小姐表达爱意。然而，威尔伯的天真与善良、斯图亚特的真诚与勇敢、路易斯的毅力与决心将读者彻底带离外在的肤浅和浅陋，深入人物内心，感受人物在外界的否定与质疑下所展现的内在精神力量与丰富的情感世界。威尔伯在好友蜘蛛夏洛特的帮助下逐渐坚强，成为一个有责任感和牺牲精神的小男子汉；斯图亚特执着于友情的力量，毅然出走，百折不回地追寻好友小鸟玛加洛；天鹅路易斯拒绝向命运低头，勤奋练习吹号，不服输的拼劲和闯劲弥补了先天的缺陷，最终收获骄人的成绩，为自己赢得幸福的生活。故事的成功收尾宣告了内在力量的全面胜利，从而安抚了儿童读者脆弱敏感的心灵，在曲折跌宕的情节中向读者传达了"心灵优于外表"的寓意。

《魔法少女波利》一书中的少女波利是一个不折不扣的另类人类女孩。天生弯曲的右手食指，让她常被姐姐和同学嘲笑奚落，与同龄人的相处十分不愉快。因此，波利经常与农场的大黄植物交谈。面对家境的重大变故以及生活中出现的各种威胁：家族祖业——农场岌岌可危、爸爸实验投资受阻、哥哥突发怪病，波利虽然焦急烦躁，深感无助，然而，骨子里的坚持与倔强帮助波利发现隐藏在自己身上的"超能力"：所谓的生理"缺陷"恰是家族遗传的巨大"神力"，能够拯救家人与农场的巨大力量。少女波利竭尽全力挽救了一切，也赢得了家人与同学的尊重，重获自信。该书采用日记体的形式，在时间顺序中推进故事，清晰地呈现波利在日常生活中的思绪、烦恼、痛苦，等等。读者因此有机会跟随波利一起去观察生活，耐心地发现潜藏于内的强大自我。

真实幻想小说的链条式叙事结构让读者在"怪异"的牵引下，与主人公一道去经历面对"怪异"惹出的麻烦或问题，在轮番的挣扎与摸索中，倾尽全力去应对解决问题，从而发现挖掘自身的潜力。故事情节的发展节奏相对缓慢平和，虽然没有"高越幻想"的大风浪，但这平凡生活中的起伏跌落却营造出一种浓浓的生活气息，呈现出熟悉的生活节奏，让幻想增添了一份脚踏实地的扎实感。故事从头到尾是主人公的自我发现之旅，从"怪异"到"去怪异"，主人公逐渐印证自我价值，彰显自我力量。

二、环形结构

环形结构的突出特征是故事的开始与结尾遥相呼应，形成一个完整闭合的圆圈。主人公一开始在此时此地有所想、有所感，经历了一系列事件之后，再次回到"此时此地"，有所想、有所悟，故事情节发展呈现出一种轮回或者回归的态势。如图所示：

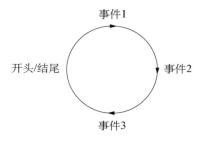

在儿童幻想小说中，入口幻想经常运用环形结构来构建主人公穿梭于现实与想象两个平行世界的故事情节，基本遵循"现实—幻境—现实"的发展路径，也是对历险故事"离家—考验—归家"经典叙事结构的又一延伸。儿童主人公因为现实的沉重或无趣，生活波澜不惊，因而常被意外"选中"，卷入一场突如其来的神奇历险，经历多重考验后，最终再次回到现实世界。主人公在不经意间完成了一次漂亮的、不着痕迹的位移，冒险的入口与历险的过程是专属儿童的体验。当孩子完成幻境旅行返回现实世界时，虽然周遭的一切看似没有任何变化，人物内在的改变不容忽视。在环形叙事结构的回归模式之下，隐含的是儿童心灵的历练与精神的成长。

《天才街》里的矮个子少年徐伟去到"天才街"，如愿以偿地成为篮球天才，却越来越目中无人，遭人厌恶。当其被天才营的训练蹂躏得麻木的神经在菲菲的"唤醒"下重新复活，被生长激素清除的"善良、勇敢、正直"重新回归，疯狂的天才梦到此结束，徐伟彻底放弃天才梦想，毅然同菲菲回到现实世界，"曾被我丢失的那些珍贵的东西……我一直到死，都将和他们不离不弃"。[①]归来的徐伟不再纠结于身高和所谓的天分这类表面的东西，反而更加珍惜看重自己内在的品格和内心的力量。《神奇电话亭》中在"期望之地"（Land of Expectations）、"词汇之城"（Dictionopolis）、"数字之城"（Digitopolis）等奇境中经历一番"天路历程"成功归来的米洛虽未"革面"，却已"洗心"，发现英语、数学等过去的他眼中枯燥无用的事物恰是世界的意义与奥妙。《奥兹国的魔法师》里意外吹到奥兹仙境的多萝西急切坚定地盼望归家，最终排除万难，回到堪萨斯草原，同叔叔婶婶团聚，只是经历了黄砖路冒险的多萝西再也不同于以前那个"温顺怯懦"的多萝西了。

在入口幻想小说中，主人公最终归来时，身体并没有明显的变化，瓶子还是那个瓶子，但是儿童在情感、态度、认知等方面的潜在改变，已经彻底更换了瓶中的老酒。"旧瓶装新酒"是入口幻想小说的常见结局，将神奇的改变挪移到幻境，儿童满载着内心成长的喜悦与充实胜利归来，这种化变化于无形，寄成功于有形的做法，既满足了儿童的好奇心，又给予了儿童鼓励和希望：克服战胜自我是可能，而且

---

① 常新港. 天才街［M］. 青岛：青岛出版社，2016：244.

一定能够实现的。

在心理学家看来，幻境的历险是儿童内心自我的外在投射与放置。现实与幻境两个平行存在的空间无法同时存在，主人公在具体的时间只能处在其中一个空间之中，二者没有交错或者交叉。现实世界与幻境在儿童的冒险旅程中此起彼伏地交替出现，空间的变化伴随着历险的开始，空间的再次变化宣告历险的结束。现实世界的事物不可进入幻境，充分保证幻境的封闭与安全；幻境之中的事物也无法进入真实的世界。因此，唯一属于主人公的真实与其说是身体的真实，不如说是头脑的真实，或者说思想的真实、情感的真实。幻境与现实好比潜意识与意识，进入幻境被许多作家制造成一次漫不经心的意外，从儿童的角度换位思考，幻境历险是儿童的欲望战胜理智的结果。头脑中所幻想的人与物幻化成美轮美奂的奇遇，潜意识中的自我得到充分释放，摆脱了意识控制与束缚的"自我"在无意识的王国里穿梭游历，洒脱率性地展现出自我最真实的一面：徐伟在天才设计室里对篮球梦的坚持；米洛毫不掩饰地表达对词汇和数字的厌恶；稻草人、铁皮人、狮子其实是多萝西多面自我的折射与透视。①这些真实的元素并非由幻境改变，而是由幻境将其从为现实压抑的"沉睡"之中唤醒，让儿童在自由自在的幻想国度中释放自我，认识自我，重拾自我。潜意识的这般狂欢令人如痴如醉，许多故事中幻境描绘得仿若梦境一般美妙神奇，更加暗合了其恍惚迷离的梦境特质。幻境的存在与具象化是儿

---

① ［美］谢尔登·卡什丹. 女巫一定得死：童话如何塑造性格 ［M］. 李淑珺译. 北京：机械工业出版社，2014：115.

童心理的有效补偿，是愿望的实现（wish-fulfilment）。①

　　自我脱离意识的掌控，畅快徜徉，重新寻回力量，确定方向，回到现实世界。环形结构中的一去一回为故事画上了完满的句号，然而对儿童心灵而言，不免多了一些遗憾与空白。主人公最终都会回到现实的世界，理智重新掌控了无规则的潜意识自我，梦境终将结束，自由自在的自我还是要回归现实，接受理性与规则的规约。刺激与欢愉只属于梦境，不禁让人感觉无奈与无助。即使如此，儿童自我的"社会化"成长不容忽视。儿童的归来喻示着与自我的和解以及对自我的肯定，这对于成长中的儿童的人格发展与社会适应具有至关重要的意义。

三、套叠式结构

　　套叠式结构层次分明，一个故事中嵌套着另一个故事。每层故事有自己独立完整的结构，但在叙述过程中，两层故事相互交织，一起发展，直至最后两层故事同时收尾。在套叠式叙事结构中，各层故事之间的转换跳跃主要依靠叙述者的变化来完成，不同的叙述者将新的故事不断注入到原有的叙事框架中，层层叠加、环环相套。如下页图所示。

　　套叠式叙事结构中的各层故事多表现为框架结构上的相互包含或套叠，其在时间、地点以及人物关系上没有必然的联系，但位于内层的第二层故事通常会对处于第一层故事的

---

① Erik Erikson. *Childhood and Society* [M]. New York: Norton, 1950: 68.

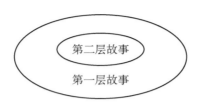

人物产生重要且深远的影响，因此在这类结构中，叙事重心往往在第二层故事中。第二层故事多以讲述故事或回忆的方式，为第一层故事中的冲突或者问题找寻出路和解决办法。

《惠灵顿传奇》（Whittington）就采用了套叠式叙事结构，巧妙地借谷仓神秘来客大猫惠灵顿之口，讲述了它的祖先与一位名叫狄克·惠灵顿的少年的传奇故事。第一层故事，作者采用第三人称全知视角，交代故事的地点、主要人物以及第二层故事诞生的原因。这是一个普通的农场谷仓，居民都是被人类嫌弃、无情抛弃的动物，被好心仁慈的伯尼老人收养居住在此。老人的两个外孙，姐姐艾比、弟弟小班都十分喜欢动物，经常与动物为伴、聊天玩耍。于是，大猫惠灵顿开始向大家讲述自己的身世，这是一个几经转述、代代相传的故事，故事发生在遥远的英国，惠灵顿比哥伦布还早生了一百多年，[①] 之后，第一层与第二层故事交替出现，第二层故事既是第一层故事激发的产物，又是第一层故事冲突的解药。小班的苦恼与困扰、尴尬与挫败，以及少年狄克·惠灵顿的决心与勇气、智慧与胆识成为了两层故事的叙事主线。少年惠灵顿闯荡世界的故事不时地闯入谷仓生活，成为了动物们与两个孩子津津乐道的话题。男孩小班学习和

---

① ［美］艾伦·阿姆斯特朗. 惠灵顿传奇［M］. 余国芳译. 石家庄：河北教育出版社，2014：36.

生活中频频遭受挫折，忧郁沮丧，然而他却在大猫讲述的少年惠灵顿的励志传奇故事里重新找回了勇气与自信。

这样套叠式的叙事结构在表达效果上表现出较为明显的优势与用意。首先是叙事视角转换带来的亲近感。第三人称全知视角"客观公正"的讲述以及自上而下的权威极易在成人作家与儿童读者之间生成一种距离感与陌生感。倘若将权力移交给第二层故事的叙述者，作家、儿童以及第一层故事中的主角与配角们则处在同一位置，这种平起平坐的平等与亲近将故事讲述者与读者之间的距离大幅缩小。第二层的叙述者以回顾性视角展开对过去的回忆，虽非切实经历，如传家宝一样的"家族志"蕴含的神圣感与真实感不断收获信任，制造新鲜。其次，第二层故事担负且巧妙履行了整本小说的主要使命——教育意义。儿童文学是关乎儿童精神生命的文学，是全心全意为儿童的文学，是为儿童的精神打底子的文学。[①] 古往今来的学者从未否认儿童文学对于儿童心灵与生命的引领。故事套故事的套叠式结构用鲜活生动的故事层层递进，走进人物的内心，着眼儿童当下的艰难与困境，用故事的魅力调味孩子的生活，慰藉孩子的心灵，不仅避免了僵硬说教的嫌疑，而且更加有效地完成了与孩子的沟通，也给予了孩子一次自我发现和自我顿悟的机会。大猫不愿眼看小班因为一再的失败与否定而自暴自弃，希望少年惠灵顿的故事能够激起小班内心深处的勇气、自信与果敢。这是一种春风化雨般的心灵滋养，也是润物细无声的精神启迪。

---

① 曹文轩. 曹文轩论儿童文学 [M]. 眉睫编. 北京：海豚出版社，2014：37.

四、并轨式结构

　　并轨式结构也包含着两层故事，区别于套叠式结构中的"包裹"形态，并轨式结构中的两层故事首先呈平行的并列结构，在故事发展中逐渐交汇，走向结尾。两层故事均按时间顺序展开，却有着不同的主人公以及不同的故事线索。两条线索并列前行，同时发生、展开，相互独立，毫无瓜葛，直到故事高潮到来，将两条线索集结在一起，整个故事的前因后果关系开始浮出水面，逻辑逐渐完整，谜题得以解开。如图所示：

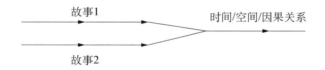

　　不同于套叠式结构中变化叙述者的"预警信号"，并轨式结构的叙述者不发生变化，从始至终贯穿着第三人称全知视角，叙述者无所不知、无所不晓。故事 1 通常占据着前台的突出位置，引领着故事主线的开展；故事 2 则处于后台的隐蔽位置，作为全书故事的副线。两个故事同时进行，两条线索的主人公也许存在着某些联系，然而两个故事在一开始不发生任何牵扯或交叉，其重要性与意义到最后终会得以揭示。主人公以及参与故事的人物变化可以作为故事变化的讯号，然而叙事方式的变化相比更加显眼，更具辨识度，因而成为儿童作家钟爱的方式。卡罗琳·科曼在小说《记忆银行》（*The Memory Bank*）一书中就采用了不同的叙事方式来实现并轨式叙事结构的构建。

全书讲述了哈普和哈尼姐妹俩的故事，讲述的方式和形式十分新颖。当精神失常的父母无情地抛弃了犯错的妹妹之后，姐妹俩彻底失联，彼此开始了两段截然不同的人生经历。科曼在小说中巧妙地运用了文字和图画两种方式来分别讲述姐妹俩的遭遇。文字的话语叙事主要讲述姐姐哈普在妹妹被弃之后的沮丧与绝望，以及懵懂之中被带到记忆银行的奇异经历；图画叙事部分则负责对哈普的梦境、记忆以及妹妹哈尼与神秘的记忆清除组织一行人的历险经历进行描绘与刻画。全书叙事层次分明，结构分工明确，文字与图画承载着不同的功能与任务。哈普的经历作为叙述主线走到故事讲述的前台，作者用文字详尽细腻地描述了哈普在一系列突发事件中内心的情感变化：无奈、悲伤、绝望、愤怒、想念……每一次情绪的波动与变化都伴随着与妹妹哈尼有关的思绪，由此带动叙事的转换，隐蔽后台的副线故事被"唤醒"：或许是一个梦境，或许是一次与哈尼的美丽回忆，或许是对哈尼的想念与期盼，这时便换成哈尼成为故事主人公，讲述她的生活与经历。在图画承载的副线故事里，哈尼是绝对的主角，哈尼又是哈普心中唯一的牵挂，在有关哈尼的故事里，哈普内心世界的一切痛苦、悲伤、担忧、快乐以及希望都一览无余，是对主线故事的积极响应与有力脚注，充分诠释着主线故事潜伏的暗流与人物心语。

这样的叙事方式较平铺直叙的讲述而言增添了几分生动和形象，栩栩如生的图画在纯文字之外提供了一种较为轻松愉快、更加直接的阅读方式，为传统的阅读注入了新鲜感和活力感，让叙事的步调于沉重之中平添了几分轻盈。故事在张弛有度的节奏中顺利展开，读者也在舒缓轻快的节奏中进行阅读。其次，并轨式结构让故事的呈现更加立体，人物以及故事都能得到全方位的展示。图画独立于文字之外，用自身独有的艺术方式对他人他事或己思己想进行表达与展现。科曼将图画用于表现人物的梦境、记忆与想念和惦记，让人类心灵与精神深处最为隐秘的"潜意识"空间得以充分释放，让读者能够直接而且形象地感知人物复杂而敏感的内心世界，相比单调的文字话语，图像的展示更具便捷性、更富表现力。与此同时，图画这一方式也暗合了人类潜意识的表现方式。潜意识是"已经发生但并未达到意识状态的心理活动过程"，[①] 是被意识压抑且不能用通常的方法感知的部分，是一种与理性相对的本能。因此，潜意识是非理性的，冲动且变化无常，多处于无序的混乱状态之中，是一股异常强大的力量，左右着人的思想、情感乃至命运。"图画就是一种编了码的现实……以一种在时间和空间上都浓缩了的方式传输现实状况。因而，图画也让人感到某种程度的模糊不清，然而图画在内容上比话语更为丰富"。[②] 可以说，文字作为理性的输出是秩序与规律调节的产物，图画作为感性的表达是自由与情感奔放的结晶。心理学家在归纳潜意识的特征时，指出潜意识喜欢图画，以及有色彩的东西。此外，图像作为"去语境化的存在"，在时间链条的断裂以及与上下文其他事件的失联中呈现出极不确定的意义，[③] 亦是对无序的潜意识

---

① ［奥］弗洛伊德. 自我与本我［M］. 林尘等译. 上海：上海译文出版社，2011：56.
② ［德］瓦尔特·舒里安. 作为经验的艺术［M］. 罗悌伦译. 长沙：湖南美术出版社，2005：263.
③ 龙迪勇. 图像叙事：空间的时间化［J］. 江西社会科学，2007（9）：42.

的呼应。在文字叙事中插入图画叙事，展现主人公内心深处的精神态势与心理需求，与潜意识的运动与表现方式达成了高度的一致与契合。在《记忆银行》中，副线故事充分展现了哈普内心纠结混乱的情感，解释了哈普的绝望与愤怒、执着与固念。再次，文字叙事与图画叙事的交替运动在故事发展的过程中为悬念和惊奇留足了空间。两个看似毫无联系的故事一直平行地存在着，最终它们会走向哪里，这是一个众多儿童读者脑海中挥之不去的疑问。两个故事的交错与合并是出于什么原因或动机？是如何发生的？最后的结局如何？这些问题足以构成故事叙述的张力，在情节之中制造叙事悬念，"使读者全神贯注于正在发生的事件及其未来发展，由此激发读者对故事版本的多重想象"。[①] 当读者怀有这份好奇和兴趣，阅读的过程会一直持续。当心中的期待面对故事的答案，悬念结束，所有的猜测与不确定在这一刻被确定的转折事件所取代，于是惊奇就发生了。[②] 之后，故事走向尾声，读者的思绪与情感在情节的跌宕中恢复平静。读者的阅读在并轨式叙事所制造的高度张力中走向高潮，又在悬念解除的惊奇中逐渐走向沉寂与安静。过程不乏紧张刺激，故事结束后不免令人冥想沉思。

实际上，儿童幻想小说的多元叙事结构不仅彰显了幻想小说在儿童文学中的活跃生命力，而且也预示着未来更多的探索与突破。幻想的魅力在于"变"，结构不应成为束缚想象力的"硬八股"。面对日新月异的人类社会，可以想见，多变的想象将会带来更具革命性的叙事方式与叙事结构。

---

① 尚必武. 当代西方后经典叙事学研究 [M]. 北京：人民文学出版社，2013：133.
② H. P. Abbott. *The Cambridge Introduction to Narrative* [M]. Beijing：Peking University Press，2007：53.

第二节
"远征式" 结构

　　初提幻想小说，英国作家托尔金的《魔戒》三部曲首先跃入读者的眼帘。其实，在《魔戒》引领的幻想热潮下，托尔金在读者心中早已褪去了单纯的作家身份，转而成为了一种文化符号，在很大程度上影响着读者对幻想小说的认知。《魔戒》所代表的"高越幻想"小说成为众多读者对幻想小说的主流印象。虽然这一认识不免偏狭与局限，然而"高越幻想"确实具有最为清晰明显幻想特质，在幻想小说的创作生产中占有大半壁江山。其鹤立鸡群的情节模式在儿童幻想小说的长廊中表现出了独特的审美魅力。

　　"远征式"情节常见于民间传奇故事与经典神话故事中，在各类故事类型中不断延续生命，当下已成为绝大多数"高越幻想"小说经常光顾的模式。一方面，"远征式故事更加开放的结构，以及较为松散的因果关系"① 为小说多卷本的宏大叙事提供了便利；另一方面，长途跋涉、困难重重的探索对于大善与大恶、大美与大丑的交锋争斗提供了更加宽广、更为立体的舞台，主要人物的性格轮廓在与众多次要人物的冲突中衬托得更加丰满。

这类叙事模式通常选择一个远离现实生活的"第二世界"，在纯粹虚拟的空间中打造一位英雄人物大起大落的传奇命运史，适时借助古老的传说或传奇故事，用史诗般宏伟的篇幅与壮阔的场景展现正义与邪恶的对峙与斗争。多卷本的设计将故事的时间链条无限拉长，空间的位移与转换的频率加快，突出敌人的千变万化与神出鬼没，突显"远征"的漫长与艰辛，以及"探索"的艰苦卓绝。远征主要具有六大元素：珍贵之物或人被发现、拥有；为寻此物或人必须长途跋涉；远征之人具有特殊"血统"；通过一系列考验；战胜宝物守卫者；"引路人"或同伴的鼎力相助。② 其所包含的长途跋涉与种种考验注定探索的过程曲折漫长。目前 3～7 本是"远征式"系列故事的常见卷数，过程虽然一波三折，故事的结束却十分铿锵有力。作者将所有的线索收拢一起，在结尾给出确定的结束感，为整个故事圈上完满的句号。曹文轩的《大王书》、苏珊·库珀的《黑暗崛起》系列、亚历山大·劳义德的《普莱德恩编年史》系列、乔治·马丁的《冰与火之歌》系列以及鲍里尼的《遗产》三部曲都采用了传统的"探索型"情节。总体来看，主人公在"远征"中大概会

---

① H. P. Abbott. *The Cambridge Introduction to Narrative* [M]. Beijing：Peking University Press，2007：40.
② W. H. Auden. The Quest Hero [J]. *Texas Quarterly*. 1964（4）：92.

经历以下基本阶段：

宁静生活　邪恶降临　预言出世　敌我搏斗　　胜利

　　如图所示，故事开始呈现的是主人公平静安宁的田园乡村生活，家人互相关爱，勤劳善良，虽不富贵，却倒惬意自在。"英雄"主人公出现在熟悉的日常生活场景中，这也是现当代儿童幻想小说有悖传统的创新之处：在古老的神话或传说中，故事人物多为国王王后、王子公主、骑士、巫师等地位尊贵的"贵族"①，保持着一种崇高的距离感，以唤起读者的敬畏与崇拜；在当代儿童作家笔下，主人公大多出身平民阶层，普通且平凡，一下子拉近了读者与故事的距离，极易对故事的主要人物产生认同感。《大王书》里的茫与舅舅在草原上过着平静的、与世无争的牧羊生活，《黑暗崛起》中的威尔是斯坦顿先生与太太七个孩子中普通的一员，《遗产》三部曲里的伊拉贡是一个无父无母、与叔叔表哥相依为命的乡村少年，《普莱德恩编年史》中的塔兰是一个平凡普通的猪倌儿。他们都是常人眼中的普通人，在平凡的生活中做着平凡的事情，这是典型的熟悉环境中熟悉人物的真实再现，营造了逼真的现实感。故事借由朴实憨厚的主人公，展现生活平静美好的原生状态，传递世界的秩序感与存在的确定感。这对于处在少年期和成人期转折节点上的主人公来说，意义重大。宁静普通的生活是童年成长经历的缩影，安稳有序的生活以及相对完整的童年生命有力保证了主人公人

---

① Philip Martin. *A Guide to Fantasy Literature* [M]. Milwaukee：Crickhollow Books，2009：38.

格的健康成长与发展，而朴素甚至有些艰苦的生活又有助于主人公积极主动的性格以及坚忍不拔的毅力的培养。这些在平凡生活的潜移默化中积累的宝贵品质为主人公迎接即将到来的艰巨挑战做好了基本的"体质"准备。

故事在宁静平和的生活中开场，然而这舒缓安逸的节奏迅速被危险的降临打断。故事发展急转直下，很快进入行动与冲突的前奏。邪恶的突然到来，打破了生活的安宁与秩序，伴随着各种异象的出现，主人公毫无防备地卷入战争，危险逐渐蔓延，不仅主人公自身，而且周围家人、朋友甚至整个村子的生命都遭受巨大威胁。逐渐长大的茫因为对父母、对家的思念，赶着羊群踏上回家旅程，却发现熄军的烧杀抢掠早已让村庄尽毁，家园不在。承受着失去双亲悲痛的茫在悲伤和失落中返回草原，却又不得不面对舅舅惨遭熄军杀害的现实，只剩羊群与他为伴，孑然游走在王国的草莽边缘。少年威尔的生活里出现的真实的梦境、罕见的连天暴风雪、神秘黑骑士等各种怪象，频频扰乱他安宁的生活，也预示着更大灾难的来临。主人公的心爱之物伴随着邪恶的降临被残虐或夺走，生活麻烦不断，儿童主人公对斗争道路与前行方向深感迷茫无措。

这时，便由预言出场来扫清彷徨与焦虑。预言的抛出多借先知导师或者"引路人"之口，以秘密隐晦的方式只面向主人公一人揭示其与生俱来的神圣使命，以示天机不可泄露。至此，主人公平静安宁的生活彻底结束。预言的揭晓带来主人公双重身份的存在，过去平凡普通的自我与新知的超凡伟大的自我同时共存，主人公在两重身份的世界里孤独穿梭。按照弗洛伊德的说法，人本是多重的精神构建，这两重身份正是自我与超我的体现。从青春期到成人期的过渡，欲望、情感、理性、道德的纠葛横亘在成长的路途上，形成两股既分裂撕扯，又互相渗透影响的力量，过去的自我面临着一个新鲜成熟的自我的到来。二者相遇和对峙的过程却并不轻松，而在幻想小说中，便选择将人物置于冒险与探索中，不断调和两者，发扬超我的强大能量，努力维持两个自我的平衡。直至重任完成，二者相互融合，完整的人格形成，成长顺利实现。因此，预言本身不具扰乱性和破坏性，而是一种建构性的存在。"书中之书"的神奇大王书的意外降临，它与茫之间的"心灵感应"似乎隐约注定着某种不平凡的神迹。待到导师柯的出现，一声"吾王万岁"的朝拜清晰地昭告世人茫之为王的身份和使命。从此，茫需要在作为男孩的天真本我与作为大王的社会自我之间不断调试改变，实现自我的平衡。类似的是，威尔作为"元老"（The Old Ones），即古老的"光明追捕手"一脉最后继承人的"天命"，经由神秘先知人物巫师梅里曼揭示后，威尔需要在懵懂少年与救世英雄的角色中不断转换，在两重身份的巨大悬殊中寻求建构一种全新的自我生态。

"引路人"的预言包含了幻想小说命运预言的典型要素。用简洁精练的文字突显仪式感与庄重感，在紧促有力的快节奏中营造强烈的使命感与绝对的顺从。简短的话语涵盖了有关主人公前世今生的关键信息：首先是主人公的身世，这是超越代际概念直抵宗族源头的追根溯源，展现主人公体内强大的基因密码与潜在力量，而身为独一无二的使命候选人和继承者的那份"唯一"的孤独基本是所有主人公身世的常态，以被抛的孤独进入古老的"成人礼"，完成使命；其次是主人公眼下的当务之急与重任——消灭敌人；再次是制胜的秘诀或窍门：茫要时刻响应大王书的神谕，威尔需要集齐6个封印。

一条预言解释了主人公的过去、告知了主人公的现在、预知了主人公的将来。生命的过去、现在与将来在寥寥数语中得到精当的总结与揭示，断缺的生命链经由预言的黏合走向完整。这也恰是预言的建构性质所在。人的存在是在时间化的过程中实现的，而时间由过去、现在和将来三维组成，"过去，就是我不能经历的而我所是的东西"。预言对于过去真相的揭示规定着主人公生存的本质与意义，现在是我正经历的东西，我的过去影响并制约着我的现在。少年茫在与舅舅相伴的草原牧羊岁月里锤炼的非凡气质，以及那颗早已属于天地之间的纯洁灵魂，获得大王书的青睐与信任，成为带领苦难民众反抗熄的黑暗统治的英明君王；威尔作为光明捕手的过去导致他现在遭受黑暗骑士的围攻和追踪，然而生命最终是指向将来的，过去与现在都是朝着将来出发的，少年茫和威尔特殊的身世与身份赐予了他独特的能力和强大的能量，也赋予了他拯救世界的重任。他们的过去不仅规定了现在，更指向了将来的行动，生命的厚度与深度也由此在时间的历时维度中得以显现。

可以说，预言以高度概括的文字描述了主人公的一生，看似无所不包，凡事却点到为止，刻意留白。这一点在制胜秘诀的揭示上尤其明显。秘诀主要提纲挈领地交代清楚任务的核心与路径，其他部分则留给读者自由想象的空间。秘诀

① ［法］萨特. 存在与虚无［M］. 陈宣良译. 北京：三联书店，2009：157.

的第一要素是"法宝",制敌克敌的关键就是法宝的占有,善恶双方争斗的关键也是法宝。法宝的功能与作用是秘诀关心的首要因素。其二,法宝的获得。这是一条相对模糊的路径,秘诀只给出大致的方向与计划,具体的过程尚需主人公自己摸索,这就使得整个故事极具开放性,也是预言的"玄机"所在。既然天机不可泄露,主人公就需要好好领会预言的深意;然而天机并非人人均可参悟透彻,他需要"合适的"基因还有血统。由此,故事便酝酿出主人公探索征程上的各种"劫数",在预言所提供的确定感与安全感之外,凭借惊险刺激的意外或挫败,制造前途渺茫的不确定感,让读者业已形成的阅读期待在预言的定数与过程的变化之间形成张力,在似乎确定的情节走向中产生难以言说的慌张与不安。

接下来,主人公在预言的激励与指引下,开始与邪恶全面宣战,投入战斗。与此同时,预言的隐晦与玄妙,使敌我的正面对决成为了整个情节中最为曲折、漫长的部分。敌我势力从敌强我弱时我方的顽强抵抗,到敌我相当时的长期相持,再到敌弱我强时的压倒性优势,彼此力量此消彼长的发展轨迹需要经历一个漫长的过程。作者更需要竭尽所能地展现探索征程可能遭遇的各种"不可能",渲染冲突的戏剧张力,表现使命的艰巨以及斗争的艰难。这也间接解释了"远征探索型"幻想叙事作品多卷本的创作生态。既然预言已经指明斗争的方向,那么敌我双方的争斗多数都是围绕着法宝展开。法宝的得与失、复得与再失成为推动情节发展变化的主动力。敌人的狡猾多诡以及我方的善良轻信在法宝争夺战中渐趋模式化。关键时刻,另外两类人对战斗结果的影响至关重要。一位是先知导师，这位精神导师通常是一位充满智慧、法力无边的大巫师，他长期陪伴在主人公身边，在为难处解围，在彷徨时输送精神能量，耐心地等待主人公的超我从沉睡中彻底苏醒。于是，他的在场或者缺席将直接影响远征的进程甚至结果。《大王书》里柯的存在对于茫既是一种理智的约束，又是一种情感的慰藉。他在紧要关头对于茫的劝谏和引导对于尚未成年的少年王而言是人生旅程中一次又一次的宝贵经验。而对于威尔来说，梅里曼是不可或缺的帮手和心灵导师，他的每次出现都如甘霖一般滋润着威尔脆弱的生命。另一类人则是追随主人公的同伴。如前所述，这是一场大是大非、大善大恶的战争，拒绝道德价值判断上的灰色地带。故事中的所有任务非善即恶。面对战争，这场任务的参与者需要确定自己的立场，他们的选择对于主人公的胜利与否非常关键。邪恶力量经常是以群而聚，起则群攻、退则群守。主人公也有同行者，但志同道合却不是一日练成的。在情节曲折的讲述中，同伴的背叛、迷失、被诱、出格是征程遭遇的另一阻力。当然，也不乏与主人公志同道合的并肩战斗者，作为远征路途上的同伴，他们在一定程度上都要为主人公的精神成长做出贡献，贡献的方式基本是"自我牺牲"的成全。《大王书·黄琉璃》中的清纯女孩瑶，第二部《红纱灯》中的大耳朵男孩葵、大音女孩璇，为了茫军的正义大业，做出了巨大牺牲，瑶和葵牺牲了自己的生命，璇牺牲了自己最宝贵的声音。他们的"牺牲"换来的不仅仅是战斗的胜利，更重要的是主人公茫在经历"失去"的痛苦与"孤独"的历练中所获得的坚毅与成熟。

主人公在各路人马的帮助之下，一路前行，披荆斩棘，最终与邪恶元首决一死战，获得胜利。众人的鼎力相助为使命的完成提供了充分条件，胜利的必要条件仍在于主人公自身。作为使命的背负者与完成者，最终的胜利，若采用心理分析的说法，其实是主人公的自我克服与统一。不论克服还是统一，都意味着牺牲。为了赢得最终的胜利，主人公必须克服自己的障碍，做出一个艰难的决定，决定本身就是一个巨大的牺牲和代价。这个决定通常不关乎身体的需求，而与道德和精神需求相关。主人公在长期的跋涉与斗争中，努力克服应对着孤独、背叛、无助、彷徨、失落等情感的煎熬，在与大魔头进行终极较量前，主人公会对自己复杂混沌的情感做一次彻底清理，消除一切顾虑，决绝地投入最终的决战。

这场巅峰对决的结局虽不言自明，但其背后所隐藏的深刻含义不容忽视。这不是一场身体和力量的较量，而是品格和意志的对决。因此，远征的尽头飘扬的胜利大旗是对主人公精神成长的肯定和褒扬。这一浸泡在神话和传奇故事中的叙事模式在信息高速发展的现代社会依然高声歌颂着少年主人公的坚持与执着、牺牲与奉献，这是流淌在其血液中的高贵品质，也是其遗传基因中真正的伟力因子。

"远征"或者"追寻"总是朝着某种"东西"而去，通常是某种严肃的精神旅程。远征的过程总是充满抗争、危险，需要身处其中的人们竭尽全力去克服困难。这是一场卓绝的斗争，更是一个漫长的、内在的、精神的过程。① 从这个意义上说，远征是人性对于崇高的追求，亦是人类对爱、勇气和信念的肯定与重申。

---

① 朱自强，何卫青. 中国幻想小说论 [M]. 上海：少年儿童出版社，2006：193—194.

第三节
"历险式"结构

　　"历险式"幻想故事围绕少年主人公的冒险经历展开，整个历险过程是故事的重心。乍一看与以主人公的探索历险作为主体情节的"远征探索型"幻想故事相差无几，然而二者的"历险"性质却存在极大的差别。首先，"探索型"幻想的历险是漫长而艰难的，旨在对主人公进行多番考验与磨砺，基调是沉重而缓慢的。"历险式"幻想则试图通过历险的怪诞与新奇，展现历险的趣味与刺激，基调是轻松明快的。其次， "探索型"幻想有着崇高的目标与神圣的使命——拯救世界，善恶两股势力在鲜明的定性描述中呈现出极端的品质，故事围绕着大善与大恶之间的冲突和斗争展开，双方形成敌存我亡、势不两立的生存态势。"历险式"情节不以善恶争斗作为主线，邪恶虽然存在，却并非兴风作浪穷凶极恶的大恶人，善恶在这里形成了"井水不犯河水"的和平共处。因此，主人公的历险不为拯救世界，而是以自我为中心的"猎奇式"搜寻，解决自己内心的疑问和困惑。第三，"探索型"幻想追求高尚品质和高贵人格的展现。善恶势力漫长的对峙与交锋史就是一部英雄的练成史，这些品质不是一朝一夕所成就的，必须经历极致的磨练，"断其筋骨、饿其体肤"，才能担当完成天之大任。而"历险式"幻想注重在主人公的奇幻之旅中完成一次由外至内的自省与体悟，所以每一次的奇异见闻较少关注人物的伟力，而侧重展现奇人奇事对平凡主人公内心的撼动与启发，以较完整地呈现主人公历险前后在生存体验与生命感悟方面的变化。虽同为"历险"，但是二者在目的、结构以及性质上大相径庭。

　　"历险式"幻想故事深受儿童喜爱，有学者认为这与儿童追求自由自在的天性有关，他们从未停止对古老传奇或者奇异世界中的向往和渴望，[①] 神奇历险旅程中"前程未卜"的刺激与迷茫不断牵动吸引着"为冒险狂"的幼小心灵。尽管有批评认为"历险故事是逃避主义的娱乐"，[②] 但历险故事在成人文学和儿童文学中已经蔚然成风。需要注意的是，儿童历险故事的讲述在现实主义与幻想小说两种体裁中有着不同的体现。儿童幻想小说部分继承了传统"离家—历险—归家"的历险叙事模式，与此同时也进行了很大程度的创新。总体看来，少年主人公的幻想历险故事大致分为以下五个阶

---

① Roger Sale. *Fairy Tales and After*：*From Snow White to E. B. White* [M]. Cambridge，Mass.：Harvard University Press，1978：78.

② T. A. Shippey. *J. R. R. Tolkien*：*Author of the Century* [M]. New York：HarperCollins，2001：27.

段。如图所示：

欲望崭露　　偶然契机　"混沌"降临　克服/征服　　　回归

历险是主人公内心一直被压抑却十分渴求的愿望。在
"历险式"幻想故事中，主人公的欲望表露先于历险的开始，
因此，这里的历险是主人公内心欲望的产物，"欲望崭露"
便是情节叙述的首要环节。根据主人公欲望表达方式的不
同，又可以将其分为"外显型"和"内隐型"两类。

"外显型"欲望是能够通过主人公的话语或行为直接感
知的，即少年主人公明确地表达或表示自己渴望冒险的意
愿。这一主动积极的表露首先与主人公的性格特征有一定的
联系。拒绝向命运低头的儿童主人公多会在故事一开始就坦
诚而直接地表达对命运不公的抵制与不满，以及其极力想要
改变生活现状和自身命运的愿望。徐伟的"篮球天才梦"，
《魔法灰姑娘》中艾拉力图摆脱"顺从"咒语的"除咒行动"
都是典型的拼命抗争的代表。

在自身性格之外，欲望的另一种外显方式则是外部诱因
的驱使或苦苦紧逼的结果。面对外部环境或生命中的突发事
件与变化，主人公拒绝墨守成规地如行尸走肉般活着，执着
于内心追求的他们毅然踏上历险旅程，以兑现承诺。曹文轩
的长篇幻想小说《根鸟》的同名主人公少年根鸟因为一个不
断出现的"开满百合花大峡谷"的奇梦，毅然离家踏上寻找
大峡谷和奇异女孩的漫长历险。《我爸爸的小飞龙》中埃尔
默在聆听流浪猫的传奇冒险经历后，抛下安逸舒适的生活，
开始制定前往神秘孤岛、解救小飞龙的冒险计划。

相比"外显型"欲望的主动进取,"内隐型"欲望较为含蓄隐晦。作者或者主人公不会直白地表达历险的欲望。这是一种被极度压抑的、深深埋藏的欲望,幻想小说通常进行潜隐式的隐喻表达与呈现。一种方式是通过渲染生活或者环境的"压迫"来间接展现主人公对变化的呐喊。这种"压迫"不是对于少年儿童身体的剥削与虐待,而是精神世界的压榨与迫害。那种一成不变的沉闷和枯燥窒息了儿童鲜活的想象力与创造力,扼杀了儿童敏锐的感知力,儿童的生命空间被无限挤压扭曲,迫切需要历险的"甘霖"来驱散这致命的阴霾。《迷失的欲望花瓣》里的糖孤独寂寞,没有朋友的糖终日形单影只,被误解、被歧视,甚至被遗忘,日渐枯萎的生命需要一次振奋精神的历险拯救。《奥兹国的魔法师》中衣食堪忧且孤独无聊的多萝西迫切需要一场甘霖的滋养;《神奇电话亭》里无所事事,撞钟度日的小学生米洛急需一次改变。

第二种"内隐型"的表达则转回人物自身,通过对主人公另类气质的书写,暗示历险的必然。主人公的另类可以是身体上的,也可以是个性上的。在儿童幻想小说中,这份另类多数是个性的展示。《空气是免费的》中的少年方第、《波西·杰克逊》系列中的少年波西、《浪漫的老鼠》的老鼠德佩罗都是别人眼里的"怪胎":方第深感生活的压抑,常常大声尖叫进行发泄;波西是一个患有注意力缺乏多动症、有阅读障碍的问题儿童,不停地转学;耳朵大大、个子矮小的德佩罗是一只不啃书、爱读书的老鼠,它不躲人,还主动与人类交谈,不惜触犯鼠群禁忌。"另类"的主人公基本得不到亲人或同类的理解,品尝着不属于他们年龄的孤独与寂寥。

他们与常理和规则的格格不入注定了为现实世界"被抛"的命运，从而踏上一次"另类"历险，发现证明自己的价值。

第三种表达方式则诉诸宇宙之中的神秘力量，用冥冥之中的命中注定预示历险的到来。《最后的独角兽》注定这只"最后"的独角兽需要承担命运的重托，它与生俱来的孤独注定它的生活是一场一个人的冒险。

儿童幻想小说对"内隐型"欲望的使用频率远超"外显型"。当主人公与读者同时蒙在鼓里而不自知，一场突如其来的历险毫无疑问足以颠覆读者的阅读想象，从而怀着更加浓烈的兴致去体味意想不到的惊险。不论是"外显型"还是"内隐型"欲望，其根源都深植儿童内心，对历险的欲望和渴求是恒久不变的。变化的是欲望最终的表现渠道与表达方式，然而，这不仅取决于作者的个人偏好，也依赖于情节的发展。综上所述，可以看出，无论作者采用何种方式呈现主人公的历险欲望，欲望产生的深层动力源都是相同的：当内心的自我与现实的自我无法达成和解，内心真实的自我需要一个独立的舞台与机会来展示自我，证明自我，以实现生命的完整，这时历险就产生了。历险从欲望转化为行动还需要一个过程，确切地说，需要一定的催化。不论欲望是"外显"于世还是"内隐"其中，主人公都需要一个适当的理由离开熟悉的环境、人和物。尽管主人公踏上历险基本都是不告而别，然而一个正当充分的理由不仅能够抚慰主人公的内疚与自责，也能对读者有一个妥善的交代。在幻想小说中，扮演催化作用的事物或理由多以巧合或意外的形式登场，具有强烈的偶然性。一个契机的突然降临，历险之旅水到渠成，想象力本身的权宜性和多变性赋予偶发事件合理化的存在。

　　偶然契机得益于幻想小说各种意外的安排与设计。首先是意外的"发现"。发现是针对久已存在却潜伏于世的事物的获得或认识。因此，"发现"不止于具体物品或事物的发现，还包括真相的获知。"发现"让一直蒙在鼓里的主人公突然拥有了改变生活或命运的可能，从而毫无顾忌、义无反顾地投入到意外发现所带来的令人振奋的可能之中。当徐伟第一次看见隔壁班的同学在街上疯狂地追赶一辆印有"天才街"字样的神秘汽车时，他便知道了去往天才街的方式，知晓了现实到梦想的穿越通道。《神奇电话亭》中意外出现的神秘礼物——电话亭，将米洛瞬间带到奇异王国。最常见的意外"发现"是神奇"入口"的发现。这类幻想作品在儿童幻想创作中可谓汗牛充栋，因此许多学者认为"入口幻想"是研究幻想小说不可忽视的一个重要类型。同历险的工具一样，"入口"的发现是历险的开始，入口作为通向另一个世界的门户，是主人公全新冒险旅程的起点。现实生活中的主人公迅雷不及掩耳地被吸入到一个新鲜陌生的世界，经历各种不可思议与光怪陆离。"入口"一直隐藏在主人公身边，等待合适的时机出现在主人公面前，以猝不及防的惊喜与惊奇吸引少年主人公以及儿童读者跨境穿行。徐伟意外走进地面凹陷的大坑进入天才街；《记忆花园》里女孩念橘和孟伯伯的儿子孟逸无意间在阁楼里发现一扇金色拱门，意外地闯入另一个世界；《多伦王国的秘密》系列里埃里克家地下室的壁柜隐藏着去往多伦王国的通道；《一百个橱柜》里天花板上露出的旋转的门钮，九十九扇橱柜门的后面是无法预见的"精彩"。入口一旦出现，冒险之旅势不可挡。

意外的"发现"还包括主人公对秘密或者事情真相的意外掌握。秘密一般多为真相的扭曲或者隐瞒，这秘密常常关乎主人公自己或者亲人朋友。突如其来的信息和知识颠覆了主人公一直持有的浪漫幻想与天真幼稚，看似高枕无忧的生活原来是自欺的谎言。谎言已经达到骇人听闻，甚至令人发指的地步，至此，主人公无忧无虑、无欲无求的生活被彻底打破，继而踏上"解救"的历险，还世界清白和真相。悠然自得的独角兽意外听到猎人的交谈，得知同类消亡的残酷现实。为寻找真相，它独自踏上旅途，解救同类。小鼠德佩罗意外偷听罗斯库洛和米格的阴谋，怒不可遏，以己之力迅速投入战斗，拼尽全力解救豌豆公主。波西·杰克逊在混血训练营得知自己是海神之子的身世后，誓要洗刷父亲的冤屈。因为不能忍受世间因正义与真理的沦丧而跌入谎言与欺骗的黑暗深渊，主人公决然踏上艰难险途，向着正义的光明迈进，为真理的信仰和原则而战（fight the good fight）。

另一方面，偶然的意外有时也通过类似"灾难"的形式降临，在"塞翁失马，焉知非福"的不确定性中打消了读者对主人公命运存亡的关切，也让主人公不费力气而且毫无顾虑地脱离亲密家人，踏上梦寐以求的幻想之旅。《奥兹国的魔法师》通过一场堪萨斯大草原上寻常的龙卷风将多萝西吹到了奥兹仙境；《爱德华的奇幻之旅》《海蒂的第一个百年》通过一次意外的丢失让主人公踏上历险之旅。主人公的历险就是一次又一次"被抛"的偶然所叠加起来的流浪史，而故事结尾试图在命运的偶然之中为主人公寻求一种必然的归宿。

无论出于何种意外的偶然，契机的到来喻示着历险的必然。主人公借助各种巧合与意外，踏上冒险的旅途，原本憧憬的精彩与刺激，跌落成一个又一个不解的谜团。"历险式"幻想小说没有了"探索型"幻想故事中截然对立的大善与大恶，大美与大丑，取而代之的是善恶共存、模棱两可的"混沌"状态。主人公的历险大多发生在非现实的想象王国里，因而，这"混沌"似乎也代表着少年主人公自我认知的潜意识状态，或者说，仙境或是险境中的麻烦与混乱是主人公困惑纠结的自我的外在投射。主人公因为无法与自我达成和解，萌生历险的欲望与冲动，当契机到来踏上险途时，主人公仍然是深陷混乱谜团之中的懵懂少年。作者希冀的是主人公能够在历险的考验中拨开迷雾，找回自我。少年的历险之旅因此获得某种程度上的隐喻意义，幻境中遭遇的一切敌人与险恶都是少年内心"邪恶自我"的外化。幻境呈现出来的"混沌"与婴儿出生之前母亲子宫之中的昏暗有着某种暗合，[1]困扰自我的各种问题如同披着羊皮的狼，在幻境中改头换面，重新出现，主人公在重获新生之前的困惑挣扎也算得上是黎明到来之前的黑暗。进入天才街的徐伟在天才设计室掌握了天才制造的秘密，发现这里的天才生产是对拥有天才梦的少男少女的残酷戕害，天才的训练是违背自然常规与规则的人为刺激，徐伟的心灵在梦想和理智的双面炙烤下挣扎斗争，时而清醒，时而糊涂，体现了激情与理性抗争的"混沌"状态。男孩米洛通过神奇的电话亭，一下子置身"智慧王国"（Kingdom of Wisdom），单词、数字、逻辑本是

---

[1] Farah Mendleson. *Rhetorics of Fantasy* [M]. Middletown，CT：Wesleyan University Press，2008：112.

他在现实生活中厌恶至极的"无用"事物，在幻境中仍一再出现，换以更加离奇、有悖常规的方式考验着米洛"混沌"的大脑。

然而，黑暗与无助、困顿与疑惑终究是暂时的。在主人公兵来将挡水来土掩，看似浑浑噩噩却又运气十足的历险中，少年的内在自我开始发生无意识的变化。主人公在历险途中面对困境的迎难而上、面对挑战的挺身而出、面对挫折的不屈不挠，相对于那个在现实生活中无聊乏味、"无所作为"的主人公平添了积极与果敢的朝气和活力，在迷雾中不断开拓掘进，经受各种测试与考验，完成一个又一个挑战。所有这一切已经让年少的主人公在无意识之中不断冲破束缚旧我的茧壳，祛除过去的狭隘、无知、懦弱、怠惰，在历险的催逼中逐渐蜕变自我。成为篮球天才的徐伟对这个天才的"我"的狭隘、自私、浅薄和愚蠢感到吃惊，对"天才梦"彻底释然，意识到平凡的美好与珍贵。讨厌学习的米洛在智慧王国里对词汇、数字、韵律、逻辑等恼火事物的全新经历，让他重新认识到这些"废物"的价值与意义。这些消除了善恶争斗的历险过程其实是一场克服自我、重建自我的"奋斗史"和"拯救史"。"探索型"幻想是英雄拯救世界的丰功伟绩，"历险式"幻想则是平凡少年拯救自我的生命史。

归来是进入仙境的主人公一开始就渴望的结果，在适当的时机发生，一般需要等到主人公完成历险之旅，无意识的变化完成之后到来。"历险式"幻想多以"回归"收尾，相比"探索型"幻想故事最终的完满句号，主人公的回归意味着历险只是暂时告一段落，并非最后的终结（closure），故事呈现出极大的开放性，主人公有可能再次出发，再度历险。所以，主人公的回归只是为一次具体的历险经历画上句号，也可能是下一次历险的开始和准备。因而，历险故事的结尾具有生命经历的阶段性过渡性质，传达着"故事不是一定会结束的"^① 的悬念和惊奇。历经各种险境与困难的主人公再次归来，伴随着历险旅程中获得的顿悟，身心经历了不同程度的成长。虽然少年内心的成长是儿童文学中历险故事的必然结果，但外部环境的流动性暗示着成长本身不可能让主人公一劳永逸地获得平静安逸的生活。历险是内因和外因综合作用的结果，主人公情感与思想的成长是不断自我完善的内在动力所产生的确定性因子，外部条件的诡谲多变是作者无法消除的恒在变量，这里便潜伏了造就将来历险的不确定性因子。多萝西回到了大草原，但是大草原的荒凉贫瘠与叔叔婶婶的艰苦生活仍然没有起色，这一外在威胁的延续为后续历险打开了缺口。《多伦王国的秘密》埃里克与朋友们的一次多伦冒险远不能彻底解决危机，由此便有了多次时空穿梭的旅程。

　　虽然历险故事的结尾缺乏终结感，但不可否认的是，每一段历险都需要一个结束，在叙事的链条上形成一种停顿感。这适时的停顿不仅是狂野不羁的心灵的片刻安顿，也是阅读过程中的适当缓冲。历险始于内心不安分的欲望，源自自我内在的不可调和，经历了各种考验、测试与磨难之后，历险应当给出一个答案，对那躁动不安的欲望再次聚焦审视。回归是矛盾内心的和解，是不羁心灵的回归与安放。在

① H. P. Abbott. *The Cambridge Introduction to Narrative* [M]. Beijing：Peking University Press，2007：52.

历险的尽头，内心的释然与平静重新降临，纠结终止，梦想起航。

"历险式"幻想是少年主人公内心自我的一次冒险，是一次隐秘而且隐私的心路历程。儿童幻想作家试图用隐喻性的语言和象征性的符号，为少年纷扰混乱的潜意识附上娱乐和道德的编码，揭示少年成长过程中一次次轰动而颠覆的"自我革命"。

第四节
"童话式"结构

　　童话，抛开其起源和性质，单就其传播状态而言，一直是儿童文学中最古老也是最活跃的文学类型之一，也是儿童幻想文学中的常青树。由法国佩罗童话、德国格林童话、丹麦安徒生童话等世界童话经典所建立起来的童话叙事模式占据着童话创作、阅读以及批评的大半壁江山，其对于王子公主等常态人物以及善良正义主题的刻板书写与呈现在 20 世纪后半叶激起了许多儿童作家以及评论家的强烈不满与愤怒，在现代主义以及后现代主义思潮的推动下，童话改写的浪潮一发不可收拾。① 乔治·麦奎尔、帕特丽夏·麦克利普、简·约伦等成为新生代的生力军，对他们眼中"柔弱不堪"

---

① Farah Mendlesohn & Edward James. *A Short History of Fantasy* [M]. Faringdon：Libri Publishing，2012：159.

的传统童话进行着颠覆与变革，将童话由善之载体演变为恶之狂欢，在文本的解构与互文中追求空白与矛盾的不确定感，解放阅读体验，开放悬念与对话，实现多重的意义解读。

这场童话改写潮流离不开童话批评的推波助澜。贝特尔海姆、杰克·齐普斯、卡什丹·谢尔登等著名学者，在弗洛伊德、荣格等人精神分析理论以及社会政治学等理论的指导和引领下，在心理学、社会学、政治学以及文化等方面对童话进行多重阐释与重塑。童话故事在各类新潮的解读与剖析下呈现出极为前所未见的美学潜力与艺术价值，并由此慢慢走出"童话"作为文体的狭隘身份，成为更富表现力、更加多变的文化资源。幻想小说便是对这一资源加以利用的文体之一。

这里所说的"童话式"幻想故事并非指传统的童话故事，也不是一些评价家眼中的现代童话或者童话小说，而是一种类童话式的情节模式，一种在现代改写童话中较常见的形式或规律。传统童话在模糊的隔绝于世的时空中追求人类心灵的救赎，① 现代的改写童话偏执于童话的社会政治学意义，在特定的政治、历史、文化背景中借用童话的人物形象或者故事情节进行社会隐喻与讽刺。此外，传统童话的模式化人物群像，英俊勇敢的王子、美丽善良的公主、阴险邪恶的王后、形同虚设的国王、作恶多端的巫婆等构成了童话世界里固定且刻板的人物画廊；改写童话着眼人物角色自身的

① ［瑞士］维蕾娜·卡斯特. 童话的心理分析［M］. 林敏雅译，北京：生活·读书·新知三联书店，2010：3.

内涵，对人物身份大做文章，运用刻板印象，在彻底转换的时空话语中使"童话人物"呈现出极大的流动性与开放性。于是便有了二者之间的第三个区别：传统童话叙事的三段式情节结构使故事叙述表现出极大的稳定性。"很久以前""从此以后"的模式化开头与结尾，中间夹着"灰姑娘型""两兄弟型""三姐妹型"的类型化冲突，故事结局极富预见性，部分削弱了由情节产生的自内而外的张力与紧张感；现代改写童话的颠覆性将矛头直指这一眼即望到边的情节模式，让读者在三步一回头的反观与静思中解开情节的悬疑。曲折跌宕的节奏感一扫模式化叙事的平淡与单调，表现出强大的生命力和跳跃感。

简·约伦以"睡美人"为原型改写而成的《野玫瑰》（*Briar Rose*）便是这一部具有类童话式情节的幻想小说。睡美人的故事世代流传，在不同国家都有着相似的版本。法国夏尔·佩罗童话《林间睡美人》（简称《睡美人》）是最早的版本，里面的女主人公没有名字。之后格林童话版的"睡美人"叫做《野玫瑰》，其中的公主就叫做 Briar Rose（野玫瑰）。约伦的小说就是对传统童话故事《睡美人》的改编，被认为是"20 世纪最为杰出、最具代表性的童话改写作品，代表着二战后经典翻写改编创作的巅峰"。[①] 对这样一部集大成著作的分析解读，能够清晰总结揭示"童话式"幻想故事情节结构特征。在《野玫瑰》中，约伦巧妙运用时空的转化和距离感营造了一个悬念丛生的故事。具体而言，其情节结

---

① Farah Mendlesohn & Edward James. *A Short History of Fantasy*［M］. Faringdon：Libri Publishing，2012：159.

构表现如下：

悬疑/秘密 ——————→ 田野调查 ——————→ 真相大白

　　故事一开始借助对童话故事的讲述，抛出一个悬而未决的"问题"。问题或是关于童话人物，或是关于童话情节，以在故事开头激起读者好奇。故事的展开则多围绕人物身份的悬疑或秘密来进行。作者在貌似不对等的身份置换下将原来童话中的人物形象"闲置"起来，插入现代版的人物进行对接，新旧人物"身份内涵"的距离感形成强烈的冲击，制造出一种独特的"分裂"美和"冲突"美。当现代的主人公与童话主人公的身份对接完成，传统童话角色关联的性格特征或功能模式在现代人物身上激活，并被赋予全新的时代意义。约伦将人物身份在情节发展的重要作用发挥到极致。外祖母吉玛是一位快活乐观的老太太，不仅经常给三个外孙女讲《睡美人》的童话故事，更以"睡美人"自称。然而，她对"公主"身份的自信与执着被亲友当作异想天开的笑话而置若罔闻，周遭的质疑与否认中断了读者试图在现代与过去的联系中寻找核实人物身份的努力，而吉玛本人对"睡美人"的水仙情结又不断撩拨读者的心弦。吉玛身份的悬疑不仅成为萦绕在读者心头的谜题，主宰着故事情节的走向。身份的秘密成为故事不得不解决的焦点问题。故事开篇，三个外孙女的出场暗合了传统童话故事"三姐妹"的设置，在世俗冷漠、相互抱怨争吵的大姐二姐之外，还有一个心地善良的小妹妹葆有对魔法、对童话的好奇与向往，因而具有担当大任、改变"世界"的潜质。小妹妹丽贝卡单纯天真，心性纯良，相比两个姐姐对于外祖母的冷淡与不耐烦，她与祖母最为亲近，对祖母的"睡美人"身份非常好奇。与传统童话故事一样，小外孙女丽贝卡就是"解铃人"的最佳人选。吉玛临终前，丽贝卡承诺一定证实祖母的"公主"身份。

解密之旅由此开始，这个探秘既不是简单的文献搜索，也不是白日梦式的幻想。人物身份的解密是一次历史的追溯，有着考古学般精密的调查与分析，突显情节的逼真与确凿，用"真实"去解开横亘在过去与现在之间的鸿沟。这样一来，担负重任的主人公便需要在"史料"的线索中不断追踪跟进，多方面入手调查，搜集线索，分析整理纷杂的头绪，渐渐深入真相内部，是一个庞大复杂而且异常艰巨的工程。通常，人物对于自身身份的指认会让读者对其身世经历形成预期，因此，祖母吉玛"睡美人"的身份自然会产生故事情节发展的"睡美人"指向。外孙女丽贝卡对祖母身世的田野调查本质上可以说是一项过去与现在的匹配工作，即为童话故事情节中的人、事、物妥当贴切地找到现代的对应与安置，故事的发展也就是由身份的相似所导引出的情节相似。

故事的最后是终极答案的揭晓，一切的线索和头绪在这里汇集，真相水落石出，过去与现在的链条紧紧咬合，人物身份的童话性以及童话人物的现代性得到充分诠释，过去和现在都在崭新的叙事中获得更新。丽贝卡在锲而不舍的调查与追踪中揭开了祖母吉玛辛酸痛苦的往昔：吉玛祖籍波兰，犹太人，二战期间被德国纳粹圈禁在集中营中。集中营的所在地是一个废弃的城堡。在纳粹万人坑的大屠杀中因被他人压盖，吸入少量毒气而昏迷，被青年阿温吉从坑中救出，约瑟夫·波特基的人工呼吸将她救活。后来，吉玛与阿温吉情投意合，结为夫妻。婚后不久，阿温吉不幸遇害。怀有身孕的吉玛在约瑟夫的帮助下历经艰险逃往美国。

整个故事与《睡美人》的情节非常相似。公主遭受诅咒而沉睡，王子一吻唤醒了公主，两人步入婚姻殿堂，快乐幸福地生活在一起。因为犹太身份而被囚禁在城堡中的吉玛成为了居住在城堡中高贵公主最讽刺、最具反差效果的写照，在万人坑中吉玛因为毒气的"诅咒"陷入昏死的"沉睡"，"唤醒"吉玛的人工呼吸如同童话故事里王子的救命之吻，吉玛像公主一样与救命恩人结为连理。吉玛的遭遇与童话里公主的生活惊人相似，却更多辛酸与痛苦，二者看似相同的命运节奏中穿插的是人为的刻意与生命的无常碰撞出的荒谬与讽刺。丈夫遇难，孤身一人面对即将出世的孩子与飘忽不定的未来，这样的人生经历相比童话故事幸福浪漫的结局中愈加悲惨凄凉。然而，约伦笔下的吉玛公主比传统的"野玫瑰"公主更具人性的力量。这位备受战争戏侮的"公主"不再是童话故事里柔弱无助、被动认命的漂亮宠儿。即使被囚万恶的集中营，吉玛仍然保持着她那公主般的骄傲，她不向苦难屈服的高贵与自若令所有人惊叹折服，其顽强不屈的斗志与生存意志赢得了命运女神橄榄枝的眷顾，缔造了一段传奇的生命史。她的生命是一部不断抗争的奋斗史，不是被动等待拯救的沉睡史。约伦在"诅咒—沉睡—拯救—团圆"的故事模式中再现了纳粹对犹太人惨绝人寰的大屠杀，在童话故事的框架内重演历史，将纳粹灭绝人性的狰狞冷酷同祖母吉玛张扬人性、肯定人性的乐观坚韧并置展现，注入更多的人类主观能动性，致力于呈现和考察在挣扎与磨难中个体的反应与行动，在现代社会的变革中诠释"公主气质"的全新内涵。

中国儿童文学因缺乏西方儿童文学所拥有的丰富而强大的古典童话资源与传统，其现代幻想小说的创作无法如西方儿童幻想小说那样转向童话故事所构筑的话语体系和形象空间汲取灵感与养分。[①] 这样，神话故事作为中国文学传统中最原始、最宝贵的想象资源，成为现当代儿童幻想小说创作加以借鉴与发挥的基础和源泉。虽然中国神话在以西方神话学理论占主导的话语评价体系中被确认为先天发育不良，零乱、散碎而且不成体系，然而其故事情节与人物设置中所蕴含的中国力量与审美品格是其作为文学发端形式所不可否认的，神话对于后世文学的启发与滋养亦是不容抹杀的。神话对当代文学创作的介入在多个层面上有着多种途径，如弗莱所说，小说是"移位"的神话。古老神话故事积淀形成道德象征、隐喻等语义功能，以意象化的存在将神话消解成为现代文本的潜在媒介；神话人物所具备的泛灵、泛神的气质光环将神话的灵性之光照射到现代文本的人物设置之中。[②] 然而，当神话与幻想小说相遇，两个非现实、非经验性个体的消解与融合需要一种全新的尝试与实践。单纯的意象化存在或泛灵气质与幻想场域中事物与人物的语义功能和精神气质趋于同质化，神话的参与需要突破常规的大胆僭越。"以'故事'作为其叙事中心的幻想小说，要吸收神话的元素，可能就要让神话中的人物、事件重新'出场'，参与到整个

① 王泉根. 中国儿童文学概论 ［M］. 长沙：湖南少年儿童出版社，2015：185—187.
② 朱自强，何卫青. 中国幻想小说论 ［M］. 上海：少年儿童出版社，2006：134—135.

小说文本的叙事情境当中去，用学术性较强的话来说，就是要让这些神话元素进入小说的叙事层次，并且在其谓语语义场获得一个确定的位置"。[①] 在这个方面，当代儿童幻想作家薛涛无疑让中国神话故事中的经典人物在当代幻想小说中有了惊艳的"亮相"。

"山海经新传说ABC"由《精卫鸟与女娃》《盘古与透明女孩》和《夸父与小菊仙》三个故事组成，薛涛将《山海经》里讲述的精卫填海、盘古开天和夸父追日的古老神话传说融合汇入当代幻想小说，在中国率先发起一场"现代神话幻想小说"创作运动。女娃、盘古和夸父这些神话人物穿越时空的幕布在现实的场景中出现，同现代的少年儿童相遇，远古的神话与现代生活碰撞出奇异的火花。与约伦《野玫瑰》中主人公与童话故事人生经历的发展轨迹类似的身份趋同性特征所不同的是，这些与现代社会生活意外"接轨"的上古"异人"，以及发生在他们身上的传说故事基本维持原貌地重新出现在现代幻想小说之中，不承担主角戏份，多充当叙事的黏合剂与催化剂，在两个不同历史时空的交错和穿越中引向"异人"的身份归属。《精卫鸟与女娃》讲述了小瓦和小当这对"好学生"好朋友在现代生活中与来自远古的炎帝之女女娃的意外邂逅，以及之后发生的一系列"灾难"。两个孩子不甘平淡乏味的生活，意外走进一条闪光的胡同而回到过去，目睹女娃丧生大海的悲剧；学校残缺的矮墙外一片"奇异"的草坪，植物、动物以及石头以疯狂的速度生长，与死去的女娃在"奇异"树林中的意外邂逅，再次联通

① 朱自强，何卫青. 中国幻想小说论［M］. 上海：少年儿童出版社，2006：135.

现在与过去两个不同的时空，并打破神话故事的叙事框架。故事内容开始互相介入、交融，消灭"烟鬼"的"填海"工程成为小瓦、小当和女娃的共同事业。现代力量的干预引来上古邪恶力量的报复，"烟鬼"向现代社会发起水灾，过去与现在盘根错节，扭拧在一起。现实的危机、错乱的时空需要主人公们做出选择，混沌的时空需要彻底的清理。当小当成为北京大学学生，读到《山海经》中《精卫填海》的神话故事时，整个故事完整了，现代主人公与神话人物完成了自己的角色归位，现代的借用与改写到此画上句号。

薛涛的改写或创新并非纯艺术的实践与实验，同西方的童话改写运动一样，仍然有着清晰的现实指向。神话故事《精卫填海》中由人类矢志不渝地反抗宇宙的意志力量，和人类追求主体性的独立意志混成的蕴藉着悲哀与力量的悲剧精神，① 在薛涛现代幻想创作的笔锋之下演变成为歌颂同情、友情、助人、勇敢等优秀品质的道德寓言。这一明确的时代转向与作者所做出的叙事调整相暗合，恰当呼应了时代的需求。

"童话式"幻想故事借大众业已熟知的童话角色的身份或象征意义展开故事，利用读者理所当然的熟悉感为故事的"颠覆"埋下伏笔，助力情节的开展。随着熟悉感渐渐让位于陌生感和不确定感，对真相的探索追查逐渐展开，整个过程将童话人物或者童话作品抽离了原有的孤立隔绝的时空，赋予其现代的隐喻和象征意义。这类幻想小说使用童话/神话故事或人物的魅力来诠释现代的矛盾与冲突，在过去与现

① 王富仁. 悲剧意识与悲剧精神（上）[J]. 江苏社会科学，2001（1）：115.

在的时间轴上寻找契合口，在空间界面上寻求突破口，在二维时空的交接中，祛除旧物，填充新意。幻想在遥不可及的虚幻时空与真实亲切的现实时空的对接中，实现着幻想的日常化——想象在生活中无处不在。

第五节
"渗透式" 结构

　　"渗透式" 幻想故事情节是继 "童话式" 幻想故事情节
之后，幻想日常化的另一主要表现形式。当幻想进入现实生
活，开始其日常化演进，幻想与现实的二元对立不攻自破，
横亘在两者之间似乎不可逾越的鸿沟得以填补，现实与幻想
之间存在的传统非此即彼的势不两立逐渐让位于相互包容的
和平共处。这种渗透也可以理解为一种浸透式的弥漫，幻想
的元素，如奇异的人物、力量、现象、事物等，陆续出现在
现实世界之中，引发一系列让主人公难以名状的异样或奇怪
感受。汤汤的《鬼精灵》幻想系列、斯蒂芬妮·梅尔的《暮
光之城》系列、丽贝卡·斯蒂德的《当你到我身边》（*When
You Reach Me*）等幻想小说在幻想与现实的交融中谱写了一
曲又一曲令人流连忘返、荡气回肠的乐章。

幻想此番悄无声息的渗透，现实生活中的主人公坐标定位发生一定变化：他们不用像"远征探索型"和"历险型"幻想故事中的主人公那样身处异邦，遭遇异类或异象，长途跋涉，履行使命；也不用像"童话式"幻想故事的主人公那般四处搜寻，展开田野调查，揭示真相；他们只需待在原地，便自然而然成为了瞩目的焦点。在这里，主人公不再是朝着幻境积极开进的探路者与闯入者，而是被幻想选中的目标或靶子。主人公从主动接近幻境的追求者变成被幻想接近的被动接受者，基本不发生任何身体的位移。整个故事发展的动因和动力更多落到渗透的势力身上。需要指出的是，幻想势力的"浸入"不同于不请自来的"入侵"，渗透并不具备扰乱和破坏功能，是一种全新的常态化存在，和现实世界交互融合。现实生活中的主人公不是他们攻击、消灭的对象，而是他们与现实世界和生活相互联系、发展和蔓延的核心，或者说是大本营，借由现实世界中看似普通平常的凡人主人公，幻想势力开始充盈主人公的生活，进而生发开来，卷入更多的人与物，呈现出弥漫的态势。可以说，故事对于主人公的这一坐标定位铸就了独特的故事叙述模式。具体如下图所示：

$$\xrightarrow{\text{潜伏期} \qquad \text{冲突期} \qquad \text{和解期}}$$

故事发展的各个阶段按幻想势力在现实世界中的发展与表现形态进行划分。潜伏期的开始意味着幻想势力往往从故事一开始就已经存在，驻扎在现实世界之中，彻底撤除了入侵者的身份。他们与常人本就是同一世界的居民，和常人和谐地生活在同一座城市里。然而，不可否认的是，他们有着不同于寻常人的"异样"。汤汤《鬼精灵》幻想故事中的鬼怪们与人类和平地共存在现实生活中，《鬼牙齿》里鬼虽非人类世界的常住居民，却是常见的存在；《鬼的年》里人类世界与鬼堡仅一河之隔；《到你心里躲一躲》中人类居住的底底村和鬼怪傻路路们居住的傻路路山包距离很近。打破人类世界与幻想世界的距离隔膜，人与鬼的并存共处成为常态，幻想对现实不断浸透与融合的一体化效应将人和鬼这彼此相克相生的一对包裹其中，铺垫叙事，只剩下相貌装扮的外表差异指示着二者的不同。变身柳树的第四有着两条细细的腿，蛇皮靴子上两只褐色眼珠滴溜溜地转，蒙着红布的脸以及脑袋上唑唑地抽出柳枝一样绿色头发的怪异形象，与人类的容貌相去甚远。傻路路们穿着长长的灰袍子，整个人鼓鼓囊囊的，有些滑稽；鬼堡里最为帅气浪漫的晚啼和风落衣着考究，分别为自己定制了紫色和青色的长袍，兴高采烈地去给人类拜年。作者汤汤虽未对晚啼、风落和傻路路们进行精细的五官勾勒，单从其奇特的着装打扮便对其不落人世俗套的另类窥见一斑。斯蒂德的《当你到我身边》中从未来穿越回到现实生活中的马科斯成为了街头疯癫傻笑的老头，他不明所以的疯笑以及令人费解的奇怪行为令人感觉十分怪异。虽然这份差异与异样的存在不免有几分神秘诡异，但在故事伊始，"异样"并不制造异端和矛盾，而是作为故事叙述的隐线为日后的矛盾与冲突埋下伏笔。这些"异类人物"与常人相安无事地相处生活，试图与常人划清界限，却又无法抽身早已融入其中的尘世生活。故事本可以照此风平浪静地继续下去，然而凡人主人公的出现注定会掀起一番惊涛骇浪。

当凡人主人公出现在幻想的异类人物眼前，原本特立独行、与人类若即若离的异类人物无法继续保持淡定自若。凡人主人公仿佛磁石一般，吸引着异类人物，将其卷入各种情感纠葛，面对从未曾经历的挑战。彼此之间产生的巨大引力将双方不断地置于各种偶遇或巧合之中，双方在频繁的瓜葛或纠缠之中日益亲近、越陷越深，关系发展扑朔迷离。原本看似格格不入的两个人在巨大引力的助力下，持续擦出"火花"，矛盾冲突逐渐延伸开来。随着双方的卷入和深陷，异类人物在彼此的交往中更多地占据了主导地位，作为行为的主动方，他们选择瞄准并主动接近现实世界中的凡人主人公，他们的行为和决定具有明确的指向性和目的性，而这个目的是他们竭力掩藏的秘密，因为它足以解释其一切的行为动机以及故事发展的前因后果，同时这个目的还可能涉及有关异类人物自己身份的秘密。一切的误会、纠结、迷惑和困顿都源于异类人物根深蒂固的"秘密情结"，那不能言说的秘密成为了故事讲述的魔法师，用一张巨大的魔法网将双方牢牢吸住，他们的相遇相识以及误会冲突被"秘密"的魔法之网紧紧吸附。一方面，异类人物虽是"肇事者"，目的明确而且积极主动，似乎稳稳站住了掌控者的地位。然而复杂纠结的现实往往超乎其想象，人类的深奥难测，以及彼此之间产生的"化学反应"所带来的始料未及的变化远远超出其掌控范围。不仅如此，在双方不断的摩擦往来之中，异类人物对于自身的认知也逐渐模糊、摇摆，时常陷入矛盾纠结之中，反复质问自己的初衷、选择和行为。在具体交往中，他的模糊与摇摆表现为过多的犹豫、迟疑和自我否定，情节发展呈现出一路的跌宕。另一方面，凡人主人公作为受动的不知情者，是异类人物"秘密情结"的主要目标，是被彻底隔绝在秘密之外的局外人。他们是被动的承受者，毫无防备地接受着突如其来的变化。然而，他们并未完全丧失主动性和积极性，面对异类人物抛出的各种招数，他们有着独特的应对方式。种种异象让他们对异类人物发出质疑和挑战，不断向"秘密"逼近；在逼近的过程中，彼此剪不断、理还乱的错综缠绕越发令其沉迷深陷，自我理智与情感遭遇颠覆和挑战。双方因某种难以言说的"缘分"在不可能的时间和地点相遇，试图完成"不可能"的任务。在他们之间，不存在激烈的斗争与对峙，更多的是心灵和精神的较量。

汤汤《到你心里躲一躲》中男孩木零从小接受父母的训练，以便顺利地从傻路路们那里获得宝贵的珠子。年幼的木零遵照底底村的习俗，在父母的安排下，从 7 岁到 11 岁，每年都前往傻路路山包设法偷取傻路路们心里的珠子。巧合的是，木零每次遇见的都是那个他称为"光芒"的傻路路，虽然木零每次都不免难过和自责，"光芒"总是毫无怨言地敞开怀抱和心扉，将木零拥入"心里"，让他取暖，任由自己内心的珠子一次又一次地被偷走。眼看着"光芒"明亮的双眼一年比一年暗淡无光，躲在心里取暖的木零不禁流下了一滴眼泪。多年以后，傻路路们决定搬家，离开前"光芒"来到底底村，只为搞清楚留在自己心里的东西是什么，并要物归原主。偶然之中"光芒"敲开了木零的家门，湮没多年的"秘密"随即揭开，联结起冲突双方的"磁力"从一开始的"利益"争夺逐渐转变成微妙的"情感"纽带。这"情感"既掺杂了友情和亲情的浓度，又背负着内疚与忏悔的重量，将男孩木零和傻路路"光芒"之间"予取予求"式的相互依存与彼此对立紧紧黏合在一起。整个叙事进程在"情感"的浓度与重量中酝酿着戏剧性的反转。木零对傻路路的"索取"唤来傻路路对木零的"索取"。这一来一去、一取一求之间，人类与鬼怪千丝万缕的勾连盘绕其中，叙事的弹性与张力大大加强。

斯蒂德的《当你到我身边》全书悬疑重重。故事一开始，米兰达便提到神秘人物"你"，"你"在整个故事中从未现身，却总是神秘地留下字条，字条内容与米兰达的生活息息相关，颇具预言性质，一连串不可思议的奇妙事件随之发生。米兰达家附近街头出现的流浪疯癫老头、家中失窃的鞋子、好友萨尔遭马科斯欺凌、打工店主的小金库被盗、在学校与"恶人"马科斯的亲密交谈、与女性朋友的矛盾与和解等等，这些看似毫不相干的事件接二连三地发生，每个突发情况都让米兰达措手不及，每个事件最后或多或少都会跟街头的疯癫老头产生联系。米兰达辗转于神秘的"你"传来的字条、街头疯癫的神秘来客以及现实生活这三者之间，试图理清周围发生的一切，搞清楚疯癫流浪汉的真实身份及其疯癫举止的真实意图，"你"为何对自己的生活了解得如此透彻。相比于米兰达的困惑，疯癫流浪汉则目的明确，从一开始就牢牢锁定了米兰达这个重要目标，向其透露各种信息，传达各种指令，安排各种任务，对事件的发展走向有着清晰的把握。他对米兰达的信任让他选择在她家附近驻守，密切关注米兰达的一举一动；出于对自己特殊身份和来历的担忧与顾虑，避免见面的尴尬，选择用字条的方式联系沟通。流浪汉每一次欲进一步接近米兰达，表达自己关心的尝试都使米兰达倍感恐惧害怕，而迅速逃离。在米兰达敬而远之的

"退"与疯癫流浪汉担心关切的"近"之间，一股"情感"的潜流暗中涌动，指挥操控着每一次的"关注""提醒""跟踪""陪伴"与"守候"，只是"情感"在那些疯疯癫癫、违背常理、逻辑混乱的行为和事件的搅浑下越发剪不断理还乱了。

在"渗透式"儿童幻想小说的世界里里，两个有着不同故事和不同背景的陌路人在某个不可能的时间地点相逢，产生多重交集，碰擦出各式火花。尽管阻力障碍重重，异类主人公始终坚定地守候在凡人主人公左右，做最忠实的伙伴，提供最温暖的陪伴。也许这便是他们所希冀的，彼此和谐共处的平衡生态。虽然事情的开端受他们掌控，结局却难为其操控。凡人主人公的潜力和意志誓要打破这平衡，深入内部去打探那不能触碰的"秘密"和禁忌，为"异样"找到原因，给"缘分"一个清楚的解释，给自己一个真相、一个合理的选择。因此，他们决不罢休的勇气和干劲预示着故事的结尾终究会画上一个不同的句号。

凡人主人公对真相锲而不舍的努力挖掘和追寻必定攻破"秘密"的大门，双方得以坦诚相见。过去的误会、不解、迷惘和踟蹰在真相面前化作过眼云烟，主人公以全新的姿态迎接未来的生活和挑战。"渗透式"幻想故事的结局有力体现了"渗透"的精要所在：凡人和"异类"通过交往冲突中的矛盾摩擦，相互影响、互相适应、彼此习惯再到相互信任的完全接受，顺利跨越了不可能的屏障，达成了和解，生成新的平衡，实现了双方共存的新生态——一种更为亲近、更加真挚的关系。

当傻路路"光芒"如法炮制，进入木零的内心，阅读了木零心里的所有记忆，他明白了一切，解开了所有秘密。木零取走的珠子，是傻路路的记忆，当傻路路进入木零的心，那里也有一颗珠子，那是木零的记忆。傻路路读到了小木零的挣扎、矛盾、内疚、自责、难过、悲伤等，终于知道留在自己心里的东西就是木零的眼泪。那滴眼泪包含着难以言说的同情、忏悔、歉疚与感激，"光芒"读懂了这一切，他原谅了木零。也是从这天起，木零重新找回了心灵的温暖，冰凉的心终于得到了救赎。木零与傻路路在人与鬼的身份对立之外，结成了一个全新的记忆共同体，彼此跨越了内心深不可测的沟壑，在忏悔与原谅、内疚与救赎的情感纽结中相互取暖。当米兰达经过对一连串事件抽丝剥茧的分析，恍然大悟，发现街头疯癫的流浪汉就是从未来穿越回现在的马科斯时，现实世界中发生的一切得到了合理的解释。当流浪汉不顾一切冲向萨尔，将他从飞奔的大卡车前救出时，穿越时空返回现在的马科斯用自己的生命了结与萨尔的恩怨，用牺牲诠释自己的真诚与忏悔。神秘的"你"就是路口的疯癫老汉、来自未来的马科斯，洞悉真相后的米兰达最终释然以对，完成"你"布置的任务，写完了那封长长的信件，并把信放到了马科斯家外面的铁栏杆下面。米兰达不仅了却了"你"的心愿，也更加坦然地接受了自己和他人。她最终与身边的朋友——科林、安妮玛丽、茱莉娅、萨尔——冰释前嫌，重归于好，对人们眼中的"恶人"马科斯有了更加深入、全面的了解和认识。现实生活再次回归平衡与和谐，然而，在人与人之间看似安然无恙的关系表层之下，流淌着的是彼此心灵的相知与相惜。

可以看到，"渗透式"幻想故事中的主人公们没有巨大的攻击性和杀伤力，本性比较安分守己。他们苦苦寻求的不是改变世界的宏伟功绩，而是自我内心的慰藉。他们不做拯救世界的英雄，而是拯救自己的英雄。因此，故事主要围绕着彼此双方的相互"渗透"展开，凭借情感的延伸与蔓延，在真情挚感的影响与矛盾冲突之中厘清自我、改变自我、发现自我，在故事结束的时候给自己一个完整合理的交代。故事情节不追求激烈的打斗或抗争，不突出敌我的势不两立与残酷斗争，旨在通过缘分的牵引，在命运的冥冥安排中烘托无处不在的陪伴和关爱，用对生命和信仰的忠诚守护传递震撼心灵的力量，打造至情至性的"爱丽丝漫游奇境记"式的"暖幻想"。

第六章

叙 事 视 角 的 多 元 聚 焦

　　故事需要通过讲述才能传播，谁来讲故事是作者提起笔来写作故事之前必须要解决的首要问题。叙述者能够将作者自身对于世界的体验传递给读者，然而，传递效果的好与坏则取决于作者对叙述者的选择。一个相同的故事常常会因故事讲述方法的不同而大相径庭，因此，早前就有卢伯克一针见血地指出"在小说技巧中，整个错综复杂的方法问题，我认为都要受到观察点的制约，也就是受到叙述者相对于故事

所占的位置的关系所制约"。① 卢伯克所说的"观察点"就是
叙事视角。当代叙事学研究的领军人物杰拉德·普林斯直言
不讳地指出叙事视角的存在让叙事事件和叙事情境能够得到
生理的、心理的、意识形态等多角度的表达与呈现，从有关
叙事视角的批评关注度上得出结论，其他任何叙事特征无法
比拟或超越叙事视角的地位。②

① Percy Lubbock. *The Craft of Fiction* [M]. London：Jonathan Cape，1966：251.
② Gerald Prince. Point of View. In David Herman，Manfred Jahn& Marie-Laure
Ryan（eds）*Routledge Encyclopedia of Narrative Theory* [C]. London & New
York：Routledge，2005：442.

第一节
叙事视角：叙事分析的基石

叙事视角是一部作品，或一个文本，看世界的特殊眼光和角度。① 作者和读者都需要借助它进入到语言叙事的世界。一方面，作者通过叙事视角得以把自己的经验感知转化为语言创作，这时他"必须创造性地运用叙事规范和谋略，使用某种语言的透视镜、某种文字的过滤网，把动态的立体世界点化（或幻化）为以语言文字凝固化了的线性的人事行为序列"②；另一方面，读者通过这个视角得以进入语言构建的世界，基于自身的经验，透过叙述者的视角去品读作者呈现的经验世界，感悟故事背后的深意。叙事视角联结着故事叙述的两端：讲述与阅读，视角的选择对于整个故事的讲述和呈

① 杨义. 中国叙事学 [M]. 北京：人民出版社，1997：191.
② 杨义. 中国叙事学 [M]. 北京：人民出版社，1997：191.

现可谓牵一发而动全身。

　　叙事视角作为叙事理论研究中的一个重要问题，争论从未间断，研究逐渐深入细化。叙事分析涉及两个基本问题："说"与"看"。"谁说？"确认的是文本的叙述者和叙述声音的问题；"谁看？"关乎的是谁的视点决定叙事文本的问题。[①] 故事无论怎么被描述或讲述，总是需要选择某个角度，从一定的视角来观察，进而开始描述。"看"是"说"的前提，因此，叙事视角是整个叙述分析的基础。最初的叙事研究对"说"与"看"的认识有些含混，用巴尔的话说，"没有对视觉（通过它诸成分被表现出来）与表现那一视觉的声音的本体之间做出明确区分"。[②] 基于这一概念，不同学者选择不同的术语来表达，叙述视角（point of view）、叙述透视（narrative perspective）、叙述情境（narrative situation）、叙述焦点（focus of narration）等。对于"谁说？"的研究混淆或者说掩盖了"谁看？"的问题，对叙述者的关注率先展开。英美新批评的代表人物布鲁克斯和沃伦[③]在《理解小说》一书中依据叙述者的身份和位置对叙事视角进行划分：以叙述者是否作为小说人物的身份为横轴，以叙述者与事件保持的相对位置（内部分析与外部观察）为纵轴，提出了四种类型：主要人物叙述自己故事、次要人物叙述主要人物的故事、全知式作者叙述和观察者、作者叙述。

---

① 谭君强. 叙事学导论：从经典叙事学到后经典叙事学 [M]. 北京：高等教育出版社，2008：83.

② [荷] 米克·巴尔. 叙述学：叙事理论导论 [M]. 谭君强译. 北京：中国社会科学出版社，2003：68—169.

③ Cleanth Brooks & Robert Penn Warren. *Understanding Fiction* [M]. Beijing: Foreign Language Teaching and Research Press, 2004.

　　德国叙事学家斯坦泽尔①1955 年提出著名的叙事情境学说，倾向于从叙述人称的角度对叙述情境进行划分，得出三大类型："无所不知"的全知叙述、作为人物的第一人称叙述者以及依据人物视点所做的第三人称叙述。之后法国学者伯尔梯尔·隆伯格②对斯坦泽尔的学说进行了补充，新增了"客观叙述"的叙述情境，将情境类型扩展为四类。诺曼·弗里德曼③紧跟隆伯格的脚步，提出了更加细致复杂的叙事视角八项分类法，将全知视角细分为编辑型全知叙述视角、客观型全知叙述视角、多重选择性全知叙述视角、单一选择性全知叙述视角四类；将斯坦泽尔作为人物的第一人称叙述者细分为第一人称主要人物的叙述和第一人称见证者的叙述两种；并新增加了"戏剧模式叙述"和"摄像机式的叙述"两种类型。

　　此外，还有两位法国叙事学家让·普荣和托多洛夫对叙事视角进行了视野划分。普荣提出了"内视野""后视野"和"外视野"三种视野模式，与前人的分类有着异曲同工之处；托多洛夫对普荣的分类加以完善，从故事叙述者与故事人物掌握信息多少的角度，对三种视野的大小进行了阐释，将理论阐述进一步简化，更具操作性。④

　　上述研究对叙事视角所作的不同表述和分类既有相同的契合，又有着各自鲜明的差异。尽管各种研究对叙事视角的

---

① F. K. Stanzel. *Narrative Situations in the Novel* [M]. J. P. Pusack（trans.）. Bloomington：Indiana University Press，1971.

② Bertil Romberg. *Studies in the Narrative Techniques of First-Person Novel* [M]. Michael Taylor & Harold H. Borland（trans.）Storkhom：Almquist&Wiksell，1962.

③ Norman Friedman. Point of View in Fiction. In P. Stevick（ed.）*The Theory of the Novel* [C]. New York：The Free Press，1967：108—137.

④ 尚必武. 叙事聚焦的嬗变与态势 [J]. 天津外国语学院学报. 2007（6）：15.

探讨不断深化，然而叙事过程中"说"与"看"的关系仍未充分理清，导致不同程度的混乱。直到 20 世纪 70 年代法国叙事学家热奈特在《叙事话语》一书中才对"说"与"看"进行了严格的区分，廓清了多年来西方理论界在叙事视角这一问题研究上的混乱。热奈特扫清了过去较为纷杂而且具体化的视觉术语，采用"叙事聚焦"一词，以突出作为视觉、心理或精神感受的核心主体，叙事文本中过滤信息的眼光和心灵。所谓聚焦，要害就在于视点的限制。"聚焦就是视觉与被'看见'被感知的东西之间的关系"。[①] 热奈特[②]从聚焦的主体出发，将聚焦分为三类：无聚焦或零聚焦叙事、内聚焦叙事以及外聚焦叙事。虽然许多评论家将热氏的三分法与传统的叙事视角划分进行比较，尤其是与普荣和托多洛夫的叙事视野三分法相比照，认为叙事聚焦的区分不过新瓶装旧酒，然而热奈特的突破与贡献不容忽视。正是因为热奈特对于"说"与"看"、叙述和聚焦的区分，他的划分在概括性、合理性、应用性和适应性等方面表现出明显的优越性。热奈特的叙事聚焦理论一出，引得众多学者的探讨与响应。赫尔曼[③]的"假设的聚焦"的构想、雅恩[④]的"解构'谁看？'与'谁说？'"以及里蒙-凯南、尼尔斯、巴尔等著名叙事学家提出了许多不同的设想，试图重建叙事聚焦的一系列概念。

---

① ［荷］米克·巴尔. 叙述学：叙事理论导论［M］. 谭君强译. 北京：中国社会科学出版社，2003：168.

② Gerard Genette. *Narrative Discourse*［M］. Ithaca：Cornell University Press，1980.

③ David Herman. Hypothetical Focalization［J］. *Narrative*. 1994，2（3）：230—253.

④ Manfred Jahn. Windows of Focalization：Deconstructing and Reconstructing a Narratological Concept［J］. *Style*. 1996，30（2）：241—267.

　　热奈特的划分是从"视点"这一范畴出发来进行的，热氏出于对聚焦主体的考虑，将叙事聚焦分为三类。虽然热氏的分类更具合理性和概括性，然而，任何聚焦叙述模式的分析都难以用一种十分精确的方式来进行，只可能在一个相对准确的层面上来加以把握，只有这样，才有可能在研究和分析叙事文本的过程中保持实事求是的科学态度。①

　　第一类无聚焦叙事，相当于叙事情境学说的全知叙述视角、普荣的"后视野"或者托多洛夫的"叙述者＞人物"的公式。无聚焦叙事即指视点没有任何限制，叙述者能够看到或感受到其所希望看到或感受到的任何事物，其"叙述对象按照一种非确定的、不限定感知或概念身份描述出来"。② 无聚焦叙事拥有极大的自由，可以在不同的叙事对象之间任意转移，在不同的叙事场景之间随意转换，在不同的叙事时空中任意穿梭。无聚焦叙事可以静观事变，也可以直入人心，于人于事，于表于里，一览无余，以罗兰·巴特所说的"上帝之眼"③ 高高在上，通观全局。

　　第二类内聚焦叙事，相当于普荣的"内视野"、托多洛夫"叙述者＝人物"的公式，又可以细分为三种类型：第一种固定式内聚焦，即叙述者与故事中的一个人物相重合，借助这个特定人物的眼光和心灵去"看"或感受其周围的一切，同时，也借用这个特定人物的身份，以及符合这个人物

---

① 谭君强. 叙事学导论：从经典叙事学到后经典叙事学［M］. 北京：高等教育出版社，2008：91.

② Gerald Prince. *A Dictionary of Narratology*［M］. Lincoln：University of Nebraska Press，2003：105.

③ ［法］罗兰·巴特. 叙事作品结构分析导论. 张寅德译. 叙述学研究［C］. 张寅德编选. 北京：中国社会科学出版社，1989：29.

身份的行为特征与故事中的其他人物展开交往。这个叙述者不仅是一个故事的讲述者，也是参与者，有时甚至是重要参与者。第二种不定式内聚焦，即叙事视点不固定，叙事视角在不同人物身上来回转换，从故事中不同人物的视点来讲述故事。第三种多重式内聚焦，即同一事件每次由不同人物的多次叙述，不同人物站在不同的角度和位置观察、感受同一事件，以产生互补或冲突的叙述。

第三类外聚焦叙事，相当于普荣的"外视野"、托多洛夫所说的"叙述者＜人物"的公式。这是一种客观型的叙事，叙述者严格细致地从外部呈现事件，例如人物的外貌、表情、行动以及外部环境，而不提及人物的动机、思想和情感。海明威在短篇小说《杀人者》中就展现了这样一种叙事类型，故事中的两个杀手一直活动在读者眼前，一言一行、一举一动尽收眼底，然而其行为的最终目的与动机以及冷酷表情下的思想和情感，对于读者来说仍然如谜一般深不可测。

根据热奈特的类型划分，在儿童幻想小说中，无聚焦叙事，这一传统小说通常采用的方式，和固定式内聚焦叙事是两种最为常见的聚焦类型。儿童幻想小说面向少年儿童，令人困惑费解的外聚焦叙事与儿童简单直接的认知与审美方式不太契合，难以捉摸的不定式内聚焦所带来的视角的迅速变化也让儿童似乎有些难以招架；而幻想故事的奇丽与美幻在多重式内聚焦叙事的轮番碾压和轰炸下，新鲜与奇妙的感觉将荡然无存。由此一来，给读者一个全知的或者有限的视角，仿佛给了读者一张能够自由畅行于现实世界和幻想世界的通行证，随意出入故事的时空，观察甚至经历事件，洞察人物内心。

第二节

无聚焦叙事：融"幻"于"真"

无聚焦叙事拥有"上帝之眼"的神奇，既能够进入人物内部，知晓人物内心所思所想，又能够停留在人物外部，所有事件了然于胸。这样的叙述者不与故事发生关联，独立于故事之外，以不卷入故事情节发展的超然，冷眼俯瞰故事的世界。无聚焦或称零聚焦的无处不在与无所不知使其能够充分地、全方位地表现事件的复杂因果关系、人物关系和事物兴衰存亡的形态，[①] 因此，成为了中西方传统小说钟爱的叙事方式，也成就了无数著名的经典之作。

应用到幻想小说中，视角的"全知"成全了作家潇洒地徜徉于不同的时空，冲破横亘在"此在"世界与"彼在"世界的藩篱，游刃有余地向读者呈现出此情此景与异国幻景，

---

① 杨义. 中国叙事学 [M]. 北京：人民出版社，1997：210.

几乎成为了"入口幻想"的专属选择。并行存在的双层空间、形形色色的人物、两个空间的交错、冲突与矛盾等纷繁复杂的问题都需要在叙事中得到解答与交代，方有全知全能者能够在这样的时空中出入自由、左右逢源。薛涛的"山海经新传说 ABC"、严文井的《"下次开船"港》、《奥兹国的魔法师》系列、《多伦王国的秘密》系列、《波西·杰克逊》系列等诸多经典作品中都采用了无聚焦的叙事方式，为读者呈现了一个接一个"世外桃源"般或危机四伏的神秘国度，以及那些神奇荒诞的事件。故事中遥远的上古时代与幻境重现，"下次开船"港、奥兹国、多伦王国、希腊神祇世界，这些日常生活中意想不到的世界出现在读者眼前，随之而来的还有仙境之中的尔虞我诈、居心叵测以及神魔之争，"为什么是我？""做什么？""怎么做？"等一系列疑问在无聚焦叙事的魔眼下一一现身。换句话说，在首先为读者全力奉上精彩刺激的战斗之后，无聚焦叙事充分利用全知的俯瞰视角引领读者在风波不断的幻境王国中理清事件的来龙去脉和人物之间的前后因果，一步一步逼近真相，从而给予读者一种险象环生的悬念感以及真相大白的刺激感。

无聚焦的"全知"也为"高越幻想"所致力的"第二世界"提供了展现的舞台和契机。这是一个乌有之乡，是一个从未真正存在过的世界，是作者想象的产物。其人、其国、其物、其事全都新鲜而又陌生，作者必须尽力缩小自己的想象与读者接受之间的距离，让个人的想象成为大众眼中的现实。如此一来，最为便捷的方式就是退出故事，站在更高的角度以更好地驾驭故事。在个人情感退场后，着力于故事之中的每个细节，把发生的一切尽可能精确地展现，小心翼翼地搭建，以营造逼真至极的身临其境之感。因此，超然洒脱的无聚焦叙事恰当且贴心地满足了作者需求，因而能够从容地讲述异类国度里居住的"另类"人物，以及那里发生的"异类"事件。无聚焦仿佛一个只闻其声不见其人的幽灵，穿梭于这许多的"奇异"之中，观其内外，转换自如，将一个陌生的世界打磨得细腻真实，有着一种真切的触感。曹文轩的《大王书》、殷健灵的《风中之樱》、鲍里尼的《遗产三部曲》、劳义德的《普莱德恩编年史》、马丁的《冰与火之歌》、勒奎恩的《地海传奇》等经典"高越幻想"小说通过无聚焦叙事，呈现了一个个真空般的另类世界。它们独立于人类的历史之外，是一段游离于正史之外的虚构历史，却拥有相对完整的地理版图、社会制度、行为准则与风俗人情。摆脱了历史真实性这根缰绳的羁绊，"第二世界"更具延展性与可塑性，王国的疆域表现出不着边际的模糊性，仿若史诗般宏大的版图上伫立着不同的城市，居住着不同的人群。主人公在故事发展的不同阶段所发生的不同位移是在众多的城市与人群之间的接触与碰撞，也是不同文化与观念的交往与冲突。例如，曹文轩构思的"熄王朝"是一个庞大、自足的黑暗帝国，从帝国的权力中心向四周无边蔓延辐射开去，帝国版图似乎囊括覆盖了整个天下；殷健灵创造的那个开满恶之花的奇异世界，到处蔓延滋长的恶之花在幻想的"第二世界"中疯狂生长，展现了一个无边无际的想象空间。勒奎恩虚构的地海世界里有着诸多的岛屿与国家：贡特岛、英莱德岛、雷阿比、罗科岛、洛梭岛、恩斯梅岛、坡迪岛、瓦索特岛等众多岛屿星罗棋布，巫师杰德在故事的时间线条中不断辗转各个岛屿，不停地应对处理各种问题和麻烦；乔治·

马丁笔下的七大王国以及野蛮的游牧民族多斯拉克部落因为不同的地域和位置，有着不同的传统和风情；鲍里尼构建的阿盖拉西亚王国古老而久远，庞大而恢宏。诸如此类繁杂庞大的地域、社会以及文化体系在"高越幻想"中屡见不鲜，如何让这些本已远离现实的虚构历史在故事的讲述中廓清自身，丰满充盈，故事叙述者的选择至关重要。能够自如地进入不同个体，勾勒其精致的轮廓，充实其细节内容，让整个画面更加饱满、生动和逼真，恐怕只有无聚焦叙事能有这份担当。

无聚焦叙事表现出的叙述主体和叙述客体之间的间离性有效缩短甚至消弭了时间距离。比托尔曾说："只要人物面对的完全是第三人称的叙事和没有叙述者的叙事，那么在小说中的事件与包含这些事件的时间之间就显然不存在距离。这是一个稳定的叙事，不论是谁，也不论什么时间给读者讲故事，叙事自身都不会因此而改变其存在实体"。[1] 故事叙述的时代是"一个与今天断然隔绝又不忍远离的过去"，[2] 所以，故事的发生时间与现在的时间毫无关联，无聚焦叙事呈现的故事文本体现出明显的"完成式"[3] 特点。"完成式"叙述传递的是"过去的"概念，故事情节的过去性模糊了时间的概念，从而消除了故事时间和阅读时间的距离，[4] 平添了几分亲近感；同时，"完成式"叙述所隐含的过去性也投射出故事的完整性与有效性，故事从开始到结束蕴藏着诸多变

① ［法］米谢尔·比托尔. 小说中人称代词的运用 ［J］. 小说评论. 1987（4）：92.
② ［法］米谢尔·比托尔. 小说中人称代词的运用 ［J］. 小说评论. 1987（4）：92.
③ 徐岱. 小说叙事学 ［M］. 北京：商务印书馆，2010：318.
④ 徐岱. 小说叙事学 ［M］. 北京：商务印书馆，2010：318.

量与不定因子，明确的"完成式"在特定的时空中营造出的终结感透过相对封闭的叙事结构生发出阅读的确定感，让故事在内容和结构上更具信服力。莫须有的"第二世界"就这样毫无障碍地为读者所接受、肯定和认同。

无聚焦叙事的"全知"同样在动物幻想小说身上发力，故事走进不同于人类的生物物种，以实现对其灵动逼真的展现。现实生活中的动物不同于幻想小说中的动物，这些早已为人们理所当然地认为低劣的下等生物，一旦进入幻想的领域便在想象的作用下慢慢褪去兽性，披上人格化的外衣，转变为人格化的人物。所以，动物幻想小说中的动物是一群经过"变异"的生物，在原有的外貌体征的兽皮之下，有着人格化的理智与情感，是与人类"异质同构"的平等物种。面对这些日常生活中与人类最为亲近的物种，动物幻想小说需要在叙事过程中消除有关动物的惯常认知，逐渐塑造动物的人性内涵，从情感、心理、思想、行为等方面全方位地打造一个新鲜又亲切的人物形象。这般全方位的书写需要全面的信息与讲述，既要包括外在装扮与行为举止的细致描写，又要具有潜入人物内部的心理透视。若要内外兼备，那么叙述者的站位就应当在故事之上，做一次凌空鸟瞰，将动物主人公们的生活习性与性格禀性尽收眼底。换句话说，动物人格化书写的实现需要叙述者的"退场"，身居故事之外，对故事中的人物进行由内至外的剖析和展现。因此，叙事的非人格化是达成动物的人格化书写的最佳途径。非人格性叙事带来的无叙述者的叙述让读者在文字的移动中领略全方位的信息释放，在自由的空间中感受和认同文字所创造的心理真实。中国作家常新港，以及西方作家沃尔特·布鲁克斯、E.

B. 怀特、罗素·霍本等创作了许多著名的动物幻想经典，常新港的野兔灰灰、老鼠米来们，布鲁克斯笔下家喻户晓的小猪弗莱迪，怀特奉献的小猪威尔伯、吹号天鹅路易斯和小鼠斯图尔特，以及霍本描绘的老鼠父子至今仍深深打动着儿童读者。这些动物主人公生活在平凡的现实世界中，与人类、与同类、与其他动物有着各种交集与往来，它们运用智慧，凭借毅力，坚强勇敢地面对困难，最终证明自我的价值，维护自我尊严。它们在故事中表露出的喜怒哀乐以及经历的甜酸苦辣在无聚焦叙事的镜头下一览无余，全方位细腻逼真的刻画消除了现实与想象的距离，读者在文字表达的世界里穿越理性的屏障，在事件的叙述中与形形色色的动物们亲密接触，结成同盟，一起体验经历奇妙又精彩的故事。那些生活中不起眼的动物，以及关于它们的刻板印象，不知不觉地在无聚焦叙事的魔法下焕发出生机，鲜活地进入读者的视野，自然而不矫饰，生动却不刻意，可信而且可靠，读者由此忘情地沉浸在作者编织的幻想世界里。

无论何种类型的儿童幻想小说，无聚焦叙事的"上帝之眼"始终全能地环视着人物与事件的每个细节和每个角落，叙述者凌驾于故事之上，以相对隐蔽的姿态，细致全面地呈现故事发展的每一条线索，把握事件的走向。叙述者掌控全局的自信心和确定感，俨然先知的形象，为读者把一切都解释清楚。这样，其叙述的故事，整个文本就呈现出一种封闭状态。故事从一开始就一步一步地逼近结尾，导向最终的归宿，封闭的文本保证了叙事结构的完整性、故事画面的丰盈感以及事件发展的连续性，继而保证了故事的"可读性"，这对于处在成长转型阶段的少年儿童而言非常重要。有限的认知让他们在罗兰·巴特称之为"可写的"文本面前望而却步；然而，"可读的"文本却能够让儿童读者耐心地待在原地，等着叙述者揭示故事的下一步，沿着作者安排好的轨迹走下去，不知不觉地在不同的人物和事件中转移，不乏轻松快感。无聚焦叙事所隐含的叙述者的缺席与俯视感，那可感不可见的存在，似乎总是游离于读者的视线之外。叙述者的这份超然所带来的具有距离感的叙述为故事增添较为厚重的严肃与庄重，给阅读增加了几分"仪式感"，但是，叙述者的真诚、博闻与开阔无疑能够赋予叙事以亲切欢畅的节奏和乐趣。与幻想的神奇有趣相比，巴特的"可写的"文本让人绞尽脑汁却不明所以地猜谜并无多少趣味。"无论什么艺术，精神上的娱乐功能总是其在人类社会生活中赖以安居乐业的通行证，而轻松愉快无疑是这种功能的一个重要构成因素"。① 无聚焦叙事的"全知"与"可读"看似丧失了"可写的"文本所唤起的创造的刺激，实际上却让读者在领略故事发展风景的同时，不断满足读者的期待，给予读者全新的自由：在封闭的叙事结构中自由畅想与勇敢想象的开放性，无拘无束地在幻想中放逐自我，却又享受着封闭文本带来的安全感和稳定感，由此一点一点地进入作者创造的真实，逐渐接受这份真实。

正如托尔金所说，幻想小说家在创造幻想王国时，自己首先必须对其深信不疑，然后再倾尽所能地让读者对其深信不疑。② 作者思想的厚度与幻想的广度在此交汇，故事叙述

---

① 徐岱. 小说叙事学 [M]. 北京：商务印书馆，2010：217.
② J. R. R. Tolkien. *The Tolkien Reader* [M]. New York：Ballantine，1966：50.

的庞大骨架以及复杂的枝蔓需要有序化的呈现。"使无序取向有序总是小说文本的一条临界线，相对清晰的理性是立在这条临界线内的一个标志。从这个意义上讲，全知全能是读者与作者所共同达成的默契"。[①] 正如塞米利安所说，无聚焦叙事"能够包容更加广阔的生活领域，较人物角度更能开阔我们的生活视野。如果说它使故事情节变得松散，但与此同时却又赋予作品以变化、多彩的特点"。[②] 如此看来，无聚焦叙事在幻想小说叙事中的地位不容小觑，其悄无声息的存在巧妙地消融了读者的疑虑与猜忌，将读者与作者绑在一起，让作者假定的想象慢慢成为读者认定的真实。

---

① 徐岱. 小说叙事学［M］. 北京：商务印书馆，2010：221.
② ［美］利昂·塞米利安. 现代小说美学［M］. 宋协立译. 西安：陕西人民出版社，1987：53.

第三节

固定式内聚焦叙事：求"真"于"幻"

内聚焦叙事又称"同视界式"或"人物视点式"叙事。这类模式中的叙述者一般具有双重身份：他既是故事的叙述者，又是故事的参与者或者见证人。这类叙述者与故事中的一个人物重合，借着人物的感官和意识去听，去看，去感受，去思考。所谓固定式内聚焦即指整个故事的叙述都以一个人物作为聚焦，故事中所呈现出来的一切都以这一聚焦人物为转移，从不离开这个人物的视点。在这里，不论叙事还是阅读，都需要借助这个特定人物的眼光去看他周围的一切。巴尔认为，以这样一双眼睛去观察，原则上会倾向于接受这一任务提供的视觉与感受，也更容易产生偏见与限制。①

---

① ［荷］米克·巴尔. 叙述学：叙事理论导论 ［M］. 谭君强译. 北京：中国社会科
学出版社，2003：173.

虽然内聚焦叙事分为固定式、不定式和多重式三种类型，"从叙事作品的实践来看，固定式内聚焦可以说是内聚焦叙事中采用的最为广泛的形式。这种形式既可以以第一人称叙述者'我'出现，也可以以第三人称的形式出现"。① 如果说叙述人称在叙述主体的层面上没有太多区别，那么在聚焦的层面上，"人称的区分具有相当的意义，因为人称的不同就意味着不同的聚焦所带来的不同眼光"。②

在中西儿童幻想小说中，固定式内聚焦叙事较多采用第一人称来展开故事，进行讲述。在第一人称叙述中，这个第一人称"我"具有双重身份："我"既是负责讲述故事的叙述者，也称叙述自我；"我"又是参与故事发展的人物之一，或称经验自我。作为事件的亲身经历者，"我"可以选择作为叙述自我，事后讲述故事，也可以选择作为经验自我，在故事发展和自我经历的过程中进行讲述。无论何种情况，作者看重的都是第一人称内聚焦叙事所包含的亲历性，追求由经验自我所经历体验，经由叙述自我亲口讲述的真实感。

"真实幻想"成为了作者探索将叙述的"我"与阅读的"我"相衔接的重要平台。让幻想照进现实的"第一世界"，让读者在日常生活中感受接受幻想，以第一人称叙事的"我"抵达读者内心的"我"。彭懿的儿童幻想小说《魔塔》中的少年主人公"我"吴所谓在现实世界中总是对各种魔力想入非非，认为自己具有无边法力，总是幻想用魔咒和咒

---

① 谭君强. 叙事学导论：从经典叙事学到后经典叙事学 ［M］. 北京：高等教育出版社，2008：94.

② 谭君强. 叙事学导论：从经典叙事学到后经典叙事学 ［M］. 北京：高等教育出版社，2008：93—94.

语，来发泄内心的怨恨与愤怒。《魔法少女波利》中的主人公波利是一个现实生活中普普通通的女孩，相貌平平，表现平平，经常因为自己身体的异样——右手那根弯曲的食指——被姐姐和学校同学取笑嘲弄。这样的主人公在故事一开始，就以其常人的平凡和遇到的常见问题而成为现实生活中千千万万遭受不同问题困扰的青少年人群的一员，立刻获得了读者的认同与接受，信任的基础得以建立。带着这份信任，读者毫不怀疑地深入少年主人公的世界。接下来的情节冲突中，吴所谓和波利身上所逐渐显露的异于常人的超能力与"超人"行为等一连串异常突变，在收获信任的基础上，自发地演变成为一种合理化的存在：吴所谓在破旧水塔上的涂鸦"封印"展现了他体内确乎存在的异能力，波利弯曲的右手食指是家族力量遗传的标记，与自然的心有灵犀来自于她身体的基因里所继承的先天能力。在作者精心的设计与安排下，好奇心与信任感的综合反应让一切的异样与不可能成为顺理成章的常态与真实，魔法与日常生活对立的屏障逐渐瓦解，二者相互交织，不管是魔法的日常化还是日常的魔法化，魔法不再被当作一种飘渺、虚幻的神秘力量，其无所不在的弥漫性转换成为流淌在人类身体之中的基因编码。

在"真实幻想"中，有时第一人称"我"也可以是现实生活中的非人类生物，比如动物、植物、玩具等不具备人类特征的生命个体。作者创作的第一步是将这些个体"做活"，不仅让它们活跃在自己的脑海里，也要保证让它们同样鲜活地出现在读者的头脑中。因此，赋予它们人格化特征，让它们拥有人类的情感与思想，以及与人类相当的观察力和洞察力，用人类的眼睛去看、用人类的大脑去思考、用人类的心灵去感受、用人类的语言来表达，达到如人类般逼真的形态，是故事叙述成功与否的重要因素。"做活"叙述者，让它们具备类人的亲切感，走近读者，博得信任。因此，在很大程度上，作者的"做活"路线是走"心"的情感路线，用心灵的震撼或触动来走向情感的真实，通过情感的细腻与厚重构筑起联结叙述者与读者的桥梁纽带；与此同时，叙述者又将自己的生命特质与内涵赋予讲述的故事，借自己独特的视角和眼光"做活"故事。

常新港的《猪，你快乐》《土鸡的冒险》《懂艺术的牛》等，菲尔德的《海蒂，她的第一个百年》以及艾普盖特的《独一无二的伊凡》都是由非人类个体担当叙述者的成功典型。常新港在他的动物幻想小说中大多以动物主人公作为故事的叙述者，以"我"的身份和口吻来讲述动物家族或族群的遭遇。《猪，你快乐》里的"我"小猪六子、《土鸡的冒险》中的"我"小土鸡以及《懂艺术的牛》中那头小牛仔"我"分别讲述了自己亲眼看到的和亲身经历的家族发展史，对在现实生活当中作为人们习以为常的"盘中餐"的生灵们进行了换位的反思与体认，描写它们在生活中所遭受的艰辛与不易，展现它们心灵的崇高与生命的悲壮。菲尔德采用一个名叫海蒂的木头玩偶娃娃作为叙述者，讲述她在一百年的时间中不停易主、不停历险的故事，巧妙地借助一个玩具娃娃的视角，追踪反映了美国社会在过去一百年间的变化，堪称一部精妙绝伦的美国社会百年进程史。艾普盖特讲述了一只名叫伊凡的大猩猩从非洲丛林被俘到美国，以及在美国文明社会的一系列遭遇和经历。伊凡讲述的故事不仅是自己命运的血泪史，也是众多被俘虏奴役的生灵在所谓文明社会中的真实写照，一部活生生的挣扎史和奋斗史。两个非人类的叙述者在故事中频繁与人类打交道，用自己的眼睛去看、去观察人类的面貌与所作所为，讲述自己在人类社会中的冒险和挣扎、痛苦与困惑，为人类观照自身以及其他生命体提供了新颖的视角。当读者进入故事的世界，他们便跟叙述者结成同盟，一道去看、去经历故事情节所提供的多种转折与挑战。如此来看，作者将叙述者人格化的过程表象实际对应的是读者被"物化"的深层真相，用拟人化的手法努力树立一位人格化叙述者兼主要参与者，邀请读者毫无防备和察觉地放低姿态，走进另类生物的生命和精神空间，成功实现了"人类—动物"的换位思考，体会经历这种换位所引起的思想革命，领会生命交汇碰撞的瞬间擦出的深刻顿悟。就这样，幻想神不知鬼不觉地进入了现实的场域，披上了真实的外衣，在这出逼真的"做活"剧目中，非人类叙述者的视角与讲述给故事罩上了幻想的光环。可以说是幻想"做活"了现实，也可以说是现实"做活"了幻想，幻想与现实成为了密不可分的"做活"共生体。

固定式内聚焦叙事同样出现在"高越幻想"小说中，有着一番独特的风景和韵味。柯林斯的畅销小说《饥饿游戏》、乐文的新版灰姑娘故事《魔法灰姑娘》等都是在运用固定式内聚焦方面十分成功的案例。这里的第一人称"我"不仅是故事的主人公，也是故事的叙述者。柯林斯安排女主人公凯特尼斯讲述有关饥饿游戏的故事，作为这个游戏的亲身参与者，这样的安排再好不过了。自愿代替妹妹作为"贡品"参加饥饿游戏的凯特尼斯先后经历了游戏的残酷与惨烈、王国统治者玩弄权术的邪恶与粗鄙、消匿隐遁的第十三区的地下复活与战斗、权力集团的勾心斗角和沆瀣一气等生活中不可思议的场景和事件，深受其苦，她不断地同各种暴力和邪恶作斗争。乐文的新版灰姑娘艾拉讲述自己从出生就得到仙女赠送的一份恐怖礼物——服从，以致在成长过程中遭遇各种问题和麻烦，最后通过自己的坚强抗争破除魔咒，重拾自由和幸福。两位叙述者都详尽细致地讲述了自己作为主人公在"第二世界"中的顽强抗争感人励志故事。然而，第一人称"我"眼里折射出的战斗与无聚焦的"上帝之眼"鸟瞰战斗到底还是有几分不同之处。

第一人称"我"的最大优势便是在故事一开始就掌握了故事的主场，牢牢抓住读者的注意力，无需过多的铺垫和介绍，带领读者卸下防备，快速进入"我"的世界，整个过渡转折十分流畅，甚少阻碍，一起体验不同的世界与遭遇。局限于参与者"我"的视界与知识，故事的发展呈现出单线条的单维度形态，以"我"的视角去看，"我"只能得到与"我"相关的信息。阅读者透过"我"的视角观察，他的知识与"我"的知识相当，对故事情节以及冲突的了解基本局限在"他（们）—我"的层面上，在因果链条上有序地讲述他人或他们与我的关系或故事，而"他（们）—他（们）"的矛盾或冲突则超出了"我"的视界，若非三方在场，"我"是无法看到的。因此，"我"讲述的故事就是"我"所经历的，以及"我"所见到、听到与感受到的，相比无聚焦全知叙事呈现的多维复线的故事结构，第一人称"我"的叙事更加简洁明了，语言的利刃单刀直入，叙事节奏轻快明畅，直奔故事的内核和冲突的腹地，与敌人展开斗争。"我"眼中的敌人也因为"我"的单维度观察，棱角更加突出分明。与无聚焦叙事的无所不包相比，这样的单维观察与叙述固然有失全面和透彻，但却以此牺牲为代价换得了人物刻画的锋利与凹凸有致。在摒弃了全知视角的无所不知后，第一人称"我"的描述以"我"的眼光为滤镜，剔除了模棱两可的信息以及全面周到导致的模糊不清，以"我"的价值判断为准绳，对敌对人物进行"极化"处理，在双方针锋相对的态势中有效突出矛盾，激化冲突，从而集中凸显"我"的正义与敌人的邪恶。在这场大是大非的斗争中，作为参与者的"我"博得了读者的支持，作为叙述者的"我"收获了读者的信任。反之于读者，这份收获便是一种快意决绝的淋漓酣畅。

因此，儿童幻想小说中的固定式内聚焦叙事呈现了一出精彩绝伦的戴着镣铐的舞蹈盛宴。内聚焦的最大特点是它不再让叙述者扮演上帝的角色，明确地控制了他的活动范围与权限，只限于这个人物的内心世界，并通过这面镜子来反射外在的人与事。虽然第一人称"我"的视界褊狭受限，还会有些主观片面，然而，"我"的存在和"我"的发声是对儿童主体性的认同与尊重。"我"从始至终参与故事并讲述故事，"我"如此真诚坦然向读者敞开内心世界，反而能够激发同情心和同理心，让读者更自然、更直接地接触人物，大大缩短叙事与阅读之间的距离，读者更易与叙述者达成共识，对人物的言行与情感更易产生理解与认同，作者、叙述者、读者三者之间达成默契。默契的达成让读者在阅读中轻松完成身份的置换，加入到体验的行列之中，故事中的人物、场景、活动等描绘和讲述由此在阅读过程中创造生成一种画面的即视感，逼真生动，活泼亲切。

　　此外，第一人称"我"对生活反映的局限确实会留下许多空白，然而，这些空白却为叙事提供了张力，为读者想象力的发挥提供了空间，因此，"留白"生成了悬念。读者不得不紧跟叙述者兼人物的步伐，观察他的外在言行，猜测他的内心情感与想法，积极投入到阐释文本的过程之中，尽量做出较为合理的推断。① "我"留下的空白并非信息的遗憾缺失，而是艺术创作中艺术家刻意为之的"有意味的空白"，一个可以供创作者和阅读者欣赏玩味的开放空间。这样的意义生成机制与解构主义式阅读的要义相暗合，所以，第一人称"我"的讲述并不是要抹煞阅读者的主体性与文本的创造性，而是借助自己的"有限见识"衍生了无限的意义空间，以眼界的"有限"博阐释之"无限"，通过放松对文本的管制，控制叙事的权限范围，释放文本自身的活力和生命力，将文本置于诚恳的开放状态下，无限地繁衍生发出各种意义与阐释，以对抗抵制读者在阅读中因而轻而易举而产生的自满。②

---

① 申丹，王丽亚. 西方叙事学：经典与后经典 ［M］. 北京：北京大学出版社，2010：105.

② Steven Lynn. *Texts and Contexts*：*Writing About Literature and Critical Theory* ［C］. New York：HarperCollins，1994：90.

第七章

叙 事 时 间 的 虚 实 之 维

　　时间作为人类经验范畴之中最古老亲切的体验，与人们的存在以及生活的各个方面息息相关。在日常生活中，人类无时无刻不在经历和感受着时间流失所带来的变化，时间对于世间生灵乃至全宇宙具有至高无上的统摄力，它掌控四季与昼夜，调节作息与生产，无所不在地充盈世界的各个角落。时间的强大与神秘自古以来吸引了诸多思想家、宗教家、艺术家以及科学家趋之若鹜的探索，古希腊哲学家赫拉克利特说"人不可能两次踏入同一条河流",形象概括了时间的线性特征,即时间是单向的、不可逆转的。

当社会历史和现实生活中不可逆的线性时间进入艺术生产领域,立体的生活与事件被压缩到平面的文本空间之中,艺术的处理随之诞生,然而处理方式因人而异,处理效果也因此天差地别。英国作家伊丽莎白·鲍温曾说:"时间是小说的一个主要组成部分。时间同故事和人物具有同等重要的价值。凡是我能想到的真正懂得,或者本能地懂得小说技巧的作家,很少有人不对时间因素加以戏剧性地利用的"。[①] 不得不承认,作家对时间的掌控能力迄今为止仍对作品的艺术生命和魅力有着巨大影响。故事的发生、发展和结束是在不同时间点、甚至不同时间维度的不同事件,人类的时间经验如何在叙事文本中体现出来?生活空间中共时性的时间如何得到艺术化的呈现?这些问题决定了对时间的管理与操控是小说创作尤其是故事叙述的重要方面。一如人类对日常生活时间的关注与探究,叙事与时间的关系长期以来都是叙事学研究的一个重要方面,围绕着时间的问题,理论界一直争议不断。然而,真正对叙事时间进行系统化、理论化和学理化梳理和研究,将叙事时间作为独立的对象加以关注并予以深层解读,却是从 20 世纪 70 年代开始的。[②] 热奈特在专著《叙事话语》中不仅对"故事时间"与"话语时间"(或称"文本时间")作出详细解释,而且厘清了两者之间的关系,

---

① [英] 伊丽莎白·鲍温. 小说家的技巧 [J]. 傅惟慈译. 世界文学,1979 (1):301.

② 关于小说叙事时间属性的强调,详见弗兰克·克默德(Frank Kermode)所作《结尾的意义》(*The Sense of an Ending*. New York: Oxford University Press, 2000) 一书。

在此基础上，提出的"时序"、"时长"（又称"时距"）和"频率"三个重要概念不仅使有关叙事时间的研究进一步细化，更为重要的是，为叙事时间的批评分析奠定了操作基础，增强了叙事时间分析的可行性。

本章将运用热奈特所提出的三个重要概念，对儿童幻想小说中的时间控制机制进行研究，剖析儿童幻想作品所使用的时间技巧及其作品中展现出来的效果。

第一节
热氏时间"三概念"

　　时序关系是进入叙事文本时间研究最先关注到的方面，相较于其他两项，时序也是读者最容易察觉到的。在探讨时序概念之前，热奈特首先区分了"故事时间"与"话语时间"，改善了理论界长久以来对二者混淆不清的现状。关于"故事时间"，查特曼在《故事与话语》中先于热氏给出了清晰的解释：故事中的时间一般依照时间的先后顺序发生、发展和变化，以事件之间的自然时序表现出来。① 法国学者托多罗夫进一步指出了故事时间的多维性。② 当这些多维的、顺时序的事件被叙述出来时，就进入了一种叙事序列，这是

---

① ［美］查特曼. 故事与话语［M］. 徐强译. 北京：中国人民大学出版社.，2013：32.
② ［法］托多罗夫. 文学作品分析. 黄晓敏译. 叙述学研究［C］. 张寅德编选. 北京：中国社会科学出版社，1989：62.

被作者重新安排之后的顺序，即叙事作品中的时间顺序，也就是"话语时间"。作者可以在作品中根据自己的写作意图、作品的题旨以及情节发展的实际需要，在话语层次上任意拨动、调整时间，这便是福斯特所说的小说家对于故事时钟的不以为然，[①] 也可以理解为作者在叙事时间操控上的"任性"。至于两者的差异，还属热奈特的阐释最为直接明了，"故事时间"乃是"故事中事件连续发生过程显现的时间顺序"；"话语时间"是"故事时间在叙事中的'伪时序'"。[②] 因此，将故事中事件的先后顺序与叙事文本中事件出现的顺序进行对照分析是时序研究的重要内容。

在具体文学作品中，不乏如实遵循时间的线性特征，依照事件发生的实际时间序列进行的顺时序叙述，同时也存在许多"话语时间"与"故事时间"不相吻合的错时现象。叙事过程中出现的错时关系通常借由两种常见的手段表达，也是申丹称之为"约定俗成的惯例"[③]：倒叙和预叙。倒叙是指在事件发生之后讲述已经发生的事实，事件时间早于叙述时间，是"现在"对过去的回顾；预叙是提前讲述后来发生的事件，事件尚未发生，叙述提前介入了故事的未来。倒叙和预叙在叙事文本中都扮演着信息提供者的角色，通过回顾或者展望事件，调节故事的叙述节奏，营造某种情感氛围，达到某种艺术效果。

---

① E. M. Forster. *Aspects of Novel* [M]. New York：RosettaBooks LLC，2002：20.

② Gerald Genette. *Narrative Discourse* [M]. Ithaca：Cornell University Press，1980：35.

③ 申丹，王丽亚. 西方叙事学：经典与后经典 [M]. 北京：北京大学出版社，2010：116.

时长或时距所涉及的是有关事件的时间量的关系问题，"考察由故事事件所包含的时间总量以及描述这些相关事件的叙事文本中所包容的时间总量之间的关系"。① 热奈特认为，等时的叙事文本，即故事时长和叙事文本的时间长度保持处于均衡的状态，是不存在的。② 也就是说，作家在叙事过程中会使用长度不等的篇幅来描述故事事件，非等时性是叙事文本的内在特性。依据叙事文本的时长标准，叙述时间和故事时间的长度之比大致表现为五种运动形式：概述、省略、延缓、停顿、场景。概述是指叙述时间短于故事时间，叙事文本将较长时间段里发生的时间压缩到很少的篇幅，对人物或者事件仅作总括性的叙述。省略则指一定长度的故事事件在叙事文本中没有得到叙述，被彻底省去。延缓则是对人物或者事件用比正常的运动速度更慢的速度加以展现，较少出现。停顿在叙事作品中常常出现，它指涉的是在故事时间停止的情况下出现在叙事文本中的叙述部分。另外一种经常出现的运动便是场景，在这里，叙事文本的时间长度与故事时间的长度基本相当，最纯粹的形式是人物对话，叙述者将自己的声音降到最低，让读者直接观看人物的表演。

频率关注的是叙事文本中的事件与故事事件出现的数量关系，用里蒙-凯南的话来说，就是"一个事件出现在故事中的次数与该事件出现在文本中的叙述次数之间的关系"。③

---

① 谭君强. 叙事学导论：从经典叙事学到后经典叙事学 [M]. 北京：高等教育出版社，2008：133.

② ［法］热奈特. 论叙事文话语. 杨志棠译. 叙述学研究 [C]. 张寅德编选. 北京：中国社会科学出版社，1989：215.

③ Rimmon-Kenan. *Narrative Fiction：Contemporary Poetics* [M]. London and New York：Methuen，1986：56.

根据故事事件有无重复以及叙事话语有无重复，二者关系可以分为三种基本形式：单一叙述、概括叙述和多重叙述。最常见的是单一叙述，讲述一次发生了一次的事件；概括叙述是讲述一次发生了数次的事件；多重叙述是多次讲述只发生了一次的事件。叙事频率在小说叙事中对于揭示题旨、渲染氛围、传神求韵、抒情写意等方面有着重要作用。

无论时间多么复杂，或是多么琐碎，小说家总是无法逃脱或回避有关时间的处理与把握，这也直接影响和决定着作家讲述故事的方式。不管作家对时间的处理多么反常，或是多么稀松平常，让人丝毫没有惊异和怀疑，在这种处理背后都蕴含着作者深层的用意与思考，对小说叙事时间的挖掘与探讨无疑能够对其用意窥见一斑。

儿童幻想小说这一迥异于现实主义文学的体裁，亟须解决想象、时间以及作为受众的儿童这三者之间的关系。作者对时间的处理在其创造的奇幻时空中更加新奇刺激。

第二节
幻想叙事的时序

　　时间在幻想小说叙事中，比之其在现实主义小说中，更为重要也更加复杂。幻想的世界本是一个乌有之境，作家通过自己的语言文字艺术竭尽所能地将头脑中的想象打造成为一种虚拟的真实，这种真实的重要维度之一便是时间。在现实主义小说中，因其对现实生活的客观典型书写，其故事讲述与读者生活中的实际经历有着较多相似之处，故而时间的表达与呈现较为轻松和随意，即使出现偶尔的跳跃、空白甚至多维共时的画面书写也不会制造太多麻烦，读者在生活中所积累的时间经验完全能够克服这一问题。然而，在幻想小说中，其人其事的怪诞性已经拉开了故事与现实的距离，幻想阅读由此脱离了读者熟知的物理真实和现实经验，转而投向其精神世界所渴望追求的飘渺虚幻的抽象真实。化抽象之无形于现实之有形，让天方夜谭变得真实可触，毋庸置疑，这需要作家的叙事才能与叙述艺术。将奇幻的故事置于流畅的时间链条之中，再用合乎读者生活经验的因果认知串联事件，能够相对容易地在读者的理性认知之外创造一个"第二世界"。纵使仍存有怀疑和猜测，故事事件本身的流畅性和完整性也足以支撑起整个叙事的构建。

为了更好地实现这种虚拟真实的构建，幻想小说在叙事过程中基本都采用顺时序（chronology）的时间策略，即叙述者大都老老实实、按部就班地依照事件发生、发展和变化的先后顺序讲述一个经由作家想象出来的虚幻故事。顺时序作为小说创作中的传统时间策略，在幻想小说叙事中，用自己的"成熟"很好地弥补了幻想的虚空和不着边际，将那些异想天开、天马行空的事件规范到合乎情理的接受框架内。同时，叙述者亦借由顺时序时间安排的规矩沉稳而表现得更加诚恳。故事在有头有尾的叙述中娓娓道来，在主人公的纠结与挣扎中逐渐走向高潮，最终在主人公的进取与行动中圆满落幕。顺时序叙事将整个故事和盘托出，在自身可控的框架内，完整地展现了主人公的"奋斗史"：辛酸的历险过程、各异的"奋斗"场面以及衔接前后的因果链条。可以说，顺时序是幻想小说将荒诞融入传统，进而迸发出全新生命力的有效手段。因此，中西儿童幻想小说大多采用顺时序展开叙事。曹文轩、常新港、彭懿、汤汤、殷健灵等中国作家的幻想小说，霍莉·布莱克的惊悚幻想小说，E. B. 怀特、沃尔特·布鲁克斯的经典动物幻想小说，以及《龙骑士》《波西·杰克逊》《黑暗崛起》《饥饿游戏》等畅销幻想小说，基本都使用了顺时序的叙事策略。这些发生在动物们或者普通人身上的奇妙事件在紧密编织的因果关系网中消弭了读者的怀疑与戒心,变得真切而自然。

然而,作家若是止步于此,故事也就单单止步于这看似真切的自然,少了几分扣人心弦的刺激,以及令人着迷的气质。事实上,幻想小说作家常常在顺时序叙事搭建起来的结实框架内,操纵使用不同的时间控制机制,以达到不时地调节叙事节奏、建构情节、渲染故事氛围、揭示题旨、塑造人物形象等艺术效果。这些有关时间操作的小技巧有时会在故事或事件的讲述中创造意想不到的惊人效果。

当幻想文本叙事在故事发展的顺时序框架内,一五一十地按照时间发生的次数——叙述某件多次发生的相同事件时,这种特殊的单一叙述形式①并非毫无意义的冗长赘述。这些发生在不同时间、不同情境之中的相同事件,反复出现,将一次性发生的偶然逐渐演变成多次复发的必然,进而借由这种"必然"自然而然地生成某种直言不讳的"事实"。由此一来,本来玄妙奇异的事件便在多次的重复叙述中被固定为尘埃落地的事实,成为一种应然。这种单一叙述的特殊形式不仅可以反复呈现一件物品,也可以不断重复有关人物身体的信息,当然还可以反复聚焦某种迹象。这刻意为之的重复凭借在叙事过程中多次出现的高频率得到了强调,与此同时,多次类似的、一成不变的叙述在信息的反复叠加中逐渐产生审美迟钝或审美疲劳。然而,作者不遗余力地多次呈

---

① 谭君强在《叙述学导论:从经典叙事学到后经典叙事学》一书中认为,对多次发生的相同事件,依照其次数一一叙述,就频率而言,它仍属于单一叙述,因为这仍是对于发生过一次的时间叙述一次,只不过所叙述的是相同的事件而已。从本质上来说,它属于单一叙述的一种特殊表现形式。

现，让"疲劳"和"强调"两者在不断的碰撞与摩擦中引发出诸如"此番单调陈述频繁复现终为何"的种种疑问与猜测，随之而生的就是与之相关的悬念，令人渴求却又猜不透，牢牢吸引着读者的兴趣。

当单一叙述在文本叙事中反复提及或者描述一件物品时，这件物品便成为了作者埋藏在故事叙述中的一条隐线。叙述者通常采取一种超然的姿态，在该物品第一次出现时，客观详尽地描述物品的外观和形态，避开任何主观的评论，对于物品的来历以及作用功能也都避而不谈；而后，再次提及该物品时，多通过展现故事中其他人物对于此物品的"注视"来反复夯实读者对于物品的印象，在故事的发展中为物品所有者的真实身份及其与其他人物的冲突预备一个伏笔，用这份神秘吸引读者。

常新港在《树叶兄弟》《空气是免费的》等少年幻想小说中巧妙使用"物品"来勾连"问题"少年主人公的内心世界。这些"物品"多是祛除社会属性的自然之物，其纯朴的自然属性散发出的原始纯净感与少年内心渴望的单纯美好相暗合。一片普通的"树叶书签"将糖和森的友谊牢牢锁在其中，深陷孤独的"问题少年"糖拥有了自己的"树叶兄弟"，也拥有了深厚的友情和暖心的牵挂。二人将书签视为彼此之间的友谊承诺与见证，只可远观不可亵玩地凝视着这珍贵的"信物"；出现在教条刻板的"太阳学校"教学楼屋顶上的一棵小草给"问题少年"方第带去了原始清新的自然气息，那淡淡的、不易察觉的天然"青草味"唤醒了方第心中被压抑摧残的"空气街"梦想。方第不顾学校规定，爬上屋顶，慢慢地、轻轻地接近他视若珍宝的"小草"，方第深情的凝视折射出的是他内心对"自然"的珍爱与呵护，对自然所蕴含的"自由"精神的向往与渴望。这是一份流淌自灵魂深处的沉重"注视"，贯注着少年纯真质朴的心灵与追求。

莱尼·泰勒的《烟雾与骨头的女儿》在标题中就点明了"骨头"这一重要物件。女主人公卡鲁的脖子上戴着一条"骨头"项链。卡鲁不知道它的来历，从出生起就一直戴着且不可以轻易摘下。这个特殊的装饰品在故事伊始就衬托出了卡鲁身上的"古怪气"。叙述者借助这个有悖日常审美的奇怪"宝贝"，通过两位水火不容的人物——黑暗世界巫师布里斯通和六翼天使阿吉瓦——的视角再现了这件物品。当布里斯通抬头，望着卡鲁脖子上的骨头项链时，他欲言又止，表情复杂；当天使阿吉瓦第一次见到卡鲁时，那条骨头项链牢牢抓住了阿吉瓦的心，一脸惊诧与茫然。两位身份悬殊、截然对立的人物对同一个物件做出了如此反差的回应突显了项链的神秘气质，它似乎关联着一个涉及天使与魔鬼的秘密。项链主人卡鲁注定是需要周旋在黑暗世界和光明世界中的焦点人物，这命运是刻在"骨"子里的。一根骨头、一条项链由此连接了天堂和地狱，串联了两个世界的恩怨，也串起了女孩卡鲁的前世今生。

单一叙述有时也会再现人物身体所表现出的奇怪特征，作为身体由内而外的自我表达，这些特征很大程度上喻示着蕴藏在人物体内的巨大能量，并由此暗示人物不同寻常的身世、身份乃至法力。在幻想小说叙事中，人物身体的这种"怪象"通常不会毫无缘由地发生，而是由某种特定的情境作为导火索，以刺激这股潜藏的能量。情境的具体设置虽因时因地而各不相同，但在性质上却大同小异，即这些情境或情形都具有能够激发幻想人物潜在"超能力"的特性。

在"真实幻想"小说中，"怪象"的出现通常伴随着人物特殊身份的暴露或揭晓。陈丹燕的《我的妈妈是精灵》讲述了六年级女孩陈淼淼在小升初考试来临前短短几个月时间内经历的突如其来的家庭变故，这场惊天动地的大事件始于淼淼一个不经意的小过失给妈妈身体造成的巨大变化。因为着急观看《成长的烦恼》剧集，陈淼淼错将给爸爸的黄酒倒在了妈妈的杯子里。发现自己的错误后，她迅速将妈妈杯中的黄酒倒入爸爸的酒杯里。然而，为节省时间，陈淼淼不顾妈妈对酒精的忌讳，在未经清洗、残留着些许黄酒的杯子里迅速地给妈妈倒上了她最喜爱的可乐。淼淼备餐前这一迅雷不及掩耳、"偷天换日"的偷懒之举瞒过了父母，却给自己带来了意想不到的震惊，首次触及了家里埋藏了九年之久的大秘密。含着第一口可乐的妈妈突发异常反应，身体像"一块最轻的绸子"一样挂在爸爸的胳膊上，她垂下来的双腿像绸子衣服被风吹过一样飘了起来，她飘飘摇摇的两只脚一点点地变成了蓝色。惊呆的陈淼淼接下来看到被爸爸扶到床上的妈妈，身体一点一点变成了蓝色。"蓝色"作为肤色出现在正常人的身体上是一种生理怪象，伴随着怪象的出现，陈淼淼得知妈妈不是人，"是真的人以外的一种人"，[①] 妈妈是精灵。之后，蓝色便成为精灵的专属颜色，每当蓝色出现，都跟精灵或者妈妈有关：蓝色的魔法小花、蓝色的雾气、蓝色的影子等等都是精灵现身的"信号"。如果没有这奇异的"蓝色"，陈淼淼或许至今仍蒙在鼓里，对妈妈的精灵身份一

① 陈丹燕. 我的妈妈是精灵 [M]. 福州：福建少年儿童出版社，2014：9.

无所知。

在"高越幻想"小说中，这种"超能力"通常意味着危机四伏、命在旦夕、毫无退路的险恶情势下的最后一搏。《龙骑士》中的主人公伊拉贡就是这样一位"超能力"少年。伊拉贡因意外拾得龙蛋而招来敌人的追杀。每当伊拉贡遭遇命悬一线的危急关头，手心都会发射出耀眼的蓝光，进入失控的疯狂状态。在面对无名强盗的袭击、王国怪物爪牙的追杀、解救被怪兽囚禁的精灵公主阿雅等多次敌众我寡的危急时刻，伊拉贡的疯狂状态不断出现。这蓝色火焰正是龙骑士的标志，象征着力量、勇气和智慧。与此同时，有关伊拉贡亲生父母身份的谜团也逐渐清晰。

然而，单一叙述在幻想小说中更为常见的是对于某种环境迹象的描述。这种迹象频繁地发生，不断地侵扰主人公及身边亲人和朋友安宁的生活，然而这却只是表象，是整个邪恶野心的冰山一角。在这些不安分势力频频蠢蠢欲动，扰乱秩序的背后，隐藏着更加阴险的动机、更大的阴谋，因此，这些迹象的发生为故事冲突的发展提供了某种征兆，当它们反复不断地出现时，冲突也不断升级，情况越发危急，而故事情节的高潮时间亦越发接近。这样一来，这一系列多次重复的迹象在故事的叙述过程中不仅为故事人物的身世留足了悬念，也为人物的行动以及冲突的发展和激化进行了充分的铺垫。《毛玻璃城》中世世代代滋养着梅村人的梅河水位不断下降，这既非旱季也非人为防汛的莫名变化，以及饮水之人身上发生的奇异变化，都暗示着这条河正悄然经历的"基因变异"。故事至此，以梅河为中心，形成一张巨大的磁力密网，将少年梅水、修迪老师、梅村村民，还有那条大耳朵狗笼罩其中，所有的人与物、各种奇怪的变化都被紧紧吸附在梅河上，梅河水成为梅村"变异"灾难的集中写照。《黑暗崛起》中威尔在故事的叙述中很快就从全家七个孩子中脱颖而出，因为他总是遭遇一些不可思议的事情：遇到奇怪另类的人物，看到常人看不到的事物，异于常人的敏锐感知力。每当来自古老世界的敌人进入现实世界时，总是出现大雪纷飞，甚至暴风雪的恶劣天气，威尔会直觉地感受到出奇安静的空气中超乎寻常的紧张与不安。威尔表现出的异于常人的直觉喻示着他与众不同的独特，当巫师梅里曼揭示威尔光明追捕手的身份时，一切似乎自然而然。

在具有侦探类故事情节的幻想小说中，单一叙述在加强突出悬疑效果的同时，也能为之后的情节发展，也就是说，谜题的揭晓提供了思路。《弗莱迪去野营》便是很好的一例。湖边旅社"闹鬼"，坎皮奥先生亲自上门请求弗莱迪帮忙。弗雷迪深入实地野营调查，每到夜晚令人毛骨悚然的鬼哭狼嚎的叫声反复出现。弗雷迪正是通过反复倾听这些叫声，发现其做作矫饰的人为痕迹，接二连三破解难题，最终揭发房地产商的邪恶阴谋，挽救了旅社，声张了正义。

故事从发生、发展到结束，不外乎是不断地出现问题、纠结问题，再到解决问题。单一叙述在故事叙述中就好比一个重要的"问题"制造者，在不断的重复中，反复给读者以直接或间接的提示或暗示，给文本叙事留出空白，为读者创造开阔的空间去消化和解读这个空白。因此，单一叙述的这种特殊表现形态在多次的重复叙述中营造了极大的悬念，不断丰富和扩展着故事叙述的张力，并邀请读者带着这份悬念和猜疑，走进故事，去探索解密张力背后的真相。

在幻想故事顺时序的时间框架内，作家不仅可以做单一叙述这样的频率调节，也可以适当地对时序进行拨动。相比于预叙，追述或者倒叙在儿童幻想小说中的使用更加普遍。原因也不难看出，倘若事情尚未发生，叙述者就提前进行叙述，这在一定程度上有损幻想的新鲜性和新奇性，也就提前为故事的发展设定了一个既定轨道，减少了悬念带来的刺激和惊喜。倒叙手法则是站在现在回忆过去，这些过去的事件可能是主人公所不知情的遥远的过去，或者是读者未曾知晓的过去，也可能是主人公难以忘怀、刻骨铭心的过去。因此，倒叙是将那些被遮蔽、被封存，或者被珍惜的记忆呈现出来，它的出现源自现在时间中的某种刺激，然而其展现的事件与主要情节之间却不存在必然的联系，其功能主要在于提供与主要事件或主要人物相关的一些过去信息。倒叙本身在时况上构成了一个叙述层，在幻想小说中，它一般作为第二叙述层，从属于讲述主要情节发展的第一叙述层，为叙事的主体框架起到添砖加瓦的作用。在叙述过程中，倒叙的事件本身具有自己的跨度与广度。在幻想小说的叙事进程中，为了保证主要情节的连贯一致，倒叙事件作为插入其中的叙述片段在作家的叙事处理中，其广度被压缩，跨度基本予以保留。保留跨度，能够清晰地指示出倒叙事件的发生与"现在"的距离，事件的历史性和完成式毋庸置疑；压缩广度，将一定时长的倒叙事件用简洁明快的语言加以概括，用相对轻快的节奏叙述业已久远的冗长时间，不仅能够简明扼要地托出事件中心，而且能够缩短第一叙述层叙事中断的时间，方便故事主体的接续。倒叙，从根本来说，是在顺时的河流中，稍作停歇，回顾追述过去发生的事情，以厘清一些头绪，为故事的下一步发展做好准备。

儿童幻想小说中出现的倒叙主要围绕着故事主人公展开，旨在照亮其身世来历、所处困境、承担大任等谜团一点光。首先，"我从哪里来?""我是谁?"是幻想小说使用倒叙来回答的首要问题。当无父无母的英雄主人公孤零零地出现故事的开头时，有关主人公的出生以及父母的信息便会在之后的叙述中进行追述，以信息的缓慢释放来逐渐突出强调主人公的不凡或不幸。韦伶在《山鬼之谜》里一开始就让女孩叶林那一头鲜红的头发出场，吸引目光，标示出叶林的奇特与另类。随着她与宁河镇女孩小鱼的对话，叶林的来意开始显露，这是一个为圆父亲遗志，只身踏进巫山来找寻家族历史与回忆的勇敢女孩。当她拿出那根失落已久的石春棍，她便得到了小鱼和男孩小原的帮助，一起前往深山泥屋找寻石娃爷爷，以揭开父亲的身世之谜。在深幽曲折的山路上，在笔直陡峭的悬崖边，在黢黑原始的山洞里，在寂静俊美的七女潭里，小原、小鱼和石娃爷爷一点一点地讲起了关于她神秘失踪的外婆——巫医叶姑和叶林父亲"鬼娃"的过去和坊间流传的传闻。山鬼、山神、红毛野人等神秘人物和线索逐一登场，叶林身上的"非人"基因在这些传闻和回忆中不断落实。《烟雾与骨头的女儿》通过全知全能叙述者的倒叙厘清了卡鲁的前世今生。这里的倒叙不再是从属于第一叙述层的附属叙事，而是与之并列的平行叙事。全书共分四个部分，前两个部分是有关"现在"的顺时叙述，后两个部分是有关"过去"的倒叙。倒叙采取"广度重于跨度"的策略，详细讲述了六翼天使阿吉瓦与黑暗世界的奇美拉女孩玛德加的悲剧爱情故事。"过去"的重现不仅解释了阿吉瓦与巫师布里斯通的误解，也揭示了卡鲁的来历：她就是玛德加转世，是布里斯通在玛德加被处死后用牙齿和烟雾再造的重生。那根骨头封存着玛德加的所有记忆，当卡鲁拉断许愿骨，前世记忆重回脑海，她的身体和心灵亦完整合体。

其次，儿童幻想小说中的倒叙也能为现世的仇怨提供历史的证据，历时地观照一段恩怨的发展与演变，把握事件的源头和来龙去脉，以更好地掣肘征服对方。《我的妈妈是精灵》中精灵妈妈向陈淼淼追忆了她与爸爸初次相遇的经历，妈妈的"蓝花魔法"以及饮食青蛙血的残酷做法在追述中进入陈淼淼的脑海，妈妈的"回忆"在纷乱的现实中为年幼的陈淼淼厘清了这对父母不同寻常的爱情之路，也充分揭示了父母决定离婚的选择。《龙骑士》里的巫师布罗姆可谓一部活史书，在对伊拉贡的培训中，他的追述讲述了很久以前精灵族、龙族、矮人族之间从信任合作到分崩离析、反目成仇的漫长故事，为三族当下的矛盾冲突提供了很好的脚注。

再次，倒叙能为故事情节的发展衔接助力。班马在《巫师的沉船》中以一艘三千年前的古沉船将现代考古探测与那个出现在遥远时空里鲜为人知的古代王国串联起来。现代的潜水员、考古学家、科学家面对这艘决意自沉，却又完好如初的古沉船毫无头绪、束手无策，科学的探测和分析无法奏效，然而身世神秘的"红妹子"何吉红与她肩膀上神秘的黑色鱼鹰却为这艘"空穴来船"成功解密。作者为此特意安排了一位执着于用"古老的心情"破解考古谜团的"仿古心理学家"老木，在历史、考古、心理等科学的解读分析之外，创设了一条巧妙而神秘的通道，打通时空的阈限，由"心情"勾连古代与现在，在节奏和氛围上为倒叙的出现充分铺

陈。老木从到达沉船的那刻起，便知道红妹子和那只鱼鹰才是破谜的关键。随之而来，红妹子的"通古"能力揭开了故事的第二层叙事，这是关于沉船主人——古老神秘高原王国王子的凄美故事。面对水下散发着幽远唯美气息的千年木船，以及鱼鹰"篓子"从木船中衔来的远古遗物，红妹子脑海中"沉睡"的记忆复活了，她神游般回到三千年前，成为那个叫做吉红的王子火僮，讲述了一位伟大的古代巫师同一位古羌王子对树木的"痴迷"与"深情"，以及古羌王子与汉族宰相之女莲姑之间忠贞不渝的爱情悲剧，揭开了古船"自沉"背后的坚贞守望与辛酸无奈。表面看来，老木作为仿古"心情"的推崇者和感受者，用倾听与情感将红妹子的记忆与沉船的谜底接通，然而从深层的叙事层次而言，这是一场将倒叙所内蕴的悬疑与神秘发挥到淋漓尽致的叙事狂欢。倒叙接续不仅是聆听者的"心情"，更是整本小说的情节发展。

简·约伦的《野玫瑰》中也有着类似的倒叙，全书由两条叙事线索组成：一是外祖母吉玛生前为三个外孙女讲述睡美人故事的场景和内容；二是现实生活中小外孙女丽贝卡为解开吉玛"睡美人"之谜的不停奔走。两条线索叙述的主要人物、事件以及时间截然不同，第一条线索是叙述者对于吉玛生前生活的追述与回顾，关注焦点是吉玛以及吉玛讲述的睡美人故事；第二条线索是"现在"时间维度中丽贝卡行动的发展轨迹，关注焦点是丽贝卡及其追踪解疑的进程和结果。这两条线索独立成形，并列平行，一直贯穿故事始终。看似没有必然联系的两条线索实质上紧紧围绕着一个中心："睡美人"的故事。吉玛口中的那个睡美人和睡美人的故事究竟是真是假？第一层叙述抛出疑问，第二层叙述着手解答问题。两层叙述中均有倒叙的使用，第二层叙述中的倒叙是约瑟夫的回忆，是揭示人物身份真相的追述，第一层叙述中全知叙述者展开的倒叙贯穿全书，全书中两条线索基本同时出现，你方唱罢我登场依次叙述。这样的倒叙并不多见，十分特别：它的功能不是提供信息，而是嫁接情节的黏合剂。第一层叙述的倒叙不仅自成一体，也牢牢牵起第二条叙述线索，在一定程度上规定其走向，情节发展迸发出强大的聚合力。

值得一提的是，这类倒叙在西方幻想小说的系列化创作中表现尤为明显。倒叙主要表现为叙述者对于较早发生事件的再次提及，若从整个系列的完整叙事链条来看，似乎属于重复叙述，然而，单从系列中每个单独故事读本的叙事结构而言，各自都是彼此独立且完整的，在这个完整的框架内，对先于"现在"发生的事件进行叙述，仍属于倒叙的范畴。"小猪弗莱迪"系列多达 29 本，讲述弗莱迪各种奇特有趣的经历，故事妙语连珠，诙谐幽默。作者在系列故事中使用了相对固定的人物班底，保证了故事的连贯和流畅；然而，每本故事情节冲突各不相同，而且彼此独立。作者在讲述每个不同的故事时，为了保证故事的流畅，对之前曾出现过的人物事件会做简要概括，一来有助延续故事对于人物、事件或地点的基调定格，二来为不知情的读者提供背景信息。

倒叙在儿童幻想小说叙事过程中起着不可忽视的作用。不同于单一叙述的设疑，倒叙更多的是扮演解疑的功能角色。叙述者通过倒叙将有关人物、冲突以及事件的发生发展和盘托出，历时梳理事实真相，此外，倒叙还能起到强健根基的作用，如黏合剂一般生发出强大的聚合力，牢固建立起故事叙述的中心。倒叙是指向过去的叙述，却在追述的过程中照亮了现在，厘清了纠葛在过去和现在之间扭打不清的混沌与复杂，以期用更加清爽和理性的姿态迈向未来。存在主义大师萨特曾说，人是时间链条上的存在，过去、现在和将来是诠释人之存在的三个维度，缺一不可。[①] 如此一来，倒叙补足了人之存在的三个时间维度"缘何是我—我该如何—我之所归"，使生命图景得以完整呈现。

不论是单一叙述还是倒叙，它们都通过对时间的掌控竭力打造精彩、创造惊奇。它们的每一次出现，都是作家深思熟虑的匠心独运，都是一次宝贵的艺术尝试。

---

① ［法］萨特. 存在与虚无［M］. 陈宣良译. 北京：生活·读书·新知三联书店，2011：216.

第三节
幻 想 与 现 实 的 "时 间 对 话"

  幻想小说的叙事进程基本遵循顺时序的发展顺序，这一规律不仅适用于其叙述的现实生活，想象的生活秩序亦照此运转。故事在时间的滴答流逝中有条不紊地展开，现实和想象的生活都按照自己的时钟转动前进。然而，当两者出其不意地产生交集，同时出现在一个故事的框架体系之中时，故事需要对两种生活和两种秩序做出交代，避免二者出现混战。虽然在成人幻想小说中，幻想的"魔法"与现实生活交织融合的魔幻现实主义创作发展得如火如荼，相对于成人作品中的融合之路，儿童幻想作品更倾向于撇清与现实世界的联系，用想象的力量打造一个与众不同的世界，用一种颠覆性的审美创造给人耳目一新的感觉，用类似"震撼"或"惊奇"的效果来实现"以幻想反观现实"的写作目的。对于处于青春期懵懂躁动的儿童来说，保持现实和想象的泾渭分明有效提高了故事叙述的分界与辨识度，有助于故事的理解和把握。

基于这样的创作考虑，如何让幻想的世界和生活与现实生活划清界限，呈现出一种相对独立的存在，成为作家创作活动的当务之急。周旋于两个世界之中的人物们既能在现实世界中存活，又能巧妙地应对幻想世界中的各种难题和挑战，他们不是一群永不停歇地奔走穿越在两个世界之中的陀螺或者"通勤者"，只是一群懵懵懂懂之中意外进入幻境的历险者。这就意味着两种生活方式的发生不能也不应该以频繁更迭的方式出现，现实的"存活"与幻境的"历险"都不是稍纵即逝的片段，而是一段持续发生的过程，应当有一幅相对完整的画面，因此各自应拥有一段属于自己的相对完整的时间长度，以充分展现故事人物在两种生活中的生存状态，以及两种生活本身的形态与特色。为了突出故事人物身上发生的这种重要位移，儿童幻想作品中常见的做法是暂时停止对当前故事的讲述，转而对连接两个世界的"入口"或者"通道"进行较为详细的描述，清晰地昭示改变的发生，"大张旗鼓"地完成两种生活方式与世界秩序的过渡。热奈特称之为叙事过程中的停顿，用申丹的话来说，就是"叙述时间无穷大，故事时间为零"。①

将叙事焦点集中在描写上是热奈特总结的叙事文本中停顿的主要形式之一。儿童幻想小说中，叙述者通过对人物位

---

① 申丹，王丽亚. 西方叙事学：经典与后经典 ［M］. 北京：北京大学出版社，2010：119.

移路径的详细描述不仅有效中止了时间的流动，而且也使现实与幻想之间的转换获得了具体的途径和形态，从抽象的虚无成为具象的存在，用详实的细节将莫须有的通道实态化，为幻想世界的到来预设物质化的实在感。《奥兹国的魔法师》用堪萨斯州大草原习以为常的龙卷风将多萝西送到了奥兹仙境，却仍然对这一常见天气情况进行了近似科学般的细致描写。

> 紧接着，一件奇怪的事情发生了。
>
> 房子旋转了两三圈后竟拔地而起，慢慢地飞向了空中。多萝西觉得就像是坐在一个气球里，渐渐地随之上升。
>
> 这是怎么一回事呢？原来是来自南方的风和北方的风，在房子所在的地方会合，房子成了龙卷风的中心。在龙卷风的中心，空气按理说是静止的，可现在四周的强大气流抬着房子，使它像羽毛一般越升越高，直升到龙卷风的顶端，又被刮至好几英里之外。
>
> 四周非常昏暗，什么也看不见；只有风在她耳边呼啸，好像是巨人在怒吼着。但多萝西一点儿也不害怕，反倒觉得十分舒服。房子滴溜溜转了几圈，接着又剧烈地晃了几下。她觉得自己像一个婴儿躺在摇篮里，被轻轻地摇晃着……①

鲍姆不厌其烦地将龙卷风对房子的所作所为详细列出，事无巨细地讲述龙卷风对房子里"旅客"产生的效应，让儿

---

① ［美］弗兰克·鲍姆. 奥兹国的魔法师［M］. 吴华译. 南昌：二十一世纪出版社，2013：16—18.

童读者通过细节如临其境，心甘情愿地跟随这座房子去冒险。作者首先突出"奇怪"效应，而后精心解释房子如何得到意外"保护"，一个"如母亲的子宫般温暖的孕育新生命的温床"，成为安全的避难所和神奇的运输机。[①] 这样的描述既符合常理与科学理性，又很好地契合了儿童的心理。由此，龙卷风"通道"在理性和感性的统一中实现自身的合理化存在，即将出场的奥兹国也顺理成章地合理化。

不只是鲍姆，许多"入口幻想"小说都倾向于采用日常生活中常见的或经常使用的物品，以营造一种天然的亲近感。也即是说，借由物品在现实生活中的真实存在，打造实实在在的真实感。《"下次开船"港》里，唐小西跟着灰老鼠和他的"影子"一行三人兴致勃勃地动身前往那个"比快乐还快乐的地方"。"他们三个不断往前走。朦朦胧胧，他们好像在小胡同里走，又好像在山谷里走，又好像在森林里走。朦朦胧胧，他们拐了一个弯又一个弯。就这样走呀走呀，也闹不清楚他们到底走了多久，到底走了多远"。[②] 不知什么时候，他们就来到了"下次开船"港。虽然作者着意为去往神秘"快乐世界"的通道营造一层不清不楚的"朦胧"感，然而唐小西一行三人的疲惫"行走"创造的"脚踏实地"感坚实有力地向读者传达着"一步一个脚印"的实际行进，以及连接现实世界和"快乐世界"的"通道"的真实感。

随着"通道"的消失或者说"退场"，轮到"第二世界"登场。叙述者仍然选择老老实实地按照时间的先后顺序对幻

---

① David Gooderham. Children's Fantasy Literature: Toward an Anatomy [J]. *Children's Literature in Education*. 1995, 26（3）: 177.
② 严文井. "下次开船"港 [M]. 武汉: 湖北少年儿童出版社, 2014: 25.

境中的事件——叙述，保持与"第一世界"相同的时序，直接避免了瞬时的位移所带来的混乱和慌张，维持表面的和谐。然而，倘若对两个时间的具体处理稍加观照，不难发现作家虽未对两个世界的时序做出调整，但在时间量的处理上却显示出了明显的差异：现实世界的叙述多表现为概述，幻想世界的叙述多展现场景。在故事开始，现实世界首先出现，通过对人物、事件以及总体状态的简要概括，快速地呈现其整体面貌与主要特征，并借助这种信息的"突显"迅速构建起有关现实世界的认识。随着人物来到幻境，叙事的速度开始放缓，场景模式开启，详细地描摹幻境的山水风景、地理格局、风土人情，描写人物的动作、心理和对话，以丰富的细节构建一幅鲜活生动逼真的写实图画。在叙事节奏的一张一弛中，将叙述的重心明确地放到幻想世界之上，运用场景的戏剧性展现幻境中的奇遇和冲突，以及人物的内心情感和心理变化，充分表现幻境之于人物的作用以及人物在幻境中经历的挣扎、考验和成长。现实世界只是作为一种背景，简单交代环境、人物、通道等要素，构筑其真实性，同时略去对生活细节的描述，旨在传达日常生活的常态特征，以突出深化某种刻板印象。现实世界色调昏暗，沉闷无趣，像一种无形的负担压抑着儿童主人公的身心，感到"自己在学校的日子已经到了穷途末路"①的徐伟，毫无时间观念、做事拖沓、"玩儿不够"、极度厌烦作业的男孩唐小西，厌恶学习讨厌生活的米洛等都在现实车轮的碾压下倍感无奈与痛苦。另一边，幻想世界色调明亮，活泼有趣，惊险刺激。幻

① 常新港. 天才街［M］. 青岛：青岛出版社，2016：83.

想世界给予儿童的信任释放了儿童的天性和野性，满足了儿童内心深处的渴望与愿望。大红大绿、新鲜刺激的天才街，"什么大汽船、小火轮、帆船、渔船、货船，一直到带双桨的游艇都有"① 的"下次开船"港，新鲜明丽的奥兹仙境，闪耀刺激的智慧王国等深深吸引着儿童，不断激发儿童的热情与积极性，历险在详细的铺陈和叙述中精彩上演。

有意思的是，当主人公在想象的国度中历经磨难，成功返回现实的国度时，这生命当中一段偌长的时间跨度却好像幻觉一般，未在现实的时间长河里留下任何痕迹，因为从主人公在现实中"失踪"的那刻起，现实的时钟便戛然而止了。不管孩子们消失多长时间，经历多久的冒险，当他们回来时，时间和他们离开时几乎一样，他们丝毫不用担心因为晚归而被父母责备，这是由英国著名儿童幻想作家内斯比特开辟的"内斯比特传统"。② 这样的时间安排并未抹杀幻想的存在，反倒是借由现实时间的定格来展现幻想的永恒，一种时间上的永恒。现实世界和幻想世界从空间维度上来看也许是平行存在的，然而在时间轴上却是非此即彼的单独存在，幻境的诞生必须终止现实的干预和介入，独立于现实之外。进入幻境中的读者能够感受时间的流逝、事件的发展，却无法把握清晰的时间刻度。时间之轮依然转动，模糊的刻度带有的虚幻性③为顺时序的叙事所弥补，因而在有限的现实生

① 严文井. "下次开船"港 [M]. 武汉：湖北少年儿童出版社，2014：29.
② Pamela S. Gates et al. *Fantasy Literature for Children and Young Adults* [M]. Lanham & Oxford：The Scarecrow Press，2003：50.
③ 徐岱在《小说叙事学》（北京：商务印书馆，2010）一书中指出，"刻度"是人们认识时间流程的标志，因此，清晰的刻度明确指示着与世界的联系，更具现实感，反之，模糊的刻度则传递出某种虚幻性。

命中获得无限的永恒存在。

最后，不得不提的是，不管是在单层空间的顺时叙述，还是在双层空间的对话往来中，幻想小说中还有另外一种叙事停顿：叙述者干预。这一儿童文学中的常见做法在幻想小说，尤其是低龄幻想小说中较为常见。面对稚嫩懵懂的少年儿童，全知全能的叙述者总是难免在叙述中偶尔插足干涉，情不自禁地对故事中的人物或事件驻足评论一番，以切实担负起道德引导的责任。"奥兹国"系列中，各类善意的忠告和提醒经常穿插在叙述中。例如，在多萝西一行沉溺于美丽的罂粟花田，浑然不觉危险时，叙述者指出"稍微有常识的人都知道，这些看上去很柔弱的花其实是'美丽的杀手'，如果很多这种花儿生长在一起，香气就会非常浓烈，人们呼吸久了它们的香气，就会昏睡过去"。① "多伦王国的秘密"系列在描述大魔头斯巴魔的狰狞面目与邪恶行径时，总是附上些许忠告，例如，"这样的怪物是很凶恶的"，"当他发怒时，他的弱点也就更容易暴露了"，等等。这类叙事者干预看似扰乱或中断了故事叙事的进程，却隐含了儿童作家对于读者的责任心，以及对儿童读者的深切关怀。

时间是一条永恒流动的河流，它在故事中的流淌或停驻都具有某种用意和目的。儿童幻想小说的创作躲不开时间这个古老的问题。通过窥见时间在儿童幻想文本叙事中的"待遇"，我们也得以对现实和幻境获得更深的认识。

---

① ［美］弗兰克·鲍姆. 奥兹国的魔法师［M］. 吴华译. 南昌：二十一世纪出版社，2013：86—87.

第八章

 亦真亦幻的空间建构

时间和空间是人类存在的基本方式，也是人类认知世界的两个重要方面。墨西哥作家奥·帕斯曾直截了当地指出"语言之流最终产生某种空间"，[①] 空间在文学中是一个丝毫不亚于时间的核心因素。前面已经提到时间作为叙事的重要维度在儿童幻想小说中的运动和表现，空间作为故事发生的

① ［墨西哥］奥·帕斯. 批评的激情［M］. 赵振江编译. 昆明：云南人民出版社，1995：252.

场所亦是叙事无法回避和绕开的核心问题。"叙事是具体时空中的现象，任何叙事作品都必然涉及某一段具体的时间和某一个（或几个）具体的空间。超时空的叙事现象和叙事作品都是不可能存在的"。① 幻想小说的空间表现在故事叙述中尤为重要，想象到达的地方是生活经验无法触及的，这些美轮美奂的奇妙世界与现实的生活空间有着迥异的形态。若是让自己头脑之中的"奇幻"成为读者心目中的"奇怪的幻想"，全无了文字编织与创造之"妙"，这"奇幻"便大难临头，为人唾弃了。所以，空间的处理在幻想小说叙事中有着举足轻重的地位。

---

① 龙迪勇. 叙事学研究的空间转向 [J]. 江西社会科学. 2006（10）：61.

第一节

空 间：叙 事 的 "魔 界"

　　虽然时间和空间都是构成叙事的基本要素，但由于语言是线性的、时间性的，因此叙事作为语言行为的本质使其具有了明显的时间性。理论界对于叙事与时间两者的关注和研究由来已久。空间作为一个既定的环境，常常"被看作是僵死的、刻板的、非辩证的和静止的东西"。[①] 时间和空间的如此区别待遇导致了理论发展的跛足，叙事理论的空间研究一直遭到忽视而发展滞后。然而，美国学者米歇尔指出，一切的艺术都是合成的，综合了不同语码、话语习惯、渠道和认知模式。"艺术家要打破时间艺术和空间艺术之间界限的倾向不是一种边缘的或例外的实践，而是艺术理论和实践中的

---

① Michel Foucault. *Power/Knowledge：Selected Interviews and Other Writings 1972 - 1977* [M]. New York：Penguin，1984：70.

一种根本冲动，并不局限于任何特定文类和时期的冲动"。①
从本质上来讲，"合成的"艺术、"混合的"媒介本能地具有
突破和互补倾向，不断突破自己在表现和表达上的天然缺
陷，这样看来，"用线性的时间性媒介可以表现空间，用空
间性媒介也可以表现线性的时间"这一做法便具有了坚实可
靠的理论基础。

不仅如此，人类的感觉世界也为空间媒介的出现和存在
提供了内在心理机制。按照托马斯·贝纳特的说法，感觉世
界由感觉（sensation）和知觉（perception）组成，主体和客
体在这里相互融合，形成一个有机的整体。"感觉世界是由
我们四周不断变化着的时间或刺激，以及我们或任意的动物
对它们做出反应这两方面构成的。我们经常为周围环境中的
刺激所冲击。我们的感觉世界是以永远变化着的一系列光、
色、形、声、味、气息和触觉为其特征的"。② 这个有机的整
体保证人类五大感官与大脑中的知觉系统是相互联通的，因
此，"某个感官能够接收到具有另一感官特征的暗示"，③ 各
种感官之间彼此打通，进而产生"联觉"效应。艺术家往往
是最具联觉能力的人群，④ 他们的"出位之思"⑤ 经常能够巧
妙地整合感觉世界接受的信息，呈现出意想不到的美学效

① ［美］W. J. T. 米歇尔. 图像理论 ［M］. 陈永国译. 北京：北京大学出版社，
2006：122.
② ［美］托马斯·贝纳特. 感觉世界——感觉和知觉导论 ［M］. 旦明译. 北京：科
学出版社，1985：1.
③ ［美］本杰明·沃尔夫. 论语言、思维和现实——沃尔夫文集 ［C］. 高一虹等
译. 长沙：湖南教育出版社，2001：144.
④ ［美］黛安娜·阿克曼. 感觉的自然史 ［M］. 路旦俊译. 广州：花城出版社，
2007：317.
⑤ 钱钟书先生的译文版本，源出德国美学术语 Andersstreben，指一种媒介欲超越
自身的表现能力和范围而进入另一种媒介表现状态的美学。

果。在现代作家的创作中，我们经常能够看到艺术家的这种"出位"创作，把语言引进视觉空间，用语言文字的"线条"来构造空间形式，在符号排列的游戏中进行空间创作的探索。

在文学理论研究中，空间一直被当作时间的附属品，未受重视，直到进入 20 世纪后半叶，空间问题的重要性才日益凸显。"学者们开始刮目相看人文生活中的'空间性'，把以前给予时间和历史，给予社会关系和社会的青睐，纷纷转移到空间上"。① 首先，爱因斯坦有关时间和空间的四维学说从科学的层面硬性突破了人类传统时空认知的局限，将空间和时间并置于同一高度，突出了二者之间的紧密联系。在文化及文学理论方面，巴赫金借用爱因斯坦的相对论，提出时空体概念（chronotope），将时间和空间视为不可分割的整体，认为时间是空间的第四维度，之后约瑟夫·弗兰克、米歇尔·福柯、加斯东·巴什拉、亨利·列斐伏尔、约翰·伯杰、丹尼尔·贝尔、弗雷德里克·詹姆逊、约瑟夫·弗兰克等理论家也纷纷将目光转向文学领域的"空间范畴"问题，空间在小说叙事中的突出作用开始提上研究日程。在众多研究学者的学说中，三位学者有关空间理论的相关研究和观点对后来文学理论的发展产生了较为深远的影响。

巴什拉在《空间的诗学》一书中对一系列空间范畴内的原型意象进行了十分严肃的现象学分析，通过对家屋、阁楼、地窖等空间及其中的家具和空间使用的需求等剖析解

---

① ［美］爱德华·W. 苏贾. 第三空间——去往洛杉矶和其他真实和想象地方的旅程［M］. 陆杨等译. 上海：上海教育出版社，2005：19.

读，深入探讨外在空间与人类内在心灵的相互作用，继而研究空间与人类早先或者童年期原初体验之间的关联，由此揭示出空间意象可能具备的隐喻或象征意义。巴什拉将空间概念扩大到了人类认知的层次，其有关空间问题的观点本身对于文学理论的发展具有革命意义，并且其身体力行的"诗学"尝试从理论到实践为文学案例分析提供了颇具可行性的操作指南，极具影响力。

列斐伏尔的著作《空间的生产》主要从社会学的角度阐述了西方资本主义社会的空间"塑造"或"生产"问题。不同于过去对于空间特性的静态指认，他指出空间是一个动态的生成过程：空间与社会和置身其中的人们彼此作用和反作用，在具体实践中，联系其对日常生活的影响，揭示而且批判了资本主义生产的空间所具有的系统性、扩张性暴力特征。然而，社会学家列斐伏尔关于空间问题的探讨并未就此作罢，他继续深入分析了空间的表征问题，即人们对于头脑中的空间意象如何呈现与表达，也就是空间的"符号性"的问题。空间的表达离不开各种符号、代码、术语等，空间的形态、布置以及其中存在的实体物件在文学文本中其实都是语言的创造物，"表达各种空间是内心的创造（代码、符号、'空间话语'、乌托邦计划、想象的景色，甚至物质构造，如象征性空间、特别建造的环境、绘画、博物馆及类似的东西），它们为空间实践想象出了各种新的意义或者可能性。"[①]在巴什拉之后，列斐伏尔进一步凸显了空间的意义建构，即

---

① ［美］戴维·哈维. 后现代的状况——对文化变迁之缘起的探究［M］. 阎嘉译. 北京：商务印书馆，2003：276.

空间作为人类内心的外在投射，从色调、代码到构造、景致都是心灵的价值生产，是生产者的思想和情感所纠结的、所憎恶的、所喜好的和所追求的事物的完整体现。这样一来，空间的象征意义不仅被进一步坐实，而且其研究的维度和思路被大大拓宽，在巴什拉的现象学解读上，对于空间环境中的各个细节加以深度观照，不仅将社会学研究与文学理论的探索相联通，更进一步接通了文学与绘画、雕塑以及建筑等学科的交流，有助于开展跨学科之间的深层对话。

约瑟夫·弗兰克的《现代小说中的空间形式》一文引发了学界对于空间叙事的深入探讨和关注。结合对名著《包法利夫人》的细读和研究，弗兰克从语言的空间形式、故事的物理空间以及读者的心理空间三个侧面分析了现代小说中的空间形式，指出现代小说具有打破时间和因果顺序的空间特征。弗兰克的批评实践深深地影响了后来的文学批评家，米切尔、凯斯特纳、拉布金、查特曼等著名学者继续从故事空间、空间形式和读者感知等方面进一步拓展对空间问题的研究。因此，学者斯密滕曾中肯地评论道，弗兰克的空间叙事研究奠定了叙事理论研究中有关语言、结构和读者感知的三维模式。[1]

文学与空间确实有着千丝万缕的联系，忽略了小说文本中的空间元素，人类的感觉世界便显得支离破碎。文本所书写的空间用文学的语言和表达方式言说着有关人物、情节、冲突等方面的蕴意，正如热奈特所说：

---

[1] Jeffre R. Smitten & Ann Daghistany. *Spatial Form in Narrative* [M]. Ithaca & London: Cornell University Press, 1981: 17.

　　"人们可以并且应当考虑文学与空间的关系。这不
仅是因为……文学与其他'主题'一样，也谈空间，描
绘场所、住宅、风景……使我们在想象中置身于未知的
境界，并一时产生在其中遨游和居住的错觉；这也不仅
仅是因为……对空间的某种敏感，或不如说场所的某种
魅力，是瓦莱里称之为诗境的基本方面之一。这是一些
空间性的特征，它们可以一时或长久地在文学中得到体
现……"①

---

① ［法］热奈特. 文学与空间. 王文融译. 美学文艺学方法论［C］：续集. 米盖
尔·杜甫海纳主编. 北京：文化艺术出版社，1987：188.

第二节
空 间 的 色 彩 话 语

　　色彩是自然万物生而有之的外在特征，人类通过肉眼去认识和感知自然界中的五颜六色，色彩属于人类的一种视觉认知，也属于人类经验认知的一部分。不同颜色因而在不同的文化和人类的经验世界里形成了一套独特的话语体系和符号意义。春之新绿、夏之葱郁、秋之凋零、冬之银装，神秘的大自然用不同的颜色诠释季节的变化。四季如此，世间万物也是如此，颜色赋予物质世界千姿百媚，也同样作用于人类的精神世界，是心灵的调剂。一个没有颜色的世界是干瘪而且乏味的，无疑对人类视觉实施着冷暴力，也无情剥夺了生命应享有的自由和选择，颠覆了自然万物本来的面目和秩序，因而，抹杀万物的色彩是有悖自然常规的行为。在儿童幻想小说中，不乏作家尝试消灭色彩来传达自己的思想主张和情感态度，这一做法在乌托邦和反乌托邦幻想作品中尤为常见。《记忆传授者》（*The Giver*）里所描绘的未来型社区就是一个消灭了气候变化、地貌差异、颜色变化以及个性差异的同一性社会，这是一个典型的反自然的"人造"社区。作者借由这个死气沉沉的异托邦社会表达的是自己对于社会发展尤其是世界全球化进程所带来的同一化效应的担心和忧虑。当世界失去变化，人类被剥夺多样性和差异，剩下的只有麻木和呆滞，还有无边的绝望。由此可见，色彩不仅是可视的，而且还具有言说功能和表意功能。

自然世界的五彩缤纷并不总是为小说完全收录，当颜色进入小说的叙事世界，首先需要经过作家的意识过滤，这个滤网根据自己的需求和目的选择性地保留和运用颜色。无论浓妆还是淡抹，都是透过注视故事的那双眼睛所折射过来的，带着眼睛背后的意识，有着意识深处的追寻。说到底，颜色所呈现的是一股无形的审美力量，流动在故事情节脉络之中，用色彩的语言构筑起故事跌宕的叙述。那充盈在故事中的色彩的明暗与浓淡，处处写意着创作的思绪和情感，模拟现实，寄寓情志。

在儿童文学的世界里，颜色对于儿童格外具有吸引力。且不说在儿童成长过程中对于颜色的认知总是充满好奇和兴趣的事实，单是朝气蓬勃的少年对于颜色的大胆搭配和运用便可窥见其对颜色的敏感和认知。对于儿童幻想小说而言，色彩是一柄有利的法器，它不仅掌控着现实与梦幻之间的钟摆，而且能够让故事"幻"化出另外一番风景。

概括来说，儿童幻想小说的色彩使用表现出相对稳定的范式，喜用基本的单一色，而非复合色，消除了各种颜色之间的过渡地带以及相互之间的搭配混合，让色彩变得更加纯粹、简单，色调更易辨认捕捉。在此基础上，适当地将颜色调明或调暗、调浓或调暗，或是选择控制或丰富颜色，使效果更加明显突出，更富表现力和戏剧张力。

首先，身体或者衣物的色彩能够塑造人物性格，或表现人物的身份等属性特征。"暮光之城"系列中，在太阳的照射下"如钻石般闪亮的惨白皮肤"驱散了笼罩在吸血鬼身上的"死气"和"阴气"，用"钻石"的熠熠光辉提升了人物的亮度和净度，折射出爱德华干净透明的内心和高贵优雅的品格，无形中赋予了人物饱满的"人性"和"灵气"。"白""亮"再加上精致的五官由此就构成了梅尔笔下的新生代吸血鬼，他们不再是残害人类的异类，而是一群有着高贵精神血统的生灵。

白色在儿童幻想小说中也是精灵或者仙子等拥有至高法力的大善一族的常规配色，在《大王书》《黑暗崛起》《地海巫师》《龙骑士》等高越幻想作品中这类色彩形象十分普遍，打败金山黄狗的少女瑶身着白衣长裙；顽强地与黑暗战斗的精灵女巫也是一袭白衣；罗德岛的大法师不仅总是白衣素裹，更是一头白发及腰；精灵阿雅的白衣长裙，配上全身透白的皮肤，处处彰显着纯洁、干净与高贵。

与白色截然对立的黑色通常是恶人或者邪恶爪牙等反面势力的色系。一身黑色长袍或是黑衣裹身是恶势力的基本配置。在童话世界里，邪恶巫婆多着一袭黑袍，足不出户，神秘莫测，黑色的外衣映衬着那黑暗险恶的内心，儿童幻想小说基本沿用了这一色彩配置，将一切不利的、邪恶的、加害的角色都饰以黑色。《大王书》里从地狱偷取魔法黑伞逃到人间称王的瘸腿屠夫熄是黑色的忠实代言人，他的衣着、他的宫殿、他的侍从、他的巫师团、他的王国、他的法宝，关于他的一切，甚至"熄"这个名字，都寓意着黑暗，浓得化不开的黢黑。《至尊之王》中魔王亚伦文的战士和信使都饰以黑色；《黑暗崛起》中来自远古的黑暗骑士们将黑色发挥到极致，从头到脚只剩下两只深邃恐怖的眼睛未被黑衣包裹；《龙骑士》中邪恶的黑暗骑士来无影去无踪，像一团团飘忽的黑影。黑色是邪恶势力身上反复重现的主色调，因为这深沉的、浓得化不开的黑，一如其被遮蔽扭曲的黑暗心灵，经不起耀眼夺目的纯白。借用黑色的遮挡来逃避光明的照射和温暖，将所有的仇恨、贪婪、嫉妒和野心藏匿在浑浊的黑色里，倔强且固执地排斥抵抗着美好的强大力量，这也从侧面揭示了反面势力的顽固特质。

一黑一白，黑白分明成为了幻想小说对于不同人物或者不同势力的品格或内在性质的显性定义与表现。这好比绘画中使用明暗对照技法对人物进行突出或隐晦一样，作家通过颜色的涂抹将人物的形象隐藏在词语的海洋中，时而朦胧，时而清晰，在强烈的对比中廓清人物的本质特征。

除此之外，色调也是故事信息的隐蔽载体，传递着有关场所、情节以及作品主题等方面的相关信息。正如身体或者衣服的色彩能够暗示出人物的身份或性格特征一样，空间场所中流动的色彩也能够赋予其不同的个性氛围和价值意义。"天才街"上的大"红"和大"绿"颜色对撞瞬间抵消掉了徐伟"穷途末路"的生活，迸射出亢奋的火花。此外，两种颜色的"俗艳"搭配在一定程度上是对不切实际的"天才梦"的暗讽，深刻喻示着这种空幻的理想，如浮云烟雾，难以长久。

《奥兹国的魔法师》里多萝西的黄砖路历险，一路上沿途的风景，不啻为一幅生动灵气的彩绘图画。作者采取移步换景的手法将一路上所闻所见一一道来：芒奇金邦、稻田、树林、罂粟田、翡翠城、温基邦、瓷器城、奎德林邦等一系列的地点尽收囊中。鲍姆并没有不遗余力地勾勒描绘景致的细节，而是采用了接近"印象派"的风格，凭借事物映入眼帘的瞬间印象，以粗放的笔法抓住具有特点的侧面，去除对于细枝末节的关注，以追求画面呈现的整体效果。画家在描绘过程中通常迅速而且直接完成涂色，为了充分再现大自然中光与色的变化和美感，通常运用太阳光谱所呈现的赤橙黄绿青蓝紫七种颜色反映自然界的瞬间印象。蓝色的芒奇金邦、绿色的翡翠城、黄色的温基邦、红色的奎德林邦烙刻在读者脑海里的深刻印象并不是这些场所的建筑或者风景，取而代之的是徜徉在这蓝、绿、黄、红组成的彩虹般的颜色海洋中的流光溢彩和惬意自在。同时，作者巧妙地借助色调的冷暖渲染展现空间的独特氛围和气质。芒奇金邦冷色系的蓝和温基邦黯淡的土黄色透出许多惨淡和萧索的感觉，翡翠城的绿和奎德林邦的红呈现出十足的新鲜与活力。色彩的调配组合显性地传达出场所的氛围，借由氛围烘托陪衬情节的发展，激发读者的想象，在颜色的世界里唤醒读者的情感共鸣。

无论是明暗还是冷暖，颜色在文本世界中的存在本身已经经过了作者思维和情感的过滤，是一种人为的着色。不管是绿草的青青、太阳的火红等在现实生活中习以为常的色彩，还是想象艺术下夸张不羁的着色手法，都是一种意识的再创造。若是对作品中的颜色逐一观照，如前所述，色彩及其背后的故事和深意便会走到前台，若是将作品中出现的颜色加以整体观照，明暗冷暖、单调多彩之间的鲜明对比则衬托甚至有力揭示出小说的题旨和中心。在黑与白的世界里，黑暗的爪牙或帮凶与纯净的光明使者的强烈色差总是清晰无误地宣告儿童幻想小说中善恶斗争的永恒主题①，黑白的对立成为邪恶与正义对立的代言和隐喻。当单色的世界遭遇多色的变幻，乏味和趣味的对比立刻显现出不同的审美判断和价值取向。《绿野仙踪》中灰秃秃的大草原的苍白羸弱与奥兹国的绚烂多彩形成截然反差对立，由此呈现的是两种完全不同的生活方式：刺激有趣的历险与一成不变的辛苦劳作。鲍姆也在色彩的谱系中揭示了两个世界的不同以及全书的主旨：幻想应当是快乐的营养，荒芜是悲伤的梦魇，儿童应当有点"乐子"。② 换作颜色的语言，单调的灰便是那现实生活中活生生压榨儿童鲜活生命的"恶"，彩虹色的绚烂则是那本属于儿童童年生命成长的滋养的"善"，善与恶的斗争在色彩的话语中得到淋漓展现与诠释。

在绘画的世界里，颜色不仅有明暗冷暖之分，还有浓淡的区别。诚如色彩的明暗和冷暖能够暗示出有关人物、场所、冲突和题旨等方面的重要信息，当某一色彩的浓度发生变化时，故事的发展即冲突的等级亦会随之显示出相应的变化，失衡的世界以及双方此消彼长的较量在色彩的浓淡表达中得到了直接、形象的展现，色彩的浓度预示着情节的走向

---

① Pamela S. Gates, et al. *Fantasy Literature for Children and Young Adults* [M]. Lanham & Oxford: The Scarecrow Press, 2003: 2.

② [美] 弗兰克·鲍姆. 奥兹国的魔法师 [M]. 吴华译. 南昌：二十一世纪出版社, 2013: i.

和变化。当暗色或者冷色系加重时，邪恶势力集结，日益扩张，开始密集发动进攻，场景叙事占据主要地位，冲突逐渐升级恶化，氛围变得凝重紧张；然而当其开始淡化，亮色或暖色系变得厚重时，局面变得逐渐明朗，正义力量开始占据上风，双方斗争逼近结束，邪恶势力已经奄奄一息，到处洋溢着明亮清新的色彩，预示着即将到来的美好和愿望的达成。《大王书》《龙骑士》《黑暗崛起》《至尊之王》《地海巫师》等经典儿童幻想小说中，每当黑色变得浓烈厚重之时，正面主人公们则不得不面对日益强大的敌人和越发艰苦的战斗，故事中常见的场景是黑暗势力集结成乌压压、黑漆漆的一团，向着正义力量逼近，黑暗骑士、黑暗使者、黑暗信使、黑暗军队、模糊的黑影都将自己的战斗力和杀伤力提到极限，全力以赴地试图给对手致命一击。双方之间的矛盾冲突不断升级，从对峙走向直接对抗交战，在敌人"浓密"的布阵下，正义的光芒有所暗淡，甚至有可能被遮蔽，铺天盖地的黑色顿时席卷占据了世界。然而，正义之光终究能够穿透黑暗的云层，如星火燎原般蔓延开来，驱散黑暗的统治，将光芒的福祉辐射到世界的各个角落。当亮光再次集结变强，战斗随之出现转机，走向落幕，故事也慢慢从最初的平衡，中期的混乱纠葛，最终再次走向平衡。

色彩是画家与科学家对外部世界的细节仔细观察的结果，强烈的视觉冲击是人类在艺术生产和日常生活中所追求的第一要义。绘画与书写的分歧在于前者脱离了时间的羁绊，而后者需要时间的介入。读者的反复阅读与心理的空间建构，最终可以帮助他们擦除时间的印迹，重建一幅完整的画面，得到审美的狂喜。① 作家的色彩审美能够将文学的创作和对艺术表现的美与自由的追求结合起来，用作画的方式思考人生、书写生活和理想，用文字作画，挥洒灵感和才思，用千变万化的微妙色彩联系故事，用文本世界中的色彩涂抹构架一幅幅生动的空间图案，继而在精神的联觉状态中打造"幻想"的真意与内核。

---

① Vladimir Nabokov. *Lectures on Literature* [M]. Fredson Bowers（ed.）Orlando：Harcourt，1980：6.

第三节

现实与幻想的空间氛围

现实空间在幻想小说中虽然不是恒定的常在，在入口幻想和真实幻想小说中却十分常见。这两类幻想小说因为自身体裁的关系，总是与现实世界有着千丝万缕的联系，不像与现实彻底斩断关系的高越幻想小说那样"潇洒"。之所以少了几分"潇洒"，是因为现实的"重负"多多少少让幻想少了几分"轻盈"，无论是现实与幻想之间的穿梭往来，还是幻想照进现实的"僭越"，现实空间的设置和氛围相比幻想空间较为凝重严肃，充斥着各式各样的问题、烦恼，需要一些幻想之光来照亮目前的困局或窘境。这样的一个"麻烦世界"令人烦躁不安，甚至有些难以忍受，生活在其中的少年儿童在这个逼仄的空间中过着难挨的"圈禁"生活，迫切需要一场幻想的春雨滋润心田。

现实空间牢牢将主人公锁在掌心之中，尽最大努力将他们控制在管辖范围内，以最大限度地为少年主人公提供关怀和安全，然而，这样的"保护"总是会剥夺无拘无束的自由感，从而让人的潜在心理滋生出某种强烈的"逃离"欲望。《"下次开船"港》里唐小西的现实生活是通过家庭生活的描写来反映的。这是一个堆砌着"没完没了"的家庭作业、时刻回响着妈妈的唠叨管制和时间小人分秒不停的滴答提示的"压力"世界，紧张感与压迫感充斥着这个私密空间，用时钟的刻度丈量童年生命的幸福感，用时间的流逝碾压儿童的身心世界。当家庭失去本应有的温馨与和谐，转而成为社会性场所的替代，家中的妈妈与时间小人忠实地扮演着学校老师般的权威角色，不仅造成了以学校为代表的公共生活空间和以家庭为代表的私密情感空间的错位，也造成了唐小西精神世界的"缺失"。对唐小西而言，家中的"敌对"氛围，以及自己作为"敌对"氛围之靶心的生活，处处同小西憧憬的那种无拘无束、肆意玩耍、随性自由的生活作对，为自己的"梦想生活"设置过多的限制与条框，施加过大的压力，现实生活在一整套被反复强化的规则的"统治"下变得难以忍受。因此，当画上的姐姐开始那番强词夺理的"道德指责与轰炸"时，小西夺门而出，以简单的逃避来躲开内心所憎恶与惧怕的事物，这样直接的身体表达于孩子而言无可厚非，也是单一空间里受压迫的主人公自然而然的选择。

常新港现代都市题材的少年幻想小说对现实空间的沉重与压抑仍不吝批评和指责。"家庭—学校"两点一线的生活成为现代都市少年主人公必须面对的现实，无论身在何处，如影随形的质疑、嘲笑与讥讽将作为私密空间的家庭与作为公共空间的学校连贯相通，二者的合谋剥夺了少年主人公的个人空间，严重危及儿童主体性与同一性的建立。由父母、校长、老师和同学所构成的现实空间无情否定了少年主人公独特的个性生命，侵蚀破坏了生命成长发展所必须的完整空间。因此，这些所谓的"问题"儿童总是毫不动摇地找寻着心中的"圣地"，"天堂""天才街""空气街"等非现实的"空间"里流淌洋溢着的自由气息在现实世界的域限和禁锢之外，为儿童生命的完整和谐补全那缺失的一隅。

依格的《半个魔法》讲述了生活在单亲家庭里的四个孩子面对承受生活重担的母亲与严格无趣的保姆毕太太流露出令人心痛的无奈。毕太太非常严厉，"她不太关心他们，他们也不大喜欢她"①。为了避免为辛勤奔波的母亲增添麻烦和烦恼，四个孩子就这样"蜷缩"在毕太太的管辖和掌控之中，在家庭的安全围墙之内被杜绝掉与外界可能的交流和往来。这样"强权"的管制和照顾让四个孩子非常不自在，丧失了自由的他们对每日被规约管教的生活十分厌倦，毕太太的照料犹如一道结实的屏障绝缘了外来的危险，禁止新鲜的刺激。生活单调而且乏味，"和这种大人在一起无聊透顶，除了尽可能表现出礼貌外，孩子们最希望可以逃离现场"。②现实生活的封闭和枯燥可见一斑。

来自现实或者成人的权威统治让家——这一幻想小说中频繁重现的现实生活空间——成为了一个封闭的空间，一个

---

① ［美］爱德华·依格. 半个魔法［M］. 吴荣惠译. 上海：上海文艺出版社，2013：4.
② ［美］爱德华·依格. 半个魔法［M］. 吴荣惠译. 上海：上海文艺出版社，2013：125.

建立在"受庇护"或"渴望庇护"的心理反应上的牢固"围城"，既不想让里面的人出来，也不愿让外面的人进去。它试图通过严格的排他性如温室一般保证空间的恒定性和安全性，儿童能够在毫无危险和障碍的情况下顺利成长。然而，这种排他性本身已经对儿童构成了干扰。它人为阻断了儿童与外界的一切联系，无视儿童作为独立个体的精神需求，粗暴地斩断儿童的自然生长轨迹，剥夺儿童作为生命个体进行自由选择的权利、经受失败和挫折的权利、感受悲伤和快乐的权利、追求梦想的权利，等等，只剩下一成不变的沉闷枯燥，在孤独隔绝的空间里窒息扼杀儿童敏感丰富的生命。

其实，现实世界竭力排挤和压制的不外乎都是外在的因素，尽可能地排除一切不稳定的因素和危险因子，可是这些努力所产生的反作用力是他们万万没有料到的。本以为可以通过外因作用于内因，一举掌握控制孩子们敏感好奇的心灵，结果却弄巧成拙，这些固步自封的举措在企图扼杀外力诱因时刺激了主人公的逆反心理，激起了他们对于外面世界的渴望和向往，增强了他们的好奇心和求知欲。冲破束缚，挣脱"牢笼"是他们时刻计划和准备着的事情，被现实生活隔绝或贬斥的新奇事物总是有着无限的魅力，召唤着内心洋溢着无限激情活力的孩童们，去探索那未知的领域和疆界，感受奇幻的魔力和神奇。

与现实空间极力排斥外来者的情况相反，幻想空间具有极大的包容性和开放性，真诚地欢迎每个"有缘人"的到来。不仅如此，幻想空间在想象力的恩惠下更乐于接受新鲜事物，任何为现实空间所摒弃排斥，甚至闻所未闻的事物都可能出现在幻想的世界里。换个角度来看，想象本是思想不受边界和条框束缚的自由驰骋，接受任何一种可能以及任何的不可能，这是一个毫无羁绊的开放空间，反抗着逻辑和理性，追求奔放酣畅的狂野。作家在创作时需要将这匹脱缰野马置于适当的理性规约与艺术考量下，为奔放的空间加上适当的边框。虽然疆域有所限制，这并不妨碍其开阔性和具体的内容设置，因为空间的"开放性"并不一定直接指向空间的面积大小，而是空间自身富有的一种特性，是其对于事物的一种态度和反应。事实上，这个空间从存在的本源上——借助想象的力量——就已显现出巨大的弹性和张力，各色各异的事物都能够在这里获得栖身之地，构建出不同的空间图案和社会图景。所以，在幻想的世界里，我们仿佛总能够遇到形形色色的人，遭遇稀奇古怪的事情。或许有人认为正是想象的力量抹平了"不可能"所能制造的惊异，让"不可能"日常化。其实，事实恰恰相反，想象的事物经常因其与现实相去甚远而令人刮目相看，而将这些咋舌之事规约到人类理性认知的接受范围之内需依赖于作家的逻辑加工。理性的打磨将想象的元素重新排列组合，生成一个更具表现力、更具阐释性的新兴世界。

"下次开船"港是一个奇妙的地方，没有时间，没有钟点，没有早晚，没有日子。停泊的船只、天空的云朵都如凝固了一般一动不动，只能等到"下次"才会移动；会说话的动物、会说话的影子、会思考的玩具不断加入唐小西在"下次开船"港的奇异历险之中，在规则的现实世界之外呈现了难以想象的"不可能"。《迷失的欲望花瓣》里现实世界遥不可及的天堂无奇不有，街道、学校、商店、咖啡馆、度假森林等一应俱全，天堂的居民们相比现实生活中的人们多了几分悠然与闲适，以及几多痴迷与疯狂，这是一个充满无数可能却又似乎极度真实的世界。

《半个魔法》中，马克、凯瑟琳、玛莎和珍四个孩子在魔法硬币的帮助下经历了四次惊心动魄的冒险旅程。无论是马克憧憬的热带沙漠，凯瑟琳回到的亚瑟王时代的黑森林遭遇，还是玛莎经历的书店抢劫案，以及珍转投别家的倔强变身，每一次变化都伴随着空间位置的改变，在特定的空间关系中展开各自期望的历险。《我爸爸的小飞龙》里的那座野外荒岛更体现了幻想空间无奇不有、无所不包的开放性和包容性。埃尔默按照流浪猫的描述从橘子岛（the Island of Tangerina）到达了野外孤岛，在这片海洋之中的开阔岛域上，从小岛的一端到另一端，碍于小岛的荒野偏僻，故事以动物为空间标识，通过埃尔默与老鼠、乌龟、野猪、老虎、犀牛、狮子、大猩猩、鳄鱼等八类动物①的交锋展开叙述，不知不觉完成了埃尔默小岛历险的讲述，成功解救飞龙宝宝。

幻想空间的开放性得益于想象本身的体质和特征，这样的开放和包容在追求与现实达到"神似"的基础上，融入梦幻、理想的元素，在神奇多变的环境中展现人物和情节，空间不再是孤立静止的符号，而是蕴涵着尖锐冲突和斗争的过程，在不断的运动变化中释放酣畅淋漓的自由快感，展现出儿童幻想世界的奇妙、丰富、纵深和开阔。

---

① Ruth S. Gannett. *My Father's Dragon* [M]. New York：Yearling，2006：21.

第四节

空间变易的叙事动力

　　由于语言的线性特征，小说叙事的时间性一直是叙事研究中的重点研究对象，然而时空是一对相互依存、不可分割的概念，在文学艺术中尤其如此，所以时间对于叙事作品的重要性同样意味着空间在叙事进程中的重要地位，因此，"小说既是空间结构也是时间结构"，[①] 二者融合在一个具体的艺术时空体中，"时间的标志要展现在空间里，而空间则要通过时间来理解和衡量"。[②] 随着学界对于时空关系的重新认识，空间不再被仅仅当作故事发生的地点和场景，更多地被看作一种叙事的技巧或手段。空间能够表现时间、构建小

---

① ［法］让·伊夫·塔迪埃. 普鲁斯特和小说 ［M］. 桂裕芳，王森译. 上海：上海译文出版社，1992：224.

② ［俄］巴赫金. 小说的时间形式和时空体形式. 巴赫金全集 ［M］：第三卷. 白春仁，晓河译. 石家庄：河北教育出版社，1998：274.

说的结构以及推动叙事进程的能力和作用为越来越多的小说家和理论家所共识，空间的描写和存在具有更广泛、更深层的意义。

儿童幻想小说对于现实世界、幻想世界的描述以及两个世界之间的穿梭都显示出对空间的依赖，因此，空间在整个叙事过程中起着重要作用。无论是第二世界的历险，还是两重世界的穿越，幻想小说基本都是在空间的几经变易中完成故事的讲述。在幻想的世界里，时间的模糊化处理实质上是将时间浓缩凝聚在空间形式上，在不同的空间和不断的位移中展现故事情节和冲突的发展，让读者在逼真的空间中感知超越时间的真实。

幻想小说着重的是"幻"的情节和效果，因此，即便在小说中存在多重空间，想象的空间始终是幻想小说着力描绘和聚焦的中心。这就意味着幻想世界里的遭遇和历险是整个叙事的重点，而如前所述，幻想世界的叙事着意于不断奔波的旅途冒险和探寻，时间在这里变得模糊不清，部分甚至彻底让位于由地点或场所的更替所推动的空间叙事。空间由此构成了作者的思维构架，以及叙事的逻辑，人物、事件不断地涌现，空间是疏导安排这些元素的中坚力量，空间的变易成为了叙事进程的主要乃至根本动力。换句话说，空间的变化指示的不单是坐标的变更，人物出场、斗争冲突、任务进展等都隐藏在空间设置中，影响着故事的发展以及读者的心理感知。

入口幻想小说里空间的变易不止于两个时空的转换，幻境中的空间变换不仅落实了想象空间的地理格局，而且隐含着情节的发展走向。《天才街》里"老车站—天才街—天才设计室—天才训练营—现实世界"的巡回之旅在意外中开始，又在意外中结束。进入天才街那一刻的兴奋刺激，到天才设计室得到天才制造真相的错愕以及对自己梦想的坚持，再到天才训练营中自我的迷失与疯狂，徐伟的天才梦在空间的变化中一步一步地实现，又一步一步失真变形，不同空间串联讲述的"天才梦"的故事演绎成为主人公徐伟"渴望—失望—亢奋—偏执—疯狂"的精神历程，空间变易的叙事力量得到充分发挥。

在高越幻想小说中，一个纯粹源自想象的第二世界成为故事的主要且唯一空间，这是完全虚构和杜撰出来的空间。《大王书》中少年大王茫为推翻熄王朝统治，必须攻克金银铜铁四座大山，围绕着这一故事主线，作者曹文轩拟分四部完成整个系列，分别是《黄琉璃》《红纱灯》《紫河车》和《白纸坊》。在业已完成出版的前两部作品中，空间的变易构成两部故事的主要动力。在第一部攻克金山的征途中，故事从熄王朝都城庞大的焚书盛会开始，随着"书中之书"大王书的诞生与显灵，故事所讲述的空间瞬时转换到王朝遥远偏僻的草原地区，叙事焦点也顺势转移到牧羊少年茫的身上，由此开始反抗起义的斗争。从在边城的沼泽、森林、草原的辗转躲避，到走出边城与熄军的正面对抗，茫军与熄军一路的追逐与斗争伴随着空间位置的变化，同时也借助空间的变易得以顺利发生。无论是《黄琉璃》中"褐石城—石头城—迷谷—金山"的进军路线，还是《红纱灯》里"金山—'大音'之山—郎城—橡树湾—沙漠—桐壶—银山"，曹文轩或直接以地点命名章节，或在每章开始清晰道明地点的变化，以空间的变化来暗示茫和茫军的行军进程，同时不断推动故

事情节和矛盾冲突的发展。不同的地点或空间所拥有的地
势、地理环境的不同，暗藏着不同的危险与挑战，意味着不
同的敌人与对手的出现，从而制造出危难凶险无处不在，一
波未平一波又起的联动态势，叙述节奏与动力大大增强，一
种紧张氛围环绕其中。汤素兰的幻想小说《阁楼精灵》亦巧
妙地在空间的变易中展现了世界上最后一个阁楼精灵家族在
得知现代铁路修建即将拆毁其所栖居的乡村阁楼时，决定举
家前往精灵谷的迁徙旅程，其间精灵们的见义勇为、智慧幽
默以及大义牺牲得以惟妙惟肖地刻画展现。在这一场关乎家
族生死存亡的大迁徙中，由"迁徙"所带来的空间转移与变
化并非故事叙事的全部，而更多地作为一种背景线索，来烘
托映衬故事人物的塑造与情节冲突的设计。"行进"本身所
暗含的空间位移意味着陌生新鲜事物的降临，也意味着自我
力量的消耗与磨损，这一张一弛之间，精灵家族的应对与回
应成为故事的最大亮点。空间的变化悄然之中为叙事注入强
大动力。

　　《龙骑士》各章的题目亦基本以地名命名，该书从其目
录便可瞥见主人公伊拉贡的历险地图以及故事情节的发展演
变，从家乡帕兰卡山谷（Palancar Valley）一直到消匿隐蔽
多年的矮人族王国的大本营法兰杜尔（FarthenDÛr），伊拉
贡和自己的飞龙蓝宝石一路的追捕与逃亡，一路的厮杀与惊
险，每一次的移动和变化总伴随着出其不意的袭击和遭遇。
《地海巫师》中杰德在虚拟的地海世界里与来自地狱的黑影
展开了殊死的追踪和搏斗：家乡贡特岛上的十棵杨树村—雷
阿比跟大巫师奥金修行—最西边的下托宁岛镇担任住持巫
师—潘多尔岛消灭巨龙，之后与黑影追逐，频繁辗转在地海

世界的各个岛屿之间，霍斯克岛—奥斯基人的特利农宫—雷阿比岛向恩师求助—海中的沙洲—西手村—纹米什岛—伊弗什岛—外海域，这一路显示了杰德的成长轨迹，也展示了他与罪恶黑影之间那场心衰力竭的艰苦斗争。《在海上，在石下》更是从书名上就体现了空间位置关系，整个故事也紧紧围绕着这个坐标之谜展开：一个海边小镇，三座风格各异的房子（度假木屋、海湾木屋、山丘木屋）、临海山峰、海边岩洞组成了全书的活动空间，失而复得的藏宝图所指示的宝物地点恰是在临海山峰上确定的"在海上、在石下"的地理坐标。

由此可见，空间不是作家胡乱想象和描绘的，其在叙事中是要起作用的。"他们不仅仅把空间看作故事发生的地点和叙事必不可少的场景，而是利用空间来表现时间，利用空间来安排小说的结构，甚至利用空间来推动整个叙事进程"。① 空间已经超越了传统意义上的背景存在，成为了故事发展进程中的重要动力，起着强大的助推作用。

① 龙迪勇. 论现代小说的空间叙事 [J]. 江西社会科学. 2003（10）：20.

结语

任何文学范式的确立和存在都有其历史的必然性和现实的合理性。儿童幻想小说在现代儿童文学中的脱颖而出是社会历史环境运动的结果，也是儿童观以及儿童文学认识论不断发展变化的必然选择。事实上，人类对待幻想的态度从未像现在这样矛盾过：一方面现代技术文明和工具理性贬斥压制着所谓混乱无序的想象；一方面人类在科学研究与技术发明中又痛感自身想象力的退步与匮乏，大力呼唤奔放创造的想象力；一方面科学的思维将人类心灵中最原始纯净的生命原力渐渐放逐；一方面遭遇理性冲击，经历精神危机的现代人类又渴望回到人类最初自由纯真的幻想之中。

儿童幻想小说在人类犹疑恍惚、矛盾纠结的时刻不动声色地出场，试图以一种新的文体结构的陌生化方式来更新人们对生活、经验以及文学的感觉：以真诚、朴素的姿态，在"原始情感"到"现实情理"①的沉淀中，将时代的精神核心与人类的生活理想浓缩其中，诉说时代的审美理想和艺术趣味。虽然这一样式一开始并不是为儿童创作的，而且在托尔金看来，它成为"儿童的"文学，完全是成人硬塞给儿童的一种"人为灾难"，导致许多作品被改写，以适应儿童的口味，极大损害了作品的艺术价值，②因为这些竭力展现另类世界的作品都是由成人作家创作出来的，儿童与之瓜葛甚少。③如果说在遥远的17、18世纪，儿童被迫成为幻想小说的阅读者和接受者，那么历史发展至今，幻想小说已经成为儿童文学的中坚力量。幻想小说在儿童读者中的盛行和风靡亦是儿童主体性得以彰显的直接结果。现代社会开始主动走进儿童，了解认识儿童所具有的独特生理和心理特征，尊重其作为独立个体所行使的各种权力，着力建构和张扬儿童的主体性。

20世纪是儿童的问题得以突显的世纪。它历经了"儿童的发现"，又在"发现"之后席卷而来的过度消费和开发中迎来了"童年的消逝"。④儿童的生命空间遭遇极度压缩，其想象力极度萎缩。然而，幻想小说的强势崛起振奋了儿童沉

---

① 刘绪源在《儿童文学的三大母题》（上海：华东师范大学出版社，2009）中谈到儿童文学的审美功能与作用时，指出儿童文学的美学特质在于审美情感的波澜起伏所带来的心灵净化，包含"正—反—合"三个过程。在"合"的落幕中，审美情感由高涨走向沉淀，情感得到冷静深化，开始对世界和人生的重新体察。这是一种自觉而深刻的审美情感，是有着理性积淀的审美情感。

② J. R. R. Tolkien. *The Tolkien Reader* [M]. New York：Ballantine，1966：77.

③ Peter Hunt & Millicent Lenz. *Alternative Worlds in Fantasy Fiction* [M]. London：Continuum，2001：3—4.

④ 美国学者尼尔·波兹曼在《童年的消逝》（南宁：广西师范大学出版社，2011）一书中指出，信息社会的到来，电子、通信等技术领域突飞猛进的变革，再加上社会不安全隐患的增加，儿童的生活和游戏空间遭到极度压缩，童年遭遇过度开发和消费，以致真正意义上的童年已经不复存在。

寂的心灵，一跃成为儿童热捧的文学类型。幻想小说也因此成为最炙手可热的儿童文学类型。皮特·亨特认为这一点不足为奇，因为幻想和儿童在本质上都是"民主的"，都独立于高雅文化唯我中心体制之外。①

儿童是感性的存在，无论从生理上还是精神上，他们对幻想小说有着更多、更深层的回应与互动。作为"为儿童"的文学样式，儿童幻想小说应着眼儿童心灵世界的"内宇宙"，"给儿童带来自由和解放……促进儿童心灵的自由成长，帮助儿童建立对自身生命价值的自尊感"。② 青春期是一个"与幻想和科幻文学天然亲近的"③ 时期，少年儿童总是"能够感知捕捉他们所读到的想象和完美之物……思想灵活多变，几乎没有限制，孕育着宏伟的愿景，那些将要改变人类未来的伟大想法"。④ 幻想小说对于童年和青春期独特生命内涵和内在意蕴的关注使其成为少年儿童的亲密知音，耐心地体察他们的脆弱、孤独、困惑、痛苦以及纯真、可爱、欢乐、洒脱，体贴入微地呵护着儿童心灵最柔软稚嫩的部分，巩固丰富儿童的纯真心性。与此同时，幻想蕴藏的"狂野"因子与潜在的"革命"力量倾尽全力地卫护张扬儿童生命所希冀渴望的"自由和解放"，犀利地解剖困扰儿童的各种问题，温暖地于困惑处给予指引，于挣扎处晓情喻理，于绝望处点燃希望。这是儿童幻想小说作为儿童文学给予儿童天性

---

① Peter Hunt & Millicent Lenz. *Alternative Worlds in Fantasy Fiction* [M]. London：Continuum，2001：3.

② 朱自强. *经典这样告诉我们* [M]. 济南：明天出版社，2010：47.

③ Orson S. Card. "Fantasy Genre". Speech，American Library Association Conference，Atlanta，28 June 1991.

④ Tamora Pierce. Fantasy：Why Kids Read It，Why Kids Need It [J]. *School Library Journal*. Oct. 1993：50.

的尊重，亦是儿童幻想小说作为幻想文学对儿童灵性的礼赞。自由不羁的幻想是生命本源的无意识爆发出的本能驰骋，是在原生性心态的造像上迸发出的带有原型意味的艺术。那些背离现实、随心所欲的"不可能的游戏"和那一个个不可思议的形象构成一幅天马行空的画卷，激荡着丰富的美感。这美感构成了儿童幻想小说诗性的核心内容。

幻想的诗意源于对美的崇尚而升发的对美的不竭追求，唯美地写意儿童生命与童年生活是想象给予的"特权"，亦是想象所蕴藏的独特美学品质。所谓"美"，在朱光潜那里，美是事物呈现形象于直觉时表现的特质，审美是直觉对形象美感的感知、反映和确认。[①] 也可以说，美是客观事物作用于接受主体的主观情感的直觉反映。用苏珊·朗格的话来简要概括，美是情感的形式。文学通过语言进行想象，用感性形象作用于人们的感觉器官，让人们在充分尽情的感受体验中生成美感。幻想小说中夸张自由的想象积聚着狂野、纯粹的美感。距离产生美，审美活动需要一定的距离感，幻境与现实的明显差距给读者留足了审美的空间：距离感带来的陌生效应消解了观者眼中的实用主义认知，转而注重事物本身的美感。儿童幻想小说对儿童的审美引领是形式与内容共融交乳而成的美学品性所产生的复合情感效应。离奇多变的情节内容以最贴近儿童天性和认知的形式呈现出来，在强烈的感官冲击中绽放个性鲜明的审美特质。

客观地再现生活从来都不是幻想小说所追求的创作范式，幻想创作崇尚与追求的是对客观现实的主观感受。幻境

---

① 朱光潜. 谈美 [M]. 北京：中华书局，2014：12.

的一草一木、一人一物，都经过作者心灵和理性的过滤，经过狂放不羁、惊世骇俗的想象，带有鲜明的主观色彩。幻想书写的是被感受到的客观真实，它拒不接受客观存在的现实，却又将主观感受投照于客观世界，期望借此调剂改造客观世界。它高度重视心灵内部的秩序，将"心灵中一切沉思的、神秘的、幽暗的、不可解说的东西拽出来"，① 竭力追求打造一种更高的内部真实，写我之所想，抒我之所感，执着而热烈地呈现着人类主观世界里的欲望、追求、感受、固执、贪恋等一切事物。对于主观性如此的热衷与迷恋是极富浪漫主义色彩的，浪漫主义就是这样，"活在现象和佯托的世界里，把现实和幻想交错起来或者混同起来"。② 不同于成人文学里流行的消极浪漫主义，活跃在儿童幻想小说文学基因里的是积极的浪漫因子。它有感于现实的缺乏，而萌发对理想王国或者奇幻国度的憧憬与想象。无论在中国还是在西方，儿童幻想小说的作家们都在矢志不渝地追求着一种"信仰"。这"信仰"源于对儿童本真生命的至高崇拜，在想象与游戏的世界里，坚持对儿童和童年生命的诗性守望。幻想小说用丰富新奇的想象力守卫呵护着儿童的好奇心与探知欲，"到处都在而无一处在"③ 地诗性流淌，让诗性搭乘想象的翅膀融入故事、主题、人物、时空，生成空灵幽远的浪漫诗意与升腾的美感。

---

① ［丹麦］格奥尔格·勃兰兑斯. 十九世纪文学主流·德国浪漫派［M］. 张道真译. 北京：人民文学出版社，1981：180.

② ［丹麦］格奥尔格·勃兰兑斯. 十九世纪文学主流·德国浪漫派［M］. 张道真译. 北京：人民文学出版社，1981：37.

③ ［德］马丁·海德格尔. 存在与时间［M］. 陈嘉映，王庆节译. 上海：生活·读书·新知三联书店，2006：200—201.

　　"美是一种只能符合于想象的价值，这种价值的基本结构中包含着世界的虚无化"。① 想象也好，虚无也罢，美并非是海市蜃楼般缥缈梦幻的浪漫主义。曹文轩曾对浪漫的诗意美感有过描述。他的一番话放置在幻想小说身上，亦是十分恰当的。"理想不等于是空想，空灵不等于是空虚，想象不等于是迷幻。升腾必须源于现实，理想之鹞翱翔蓝空，必然有线牵引于大地，若不然就会跌落于尘土。沙上之塔，空中楼阁，只表现才智之士的梦幻，不敢直面人生，逃向荒野，也无意去表现人生的广度和深度的浪漫主义，是无意义的"。②

　　儿童幻想小说以丰富精彩又幽默风趣的文本，真诚平等的对话，看似无意义、无因果性的重复叙事在不断的反复中强化突出一种特有的诗性，这是由生命体之间的相互尊重而生成的向儿童思维与儿童生命的亲近与致敬。余华曾说："小说传达给我们的，不只是栩栩如生或者激动人心之类的价值。它应该是象征的存在。而象征并不是从某个人物或者某条河流那里显示。一部真正的小说应该无处不洋溢着象征，即我们寓居世界方式的象征，我们理解世界并且与世界打交道的方式的象征"。③ 幻想作品里洋溢的诗意是作家对这种象征的真心倾诉，将自己认知理解的世界经由幻想的变形，作为一种整体的象征呈现给儿童读者，以幽默的口吻和尊重的姿态，把自我的心灵感受传递给读者，在相对和平的

① ［法］萨特. 想象的事物. 萨特研究［C］. 柳鸣九编选. 北京：中国社会科学出版社，1983：333.
② 曹文轩. 中国八十年代文学现象研究［M］. 北京：作家出版社，2003：218.
③ 余华. 余华作品集［M］：第二卷. 北京：中国社会科学出版社，1995：288.

对话氛围中，①在虚拟的场景中以极其现实主义的写作手法来书写生活，表达自身对儿童生存状态和精神世界的一种终极关怀，在平等对话的过程中，达到两者意境的融汇，从而使诗性在作品中洋溢出来，形成一种感动人心的审美力量。

在儿童幻想小说的故事世界里，或者以一个与现实并行，却又截然不同的奇异幻境，或者以一个远离现实的遥远时空，来拉开幻想与现实的距离，进而书写展现想象的神秘伟力。这是一个充满色彩、变化和诗性的空间，在被成人主导的现实世界之外，给予儿童自己的独立生命空间，用情感的流动来铺陈故事，在唯美的情调中展开冲突。在这里，他们永远行走在路上，找寻探求生命应憧憬的状态，在不断辗转"流浪"的生活里，体验"生活在别处"的刺激和精彩，又深切感受着"乡愁"对家园的牵扯与神往。他们以"清洁的精神"热情地投身到奋斗的"游戏"过程中，一路坚定地执着向前，用对生活的热情彰显生命的力量，书写英雄主义的情怀。

儿童的英雄可以是救世人于水火的大义英雄，可以是随心所欲不逾矩的平凡英雄，可以是正视自我克服自我的"真心"英雄，也可以是大智若愚憨态可掬的"滑稽"英雄。幻想总是瞄向人类身上最为深奥神秘、复杂多变的心灵世界，对这座"秘密花园"进行细致彻底的勘察。因此，幻想小说所讲述和投射的是人类内心的状态与格局，简言之，幻想小说是人类心理图式的客观反映和真实写照。②如派特丽夏·

---

① 侯颖. 图画故事对儿童诗性心灵的守望 [J]. 文艺争鸣. 2010 (6)：168.
② Cathi D. MacRae. *Presenting Young Adult Fantasy Fiction* [M]. New York：Twayne Publishers，1998：8.

瑞德所说，"幻想小说所折射的不仅是我们自身和影子，还有我们内心的真相"。①

幻想小说为儿童心灵和人格的发展开辟空间，用隐喻和象征来喻指人生的旅程和生存的本质，表现人格本质特点的建构与形成，展现人类最隐秘最复杂的心理活动和精神活动。② 其看似简单的情节里包含的是人生无处不在的困惑、恐惧、冲突及其可能的解决方式。儿童读者与主人公们一起面对各种矛盾的"不和谐"，体验潜伏在无意识之中纠结缠绕的复杂情感，在充满希望的结局中实现心理的成长与成熟，完成人格的"和谐"整合。幻想小说对希望的宣扬让儿童能够在幻想的世界里抵达真相，从而"能够帮助儿童获得寻找生活意义的能力和赋予生活更多意义的能力"。③

幻想小说是"儿童生活中最重要的文化和社会活动"，④ "人们经常认为文学和文化在政治上和历史上是一清二白的"⑤ 的误解，武断割裂了文学作品与作为"孵化器"的客观环境之间的复杂关系，从民间传说故事演变而来的幻想小说一直葆有人类渴望改变和追求幸福的深层愿望，在时代变迁中，用幻想的诗意，激发人类心灵对真正的民主自由与生俱来的向往，⑥ 最终走向儿童主体本性的自觉。幻想在独立

---

① Diana Paxson. *The Faces of Fantasy* [M]. New York：Tor，1996：190.

② 舒伟. 20 世纪美国精神分析学对童话文学的新阐释 [J]. 外国文学研究，2001 (1)：124.

③ 舒伟，丁素萍. 精神分析学视野中的童话文学——贝特尔海姆的"童话心理学"发微 [J]. 燕山大学学报（哲学社会科学版），2001 (1)：28.

④ Jack Zipes. *Fairy Tales and the Art of Subversion* [M]. New York：Routledge，2006：1.

⑤ Edward Said. *Orientalism* [M]. New York：Pantheon Books，1978：27.

⑥ Jack Zipes. *Fairy Tales and the Art of Subversion* [M]. New York：Routledge，2006：178.

的空间辖域内赋予儿童自主的权利和自由的追求，不动声色的叙述、巧妙的构思、有趣的情节、诙谐的语言，使故事充满游戏的诗情与想象的神秘气息，用浪漫的情怀与诗性的境界托举向善的力量，引领儿童精神生命的健康成长。即使进入后现代社会消解价值、消解英雄的时代，儿童文学依旧在呼唤英雄，构筑时代需要的个性英雄，对人类的未来充满坚定的信念，这也是儿童文学与成人文学的根本不同与可贵之处。

"真正的儿童文学并不产生在对儿童的教育意识里，而是产生在儿童文学作家追寻自我的儿童梦的内在需求中，产生于他对儿童的亲切感受中，产生在净化自我心灵的愿望里，产生在对更美丽的人类社会的理想中。他展开的是一个儿童的心灵世界，也是他沉潜在内心深处的求真求美的愿望"。① 儿童幻想小说诗性的勃发往往是作家自我的真实表达，没有扎根童年生命的挚诚爱心和对世界的终极关怀，不可能产生真正的诗，而走进儿童心灵深处的幻想作品，往往是符合儿童心理的诗。

儿童幻想小说用游戏的诗学走入童年生命，"游戏的生成通常是来源于日常生活的审美化和儿童自由在的闲适心态，儿童会动用身体的一切感觉器官来积极配合这种思维狂欢的演出"，② 在故事内部构筑起饱满充盈的动感美。以动制胜的动感美在儿童幻想小说的世界里主要表现为"奇""险""勇"，这三面棱镜犹如孙悟空的三根救命毫毛衍生出千变怪

① 王富仁. 呼唤儿童文学. 现代中国儿童文学主潮 [M]. 重庆：重庆出版社，2000：13.
② 侯颖. 儿童文学的情理世界——侯颖文论集 [C]. 南宁：接力出版社，2013：144.

异的形态。

　　"奇"是幻想小说里的稀奇罕见物，如奇境、奇力、奇宝等，制造的审美情趣。在幻想的奇境中，山川沟壑、江河湖海、花草树木、鸟虫鱼兽不仅有着锋利的轮廓，更有着鲜明夺目的色彩魂魄，作者对于色彩明暗与冷暖处理造就的色彩形态、对色彩深浅的处理产生的色彩重量感以及对物体与色彩配置所展现的色彩的物质感等方面的把握和设计，赋予了幻想世界迥异于现实世界的独特外部形态。白、黑、红、绿、黄这些基本色系在幻境中被发挥应用到极致，这种色调上的巨大差距瞬间拉大了幻想与现实的距离，提高了幻境的辨识度，以及儿童对于空间转换的感知度。这里的自然万物拥有奇异的力量：树木、鸟兽具有能够思考、说话和行动的拟人化特征；人类身上所具有的超能力因子被唤醒激活；具有神力的宝物亮相，处处喻示着幻境非同一般的神奇基因。

　　这样的奇幻设置在儿童读者那里恰好暗合了儿童泛灵论的思维方式，客观事物经过想象艺术人情化、理想化的加工闪耀着美感。而人情化是儿童所特有的体物方法，[①] 儿童的认知未必有科学的严谨和精确，倒有着几分"推己及物""设身处地"的"幻觉"认知的心理特征。他们经常会下意识地把自我的感觉与物体的属性混为一体，不知不觉中将自身的心境和感觉投射到外在之物的身上，心灵的外射使得感受主体的内在情感自动移置到外物身上，"移情作用"便顺其自然地发生了。作为美感经验基础与核心的移情作用在幻境奇妙元素的刺激下自然发生，随着身处奇境之中的主人公

---

① 朱光潜. 谈美［M］. 北京：中华书局，2014：58.

身上奇力因子的显现，移情作用中的主客体对象开始从之前的人与物逐渐过渡到人与人的交流互动。平凡的人类主人公在幻境之中或因身世之谜的揭晓，发现体内蕴藏的"神力"基因，这些精明强干、本领高超、足智多谋的儿童主人公极大满足了少年儿童的精神渴望和向往，实现了现实中弱者地位的颠覆，弥补、泄导儿童现实生活里无奈委屈的心理，儿童读者将内在自我投射到主人公身上，在自我认同的过程中完成对自我的心理补偿。

　　然而，儿童幻想小说的审美效应绝不仅是心理的释放和补偿，"所谓美感经验，其实不过是在聚精会神之中，我的情趣和物的情趣往复回流而已"。① 幻想小说所追求的"情趣的往复回流"是险象环生的历险旅途所迸射的独特美感。一个"险"字做出的文章在儿童读者内心激荡起千层波涛，随着情节的一波三折，在曲折跌宕的起伏之中，在循环往复的紧张刺激之中强化儿童的审美体验。幻想故事基本可以缩影为一次险途之旅，旅途的"险"不单是道路的崎岖与陡峭，更指一路上难以预料的重重困难与劲敌。通向黑暗老巢的路总是荆棘密布，黑压压的天空下鬼魅般高耸的山峰、低洼狭窄的山谷、不见边际的荒漠、危机四伏的原始丛林等是魔窟的前哨边岗，弥漫着令人悚然的恐怖。历险的地理环境与格局的"险要"营造了浓厚的惊险氛围，儿童读者的好奇心和历险冲动随之增强，内心的战斗欲和征服欲被唤醒。邪恶势力的狡猾和阴险又将故事置于层层的险情之中。随着潜伏之敌的逐一登场，一场场激烈的角逐和争斗不断挑战着儿童读

---

① 朱光潜. 谈美 [M]. 北京：中华书局，2014：23.

者的心理极限，撩拨升华儿童的审美激情，在前途未卜的命运战斗中不断扭打出一波接一波的"审美高潮"。邪恶力量设下道道关隘和埋伏，主人公一次次的应战回击不断敲打召唤儿童内心深处被压抑逼仄的原始本能。快节奏、高频率的冲突与斗争令人目不暇接，屏气凝神，将儿童读者裹挟在密不透风的紧张与危机感之中，弱小的身躯面对来势汹汹的敌人源源不断的威胁开始爆发出潜在隐伏的力量。在儿童主人公与儿童读者审美情趣的往复回流中，这股力量不断发展壮大，逐渐呈现出"革命"的气质特征。也即是说，在与这些向邪恶魔头俯首帖耳的爪牙的斗争与搏杀中，儿童的自我越发坚定刚毅，强韧阳刚的一面逐渐取代原来那个懦弱胆小的自我，喷涌出巨大的颠覆力和革新力，为最后到来的那场生死决斗做好了必要和必需的铺垫和储备。

　　紧接着，"险"中夹"勇"，暗处生明，以"勇"破"险"，化险为夷，绝境逢生。在与邪恶爪牙无数个回合的对抗与交手之后，主人公带着千锤百炼的身心奔赴最后的较量，情节的"惊险与峻峭"之美攀至巅峰，两大阵营的最高实力对决决定最终的生死。邪恶嚣张狂妄，正义凛然坚毅，善恶双方在此消彼长的相持中将情节的悬念扬至极致，渴望希冀着至高之"勇"的力挽狂澜。"勇"之内涵在幻想小说的美学阐释里可以悲壮，也可以诙谐。

　　悲壮之"勇"浸透着英雄主义的精魂。主人公对于高尚纯洁的执着追求，包容世人的豁达胸襟，面对艰险百折不挠的决心毅力，打击邪恶不惧牺牲死亡、不惜舍生取义的凛然正气，都闪耀着崇高伟大的非凡气魄。无论逆境顺境，其朴素真诚的利他主义精神总是忘我地追逐心中神圣的"正义"。

主人公不断挑战生命的极限，勇敢应战，不免令人心生敬畏崇敬之情，茫、毛拉、樱、哈利、威尔、伊拉贡、凯特尼斯都是以己之力斗争到底的勇士，不轻言放弃的悲壮英雄人物。

"勇"也可以表现为轻快之中的感动与温情，显露出诙谐幽默的底色。诙谐幽默并非指单纯的欢快热闹，而是在对待现实的挤压与重负时所表现出来的一种轻盈乐观的姿态，从高越幻想小说里的大英雄转变为日常生活里的小人物，于游戏中见温情，于乐观中见智慧，微笑面对苦难险阻，用平凡缔造神奇，用挫折造就伟大。徐伟、万礴礴、珍和她的兄弟姐妹们在生活的重压下迸发出的乐观与伟大是一种对生命的敬仰与回馈，是对人生的幽默豁达。在这些"飞入寻常百姓家"的幻想世界里洋溢的"笑对人生"的诙谐幽默是生命深处散发出的以乐观为基调的，最简单、最纯粹的力量，是沥净喧嚣与纷扰之后最纯洁的生命原力。

不论是摄人心魄的英雄主义，还是平凡人生里的坚定与乐观，都在团圆的结局中向世人不断传送着脉脉温情，用正义的声张和希望的飞扬传递着积极的正能量。在主人公与儿童读者之间往复回流的美感体验之中，儿童不仅不自觉地移情于故事主人公，将自我的审美情趣返照于人物的形象，与此同时，作为审美主体的儿童不断吸收接受人物的姿态形象，不知不觉地模仿人物的思维模式、行为方式、情感表达，等等。邪不胜正的圆满结局让生活重新复归平静与祥和，"扬善惩恶"的幻想美学洗礼激扬人心，将一个为麻烦和纷争所扰的动荡世界带入崭新的"和谐"：人与人之间的仇恨消失殆尽，人世间的破镜重圆，消弭了人对社会的敌意和愤懑，善良和正义的崛起与强大疏浚着人内心的犹疑与挣扎，普照着一个更加光明、纯净的世界。浸润着温情和正义的美感经验在人物与读者之间跃动流淌，荡涤冲刷久困于世的心灵，以及心灵深处隐藏的苦闷或浊念。

幻想故事致力见证、映射儿童生命的各种瞬间与内外图景，通过主人公与儿童读者之间精神和情感的双向交流积极参与儿童精神人格的建构，在故事圆满的落幕中卫护少年"险滩密布"的人生的平衡与和谐。自我与他人、自我与社会、自我与自我之间，从外部到内在，从他物到自我，有深陷泥泞的严肃，也有潇洒超脱的豁达，一切事物在畅意爽快的叙事节奏中既能够自由惬意的表达，又可以毫不突兀地糅合成为一个和谐的整体。幻想的越轨与不羁赋予故事更多的自由和情趣，不正常的事物越发能够摆脱日常的成规和世俗的规矩，从心所欲地让作品从内心走出来，越发有趣，愈加超脱。有意识的主体的潜意识活动，是生命的全方位表达，潜意识得到表现，主体的意识亦得到丰富，精神和肉体生命得以成长。① 全方位的表达给予生命行动的自由，自由度越大，生命力越强，创造力越蓬勃，生命越有价值。看似"无所为而为"的审美活动在无功利的主观愉悦中表现出"无目的的合目的性"。② 在幻想的国度里，心灵是极度自由的；审美活动中的人亦是最自由的，自我是心灵的完全主宰，幻想与审美的惺惺相惜联通着人之为人的本质力量，不为物役，

---

① 刘晓东. 儿童精神哲学 [M]. 南京：南京师范大学出版社，2003：226.

② 这一表述系康德在其美学思想奠基之作《判断力批判》（韦卓民，宗白华译，北京：商务印书馆，2000 年）中提出，继德国理性主义和英国经验主义两大派系对审美活动的不休争论后，革命性指出审美是由客体无目的或像似无目的特征作为诱引，唤起的一种偶合性的目的感，是主体在一种没有任何明晰利害观念和理性前提束缚的自由自在的想象活动中得到的愉快，以独树一帜的美学理论廓清了迷雾。

不为理缚，感性的生命激情勃发，想象力、创造力极度喷涌，这无疑是生命价值的深度体现。[①] 审美与幻想之间在形态、内容以及功能上的内在契合有力诠释了幻想生发的美学力量是最有价值、最有意义的人生活动之一。席勒曾说："美的作用就是通过审美生活再把由于人进入感性的或理性的被规定状态而失去的任性回复起来……美是人的第二创造者"。[②] 国内儿童文学研究学者杨实诚在其专著《儿童文学美学》一书中说道：

> 美学作为审美关系的科学，是审美认识和审美意向的统一。对主体来说，存在有目的、有理想、有自觉性的一面，有存在无目的、无意识、不自觉的一面。对客体来说，以对象的审美属性、价值的独特性为条件，通过主题的自由创造，那具体、直观的形式，无明确性功利目的、无明确概念的形式，又总要导向一种不确定概念，导向人类性情、思想的影响。主体和客体达到同一之后也就导向更高层次的多方位的同一，诸如情感和理智、感性和理性、个别和一般等等的同一。[③]

情感的自我调控和超越，乐观精神的弘扬和建构，以及以感性的想象力和创造力为核心的童年生命形态的激扬与释放，使儿童幻想小说生发出旺盛蓬勃的美感力量，有助于恢

---

① 李学斌. 儿童文学与游戏精神 [M]. 南昌：二十一世纪出版社，2011：68.
② ［德］席勒. 审美教育书简 [M]. 冯至、范大灿译，上海：上海人民出版社，2003：165.
③ 杨实诚. 儿童文学美学 [M]. 太原：山西教育出版社，1994：15.

复被理性腐蚀扭曲的人性，帮助儿童甚至成人在内的全人类
成为为美所浸染、感化的"自然人"。可以说，幻想小说是
儿童感性生命的复现。

儿童幻想小说是贴近儿童生命本真的文体构成形式，当
儿童捧起幻想作品，走进小说描绘的世界，那扑面而来的对
童年生命的"尊重"与"礼赞"融化成简单直白的快乐，这
是现实主义小说所不及的阅读"乐趣"。幻想小说推翻了
"加诸读者之上的残酷权威"，① 用打断读者期待的陌生化效
应实现罗兰·巴特所说的文本阅读之"快感"。② 幻想阅读生
成的"快感"综合体包含了诺德曼和雷默所说的多种文学乐
趣，"以人为镜"的人物认同将儿童读者置于体验的中心，
在情感的投注与抽离中感受人物经历的"情感的乐趣"，享
受情节里种种机遇巧合相互组合的复杂变化产生的"故事乐
趣"，沉醉于"文字所激发的图像与观念的乐趣"，以及在想
象中脱离自我，体会不同人生的"逃避的乐趣"。③ 然而，幻
想文学的乐趣并非单单是由情感起伏所主宰的审美体验，
"乐趣并非是思考的对立面——思考本身就是一种乐趣"，④
充满乐趣的审美体验本身就"积淀着理性的感情"。⑤ 因此，
儿童读者在幻想小说的文本世界里可以快意地体验"探索的

① Roderick McGillis. The Delights of Impossibility：No Children，No Books，Only Theory [J]. *Children's Literature Association Quarterly*. 1998，23（4）：204.
② Roland Barthes. *The Pleasure of the Text* [M]. Richard Miller（trans）. New York：Hill，1975：14.
③ ［加］佩里·诺德曼，梅维丝·雷默. 儿童文学的乐趣 [M]. 陈中美译. 上海：少年儿童出版社，2008：36—37.
④ ［加］佩里·诺德曼，梅维丝·雷默. 儿童文学的乐趣 [M]. 陈中美译. 上海：少年儿童出版社，2008：33.
⑤ 刘绪源. 儿童文学的三大母题 [M]. 上海：华东师范大学出版社，2009：71.

乐趣"，透过文学洞察历史文化以及反思自身的"理解的乐趣"。充满各种乐趣的"快感"体验彻底释放儿童被禁锢的生命力，重新召唤着被放逐的心灵力量，用"自由"打底，以"解放"为翼，打造一场儿童生命的饕餮狂欢。

然而，儿童幻想小说的"宇宙"胸怀又让它超越了狭隘的"儿童"局限，诚挚地拥抱全人类共通的文化遗产，探讨人类命运共同体的现代遭遇，以充实的历史内涵和饱满的时代情绪抒写不同时代人类的机遇与挑战。其所蕴藉的文化资源、多元视角、丰富智慧与开阔视野是科学技术所无法比拟的"艺术智库"，其对自然、社会、政治、历史的探询解读为身陷囹圄的现代人类在理性的统治外开辟了一个全新的话语试验场，构建呈现一个眼光独到、风韵独特的"幻想智囊"。幻想小说重拾被现实疏离的领域，运用革新的艺术话语和颠覆性的审美视觉，祛除虚饰与陈套，破除狭隘与偏见，书写生活的酸甜、生命的沉重、人性的复杂。幻想小说诉诸人类共有的想象，搭乘想象的翅膀，于现实主义文学鞭长莫及之处，对自然生态、人类社会以及精神世界进行全球性思考，以统摄全人类物质与精神世界的阔达景深，追求浑厚博大、深阔悠远的美学境界。无论是深沉的忧思还是浪漫的轻逸，或是冷峻的诗意与雄浑的激情，都凝聚成幻想小说神往的磅礴艺术气象与开阔的"宇宙意识"。① 这是儿童幻想小说美学特具的博大胸怀与超前意识。它意识到关于儿童的

---

① 在世界全球化和经济一体化的发展浪潮中，封闭狭隘的生活为相互连接的"地球村"所取代。面对时代的变化，评论家们呼唤新兴的、更具前瞻性和整体性的视角与立场。艾特玛托夫提出"全球性思维"，兹维列夫提出"宇宙意识"，斯塔菲耶夫抛出"全人类立场"等。

世界性问题，以世界性的眼光和开放的思考关注全人类面对的现代课题，大胆地进行文学探索和艺术试验，带出人类意识深处的忧患与不安，涌泻人类的心灵感受。从这个意义上来说，儿童幻想小说从主题的诠释到题材的择定，从叙事方式的拣选到具体的语言表达，已经大大超越了"儿童化"的艺术范式，"越轨"成为放眼全人类的普适性文学样式，将自身融入全人类的话语世界，真心渴望并热情欢迎吸纳人类优秀精彩的文化资源，构筑幻想的"宇宙话语体系"。幻想这一包罗万象的美学胸怀为幻想小说在当今世界的风靡提供了最好的脚注。

儿童幻想小说以艺术创造的信念和热情对儿童文学创作进行极富个性化的探索，将探索的目光投向人们曾有意或无意忽视回避的艺术领域，纳入全新的价值体系与艺术评判尺度确立自己的审美标准，突破超越儿童文学的既有观念与模式，调整更新儿童小说的传统艺术秩序，以响应儿童文学园地里时代审美趣味的转换，加速儿童文学从传统品格向现代品格的演进。幻想小说对单一表达方式的摒弃与厌恶，对变幻不定的意象、充满暗示与象征的情感体验以及离奇怪诞之事物不可理喻的钟爱，成功地在作品中营造出强烈的神秘感和新奇感。幻想那毫不讲理的不羁美感和丰富新颖的艺术表现形态搅乱了儿童文学保守收敛的表达方式，在现当代儿童的审美趣味和阅读期待的激励下，探索建立契合儿童生命体验、具有时代个性与艺术自觉的艺术结构系统。作家开始摆脱传统模式的框定，向更加广阔的艺术空间探寻拓展，儿童文学的艺术对象与艺术内容不断扩展，儿童小说的美学秩序与话语表述系统亦得以扩展，已有的审美体验不断补充更新。幻想小说的"疯狂"实验在儿童审美感受力的沃土上开垦耕耘，"致力拓宽儿童的审美感受阈，因而体现了一种审美上的超前意识"，① 是最契合艺术本质的文学样式。诺尔曼·布朗曾说："艺术是快乐，艺术是游戏，艺术是童年时代的回复，艺术是使无意识成为意识，艺术是本能解放的一种方式，艺术是共同争取本能解放的人们的精神纽带和亲密关系。"② 文学的争鸣与探索诚挚地邀请探寻新艺术奥秘的尝试，挑战质疑已有的艺术规范，营建新的艺术样式，探索传统文学样式以外的创作盲区，是文学自身艺术生命的承接与延续所必需的。儿童幻想小说的存在与个性化发展是对儿童文学一次全新的拓展与丰富，用独特别致的诗性品格对儿童文学进行美学扩散，为儿童文学带来了新的风度和气派。

在这派新气象的背后，我们仍需警惕一些跟风而生的"杂草"，巨大商业利益的诱惑导致许多毫无底线的幻想创作泛滥于市。西方幻想小说的大获成功所引发的盲目追捧与毫无选择的复制导致中国儿童幻想小说创作呈现出严重的类型化、同质化倾向，个性全失：一味刻意地追求幻想外在的"形"，而丢失了幻想的"神"。生活底蕴的缺乏以及原创艺术功力的不达导致当下的幻想小说创作还未能做到将幻想与现实自然地融为一体，还没有产生像罗尔德·达尔的《查理与巧克力工厂》、埃克苏佩里的《小王子》那样极富情感征服力的幻想小说作品。在市场商业化的指挥棒下，书店里琳琅满目的儿童幻想图书让我们眼花缭乱，然而趣味失美、幽

---

① 方卫平. 儿童文学的审美走向 [M]. 北京：中国文史出版社，2007：52—53.
② [美] 诺尔曼·布朗. 生与死的对抗 [M]. 冯川，伍厚恺译. 贵阳：贵州人民出版社，1994：127.

默不足、只"幻"不"想"的快餐式创作难以让人领略到智慧的快感。幻想应当是基于现实的提炼与升华,脱离现实的幻想是胡思乱想,幻想因为有了现实的厚度才有个性。中国的儿童幻想小说应当具有关注中国问题的中国视野,探讨中国问题的中国表达。曹文轩在提及自己对幻想创作的民族情结时说道:"能不能出现一些有中国风、中国情调的幻想文学,而不是仅仅步他人之后尘。产生第二个《小王子》、第二个《鬼磨坊》、第二个《哈利·波特》,没有什么必要,还是应该有自己的作品才好"。①

我们同样不能忽视一种极为荒唐、毫无责任感的儿童幻想创作行为。一些儿童幻想小说虽打着儿童的旗号,却从骨子里轻视儿童读者,把儿童当作智力和审美的低能儿随意哄骗。它们对儿童理解能力与审美能力的低估使作品到处充斥着胡编乱造的低俗趣味,粗糙的语言、模式化的情节、平面化的人物形象、笨拙的幽默必然引来儿童的反感。为儿童的幻想小说如果不能站在同一个高度,平等地与儿童对话,无法用画面吸引他们的眼睛,无法用活跃的想象点燃他们的思维,引起他们的共鸣,是会被儿童一一拒绝的。对儿童的漠视或者轻视,会让儿童幻想小说无法真正进入童年生命,洞晓儿童的问题,成为光说不做的"伪"儿童创作。这样的幻想流失掉了真正的童年意趣,缺乏巧思,缺乏深度,没有真正神奇的想象,没有智慧能量的释放,在思想性方面极度贫血。儿童幻想小说作家们应当时刻谨记保罗·阿扎尔对我们

---

① 梅子涵等. 中国儿童文学 5 人谈 [M]. 天津:新蕾出版社,2008:104.

的警告：儿童们是会抵抗的，他们拥有一种惊人的力量。①

如果让市场经济进入文学领域，过分强调突出文学的商业价值，那么，儿童幻想小说的创作将陷入极为尴尬寒碜的境地。为迎合市场需求，极尽能事地寻求粗糙的感官刺激与滥造的精神快感。盲目的顺从与追随是毫无道德底线和文化品格的拙劣模仿，这是对儿童想象力的践踏与蹂躏，对幻想小说"文学性"的放逐。若是幻想依靠这般歪门邪道的"惊世骇俗"来走进儿童，剩下的只有迷狂和痴心妄想，全然没有了对生命意义的询唤与对人生价值的追问，这不仅是幻想文学的灾难，更是儿童和儿童文学的灾难。文学作为人学的本质要求赋予作家历史使命感，对待创作丝毫马虎不得，"儿童文学最基本的艺术面貌和最独特的美学魅力，其实就是源自一种天真而质朴的性情，一种简单而又智慧的巧思"。② 儿童幻想文学作家应当小心翼翼地利用好"想象"这把利刃，不应假借儿童的名义来表达想象，而应真正立足儿童自身来展开想象，将自身的个性化思考深深刺进作品，将深刻、细腻和动人巧妙融合在自己的独创之中，在祛除严肃与凝重的朴素讲述中传递真诚、友善、快乐和希望。

幻想小说让我们对人生、对社会、对文学、对文化都拥有了一种重新的认识和确认。幻想文学在中国出现的意义，绝不仅在文学门类意义上。它对文学观念的冲击，对文学形式的拓展，以及对文学主题领域的扩大都是不言而喻的。中

---

① ［法］保罗·阿扎尔. 书，儿童与成人［M］. 梅思繁译. 长沙：湖南少年儿童出版社，2014：63.
② 方卫平. 儿童·文学·文化［M］. 南昌：二十一世纪出版社，2009：185.

国儿童文学会因为它的出现，变得十分辽阔与苍茫。[①] 但是，"由于它是新生的，所以这种文体在实验阶段面貌不一样，里面有一些在幻想艺术、艺术理论或艺术本身的把握方向上做得好些，有的做得差些，有的干脆离幻想小说还有距离"。[②] 不过，我们已经开始朝着这个方向自觉努力了。随着原创幻想文学奖的设立，中国原创幻想小说作品的大批涌现，近年来幻想小说屡屡在各类儿童文学评奖活动中拔得头筹。一批有个性、有想法、有创造力的年轻幻想作家正在成长崛起，中国幻想小说的进一步发展与繁荣肯定是指日可待的。如果说"幻想力解放的程度可以说明中国儿童文学发展的水准"，[③] 那么，我们相信，中国儿童文学在大幻想精神的烛照下定会登上一个新的台阶。

在这个神话和诗意遭遇科学和技术放逐的时代，幻想小说从神话传说故事等古代文学遗产那里继承而来的原始诗性智慧将为身处后神话时代的人们日益深重的精神恐慌提供一剂解药。作为历史选择发展的必然结果，幻想小说以大胆的想象、夸张的变形为具体艺术表现形态，以弘扬自由和解放为内在深层艺术旨归，以开放多元的美学心态，日益显示出其重要而独特的精神文化价值。在"乌托邦精神已死"[④] 的现代社会，儿童幻想小说担负起童年生命内涵的承载，用深刻的美学内涵沥净肤浅的天真，在游戏的狂欢与深沉的情致中言说人类心灵的诗意渴望。我相信那些认真、纯净、高尚

① 梅子涵等. 中国儿童文学 5 人谈 ［M］. 天津：新蕾出版社，2008：103.
② 梅子涵等. 中国儿童文学 5 人谈 ［M］. 天津：新蕾出版社，2008：100.
③ 梅子涵等. 中国儿童文学 5 人谈 ［M］. 天津：新蕾出版社，2008：92.
④ 章国锋. 伽达默尔论后现代主义 ［J］. 世界文学. 1991（2）：25.

的幻想作品中激荡的蓬勃想象和诗意的感动定能在物欲失范、喧嚣浮躁的功利主义世界里为人类挽留、保存、延续我们古老崇高的梦想和高尚永恒的精神。

文学不能改变世界，却可以创造一个诗意的家园。"儿童世界是一个诗意的国度，诗性与儿童精神生命具有自洽性。诗性不是寓居在儿童生活之中，诗性即儿童生活本身，日常生活的诗化是儿童独有的生命体验。他的思维充满了幻想，在亦真亦幻、似是而非、似有若无之间形成一个审美的空间，诗意自然流淌洋溢其间"。① 幻想小说以"隔岸观火"的超然关注思考现实，"远距离"地透视世间百态，以"游戏"的方式对儿童的日常生活表达自己的颖悟。儿童在这里首先感到的是乐趣，乐趣是在心灵的自由中感受到的。幻想不是对儿童的"哄"，也不是"骗"，更不是"教"，它调动激发儿童强大的生命力，在这个"语言游乐场"里自由徜徉，全方位地感知体验着生命与世界，经历感受着自然的教育。其所高举的美学大旗用超然于世的"游戏人生"铁肩担道义，探索人类生命原始状态的神秘与奇特，不啻为文学创作对于人生的最高礼赞。

无论是文学创作、文学阅读还是文学赏析，"都不应该是对具体现实生活的进入，而是对现实人生的撤离。一切都是因为，文学是审美，是游戏，是现实向非现实的伸展，是物质存在向精神境界的绵延。文学是生活的'别处'和彼岸；是生活永远求索而不得的精神憩园"。② 儿童文学是给一

① 侯颖. 儿童文学的情理世界——侯颖文论集 [C]. 南宁：接力出版社，2013：143.
② 李学斌. 儿童文学与游戏精神 [M]. 南昌：二十一世纪出版社，2011：232.

个民族乃至全人类的精神"打底子"的文学，是关乎世界未来与人类命运的"希望文学"，"儿童文学的意义就是要引导儿童走入诗性的世界，培养儿童的诗性的体验能力，将儿童由于与现实功利的天然距离产生的萌芽性美感变成自觉的审美能力，从源头上反抗现实生活、理性等对人的异化，为人生保留一点诗性的绿洲"。① 诗意能够净化人的心灵，让浮躁的心沉静下来。② 儿童文学因为可以用幻想的方式，所以更容易创造出诗意来。

儿童幻想小说用对儿童和童年至真至诚的率性表达，诠释了至简至纯的人生诗意。"童年持续于人的一生。童年的回归使成年生活的广阔区域呈现出蓬勃的生机"。③ 只有童心永存，童年永驻，人类才可能建立真正的梦想的诗学。

① 吴其南. 守望明天：当代少儿文学作家作品研究 [M]. 银川：宁夏人民出版社，2006：6—7.
② 齐亚敏. 中国当代儿童文学关键词研究 [M]. 北京：中央编译出版社，2015：47.
③ [法] 加斯东·巴什拉. 梦想的诗学 [M]. 刘自强译. 北京：生活·读书·新知三联书店，1996：28.

参考文献

中文著作

1. 朱自强，何卫青. 中国幻想小说论［M］. 上海：少年儿童出版社，2006.
2. 朱自强. 中国儿童文学与现代化进程［M］. 杭州：浙江少年儿童出版社，2000.
3. 朱自强. 经典这样告诉我们［M］. 济南：明天出版社，2010.
4. 朱自强. 中国儿童文学的走向［C］. 上海：少年儿童出版社，2006.
5. 彭懿. 西方现代幻想小说论［M］. 上海：少年儿童出版社，1997.
6. 吴其南. 童话的诗学［M］. 北京：中国文联出版社，2001.
7. 吴其南. 守望明天：当代少儿文学作家作品研究［M］. 银川：宁夏人民出版社，2006.
8. 舒伟. 走进童话奇境——中西童话文学新论［M］. 北京：外语教学与研究出版社，2011.
9. 舒伟. 从工业革命到儿童文学革命——现当代英国童话小说研究［M］. 北京：中国社会科学出版社，2015.
10. 钱淑英. 雅努斯的面孔：魔幻与儿童文学［M］. 郑州：海燕出版社，2012.
11. 茅盾. 神话研究［M］. 天津：百花文艺出版社，1981.
12. 茅盾. 我走过的道路［M］. 北京：人民文学出版社，1981.
13. 潜明兹. 中国神话学［M］. 银川：宁夏人民出版社，1996.
14. 周作人. 儿童文学小论［M］. 北京：北京十月文艺出版社，2011.
15. 刘建军. 西方文学的人文景观［M］. 长春：吉林人民出版社，2003.

16. ［美］浦安迪. 中国叙事学［M］. 陈珏译. 北京：北京大学出版社，1996.
17. ［日］白川静. 中国神话［M］. 王孝廉译. 台北：长安出版社，1983.
18. 王孝廉. 岭云关雪——民族神话学论集［M］. 北京：学苑出版社，2002.
19. 鲁迅. 鲁迅全集［M］：第9卷. 北京：人民文学出版社，1981.
20. 鲁迅. 鲁迅全集［M］：第10卷. 北京：人民文学出版社，1981.
21. 袁珂. 中国神话传说词典［M］. 上海：上海辞书出版社，1985.
22. 朱大可. 逃亡者档案［M］. 上海：学林出版社，1999.
23. 王连儒. 志怪小说与人文宗教［M］. 济南：山东大学出版社，2002.
24. 张启成. 中外神话与文明研究［M］. 北京：学苑出版社，2004.
25. 李靓. 厄德里克小说中的千面人物研究［M］. 北京：对外经济贸易大学出版社，2014.
26. 王泉根. 中国儿童文学概论［M］. 长沙：湖南少年儿童出版社，2015.
27. 王泉根. 儿童文学教程［M］. 北京：北京师范大学出版社，2009.
28. 王泉根. 现代中国儿童文学主潮［M］. 重庆：重庆出版社，2000.
29. 胡从经. 晚清儿童文学钩沉［M］. 上海：少年儿童出版社，1982.
30. 张永健. 20世纪中国儿童文学史［M］. 沈阳：辽宁儿童出版社，2006.
31. 赵景深. 童话评论［C］. 上海：新文化书社，1924.
32. 杨义. 中国现代小说史［M］：第1卷. 北京：人民文学出版社，1986.
33. 杨义. 中国叙事学［M］. 北京：人民出版社，1997.
34. 本社. 中国儿童文学论文选：1949—1989［C］. 杭州：浙江少年儿童出版社，1991.
35. 贺宜. 儿童文学讲座［M］. 上海：少年儿童出版社，1980.
36. 郭大森，高帆. 中外童话大观［M］. 长春：东北师范大学出版社，1990.
37. 方卫平. 中国儿童文学理论发展史［M］. 上海：少年儿童出版社，2007.
38. 方卫平. 儿童·文学·文化［M］. 南昌：二十一世纪出版社，2009.
39. 方卫平. 儿童文学的审美走向［M］. 北京：中国文史出版社，2007.
40. 方卫平. 思想的边界［M］. 济南：明天出版社，2006.
41. 蒋风. 中国当代儿童文学史［M］. 石家庄：河北少年儿童出版社，1991.
42. 金燕玉. 中国童话史［M］. 南京：江苏少年儿童出版社，1992.
43. 朱立元. 当代西方文艺理论［M］. 上海：华东师范大学出版社，2005.
44. 程巍. 中产阶级的孩子们：60年代与文化领导权［M］. 北京：三联书店，2006.
45. 谭旭东. 童年再现与儿童文学重构——电子媒介时代的童年与儿童文学［M］. 哈尔滨：黑龙江少年儿童出版社，2009.
46. 班马. 中国儿童文学理论批评与构想［M］. 武汉：湖北少年儿童出版社，1990.
47. 张一兵. 不可能的存在之真——拉康哲学映像［M］. 北京：商务印书馆，2006.
48. 杜小真. 萨特引论［M］. 北京：商务印书馆，2009.
49. 孙名之. 论文明［M］. 北京：国际文化出版公司，1999.
50. 江恒源. 中国先哲人性论［M］. 北京：商务印书馆，1922.
51. 黄晋凯. 荒诞派戏剧［M］. 北京：中国人民大学出版社，1996.
52. 陈忠武. 人性的烛光［M］. 昆明：云南人民出版社，2004.
53. 朱光潜. 变态心理学派别［M］. 合肥：安徽教育出版社，1997.
54. 朱光潜. 谈美［M］. 北京：中华书局，2014.
55. 张寅德. 叙述学研究［C］. 北京：中国社会科学出版社，1989.
56. 曹文轩. 曹文轩论儿童文学［M］. 眉睫编. 北京：海豚出版社，2014.
57. 曹文轩. 中国八十年代文学现象研究［M］. 北京：作家出版社，2003.
58. 尚必武. 当代西方后经典叙事学研究［M］. 北京：人民文学出版社，2013.

59. 谭君强. 叙事学导论：从经典叙事学到后经典叙事学 [M]. 北京：高等教育出版社，2008.

60. 徐岱. 小说叙事学 [M]. 北京：商务印书馆，2010.

61. 申丹，王丽亚. 西方叙事学：经典与后经典 [M]. 北京：北京大学出版社，2010.

62. 余华. 余华作品集 [M]：第 2 卷. 北京：中国社会科学出版社，1995.

63. 刘晓东. 儿童精神哲学 [M]. 南京：南京师范大学出版社，2003.

64. 李学斌. 儿童文学与游戏精神 [M]. 南昌：二十一世纪出版社，2011.

65. 侯颖. 儿童文学的情理世界——侯颖文论集 [C]. 南宁：接力出版社，2013.

66. 杨实诚. 儿童文学美学 [M]. 太原：山西教育出版社，1994.

67. 刘绪源. 儿童文学的三大母题 [M]. 上海：华东师范大学出版社，2009.

68. 齐亚敏. 中国当代儿童文学关键词研究 [M]. 北京：中央编译出版社，2015.

69. 汤锐. 现代儿童文学本体论 [M]. 济南：明天出版社，2009.

70. 梅子涵等. 中国儿童文学 5 人谈 [M]. 天津：新蕾出版社，2008.

71. 汪曾祺. 汪曾祺全集 [M]：第六卷. 北京：北京师范大学出版社，1998.

72. 阎景翰. 写作艺术大辞典 [Z]. 西安：陕西人民出版社，1990.

73. ［德］马克思，恩格斯. 马克思恩格斯全集 [M]：第四卷. 中共中央马克思恩格斯列宁斯大林著作编译局译. 北京：人民出版社，1972.

74. ［德］马克思. 1844 年经济学哲学手稿 [M]. 中共中央马克思恩格斯列宁斯大林著作编译局译. 北京：人民出版社，2002.

75. ［意］加林. 意大利人文主义 [M]. 李玉成译. 上海：三联书店，1998.

76. ［英］弗雷泽. 金枝 [M]. 徐育新，张泽石，汪培基译. 北京：新世界出版社，2006.

77. ［加］李利安·H. 史密斯. 欢欣岁月 [M]. 梅思繁译. 长沙：湖南少年儿童出版社，2014.

78. ［瑞士］维蕾娜·卡斯特. 童话的心理分析 [M]. 林敏雅译. 北京：生活·读书·新知三联书店，2010.

79. ［美］谢尔登·卡什丹. 女巫一定得死：童话如何塑造性格 [M]. 李淑珺译. 北京：机械工业出版社，2014.

80. ［美］杰克·齐普斯. 冲破魔法符咒：民间故事和童话故事的激进理论 [M]. 舒伟译. 合肥：安徽少年儿童出版社，2010.

81. ［美］杰克·齐普斯. 作为神话的童话/作为童话的神话 [M]. 赵霞译. 上海：少年儿童出版社，2008.

82. ［希腊］亚里士多德. 诗学 [M]. 罗念生译. 北京：人民文学出版社，1982.

83. ［美］查特曼. 故事与话语 [M]. 徐强译. 北京：中国人民大学出版社，2013.

84. ［法］巴尔扎克. 巴尔扎克论文艺 [M]. 袁树仁译. 北京：人民文学出版社，2003.

85. ［美］亨利·詹姆斯. 小说的艺术 [M]. 朱雯等译. 上海：上海译文出版社，2001.

86. ［荷］米克·巴尔. 叙述学：叙事理论导论 [M]. 谭君强译. 北京：中国社会科学出版社，2003.

87. ［法］格雷马斯. 结构语义学 [M]. 吴泓缈译. 上海：三联书店，1999.

88. ［俄］普洛普. 故事形态学 [M]. 贾放译. 北京：中华书局，2006.

89. ［英］托马斯·卡莱尔. 英雄与英雄崇拜 [M]. 何欣译. 沈阳：辽宁教育出版社，1998.

90. ［美］约瑟夫·坎贝尔，比尔·莫耶斯. 神话的力量 [M]. 朱侃如译. 沈阳：万卷出版公司，2011.

91. ［美］C. W. 米尔斯. 白领：美国的中产阶级［M］. 杨晓东等译. 杭州：浙江人民出版社，1987.

92. ［德］沃尔夫冈·韦尔施. 重构美学［M］. 陆扬，张岩冰译. 上海：上海译文出版社，2006.

93. ［瑞典］玛丽亚·尼古拉耶娃. 儿童文学中的人物修辞［M］. 刘侟波，杨春丽译. 合肥：安徽少年儿童出版社，2010.

94. ［英］E. M. 福斯特. 小说面面观［M］. 朱乃长译. 北京：中国对外翻译出版公司，2002.

95. ［意］翁贝托·艾可. 丑的历史［C］. 彭淮栋译. 台北：联经出版社，2008.

96. ［美］马斯洛. 动机与人格［M］. 许金声等译. 北京：华夏出版社，1987.

97. ［德］马丁·布伯. 人与人［M］. 张健等译. 北京：作家出版社，1992.

98. ［法］罗曼·罗兰. 罗曼·罗兰自传［M］. 钱林森编译. 南京：江苏文艺出版社，2001.

99. ［捷克］米兰·昆德拉. 小说的艺术［M］. 董强译. 上海：上海译文出版社，2011.

100. ［法］阿尔贝·加缪. 加缪文集［M］. 郭宏安等译. 上海：译林出版社，1999.

101. ［法］萨特. 存在与虚无［M］. 陈宣良译. 北京：三联书店，2009.

102. ［法］萨特. 萨特文学论文集［M］. 施康强等译. 合肥：安徽文艺出版社，1998.

103. ［法］萨特. 存在主义是一种人道主义［M］. 周煦良，汤永宽译. 上海：译文出版社，2005.

104. ［奥］许茨. 社会实在问题［M］. 霍桂恒，索昕译. 北京：华夏出版社，2001.

105. ［俄］巴赫金. 巴赫金文论选［M］. 佟景韩译. 北京：中国社会科学出版社，1996.

106. ［俄］巴赫金. 巴赫金全集［M］：第三卷. 白春仁，晓河译. 石家庄：河北教育出版社，1998.

107. ［法］拉康. 拉康选集［M］. 褚孝泉译. 上海：三联书店，2001.

108. ［法］米歇尔·福柯. 规训与惩罚［M］. 刘北成，杨远婴译. 上海：三联书店，2003.

109. ［奥］弗洛伊德. 自我与本我［M］. 林尘等译. 上海：译文出版社，2012.

110. ［奥］弗洛伊德. 弗洛伊德后期著作选［M］. 林尘等译. 上海：译文出版社，1986.

111. ［奥］弗洛伊德. 精神分析引论［M］. 彭舜译. 西安：陕西人民出版社，2002.

112. ［美］A. C. 丹图. 萨特［M］. 安延明译. 北京：工人出版社，1987.

113. ［德］恩斯特·卡西尔. 人论［M］. 甘阳译. 上海：上海译文出版社，2009.

114. ［美］赫舍尔. 人是谁［M］. 隗仁莲译. 贵阳：贵州人民出版社，1994.

115. ［德］埃利希·诺依曼. 深度心理学与新道德［M］. 高宪田，黄水乞译. 北京：东方出版社，1998.

116. ［德］汉娜·阿伦特. 极权主义的起源［M］. 林骧华译. 上海：三联书店，2008.

117. ［英］凯斯·安塞尔-皮尔逊. 尼采反卢梭［M］. 宗成河译. 北京：华夏出版社，2005.

118. ［英］亚当·斯密. 道德情操论［M］. 李伟霞译. 哈尔滨：哈尔滨出版社，2012.

119. ［美］埃利希·弗洛姆. 人的呼唤［M］. 王泽英等译. 上海：上海三联书店，1991.

120. ［美］埃利希·弗洛姆. 健全的社会［M］. 孙凯详译. 贵阳：贵州人民出版社，1994.

121. [美] 埃利希·弗洛姆. 爱的艺术 [M]. 赵正国译. 北京：国际文化出版公司，2008.

122. [美] 埃利希·弗洛姆. 为自己的人 [M]. 孙依依译. 北京：三联书店，1988.

123. [美] 罗森布鲁姆. 精神创伤之后的生活 [M]. 田成华译. 北京：中国轻工业出版社，1991.

124. [美] 约翰·杜威. 人的问题 [M]. 傅统先译. 上海：上海人民出版社，1986.

125. [德] 瓦尔特·舒里安. 作为经验的艺术 [M]. 罗悌伦译. 长沙：湖南美术出版社，2005.

126. [美] 利昂·塞米利安. 现代小说美学 [M]. 宋协立译. 西安：陕西人民出版社，1987.

127. [墨西哥] 奥·帕斯. 批评的激情 [M]. 赵振江编译. 昆明：云南人民出版社，1995.

128. [美] W. J. T. 米歇尔. 图像理论 [M]. 陈永国译. 北京：北京大学出版社，2006.

129. [美] 托马斯·贝纳特. 感觉世界——感觉和知觉导论 [M]. 旦明译. 北京：科学出版社，1985.

130. [美] 本杰明·沃尔夫. 论语言、思维和现实——沃尔夫文集 [C]. 高一虹等译. 长沙：湖南教育出版社，2001.

131. [美] 黛安娜·阿克曼. 感觉的自然史 [M]. 路旦俊译. 广州：花城出版社，2007.

132. [美] 爱德华·W. 苏贾. 第三空间——去往洛杉矶和其他真实和想象地方的旅程 [M]. 陆杨等译. 上海：上海教育出版社，2005.

133. [美] 戴维·哈维. 后现代的状况——对文化变迁之缘起的探究 [M]. 阎嘉译. 北京：商务印书馆，2003.

134. [法] 米盖尔·杜甫海纳. 美学文艺学方法论 [C]：续集. 马克思主义文艺理论编辑部编选. 北京：文化艺术出版社，1987.

135. [法] 让·伊夫·塔迪埃. 普鲁斯特和小说 [M]. 桂裕芳，王森译. 上海：上海译文出版社，1992.

136. [丹麦] 格奥尔格·勃兰兑斯. 十九世纪文学主流·德国浪漫派 [M]. 张道真译. 北京：人民文学出版社，1981.

137. [德] 马丁·海德格尔. 存在与时间 [M]. 陈嘉映，王庆节译. 上海：生活·读书·新知三联书店，2006.

138. [德] 康德. 判断力批判 [M]. 韦卓民，宗白华译. 北京：商务印书馆，2000.

139. [德] 席勒. 审美教育书简 [M]. 冯至，范大灿译. 上海：上海人民出版社，2003.

140. [法] 加斯东·巴什拉. 梦想的诗学 [M]. 刘自强译. 北京：生活·读书·新知三联书店，1996.

141. [加] 佩里·诺德曼，梅维丝·雷默. 儿童文学的乐趣 [M]. 陈中美译. 上海：少年儿童出版社，2008.

142. [美] 诺尔曼·布朗. 生与死的对抗 [M]. 冯川，伍厚恺译. 贵阳：贵州人民出版社，1994.

143. [法] 保罗·阿扎尔. 书，儿童与成人 [M]. 梅思繁译. 长沙：湖南少年儿童出版社，2014.

144. [美] 大卫·夏弗，凯瑟琳·基普. 发展心理学 [M]. 邹泓等译. 北京：中国轻工业出版社，2013.

145. ［美］尼尔·波兹曼. 童年的消逝［M］. 吴燕莛译. 南宁：广西师范大学出版社，2011.

146. ［美］大卫·帕金翰. 童年之死：在电子媒体时代成长的儿童［M］. 张建忠译. 北京：华夏出版社，2005.

147. ［美］埃利希·弗洛姆. 健全的社会［M］. 蒋重跃等译. 北京：国际文化出版公司，2007.

148. ［法］萨特. 想象的事物. 萨物研究［C］. 柳鸣九编选. 北京：中国社会科学出版社，1983.

中文论文

1. 郑文光. 谈谈科学幻想小说［J］. 读书月报，1956（3）：21—22.

2. 杨宪益. 儒勒·凡尔纳的科学幻想小说［J］. 世界文学，1959（5）：125—129.

3. 公盾. 为儒勒·凡尔纳的科学幻想小说恢复名誉［J］. 出版工作，1979（3）：34—37.

4. 吴岩. 西方科幻小说发展的四个阶段［J］. 名作欣赏，1991（2）：122—126.

5. 陈许. 美国科幻文学简论——美国文学类型与流派研究之四［J］. 盐城师专学报，1993（1）：44—49.

6. 朱自强. 小说童话：一种新的文学体裁［J］. 东北师大学报，1992（4）：63—67.

7. 朱自强. "童话"词源考——中日儿童文学早年关系侧证［J］. 东北师大学报，1994（2）：30—35.

8. 张秋林. 儿童幻想文学：新世纪的世界潮流［J］. 中国图书评论，1999（6）：45—46.

9. 侯颖. 奇幻动物小说的中国"确认"［J］. 社会科学研究，2015（1）：186—192.

10. 侯颖. 在动物的灵魂中飞翔：常新港儿童文学创作的新突破［J］. 文艺评论，2015（11）：120—126.

11. 侯颖. 图画故事对儿童诗性心灵的守望［J］. 文艺争鸣，2010（4）：166—168.

12. 马云. 人文幻想小说独立的意义［J］. 燕赵学术，2014（2）：104—111.

13. 吴其南. "幻想文学"是个伪概念［J］. 中国儿童文化，2009（5）：146—154.

14. 谈凤霞. 论儿童视角观照下《西游记》美学——兼与西方幻想小说《哈利·波特》比照［J］. 淮海工学院学报，2004（4）：30—33.

15. 闫朔鸣. 《坟场之书》与《婴宁》中人物塑造与艺术表现手法的不同点探讨［J］. 长江丛刊，2016（34）：68—70.

16. 张寿民. 谈谈外国现代科学幻想小说［J］. 复旦学报，1979（2）：108—109.

17. 王逢振. 人文科学与自然科学之间的桥梁——西方科学幻想小说概况［J］. 世界文学，1980（1）：290—307.

18. 童斌. 日本科学幻想文学的近况［J］. 外国文学研究，1980（3）：142—143.

19. 关山. 科学幻想小说的危机［J］. 外国文学研究，1980（3）：141—142.

20. 徐汉明. 漫谈科学幻想小说［J］. 湖北师范学院学报（哲学社会科学版），1986（4）：66—72.

21. 江小平. 法国作家论当代科学幻想小说［J］. 外国文学研究，1981（4）：128.

22. 廖国栋. 英国幻想小说《颠倒乾坤》评介［J］. 外国文学研究，1989（4）：72—75.

23. 崔昕平. 中国儿童幻想小说的畅销书面貌与本土化思索［J］. 甘肃高师学报，2016（2）：46—49.

24. 李玉，李文惠. 展开想象的翅膀——近五年幻想小说市场分析［J］. 出版人，2015（10）：22—25.

25. 聂爱萍，侯颖. 美国儿童幻想小说出版动态及启示［J］. 中国出版，2014（12）：67—70.

26. 石侠，程诺. 构建"第二世界"的儿童幻想文学［J］. 社会科学战线，2011（6）：117—120.

27. 方芳. 中国现代幻想文学叙述研究之构想［J］. 符号与传媒，2014（1）：153—162.

28. 钱晓宇. 当下幻想小说的一个创作区间——从"乌托邦"到"敌托邦"［J］. 红岩，2014（1）：184—191.

29. 刘羿群. 浅议中国当代儿童幻想文学的文化传承［J］. 芒种，2015（5）：91—92.

30. 何卫青. 中国幻想小说的叙事模式［J］. 中国儿童文学，2006（3）：162—175.

31. 何卫青. 想象的狂欢——中国幻想小说的浪漫主义精神［J］. 江淮论坛，2008（1）：183—186.

32. 何卫青. 中国儿童幻想小说中的超越与回归［J］. 江汉大学学报，2008（4）：58—62.

33. 何卫青. 中国儿童幻想小说的文化品性［J］. 昆明学院学报，2010（5）：9—12.

34. 何卫青. 中国儿童幻想小说的生态意象［J］. 中国文学研究，2011（2）：115—118.

35. 王腊宝. "结构主义先生"与奇想文学——重读茨维坦·托多洛夫的《奇想：一个文学样式的结构研究》［J］. 苏州大学学报，2012（3）：120—126.

36. 韩阳. 少儿出版再添新亮点原创幻想文学坚守成气候［J］. 出版参考，2012（22）：15.

37. 叶舒宪. 中国神话的特性之新诠释［J］. 中国社会科学院研究生院学报，2005（5）：71—77.

38. 叶舒宪. 中国的神话历史——从"中国神话"到"神话中国"［J］. 百色学院学报，2009（1）：33—37.

39. 钟敬文. 努力开创社会主义民间文艺事业的新阶段［J］. 民间文学论坛，1992（1）：40—42.

40. 刘毓庆. 中国神话的三次大变迁［J］. 文艺研究，2014（10）：43—53.

41. 杨义. 《西游记》：中国神话文化的大器晚成［J］. 中国社会科学，1995（1）：171—185.

42. 胡健. 不朽的童心审美的游戏［J］. 甘肃社会科学，2005（4）：162—165.

43. 邹惠玲. 印第安传统文化初探（之二）——印第安恶作剧者多层面形象的再解读［J］. 徐州师范大学学报，2005（6）：33—37.

44. 茅盾. 关于"儿童文学"［J］. 文学，1935，4（2）.

45. 尚仲衣. 选择儿童读物的标准［J］. 儿童教育. 1931，3（8）.

46. 黄云生. 童话探索/创作的来龙去脉［J］. 儿童文学选刊，1987（1）：26—28.

47. 宗璞. 小说和我［J］. 文学评论，1984（8）：52—54.

48. 彭懿. "火山"爆发之后的思索［J］. 儿童文学选刊，1986（5）：20—22.

49. 彭懿. 关于 Fantasy 一词的比较研究［J］. 中国儿童文学，2002（2）：15—18.

50. 班马. 童话潮一瞥［J］. 儿童文学选刊，1986（5）：28—30.

51. 周晓虹. 《白领》、中产阶级与中国的误读［J］. 读书，2007（5）：136—138.

52. 肖华锋. 19 世纪后半叶美国中产阶级的兴起［J］. 文史哲，2001（5）：120—126.

53. 朱世达. 关于美国中产阶级的演变与思考［J］. 美国研究，1994（4）：40—55.

54. 张贞. 日常生活审美化：中产阶级大众文化意识形态表述［J］. 黑龙江社会科学，2006（5）：16—21.

55. 方卫平，赵霞. 商业文化深处的"杨红樱现象"——当代儿童小说的童年美学及其反思［J］. 当代作家评论，2012（5）：140—149.

56. 方卫平. 论成人读者与儿童文学 [J]. 文艺评论，1993（3）：44—47.

57. 黄江苏. 有难度的爱——论汤汤童话兼及儿童文学与成人文学的交流 [J]. 学术月刊，2015（12）：137—144.

58. 苏耕欣. 吸血鬼小说——另类自我化的挑战 [J]. 外国文学评论，2003（2）：68—73.

59. 戴锦华，高秀芹. 无影之影：吸血鬼流行文化的分析 [J]. 文艺争鸣，2010（5）：38—41.

60. 谢莹莹. 权力的内化与人的社会化问题——读卡夫卡的《审判》[J]. 外国文学评论，2003（3）：16—24.

61. 孟昭勤，王一多. 弗洛伊德人格理论在伦理学上的意义 [J]. 西南民族学院学报（哲学社会科学版），1995（4）：42—45.

62. 龙迪勇. 图像叙事：空间的时间化 [J]. 江西社会科学，2007（9）：39—53.

63. 龙迪勇. 叙事学研究的空间转向 [J]. 江西社会科学，2006（10）：61—72.

64. 龙迪勇. 论现代小说的空间叙事 [J]. 江西社会科学，2003（10）：15—22.

65. 王富仁. 悲剧意识与悲剧精神（上）[J]. 江苏社会科学，2001（1）：117—128.

66. 王富仁. 把儿童世界还给儿童 [J]. 中国儿童文学. 2000（4）：13—20.

67. 尚必武. 叙事聚焦的嬗变与态势 [J]. 天津外国语学院学报，2007，14（6）：13—21.

68. 舒伟. 20 世纪美国精神分析学对童话文学的新阐释 [J]. 外国文学研究，2001（1）：123—128.

69. 舒伟，丁素萍. 精神分析学视野中的童话文学——贝特尔海姆的"童话心理学"发微 [J]. 燕山大学学报（哲学社会科学版），2001，2（1）：32—37.

70. 章国锋. 伽达默尔论后现代主义 [J]. 世界文学，1991（2）：23—26.

71. 王泉根. 论儿童文学的基本美学特征 [J]. 北京师范大学学报（社会科学版），2006（2）：44—54.

72. 王泉根. 动物文学的精神担当与多维建构 [J]. 贵州社会科学. 2011（12）：4—7.

73. 朱宝荣. 20 世纪欧美小说动物形象新变 [J]. 外国文学评论. 2003（4）：25—32.

74. ［日］武田雅哉，王国安. 东海觉或徐念慈《新法螺先生谭》小考——中国科学幻想史杂记 [J]. 复旦学报，1986（6）：40—44.

75. ［法］马伯乐，胡锐. 中国民间宗教与儒释道三教 [J]. 世界宗教文化，2010（1）：82—86.

76. ［俄］普洛普，贾放. 神奇故事的结构研究与历史研究 [J]. 民俗研究，2002（3）：26—41.

77. ［英］伊丽莎白·鲍温. 小说家的技巧 [J]. 傅惟慈译. 世界文学，1979（1）：300—308.

78. ［法］米谢尔·比托尔. 小说中人称代词的运用 [J]. 小说评论，1987（4）：92—96.

79. 施咸荣. 漫谈国外科学幻想小说 [J]. 译林，1981（4）：255—260.

80. 吴岩. 西方科幻小说发展的四个阶段（续）[J]. 名作欣赏，1991（4）：104—108.

中文报纸

1. 王泉根. 幻想儿童文学：四大艺术形式集体登场 [N]. 中华读书报，2015－4－8（11）.

2. 王泉根. 幻想儿童文学的艺术聚焦于大连的给力 [N]. 中华读书报，2015－12－9（18）.

3. 王泉根. 中国原创儿童文学缺乏什么［N］. 文艺报. 2005 - 5 - 31（5）.

4. 谈凤霞. 新世纪儿童幻想小说的走向［N］. 光明日报，2014 - 11 - 10（13）.

5. 谢迪南，李东华. 中国幻想小说还是"无根"文学［N］. 中国图书商报，2007 - 7 - 10（15）.

6. 徐妍. 探索当代幻想小说的中国叙事［N］. 文艺报，2008 - 4 - 19（4）.

7. 高长江. 论社会主义文化精神［N］. 光明日报，1998 - 3 - 27（5）.

8. 周作人. 儿童的书［N］. 文学旬刊，1923 - 6 - 21.

9. 沈石溪. 动物小说的新口味［N］. 四川日报（文艺评论版），2016 - 5 - 27（14）.

10. 李婧. 美国童书出版商试水图书软件开发［N］. 中国图书商报，2011 - 5 - 10（8）.

11. 张之路. 关于幻想文学的几点思考［N］. 文艺报，2012 - 8 - 3（5）.

12. 何晶，潘海天. 寻找东方式幻想文学的道路［N］. 文学报，2012 - 11 - 15（6）.

13. 汤锐. 幻想儿童文学："国际视野"与"中国经验"如何相融？［N］. 中华读书报，2016 - 2 - 3（11）.

英文文献

1. Thacker，D. & J. Webb. *Introducing Children's Literature*［M］. London & NY：Routledge，2002.

2. Sewell，E. *The Field of Nonsense*［M］. London：Chatto and Windus，1952.

3. MacRae，C. *Presenting Young Adult Fantasy Fiction*［M］. New York：Twayne Publishers，1998.

4. Windling，T. *The Faces of Fantasy*［M］. New York：Tor，1996.

5. James，E. & F. Mendleshon. *The Cambridge Companion to Fantasy Literature*［C］. New York：Cambridge University Press，2012.

6. Pringle，D. *Modern Fantasy：The Hundred Best Novels*［M］. New York：Peter Bedrick Books，1989.

7. Egoff，S. *Worlds Within：Children's Fantasy from the Middle Ages to Today*［M］. Chicago：American Library Association，1988.

8. Le Guin，U. K. *The Language of the Night：Essays on Fantasy and Science Fiction*［M］. New York：Putnam/Perigee，1979.

9. Lynn，R. *Fantasy Literature for Children and Young Adults*［M］. New Providence，N. J.：R. R. Bowker，1995.

10. Lynn，R. *Fantasy for Children：An Annotated Checklist*［M］. New York：R. R. Bowker，1979.

11. Attebery，B. *Strategies of Fantasy*［M］. Bloomington：Indiana University Press，1992.

12. Nilsen，A. P. & K. Donelson. *Literature for Today's Young Adults*［M］. New York：HarperCollins，1993.

13. Tolkien，J. R. R. *The Tolkien Reader*［M］. New York：Ballantine，1966.

14. Nathan，R. *Two Robert Nathan Pieces*［M］. New York：The Typophiles，1950.

15. Tomlinson，C. M. & C. Lynch-Brown. *Essentials of Young Adult Literature*［M］. Boston：Pearson Education，Inc.，2007.

16. Irwin，W. R. *The Game of Impossible*［M］. Urbana：University of Illinois Press，1976.

17. Rabkin，E. S. *The Fantastic in Literature*［M］. Princeton：Princeton University Press，1976.

18. Manlove, C. N. *Modern Fantasy: Five Studies* [M]. Cambridge: Cambridge University Press, 1975.

19. Manlove, C. N. *The Fantasy Literature of England* [M]. London: Macmillan, 1999.

20. Manlove, C. N. *From Alice to Harry Potter: Children's Fantasy in England* [M]. London: Lisa Loucks Christenson Publishing, LLC, 2003.

21. Paxson, D. *The Faces of Fantasy* [M]. New York: Tor, 1996.

22. Timmerman, J. H. *Other Worlds: The Fantasy Genre* [M]. Bowling Green: Bowling Green University Popular Press, 1983.

23. Gates, P. S. , S. B. Steffel & F. J. Molson. *Fantasy Literature for Children and Young Adults* [M]. Lanham & Oxford: The Scarecrow Press, 2003.

24. Swinfen, A. *In Defense of Fantasy: A Study of the Genre in English and American Literature since* 1945 [M]. London: Routledge and Kegan Paul, 1984.

25. Clute, J. & J. Grant. *The Encyclopedia of Fantasy* [M]. New York: St. Martin's Press, 1997.

26. Martin, P. *A Guide to Fantasy Literature* [M]. Milwaukee: Crickhollow Books, 2009.

27. Mendlesohn, F. *Rhetorics of Fantasy* [M]. Middletown, CT: Wesleyan University Press, 2008.

28. Mendlesohn, F. & E. James. *A Short History of Fantasy* [M]. Faringdon: Libri Publishing, 2012.

29. Wolfe, G. K. *Critical Terms for Science Fiction and Fantasy: A Glossary and Guide to Scholarship* [M]. Westport, CT: Greenwood Press, 1986.

30. Cole, P. B. *Young Adult Literature in the* 21*st Century* [M]. Boston: McGraw-Hill Higher Education, 2009.

31. Todorov, T. *The Fantastic: A Structural Approach to a Literary Genre* [M]. Ithaca, New York: Cornell University Press, 1973.

32. Stableford, B. *The A to Z of Fantasy Literature* [M]. Lanham: The Scarecrow Press, 2005.

33. Armitt, L. *Fantasy Fiction: An Introduction* [M]. Beijing: Foreign Language Teaching and Research Press, 2005.

34. Bettelheim, B. *The Uses of Enchantment: Meaning and Importance of Fairy Tales* [M]. New York: Vintage, 1976.

35. Jackson, R. *Fantasy: The Literature of Subversion* [M]. New York: Routledge, 1981.

36. Zipes, J. *Fairy Tales and the Art of Subversion* [M]. New York: Routledge, 2006.

37. Zipes, J. *The Irresistible Fairy Tale: The Cultural and Social History of a Genre* [M]. Princeton and Oxford: Princeton University Press, 2012.

38. Carpenter, H & M. Prichard. *The Oxford Companion to Children's Literature* [M]. Oxford: Oxford University Press, 1984.

39. Cullingford, C. *Children's Literature and its Effects* [M]. London and Washington: Cassell, 1998.

40. McGillis, R. *Children's Literature and the Fin de Siecle* [C]. Westport, CT: Praeger, 2003.

41. Hunt, P. & M. Lenz. *Alternative Worlds in Fantasy Fiction* [M]. London:

Continuum, 2001.

42. Hunt, Peter. *International Companion Encyclopaedia to Children's Literature* [C]. New York: Routledge, 2004.

43. Grenby, M. *Children's Literature* [M]. Edinburgh: Edinburgh University Press, 2008.

44. Lerer, S. *Children's Literature: A Reader's History from Aesop to Harry Potter* [M]. Chicago: The University of Chicago Press, 2008.

45. Rudd, D. *Routledge Companion to Children's Literature* [M]. New York: Routledge, 2010.

46. Levy, M. &. F. Mendlesohn. *Children's Fantasy Literature* [M]. Cambridge: Cambridge University Press, 2016.

47. Hume, K. *Fantasy and Mimesis: Responses to Reality in Western Literature* [M]. New York and London: Methuen, 1984.

48. Sandner, D. *The Fantastic Sublime: Romanticism and Transcendence in Nineteenth-Century Children's Fantasy Literature* [M]. Westport, CT: Greenwood, 1996.

49. Lang, A. *Myth, Ritual and Religion* [M]. Whitefish, MT: Kessinger Publishing, 2010.

50. Campbell, J. *The Hero with a Thousand Faces* [M]. New Jersey: Princeton University Press, 1968.

51. Sullivan III, C. W. *Welsh Celtic Myth in Modern Fantasy* [M]. Westport, CT: Greenwood Press, 1989.

52. Coffin, T. P. *Our Living Traditions: An Introduction to American Folklore* [C]. New York: Basic Books, 1968.

53. Radin, P. *The Trickster: A Study in American Indian Mythology* [M]. New York: Schocken Books, 1972.

54. Brown, J. E. *The Spiritual Legacy of the American Indian* [M]. New York: Crossroad Publishing Company, 1982.

55. Sanders, T. &. W. Peek. *Literature of the American Indian* [M]. California: Glenco Press, 1973.

56. Hartwell, D. G. *Masterpieces of Fantasy and Enchantment* [M]. New York: St. Martin's Press, 1988.

57. Trupe, A. *Thematic Guide to Young Adult Literature* [M]. Westport, Connecticut: Greenwood Press, 2006.

58. Rank, O. *The Myth of the Birth of the Hero* [M]. Baltimore: Johns Hopkins University Press, 2010.

59. Watt, I. *The Rise of the Novel* [M]. London: Pimlico, 2000.

60. Mintz, S. *Huck's Raft: A History of American Childhood* [M]. Cambridge: Harvard University Press, 2004.

61. Elkind, D. *The Hurried Child: Growing Up too Fast too Soon* [M]. New York: Addison-Wesley Publishing Company, Inc. , 1990.

62. Trites, R. S. *Disturbing the Universe: Power and Repression in Adolescent Literature* [M]. Iowa City: University of Iowa Press, 2000.

63. Lundell, T. *Fairy Tale Mothers* [M]. New York: Peter Lang, 1990.

64. Russell, D. L. *Literature for Children: A Short Introduction* [M]. Boston, MA: Allyn &.Baeon, 2009.

65. Rice, A. *Interview with the Vampire* [M]. New York: Ballantine, 1976.

66. Shao, J. & J. Bai. *An Introduction to Literature* [M]. Shanghai: Shanghai Foreign Language Education Press, 2008.

67. Ellwood, C. A. *An Introduction to Social Psychology* [M]. New York: D. Appleton and Company, 1920.

68. Maslow, A. H. *Motivation and Personality* [M]. New York: Harper & Row, 1954.

69. Piaget, J. *The Origin of Intelligence in the Child* [M]. Beijing: China Social Science Publishing House, 1999.

70. Buck, P. S. *Christmas Day in the Morning* [M]. New York: HarperCollins, 2002.

71. Bloch, E. *The Principle of Hope* [M]. Cambridge: The MIT Press, 1986.

72. Barthes, R. *The Pleasure of the Text* [M]. R. Miller (trans). New York: Hill, 1975.

73. Lubbock, P. *The Craft of Fiction* [M]. London: Jonathan Cape, 1966.

74. Herman, D, M. Jahn & M. Ryan. *Routledge Encyclopedia of Narrative Theory* [C]. London & New York: Routledge, 2005.

75. Brooks, C. & R. P. Warren. *Understanding Fiction* [M]. Beijing: Foreign Language Teaching and Research Press, 2004.

76. Stanzel, F. K. *Narrative Situations in the Novel* [M]. J. P. Pusack (trans). Bloomington: Indiana University Press, 1971.

77. Romberg, B. *Studies in the Narrative Techniques of First-Person Novel* [M]. M. Taylor & H. Borland (trans). Storkhom: Almquist & Wiksell, 1962.

78. Stevick, P. *The Theory of the Novel* [M]. New York: The Free Press, 1967.

79. Genette, G. *Narrative Discourse* [M]. Ithaca: Cornell University Press, 1980.

80. Prince, G. *A Dictionary of Narratology* [M]. Lincoln: University of Nebraska Press, 2003.

81. Lynn, S. *Texts and Contexts: Writing About Literature and Critical Theory* [C]. New York: HarperCollins, 1994.

82. Kermode, F. *The Sense of an Ending* [M]. New York: Oxford University Press, 2000.

83. Forster, E. M. *Aspects of Novel* [M]. New York: RosettaBooks LLC, 2002.

84. Rimmon-Kenan. *Narrative Fiction: Contemporary Poetics* [M]. London and New York: Methuen, 1986.

85. Foucault, M. *Power/Knowledge: Selected Interviews and Other Writings 1972 - 1977* [M]. New York: Penguin, 1984.

86. Smitten, J. R. & A. Daghistany. *Spatial Form in Narrative* [M]. Ithaca & London: Cornell University Press, 1981.

87. Nabokov, V. *Lectures on Literature* [M]. Orlando: Harcourt, 1980.

88. Said, E. *Orientalism* [M]. New York: Pantheon Books, 1978.

89. Iser, W. *The Implied Reader: Patterns of Communication in Prose Fiction from Bunyan to Beckett* [M]. Baltimore: John Hopkins University Press, 1974.

90. Shavit, Z. *Poetics of Children's Literature* [M]. Athens: Unviersity of Georgia Press, 1986.

91. Erikson, E. *Childhood and Society* [M]. New York: Norton, 1950.

92. Abbott, H. P. *The Cambridge Introduction to Narrative* [M]. Beijing: Peking University Press, 2007.

93. Sale, R. *Fairy Tales and After: From Snow White to E. B. White* [M]. Cambridge, Mass. : Harvard University Press, 1978.

94. Shippey, T. A. *J. R. R. Tolkien: Author of the Century* [M]. New York: HarperCollins, 2001.

95. Pierce, T. Fantasy: Why Kids Read It, Why Kids Need It [J]. *School Library Journal*. 1993, 39 (10): 50—51.

96. Helson, R. The Heroic, the Comic, the Tender: Patterns of Literary Fantasy and their Authors [J]. *Journal of Personality*. 1973, 41 (2): 163—184.

97. Alexander, L. High Fantasy and Heroic Romance [J]. *The Horn Book Magazine*. 1971 (12): 579—581.

98. Gooderham, D. Children's Fantasy Literature: Toward an Anatomy [J]. *Children's Literature in Education*. 1995, 26 (3): 171—183.

99. Wagenknecht, E. The Little Prince Rides the White Deer: Fantasy and Symbolism in Recent Literature [J]. *English Journal*. 1946, 35 (5): 229—235.

100. Yep, L. Fantasy and Reality [J]. *The Horn Book Magazine*. 1978 (4): 171—174.

101. McGillis, R. The Delights of Impossibility: No Children, No Books, Only Theory [J]. *Children's Literature Association Quarterly*. 1998, 23 (4): 202—208.

102. Herman, D. Hypothetical Focalization [J]. *Narrative*. 1994, 2 (3): 230—253.

103. Jahn, M. Windows of Focalization: Deconstructing and Reconstructing a Narratological Concept [J]. *Style*. 1996, 30 (2): 241—267.

104. Auden, W. H. The Quest Hero [J]. *Texas Quarterly*. 1964 (4): 89—97.

105. Bernstein, A. Lloyd Alexander: Fantasy and Adventure Writer [N]. *The Washington Post*. 2007 – 05 – 18 (08).

106. Card, O. S. "Fantasy Genre". Speech, American Library Association Conference, Atlanta, 28 June 1991.

图书在版编目（CIP）数据

儿童幻想小说叙事研究/聂爱萍著．—上海：少年儿童
出版社，2020
（新世纪儿童文学新论）
ISBN 978－7－5589－0720－3

Ⅰ．①儿…　Ⅱ．①聂…　Ⅲ．①儿童小说—小说研究
Ⅳ．①I058

中国版本图书馆 CIP 数据核字（2019）第 256847 号

新世纪儿童文学新论
儿童幻想小说叙事研究

聂爱萍　著

许玉安　封面图
赵晓音　装　帧

责任编辑　叶　蔚　美术编辑　赵晓音
责任校对　陶立新　技术编辑　许　辉

出版发行　少年儿童出版社
地址　200052　上海延安西路 1538 号
易文网 www.ewen.co　少儿网 www.jcph.com
电子邮件 postmaster@jcph.com

印刷　上海盛通时代印刷有限公司
开本 787×1092　1/16　印张 29.5　字数 319 千字　插页 1
2020 年 1 月第 1 版第 1 次印刷
ISBN 978－7－5589－0720－3/I·4505
定价 98.00 元